③ 여덟 번째 문

L'AUTRE

로트르

3 여덟 번째 문

피에르 보테로 지음 | 이세진 옮김

소담출판사

로트르 3 여덟 번째 문

펴 낸 날 | 2013년 5월 3일 초판 1쇄

지 은 이 | 피에르 보테로
옮 긴 이 | 이세진
펴 낸 이 | 이태권
책임편집 | 최은정
책임미술 | 정혜미
펴 낸 곳 | (주)태일소담
　　　　　서울시 성북구 성북동 178-2 (우)136-020
　　　　　전화 | 745-8566~7　팩스 | 747-3238
　　　　　e-mail | sodam@dreamsodam.co.kr
　　　　　등록번호 | 제2-42호(1979년 11월 14일)
　　　　　홈페이지 | www.dreamsodam.co.kr

ISBN　978-89-7381-656-9　04860
　　　　　978-89-7381-294-3 (세트)

이 도서의 국립중앙도서관 출판시도서목록(CIP)은 서지정보유통지원시스템 홈페이지
(http://seoji.nl.go.kr)와 국가자료공동목록시스템(http://www.nl.go.kr/kolisnet)에서
이용하실 수 있습니다.(CIP제어번호: CIP2013004062)

● 책값은 뒤표지에 있습니다.
● 잘못된 책은 구입하신 곳에서 교환해드립니다.

❖ 숫자 표기 각주는 옮긴이 주석입니다.

오랜 세월과 더불어

내가 돌아갈 항구가 되어준

로랑스와 마리 피에르,

나의 마르지 않는 잉크, 클로에게.

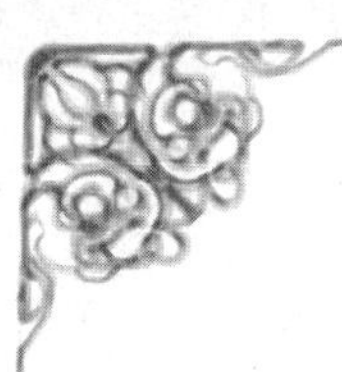

차례

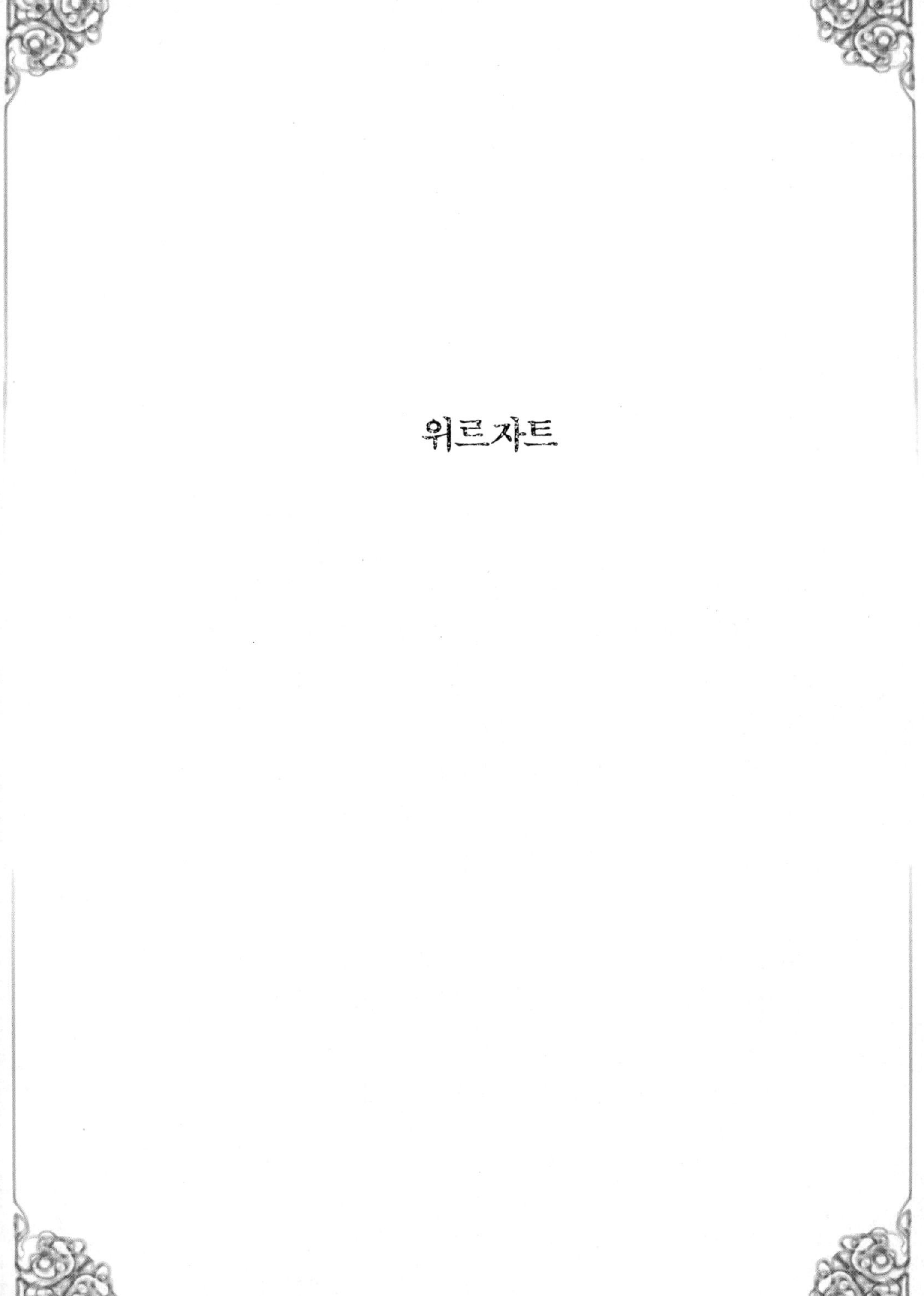

위르자트

1

엘리오는 길에서 벗어나 큼지막한 바위 뒤로 들어갔다.

바위 언저리에 삐죽삐죽 돋아난 가시덤불 때문에 들어갈 엄두조차 내지 못할 법도 한데 엘리오는 아예 다른 통로를 찾아냈다.

비밀 통로.

바위 주변으로 망보듯 우뚝 솟은 아르간나무에 몸을 딱 붙이고 상체를 숙여 몇 미터만 기어가면 흙더미를 타고 쉽게 안으로 내려갈 수 있었다.

바닥에는 장난꾸러기 꼬마 요정이 바위에 파놓은 듯한 구멍에 조르르 샘솟는 맑은 물이 고여 있었다. 발을 담글 수도 없고 목욕은 턱도 없을 만큼 아주 자그마한 웅덩이에 지나지 않았지만 갈증을 달래기에는 충분한 물이었다. 시들어가는 피스타치오나무에서 그나마 잘 뻗은 가지들이 그늘을 드리워 길 쪽에서 오는 바람과 시선을 막아주니 참으로 절묘했다.

여덟 살짜리 모험가에게는 안성맞춤의 은신처였다.

엘리오는 자신의 보물을 울퉁불퉁한 샘가 구석에 숨겼다. 장밋빛이 감도는 투명한 돌멩이 하나와―아빠는 석영으로 되어서 그렇다고 가르쳐주었다―뱀의 허물, 독수리 깃털, 염소 어금니가 그의 보물이었다.

엘리오는 오랫동안 그 어금니가 선사시대 사자의 것이라고 믿었다. 사실을 알고 나서는 몹시 실망했지만 그래도 어금니를 간직하기로 했다.

엘리오는 이 바위에서 저 바위로 폴짝 뛰어넘으며 고양이처럼 날렵하게 흙더미를 내려갔다.

전날 그는 자기 방 창문 아래서 잠자리가 떨구고 간 것으로 보이는 무지갯빛 영롱한 반투명 날개를 발견했다.

잠자리 아니면 요정이 두고 갔을 날개였다.

엘리오는 아빠 엄마에게 날개를 보여주며 그게 어디서 왔을까 물어보았다. 그러고는 저녁 내내 감탄 어린 초롱초롱한 눈으로 날개를 들여다보며 열심히 머리를 굴렸다.

잠자리 날개일까? 요정의 날개일까?

잠이 들면서 엘리오는 아빠 엄마가 잘못 안 것이 틀림없다고 생각했다. 그 날개는 요정의 것이 분명했다.

그날 밤의 꿈은 확신을 더욱 굳혀주었다. 이제 엘리오는 서둘러 그 날개를 자신의 다른 보물들과 함께 보관할 생각으로 바위샘으로 달려가고 있었다.

……바위샘의 주인이 자기 것을 차지하러 올 때까지는.

엘리오는 마지막 바위까지 날쌔게 뛰어올라 샘에 다다랐지만 그 자리에서 얼어붙어버렸다. 샘이 텅 비어 있지 않겠는가! 소년은 눈살을 찌푸렸다. 일단은 목이 말랐기 때문이었고, 그리고 무엇보다도 샘이 비어 있다는 건 누가 와서 물을 다 마셔버렸다는 뜻이기 때문이었다.

어른은 아니었다. 어른은 덩치가 너무 큰 데다 둔해서 가시덤불 아래로 파고들 수 없다. 게다가 어른들은 이런 비밀 장소 따위에 신경 쓰지 않는다.

그러니 어른은 아닐 것이다. 하지만 아이일 리도 없었다. 엘리오는 친구들 중 그 누구에게도, 심지어 레일라에게도 이 은신처에 대해 말하지 않았다. 그리고 위르자트 사람들 중에서 이런 외진 곳까지 올 만한 인물은 아무도 없었다.

엘리오의 얼굴이 미소로 환하게 빛났다.

요정, 요정이 틀림없었다.

요정이 샘물을 다 마셔버렸다면 그건 당연한 일이었다. 날씨가 무척 후텁지근한 데다 한쪽 날개를 잃어버렸으니 요정은 꼼짝없이 걸어와야만 했을 테니까.

엘리오는 주위를 찬찬히 둘러보며 요정을 찾았다. 요정은 가녀린 몸집에 속이 비치는 얇은 천과 빛을 두르고 영롱한 보석들로 치장

한 요정이라는 이름에 걸맞은 마법 같은 존재일 것이다.

그때 엘리오의 눈에 띈 것은 마법처럼 홀연 나타나기는 했지만 생김새는 원숭이 새끼와 비슷했다. 몸뚱이에는 짤막한 암청색 털이 나 있고 짧고 털 없는 꼬리가 달린 아주 자그마한 원숭이였다.

녀석은 바위 틈새에 달라붙어 조그만 눈동자를 요리조리 굴리며 엘리오를 바라보고 있었다. 정오가 가까워올 무렵이라 숨이 막힐 정도로 더웠지만 원숭이는 사지를 부들부들 떨고 있었다.

"안녕. 너 춥니?"

엘리오가 속삭였다. 그는 원숭이가 놀라지 않도록 천천히 다가갔다.

"어디 아파?"

1미터쯤 거리를 두고 엘리오는 원숭이에게 걱정 말라는 듯이 손을 내밀었다.

"겁내지 말렴, 나 나쁜 사람 아니야……"

원숭이는 새된 울음소리를 빽 지르고 바늘처럼 뾰족한 이빨 두 개를 드러냈다.

'임.'

엘리오의 머릿속에서 유수라가 일러주었다.

"임이 뭔데? 그냥 임이라고만 하면 어떡해! 도대체 무슨 말을 하는 거야?"

엘리오는 유수라에게 큰 소리로 외쳤다.

유수라는 대답 없이 침묵했다.

여느 때와 마찬가지였다.

엘리오가 유수라를 알게 된 후로—아주 오래전의 일이다—유수라는 엘리오가 던지는 사소한 질문에 대답하는 법이 없었다. 엘리오도 굳이 꼬치꼬치 캐묻지 않았다. 그래서 어깨만 한 번 으쓱하고 자그마한 원숭이에게 다시 주의를 돌렸다.

"넌 도대체 뭐니? 마카크원숭이? 거미원숭이? 거무스름한 털을 보면 거미원숭이 같은데 꼬리가 너무 짧아서……"

아빠는 엘리오에게 자신이 어렸을 때 보았다는 수많은 동물 이야기를 해주곤 했다. 엘리오는 아빠의 이야기에서 아무것도 잊지 않았다.

엘리오는 무엇이든 잊는 법이 없었으니까.

원숭이가 자신에게 조금 익숙해졌을 거라고 생각하며 다시 한 번 손을 내밀었다. 하지만 원숭이는 부르르 떨며 도전이라도 하듯 사납게 찍찍거렸다.

"그래, 기분이 별로 좋지 않구나. 배가 고프니?"

원숭이의 반응에 놀란 엘리오가 물었다.

그는 혹시 빵 조각이나 말린 과일이 좀 있을까 싶어 호주머니를 뒤져보았다. 하지만 먼지와 잡다한 부스러기를 뒤집어쓴 무화과 반쪽밖에 찾지 못했다.

"먹음직하지는 않지만 그래도……"

엘리오는 사과하듯 말했다. 그러다 눈이 번쩍 뜨였다.

원숭이가 사라진 것이다.

처음에 엘리오는 녀석이 바위 틈새로 숨어버린 줄 알았다. 하지만 가까이 다가가보니 그러기에는 틈새가 너무 좁았다. 흙더미를

타고 내려갔을 리는 없었고 피스타치오 나뭇가지 사이에도 원숭이
는 보이지 않았다.

그야말로 수수께끼 같은 일이었다.

엘리오는 조금 더 원숭이를 찾아보다가 아쉽지만 한숨을 쉬며 포
기했다. 위르자트에는 원숭이가 없었다. 엘리오가 그 원숭이를 데
리고 갔더라면 레일라가 무척 좋아했을 것이다.

그는 문득 자신이 바위샘으로 달려온 이유를 생각해내고는 원숭
이에 대한 미련을 털어냈다. 조심스럽게 손수건에 고이 싸온 요정
의 날개를 꺼내 비밀 장소를 막은 돌을 치우고 다른 보물들과 함께
놓았다.

"에스판펠루나 디르칸시벨리스!"

이 마법의 주문은 마녀의 농간으로 금빛 잠자리로 변신한 어느
협객이 가르쳐주었다. 발음하기는 어려운 주문이지만 보물을 안전
하게 지키기 위해서 절대로 빼놓을 수 없었다.

엘리오는 한 발짝 물러나 보물을 숨겨둔 장소를 잘 감추었는지
확인하고 바위에 파인 샘으로 다가갔다. 그 사이 샘에는 다시 반쯤
물이 차 있어서 갈증을 달랠 수 있었다.

그는 더 이상 지체할 것 없이 흙더미를 타고 내려가 가시덤불 아
래로 파고들었다. 아르간 나무를 돌아서 큰길로 돌아왔다. 엘리오
는 종려나무 숲에 있을 아빠를 만나기 위해 들입다 뛰기 시작했다.

급할 것도 없었고 약속에 늦은 것도 아니었다.

그저 달리기를 좋아하는 아이였을 뿐.

2

엘리오는 종려나무 숲까지 한달음에 달려갔다.

아빠는 딱딱한 잎사귀들이 우거진 종려나무 아래서 샤예프 아저씨와 열띤 대화를 나누고 있었다. 근심 어린 주름 한 가닥이 아빠의 이마를 가르고 있었지만 엘리오를 보자마자 얼굴에서 걱정스러운 표정이 사라지고 함박웃음이 떠올랐다. 아빠가 두 팔을 활짝 벌리자 엘리오는 냉큼 그 품에 달려들었다.

"요거 봐라, 녀석, 땀에 흠뻑 젖었잖아! 위르자트에서부터 계속 뛰어온 건 아니겠지?"

엘리오는 수염이 말끔하게 깎이지 않은 아빠 뺨에 쪽 소리가 나게 뽀뽀를 하고 땅으로 내려왔다. 그러고는 의기양양하게 가슴을 펴고 말했다.

"거의 그만큼 뛰었어요."

“그럼 정말 달리기 챔피언인데!” 아빠는 흐뭇함과 장난기가 섞인 눈을 빛내며 감탄했다. “그런데 너 사예프 아저씨에게 인사 안 했지?”

“아 참, 죄송해요. 살람 알레이쿰[1], 샤예프 아저씨.”

“알레이쿰 살람, 엘리오. 어떻게 지내니?”

“잘 지내요, 고맙습니다. 그런데 이 종려나무는 왜 이래요? 되게 이상하게 생겼어요.”

아빠와 사예프는 머리 위의 누런 잎사귀들을 쳐다보았다.

“병에 걸린 거란다.”

샤예프가 말했다.

“네…… 심각한 병이에요?”

엘리오가 아빠를 바라보고 물었다. 아빠는 대답했다.

“지금 당장은 우리도 몰라. 종려나무병에 걸린 거라면 다른 나무들에게 병이 옮지 않도록 얼른 베어내 그루터기를 불에 태워야겠지.”

“치료할 수는 없고요?”

“종려나무병에 걸렸다면 치료할 수 없단다.”

“하지만 이건 숲에서 제일 큰 종려나무 중 하나잖아요. 맛있는 즙이 가득한 대추야자가 열린다고요.”

“아빠도 알지, 우리 아들. 하지만 어린 나무들이 무럭무럭 자라고 잘 살아가려면 가끔은 가장 좋은 나무들을 희생시켜야 할 때가 있단다.”

“그런 거 싫어요.”

“엘리오, 네가 잘못 생각하는 거야. 그런 게 인생이거든.”

---

1. ‘당신에게 평화를’이라는 뜻의 아랍어.

사예프는 아빠 말에 동감한다는 뜻으로 고개를 끄덕였다.

"난 이만 가보겠네. 식구들이 집에서 기다리고 있어서 말이야. 레일라에게 전할 말 있니, 엘리오?"

소년은 콧등을 찡그리며 잠깐 생각해보더니 고개를 가로저었다.

"아뇨, 그러실 필요 없어요. 할 말이 있긴 한데 제가 직접 하는 게 나을 것 같아요. 이따가 오후에 레일라를 만나러 갈게요."

엘리오가 세상에 둘도 없이 진지한 얼굴로 말했기 때문에 사예프는 웃음이 터지려는 것을 참느라 애를 써야 했다.

"그래, 네 마음대로 하렴. 그리고 자네는 너무 낙담하지 말게. 지금으로서는 그 나무가 종려나무병에 걸렸다는 증거가 아무것도 없지 않나."

"나도 알고 있네, 사예프. 도와줘서 고마워."

두 사람은 오른손을 가슴에 올려놓고 서로 인사를 주고받았다. 엘리오도 어른들의 인사를 마음을 담아 따라했다. 그런 후 사예프는 마을 쪽으로 걸어갔다.

"레일라에게 전할 말은 사예프 아저씨에게 해도 됐을 텐데. 아저씨는 분명 한 마디도 더하거나 빼지 않고 그대로 전할 사람이잖니."

"그게요, 확실하지가 않아서요."

"아, 그래…… 왜?"

"아저씨는 참 좋은 분이지만 어쨌든 레일라의 아빠잖아요. 그러니까 결국…… 제가 무슨 말 하는지 아시겠지요?"

"그래, 무슨 말인지 안다. 자, 이거나 마셔라. 네가 목이 말라 죽기라도 하면 네 엄마가 날 가만히 두겠니."

엘리오는 아빠가 내미는 가죽 주머니에 입을 대고 꿀꺽꿀꺽 시원하게 찬물을 들이켜고는 대꾸했다.

"맞아요. 그래도 제가 목말라 죽는다면 엄마가 노발대발하는 게 당연하잖아요?"

아빠는 너털웃음을 터뜨리고 재미있다는 듯이 한 손으로 엘리오의 머리칼을 헝클어뜨렸다. 엘리오는 이렇게 우악스러우면서도 애정이 묻어나는 아빠의 행동을 참 좋아했다.

"그런데 아빠, '임'이 뭐예요?"

질문이 떨어지기가 무섭게 아빠의 웃음소리가 뚝 그쳤다. 놀란 엘리오가 아빠를 쳐다보았다.

"욕이에요? 나쁜 말인 줄 모르고……"

소년은 불안한 얼굴로 물었다.

"누가 너에게 임에 대해 말해줬니?"

아빠는 엘리오가 전에 듣지 못했던 긴장된 목소리로 물었다.

"유수라가요."

"언제?"

"아까 전에 조그만 원숭이를 만지려고 했더니 그 원숭이가 이빨을 보였어요. 그때 말해줬어요."

아빠는 엘리오 앞에 무릎을 꿇고 주저앉았다. 엘리오는 아빠의 타는 듯한 눈빛을 보고 흠칫 몸을 떨었다. 뭔가 심각한 일이 벌어지고 있는 것 같았다.

정말로 심각한 일이.

"엘리오, 어떤 원숭이였니?"

"아까 작고 거무스름한 원숭이를 봤거든요. 거미원숭이랑 비슷하게 생겼는데 꼬리가……"

"아빠 등에 업혀라, 엘리오."

"하지만……"

"어서!"

엘리오의 아빠가 이렇게 엄격하게 말한 적은 없었다. 엘리오가 엄마의 타진[2] 그릇을 깨뜨렸을 때도 그러지 않았다. 아빠의 이해할 수 없는 행동에 눈물이 북받쳤지만 엘리오는 시키는 대로 했다.

"최대한 꼭 붙잡아라."

엘리오가 아빠의 어깨를 붙잡을 새도 없이 아빠는 마을을 향해 전속력으로 달려갔다.

소년은 꿈을 꾸는 것 같았다. 이렇게 빨리 뛸 수 있는 사람은 없을 것이다.

아빠와 아들이 실루 협곡에 다다랐을 즈음 으르렁 포효하는 소리가 가까운 언덕에서 들렸다. 여덟 살짜리 꼬마조차도 그 울음소리에서 아주 무섭고 끔찍한 사태를, 확실한 죽음의 기약을 읽어낼 수 있었다.

엘리오는 무서워서 비명을 질렀고 아빠는 더욱더 빨리 달렸다.

두 사람이 믿을 수 없는 속도로 한때 강물이 흘렀던 자리의 말라

---

2. 스튜와 비슷한 모로코 요리 또는 그 요리를 만드는 원뿔형의 냄비.

붉은 바닥을 지나갈 즈음, 바위 위에서 자그마한 몸집의 물체가 나타났다. 거무스름한 빛깔의 원숭이였다.

원숭이는 엘리오와 아빠를 보자마자 날카롭게 찍찍거렸다. 이어 똑같은 울음소리가 화답을 하는가 싶더니 어느새 사나운 개들이 떼를 지어 컹컹 짖는 소리가 들렸고 늑대의 긴 울음이 점점 커졌다. 그러고는 마지막으로 조금 전의 무서운 짐승의 포효가 이어졌다.

눈앞에서 수풀이 갈라지며 개 한 마리가 나타났다. 붉은 털가죽에 덩치가 어마어마했고 아가리는 무엇이든 찢어 삼켜버릴 것만 같았다. 개는 간담을 서늘하게 하는 울음을 토하며 두 사람에게 달려들었다.

개의 송곳니가 코앞에 닥치는 순간, 엘리오는 날아올랐다. 아빠가 자신을 업은 채 뛰어올랐던 것이다. 높이, 붉은 개보다 더 높이.

괴물의 송곳니는 허공을 갈랐고 엘리오의 아빠는 부드럽게 착지한 후 다시 속도를 내 달리기 시작했다.

엘리오는 간신히 뒤를 돌아보았고 비명에 가까운 소리를 질렀다. 흉측한 괴물들이 십여 마리나 그들을 쫓아오고 있었다. 대여섯 마리는 조금 전의 무서운 붉은 개 무리였고, 세 마리는 회색 털이 잔뜩 난 사람과 늑대를 섞어놓은 괴물이었다. 주둥이를 불길하게 딱딱거리며 1미터는 됨직한 무서운 침을 곤두세우고 날아오는 벌레들, 거대한 도마뱀도 있었다.

그 괴물들은 작고 검은 원숭이 떼를 이끌고 쫓아오고 있었다.

놈들은 무척 빨랐지만 엘리오의 아빠가 그보다 더 빨랐다. 가슴팍은 힘차게 오르락내리락했지만 아빠는 숨이 차지도 않았고 달리는 자세에도 안정감과 자신감이 느껴졌다. 엘리오의 가슴을 죄어오던 공포도 차차 사라졌다. 괴물이든 뭐든 절대로 아빠를 따라잡지 못할 것이다.

바로 그 순간, 엘리오의 아빠가 속도를 늦추었다. 소년은 앞을 내다보았다가 또다시 가슴에 공포가 밀려들었다.

무시무시한 놈이 길을 가로막고 있었다. 뒤에서 쫓아오는 놈들과는 비교도 안 될 만큼 거대한 놈이었다.

'크락스.'

유수라가 엘리오의 머릿속에서 속삭였다.

3

아빠는 멈춰 섰다.

쫓아오던 괴물들도 추격을 멈추고 그들 뒤에 흩어져 동그랗게 진을 쳤다.

이제 아빠의 등에서 내려와야 한다는 것을 눈치로 깨달은 엘리오가 땅으로 내려왔다. 그러고는 곧바로 아빠의 손을 잡았다. 이렇게 무서웠던 적은 한 번도 없었다. 무섭다 못해 배가 뒤틀리고 구역질이 날 것 같았다. 울고, 소리 지르고, 사라져버리고 싶었다. 차라리 빨리 죽는 게 편할 듯했다.

엘리오는 입을 다문 채 미동도 하지 않았다.

그들 앞을 가로막은 크락스는—유수라가 크락스라고 했으니까 크락스일 것이다—엘리오의 집 벽에 걸린 칼만큼이나 길고 날카로운 손톱이 달린 팔을 덜렁덜렁 흔들고 있었다. 어깨에 삐죽삐죽 솟은 돌기와 가슴팍에 햇살이 비쳤다. 괴물 같은 송곳니가 번득이는 아가리는 밤의 우물처럼 깊은 심연으로 열려 있었다.

엘리오가 바들바들 떨기 시작했다.

"아빠…… 아빠……"

아빠는 아들을 보지 않고 손가락을 들어 입에 가져가더니 하늘을 향해 새된 휘파람 소리를 뽑았다. 휘파람의 메아리는 한없이 멀리 울려 퍼졌다.

괴물들이 움직였다.

늑대인간이 자기 옆을 스쳐 지나간 붉은 개에게 이빨을 드러냈다. 큰 개도 위협적으로 으르렁대며 맞섰다. 작은 원숭이들은 더 부산스럽게 찍찍대며 팔딱팔딱 뛰어다녔다.

크락스는 콧방귀도 뀌지 않았다.

"엘리오, 아빠가 뛰라고 하면 얼른 몸을 피해라. 그 어느 때보다 빨리, 죽도록 뛰어야 해. 멈추지도 말고 뒤를 돌아보지도 마라. 알겠지?"

엘리오는 고개를 끄덕였다. 아빠의 목소리에 망설임도, 두려움도 없었다.

"아빠…… 무슨……"

"쉿, 엘리오. 넌 그냥 최대한 빨리 달려 위르자트의 라피 자드(djadd)[3] 에게로 가라."

엘리오의 시선이 하늘을 유심히 바라보는 아빠의 시선을 좇았다. 쪽빛에 가까운 새파란 하늘, 구름도 없고 새도 날아다니지 않는 하

---

3. '할아버지'라는 뜻의 아랍어.

늘이었다. 아니, 새가 전혀 없지는 않았다. 독수리 한 마리가 이제 막 언덕의 능선을 넘어왔으니까.

"아빠 손을 놓아다오. 자, 됐다. 준비됐지?"

"전…… 전……"

"엘리오, 준비됐니?"

아빠의 말투가 단호해졌다. 초록빛 눈도 불타올랐다.

"네, 준비…… 됐어요."

끝나지 않을 것 같은 기다림 끝에 아빠의 지시가 떨어졌다.

"뛰어라, 엘리오! 지금이야!"

아빠가 펄쩍 뛰어올랐다. 크락스에게 정면으로. 믿을 수 없이 빠르게.

엘리오는 발이 떨어지지 않았다.

바로 그 순간, 하늘에서 점점 다가오던 크고 검은 독수리가 크락스의 어깨를 공격했다. 칼보다 날카로운 새의 발톱이 괴물의 눈알을 후벼 파자 크락스는 분노와 고통에 천지를 무너뜨릴 듯 울부짖었다.

놈은 거대한 발톱을 쳐들어 독수리를 떼어냈다. 엘리오의 아빠는 눈으로 가늠할 수 없는 높이에서 두 발로 크락스의 면상을 후려쳤다.

괴물, 독수리, 인간이 한 덩어리가 되어 바닥을 데굴데굴 굴렀다.

엘리오는 꼼짝도 할 수 없었던 마비 상태에서 풀렸다. 소년은 무아지경으로 달리기 시작했고 크락스가 등장한 이후로 움직이지 않았던 사악한 괴물들은 엘리오를 쫓아갔다.

엘리오가 놈들과 맞서려는 순간 아빠는 크락스의 손아귀에서 빠져나와 몸을 일으켰다.

아빠의 몸은 피투성이였다.

"엘리오, 달려!"

아빠는 아들이 걸음을 늦추는 것을 보고 소리쳤다.

"조심해, 나탕! 뒤에!"

엘리오는 자신의 귀를 의심했다. 방금 그 목소리는…… 분명히 엄마였다.

온몸에서 도망쳐야 한다고 소리를 지르고 있었지만 엘리오는 뒤를 돌아보았다. 아빠의 등 뒤에서 튀어 오르는 검은 표범의 몸뚱이가 보였다.

"아빠!"

검은 표범은 조금 전 눈에 입은 상처는 온데간데없이 말짱한 모습의 크락스에게 달려들었다.

"어서 달려!"

소년은 더는 생각할 겨를도 없이 죽을힘을 다해 뛰었다.

엘리오가 다시 뒤를 돌아본 것은 딱 한 번 위르자트 마을로 이어지는 기다란 내리막길을 뛰어 내려가기 직전이었다.

아빠는 길 한복판에서 괴물의 무리를 상대하고 있었다. 괴물들이 벽을 이뤄 앞길을 가로막고 있었기 때문에 아빠는 좀처럼 앞으로 나아가지 못했다.

엘리오는 아빠가 달려드는 붉은 개를 휘어잡아 바위에 메다꽂는 광경을 보았다.

그다음엔 원숭이 한 마리가 아빠의 어깨에서 번쩍 나타나는가 싶더니, 또 다른 한 마리가 아빠 다리를 휘어잡았다.

그 와중에 늑대인간까지 가세했다.

개 한 마리.

또 다른 두 마리.

크락스도 공격에 나섰다.

엘리오는 절망에 빠져 탄식했다.

아빠가 쓰러졌다.

송곳니, 발톱, 독침에 뒤덮인 아빠는 다시 일어나지 못했다.

"달려라, 엘리오, 달려……"

엘리오는 이 목소리가 어디서 들리는지 알 수 없었다. 그리고 소년은 다시는 그 목소리를 듣지 못했다.

소년은 계속해서 있는 힘을 다해 뛰었다.

4

눈물이 뿌옇게 앞을 가렸지만 엘리오는 뛰었다.

어디로 가고 있는지도 모른 채 마구 내달렸다. 위르자트로 향하는 내리막길에서 먼지에 코를 처박고 넘어지지 않은 것은 기적이었다. 악몽 같은 장면들이 머릿속에서 끊임없이 맴돌았다. 괴물들, 송곳니, 피……

수많은 장면들과 단 하나의 명령. '달려라, 엘리오, 달려.'

소년은 오래전부터 버려져 있던 양치기 오두막을 지나칠 즈음에 겨우 정신을 차렸다. 뭔가가 달려오는 소리, 나뭇가지 부러지는 소리가 오른쪽에서 났다.

엘리오는 손쓸 겨를이 없었다. 갓길에서 붉은색 물체가 나타나더니 소년의 앞을 가로막았던 것이다. 어디에라도 숨고 싶은 심정이었지만 엘리오는 놈과 맞섰다. 어깨를 당당하게 펴고 외쳤다.

"꺼져, 더러운 괴물아! 당장 꺼지지 못해!"

'그륑.'

유수라의 목소리가 머릿속에 울렸다.

"그륑이고 뭐고 내가 알게 뭐야! 꺼지란 말이야!"

엘리오는 소리를 질렀지만 그의 목소리는 마지막에 이르러 꺾이고 말았다.

용기가 꺾인 것처럼.

붉은 개는 먹잇감을 노려보았다. 그러고는 뻐딱한 걸음걸이로 다가오기 시작했다. 아가리에 튀어나온 송곳니 끝으로 거품 섞인 침이 질질 흘러내렸다. 놈이 귀청을 찢을 듯한 소리로 울어대며 입을 쩍 벌리고 달려들었다.

눈도 깜빡할 새 없이 검은 물체가 놈의 등으로 내려앉아 바닥에 그대로 메다꽂았다. 무시무시한 아가리가 놈의 목덜미를 공격하자 뼈 부러지는 소리가 나면서 붉은 개는 즉사해버렸다.

검은 표범이었다. 조금 전 아빠를 도와주러 왔던 검은 표범.

표범은 그륑의 사체를 내버려두고 번득이는 노란 눈으로 엘리오를 똑바로 쳐다보았다.

소년은 상반되는 두 가지 마음에서 갈팡질팡했다.

도망갈까? 하지만 표범은 그의 목숨을 구해주었다. 그리고 엘리오가 아무리 빨리 달린다 해도 표범을 따돌릴 수 없을 것이다.

가만히 있을까? 신중한 처신으로 보기에는 너무 위험한 결심 아닐까?

표범은 이러지도 저러지도 못하는 소년의 마음을 꿰뚫어본 것처럼 가까이 다가오지 않았다. 그 대신 종려나무 숲 쪽을 돌아보며 엘리오에겐 들리지 않는 소리에 귀를 기울이는 것 같았다. 그때 표범의 윤곽선이 흔들렸다.

표범의 형체가 흐릿해지면서 검은 머리카락을 길게 드리운 여자의 모습이 나타났다.

"엄마!"

엘리오는 엄마 품에 뛰어들며 소리쳤다. "엄마!"

소년은 흐느껴 울었다.

"엄마, 사방이 괴물투성이예요. 놈들이 아빠를 공격했어요……"

"쉿, 엘리오. 진정하렴."

"하지만……"

"그래, 괴물들이 나타난 건 사실이야. 하지만 아빠가 놈들을 물리쳤단다. 지금 우리는 너를 안전한 곳으로 대피시켜야 해. 엄마를 따라오렴."

엄마는 차분한 목소리로 말했다.

"엄마! 아빠가 쓰러지는 걸 봤단 말이에요. 개, 늑대, 어마어마하게 큰 벌레들…… 그리고 크락스가 있었어요. 어떻게 그놈들이……"

엄마는 아들을 땅에 내려주고 그 앞에 무릎을 꿇었다.

"엘리오, 아주 복잡하고 위험한 일이 일어나고 있단다. 지금은 설명할 시간이 없어. 일단 가야 해."

"아빠는요?"

"아빠는 무사하실 거야."

소년은 엄마의 말에 힘을 실으려는 듯이, 그리고 엄마에게 부족한 확신을 얻으려는 듯이 고개를 끄덕였다. 그러고는 엄마의 눈을 똑바로 바라보았다.

"엄마…… 엄마가…… 표범으로 변했어요?"

"그래, 하지만 그 이상 설명할 시간은 없구나. 나중에 이야기하자, 알겠지?"

엄마는 다정한 손길로 아들의 볼을 어루만졌다.

"더 뛸 수 있니, 엘리오?"

"네…… 아마도요."

"그럼 가자."

그들은 함께 달리기 시작했다.

그들이 마을에 다다를 무렵 날카로운 휘파람 소리가 공기를 갈랐다. 이어서 땅이 뒤흔들릴 만큼 강력한 폭발이 일어났다.

"무슨 일일까요?"

엘리오는 위르자트에서 솟아오르는 시커먼 연기구름을 가리키며 물었다.

힘이 빠질 대로 빠진 엘리오는 엄마를 붙잡고 모든 것을 잊고 싶은 듯 눈을 감았다 하지만 엄마는 그런 아들을 조금도 아랑곳하지 않았다.

폭발은 연달아 일어났다. 귀청이 떨어져나갈 만큼 큰 소리에 엘리오는 귀를 막고 터지는 비명을 억눌렀다. 굉음이 겨우 가라앉는 가 싶더니 이어서 단조로운 폭발음이 정신없이 이어졌다. 마을에서 무슨 일이 일어나고 있다는 것은 의심할 여지가 없었다.

"전쟁이 터진 거예요, 엄마?"

"엘리오, 가자!"

엄마는 아들의 손을 잡고 마을 반대 방향으로, 산을 향해 잡아끌 었다.

두 사람은 숨을 헐떡이며 울창한 숲을 가로질러 산꼭대기로 굽이 굽이 돌아가는 오솔길에 이르렀다. 이미 꽤 높은 곳까지 올라왔기 때문에 마을이 훤히 내려다보였다.

위르자트는 불바다였다.

주(主)도로의 양쪽 끝에 방탄차가 서 있었다. 전투복을 입은 군인 들이 집집마다 들어가서 총으로 주민들을 밀치며 끌어내고는 그 자 리에 불을 붙였다.

"엄마……"

엘리오는 땅바닥에 주저앉아 두 손으로 얼굴을 가리고 힘없이 말 했다.

"엄마, 아무것도 모르겠어요. 무서워요."

엄마는 엘리오를 일으켜 꼭 안아주었다.

"괜찮아질 거야, 엘리오."

엄마는 아들의 머리를 쓰다듬으면서도 종려나무 숲 쪽을 바라보 고 있었다.

크락스와 다른 괴물들의 공격이 시작된 지 얼마나 지났을까? 나탕은 무사히 살아 있을까? 아직 손을 쓸 여지가 있을까?

"가야 해, 엘리오."

"더는 못 가겠어요."

엘리오는 이미 하염없이 흐느끼며 닭똥 같은 눈물을 흘리고 있었다. 절망의 울음이었다.

"엄마 목을 꽉 잡아. 엄마가 안고 갈게."

엄마는 걸음을 옮기기 시작했다.

품에 안은 엘리오는 무거웠고 크락스가 허벅지에 입힌 상처는 조금 아물기는 했지만 통증은 남아 있었다. 게다가 계속 오르막길이었다.

엄마는 금방 지치고 말았다.

그래도 고집스레 걸었다.

걷고, 또 걸었다.

"여기야. 이제 다 왔단다."

엘리오가 눈을 떴다. 자기도 모르게 스르르 잠이 들었던 것이다. 피비린내 나는 괴물들이 아빠를 공격하고 마을이 불길에 휩싸였는데 잠이 들다니! 부끄러운 마음에 뺨이 확 붉어졌다. 소년은 주위를 돌아보았다.

한 덩어리로 이어진 거대한 바위들이 사방을 에워싸고 있었다. 진한 황토색의 둥그스름한 바위들은 새파란 하늘과 뚜렷한 대조를 이루었다. 바위들도 인상적이었지만 가장 놀라운 것은 따로 있었다. 그중 한 바위의 한가운데에 빛이 새어 나오는 문의 형상이 나타나 있었던 것이다.

이곳과 전혀 어울리지 않는 문. 그럼에도 완벽하게 제자리를 지키고 있는 문.

엘리오는 그 문을 보고 예전부터 늘 이곳에 문이 있다는 사실을 알고 있었던 것 같은 기분이 들었다. 문은 그를 위해 여기 존재하고 있었던 것 같았다.

"이건 마법의 문이에요?"

엘리오가 나지막하게 물었다.

"그렇다고 할 수 있지. 엘리오, 엄마 말을 잘 들어라. 이 문을 열고 들어가면 집이 한 채 있어. 아주 큰 집이야. 너는 그 집에 숨어 있어야 해."

"하지만……"

"엄마 말을 끝까지 들어. 그 집이 너에게는 이상해 보일 거야. 아니, 겁이 날지도 몰라. 하지만 겁을 먹으면 안 돼. 엘리오, 그건 네 집이란다. 그리고 괴물들은 그 집에 들어갈 수 없으니까 그 안에 있으면 안전해. 일단 집에 들어가면 절대 해서는 안 될 일이 두 가지 있어. 첫째, 철문이 하나 있는데 그 문은 절대 열지 마. 둘째, 풀밭에 나가서는 안 돼. 알아들었니? 철문을 절대 열지 말고 풀밭에도 가까이 가면 안 된다!"

"엄마는 같이 안 가요?"

엄마는 불안을 감출 수 없는 듯 고개를 세차게 가로저었다.

"엄마는 못 가. 네 아빠를 도우러 갈 거야. 아빠에겐 엄마가 필요해. 하지만 엄마는 돌아올 거야, 엘리오. 너에게 약속할게. 집 안에서 얌전하게 엄마를 기다리렴. 꼭 돌아올게."

엄마는 부드럽게 엘리오를 문 쪽으로 밀었다. 소년이 싫다는 표정을 보이려 하자 엄마는 용기를 북돋아주었다.

"들어가, 엘리오. 근사한 기사님의 모험이 널 기다리고 있단다."

엘리오는 크게 심호흡을 하고 문고리를 잡았다. 문은 스르르 열렸다. 아이는 엄마를 한 번 돌아보았다. 엄마는 눈에 눈물이 그렁그렁한데도 미소를 지으며 아들을 지켜보고 있었다.

"꼭 오시는 거죠?"

"그렇다니까. 엘리오, 사랑한다. 엄마 금방 올게."

엘리오는 마지막 눈길을 보내며 문턱을 넘었다. 소년이 들어가고 문이 닫혔다.

샤에는 벌써 모습을 바꾸고 남쪽으로 날아가고 있었다.

종려나무 숲으로.

운명을 향하여.

5

엘리오는 겁에 질려 지금 막 발을 들인 공간을 주시했다. 중간 크기의 텅 빈 방에 무려 여섯 개의 문과 두 개의 창이 나 있었다.

소년의 얼을 빼놓은 것은 창이었다. 아니, 그보다는 창밖으로 보이는 풍광이라고 해야겠다. 여러 가지 모양의 벽들 위로 좁은 첨두 아치형 창문이 늘어서 있었고 창밖의 풍경은 하나같이 놀랍기만 했다. 메마른 산, 종려나무 숲, 말라빠진 강바닥은 온데간데없고 부드럽게 물결치는 초록 들판이 지평선까지 펼쳐져 있었다. 끝없는 초원이었다.

엘리오는 유리창에 이마를 갖다 댔다. 지금 느끼는 생생한 놀라움은 조금 전까지 겪었던 끔찍한 사건들마저 하얗게 덮어버렸다.

어떻게 바위 안에 이런 방이 있을 수 있담? 게다가 사방으로 펼쳐진 이 놀라운 풀밭은 또 어떻게 된 거지?

여기가 도대체 어딜까?

엘리오는 이 물음에 대한 답을 얻지 못한 채 한참을 고민하다가 창가에서 물러났다. 그리고 방 안에 보이는 어느 문으로 들어가보려고 마음먹었다. 엘리오는 나무 문짝에 손을 스쳤다가 불에 덴 듯 화들짝 물러났다. 무엇인가가 보인 것 같았다……

아니, 그럴 리 없었다.

엘리오는 잠시 망설이다가 다시 손가락을 뻗어보았다.

그의 손이 문짝에 닿자마자 그 장면이 다시 떠올랐다. 생생하고 또렷한 광경에 문짝 자체가 없어진 줄 알았다. 엘리오는 곧바로 그렇지 않다는 것을 알아차렸지만 두려움을 무릅쓰고 문 저편의 세상을 바라보기 위해 손을 떼지 않았다.

가로등 빛이 이어지고 무수한 네온사인 간판들이 어른대는 직선 대로, 그곳에는 수백 대의 자동차들이 교통 정체에 묶여 오도 가도 못하고 서 있었다. 밤인데도 보도는 바글거리는 사람들로 가득해 발 디딜 틈도 없어 보였다. 건물 외벽 곳곳에 설치된 커다란 화면에서는 '질서의 가디언' 프로그램이 계속 나오고 있었다. 희한한 노릇이지만 지금 엘리오의 눈에 보이는 이 대로는 유럽, 북아메리카 혹은 오스트레일리아의 어느 한 도시임이 틀림없었다. 실제로 아빠는 가디언들이 지금 당장은 그 나라들 외의 다른 곳에서는 맹위를 떨치지 못한다고 설명해준 적이 있었다. 엘리오의 아빠는 언제나 진실만 말하는 사람이었다.

엘리오는 한 발짝 물러났다. 그러자 눈앞의 광경이 사라졌다.

그는 주의 깊게 문을 관찰했다. 그냥 평범하고 흔히 볼 수 있는 문짝이었다. 하지만 그것은 마법의 문이었다.

갑자기 피로가 온몸에 퍼지면서 엘리오는 얼른 다른 문으로 가보았다. 그 문에 손을 대니 새로운 장면이 떠올랐다.

어촌의 작은 항구가 소년의 눈앞에 펼쳐졌다. 큰 바위 하나로 만들어진 부두에 십여 척의 작은 배들이 정박되어 있었다. 해는 뉘엿뉘엿 넘어가는 중이었고 어부들은 그물을 챙기며 열심히 일하고 있고 바로 그 옆에서 꼬마들은 축구를 하며 놀고 있었다. 한 소년이 엘리오 쪽으로 공을 차는 바람에 화들짝 놀랐지만 공은 그에게 닿기 전에 다른 곳으로 튀었다.

엘리오는 자기도 모르게 무심코 문고리를 잡았다. 문은 꼼짝도 하지 않았다.

잠금장치가 보이지 않는데도 문은 잠겨 있었다. 엘리오는 열을 내며 다음 문으로 가보았다. 새까만 문. 너무 시커메서 문의 모양을 제대로 알아보지 못할 정도였다.

네 번째 문에서 본 광경은 중세의 어느 성이나 수도원의 지하실 같았다. 오차 없이 반듯하게 깎은 돌들로 쌓아 올린 벽, 칙칙한 색깔의 나무 병들을 정리해놓은 선반, 한곳에 쌓아놓은 자루들, 그리고 위쪽의 환기창에서 새어 들어오는 듯 희미한 빛이 감돌고 있었다.

엘리오는 다섯 번째 문에 손을 댔다가 소스라치게 놀랐다. 황토색의 둥그스름한 바위들, 척박한 땅과 쪽빛의 하늘…… 그가 이곳으로 들어오기 위해 넘어온 문이었던 것이다.

순간적으로 엘리오는 그 문을 열고 밖으로 뛰쳐나가고 싶은 충동에 사로잡혔다. 어쩌면 괴물들은 사라지고 군인들도 떠났을지 몰랐다. 아빠 엄마는 아카시아 나무 아래서 라피 자드와 환담을 나누고 있을 것이다. 그들이 엘리오가 오는 모습을 보면 미소를 지을 텐데……

엘리오는 안간힘을 써서 마음을 다잡았다. 엄마는 분명 집 안에서 기다리라고 했다. 얼른 돌아오겠다고 했다. 엄마는 절대로 거짓말을 하지 않았다. 아빠가 그렇듯이 엄마도 진실만을 말하는 사람이니까 그 말을 믿어야 했다.

소년은 목이 메었지만 마지막 문으로 다가갔다.

그 문은 건드려도 아무런 광경도 떠오르지 않았다. 아무것도 비쳐 보이지 않았다. 나머지 다섯 개의 문들과 생긴 것은 똑같았지만 마법은 통하지 않았다.

엘리오는 어떤 예감에 떠밀려 문고리를 잡아보았다. 문고리는 소리 없이 돌아갔다. 문 저편으로 쭉 이어진 복도가 보였고 그 복도에는 다시 수십 개의 문들이 나 있었다. 다른 복도로 이어지는 갈래들역시 그만큼 많았다. 엘리오는 휘파람을 불었다. 그러니까 이 집은 엘리오가 지금 있는 그 방 하나만이 아니었다.

소년은 길을 잃거나 반갑지 않은 상대와 마주칠지도 모른다는 걱정 때문에 선뜻 복도를 돌아볼 마음이 들지 않았다. 그런데 엄마의 마지막 말이 생각났다. 엄마는 엘리오가 집 안에만 있으면 안전하다고 했다.

'엘리오, 그건 네 집이란다.'

소년은 두근대는 가슴으로 문지방을 넘었다.

74번째까지 세고 나서 엘리오는 방의 개수를 헤아리기를 포기했다. 방들은 다 비슷비슷했고 거의 아무것도 없거나 완전히 비어 있었다. 방의 대부분은 최소한 네 개의 문과 풀밭이 내다보이는 창이 있었다.

대답 없는 의문들이 머릿속에서 떠올랐다.

누가 이 집을 지었을까? 이 집에 사는 사람들은 어디 있을까? 어째서 세간이 이것밖에 없는 걸까?

그리고 여전히 풀리지 않는 의문.

여기는 도대체 어디일까?

엘리오는 위층으로 이어지는 커다란 대리석 계단을 보고 이제 그만 돌아가기로 마음먹었다. 지금까지 온 길을 모두 기억하고 있었지만 행여 길을 잃을까 봐 두려웠던 것이다. 엄마는 위험하지 않다고 일러주었지만 이 집에 들어올 때 사용했던 문을 잊어버릴지도 모른다고 생각하면 식은땀이 났다.

하지만 그가 걷고 있던 복도 끝에서 환한 빛이 비치는 것을 보자 조금만 더 가보자는 마음이 들었고⋯⋯

⋯⋯의혹과 두려움은 모두 사그라져버렸다.

엘리오는 아주 널찍한 방에 들어와 있었다. 지금까지 보았던 방 중에서 가장 큰 방보다도 열 배는 더 컸다. 햇살이 잘 들어와 금빛이 감도는 그 방은 가구와 세간이 아주 잘 갖추어져 있었다. 무엇보다도 바로 옆에 테라스가 딸려 있었고 커다란 통유리 문을 통해 그 테라스로 나갈 수 있게 되어 있었다.

　13년 전 자신의 아빠가 똑같은 행동을 했었다는 사실을 모른 채, 어린 엘리오는 테라스로 발걸음을 재촉했다.

6

테라스에 나가본 엘리오는 그 자리에 굳어버렸다.

눈앞에 끝없이 펼쳐진 풀밭 때문인지, 그의 머리 위로 우뚝 솟은 기괴한 집 때문인지 알 수 없었다.

풀밭은 말 그대로 초록 바다, 보이지 않는 바람이 비상한 파도와 기묘한 소용돌이를 빚어내는 바다였다. 다만 테라스와 연결된 돌 통로만이 그 초록의 망망대해에 도전하듯 지평선으로 뻗어나가다 문득 후회에 사로잡힌 것처럼, 혹은 그 어이없는 배짱을 스스로 깨달은 것처럼 뚝 끊어졌다.

집은 넋이 나갈 만큼 복잡하게 지어진 구조물이었다. 다양한 스타일과 자재, 시대적 양식이 공존했다. 거무튀튀한 화강암으로 지은 중세의 탑과 비잔틴 양식의 파르스름한 스테인드글라스 돔형 지붕이 나란히 솟아 있는가 하면, 오닉스를 깐 테라스에는 카리아티

드[4]들이 발코니를 떠받치고 있었다. 나무와 노끈으로 만든 가교가 그 발코니에 이어져 있는 데다 유약을 발라 구운 기와를 얹은 지붕들과 편암 기와지붕들이 만나 금지된 성(城)을 숭상하듯 아찔하게 하늘로 뻗어 있었다. 상방을 얹은 좁다란 창에 부옇게 흐린 유리가 끼워져 있는가 하면 크고 널찍한 금속 새시에 통유리를 끼운 창도 있었다. 신기한 돌을 깎아 만든 기둥들 위로 쑥 들어간 벽감이 보였고, 희한한 계단들은 도저히 계단을 낼 수 없을 것 같은 건물 외벽 여기저기에서 뻗어나갔다.

엘리오는 놀라 입이 다물어지지 않았다.

그의 시선은 풀밭에서 집으로, 다시 집에서 풀밭으로 종횡무진 누볐다. 머리가 지끈지끈거리는 것이 꿈을 꾸는 기분이 들었다. 그런데도 왠지 기분은 좋았다. 아니, 그 이상이었다. 그는 이곳이 자기 집처럼 편안했다.

그랬다. 내 집 같은 편안함이었다.

엘리오의 엄마는 말했었다. '엘리오, 그건 네 집이란다.'

엄마 말이 맞았다.

엘리오는 믿을 수 없는 풍경에 어느 정도 눈이 익숙해지자 풀밭을 들여다보려고 난간도 없는 테라스 가장자리까지 걸어갔다. 줄기가 통통한 짙은 초록색 풀이었다. 사예프의 염소들이 뜯어먹는 풀과는 생김새가 상당히 달랐다. 신 나게 뛰어놀고 팔짝팔짝 재주를 넘어보고 싶은, 아이의 구미를 당기는 풀밭이었다.

왜 엄마는 이 풀밭을 조심하라고 했을까?

---

4. 고대 그리스 신전 등에서 기둥으로 사용된 여인상.

엘리오는 테라스에 엎드려 손을 내밀어보았다. 테라스는 풀밭에서 1미터 정도 높이에 있었으므로 소년의 손가락이 풀에 닿기에는 한참 모자랐다.

엘리오는 상반신을 허공에 쭉 내밀고 손을 뻗었다. 이제 몇 센티미터만 더 접근하면 손끝에 풀이 닿을 듯했다. 그렇게 소년이 팔을 최대한 뻗으려고 애쓰고 있는데, 작은 원숭이에게 주려고 했던 마른 무화과가 주머니에서 빠져나와 풀밭에 떨어졌다.

순식간에 풀밭이 한 번 들썩이는가 싶더니 무화과를 잡아챘다. 가까이 있던 풀들이 구부러지고 뒤틀리며 눈 깜짝할 사이에 들릴 듯 말 듯한 꿀꺽 소리를 내고는 다시 원상태로 돌아갔다.

무화과는 자취도 남지 않았다.

엘리오는 속이 꼬이는 느낌이었다. 풀 세 포기가 무화과를 삼켜버렸으니 이 넓은 풀밭 전체는 얼마나 더 대단한 것을 삼킬 수 있는 걸까?

바로 그 순간, 엘리오는 몸이 미끄러지는 것을 느꼈다.

소년은 재빨리 허리에 힘을 주어 몸을 뒤로 던진 다음 안전한 테라스 위로 굴렀다.

그는 잠시 하늘을 보고 누운 채 숨을 고르고 마음을 진정시켰다. 그러면서 중요한 사실 하나를 똑똑히 마음에 새겼다. 이 집은 그의 것이지만 풀밭은 적이다!

엘리오는 감정을 다스리고 테라스에서 의자 하나를 아래로 떨어뜨려보며 그 사실을 다시 한 번 확인했다. 불과 몇 초 사이에 의자는 풀로 뒤덮이고 기분 나쁜 소리를 연달아 일으키며 조각조각 부서지더니 결국 흔적도 없이 사라졌다.

이 일이 일종의 도화선이 된 것처럼 엘리오는 갑자기 고독한 현실을 뼈저리게 느꼈다. 그는 지금 막 무시무시한 위험에서 간신히 몸을 빼냈고 이제 그를 보호하고 보듬어줄 품은 어디에도 없었다. 세차게 뛰는 심장과 등줄기를 타고 흐르는 한기를 잠재워줄 수 있는 상대는 아무도 없었다.

소년은 구슬픈 탄식을 토하며 집 안으로 들어갔다.

아빠 엄마.

엘리오는 아빠 엄마가 보고 싶었다.

그는 테라스까지 왔던 길을 그대로 돌아가 맨 처음 방으로 들어갔다. 그리고 위르자트 마을로 통하는 문의 문고리를 부리나케 붙잡았지만 결국 열지 못하고 그 자리에 무릎을 꿇고 주저앉아버렸다. 소년은 두 팔을 벌리고 나무 문짝을 어루만졌다.

그러자 곧바로 문 뒤의 광경이 눈앞에 나타났다.

동시에 엘리오는 그 문을 열고픈 마음이 싹 사라졌다.

문 앞에는 군인들이 버티고 있었다. 철통같이 무장한 군인들이 스무 명은 될 듯했다. 그들은 바위들 주위에 군데군데 흩어져 땅바닥을 살펴보며 발자국을 찾고 있었다. 수색 작업은 꼼꼼하게 이루어지고 있었지만 다행히 그들에게는 이 문이 보이지 않는 모양이었다.

그럼에도 한 군인은 문에서 1미터도 안 되는 지점까지 다가왔다. 그는 바닥을 가리키며 동료들을 돌아보고 큼직한 몸짓으로 뭐라고 지시를 내렸고 이내 다른 군인들이 달려와 주위를 에워쌌다. 엘리오는 그들이 하는 말을 들을 수 없었지만 무슨 이야기를 주고받는

지는 알 것 같았다. 군인들은 바위를 더듬어보며 혹시 비밀 통로가 있지는 않은지 찾고 있었다.

군인들과의 거리가 너무 가까웠기 때문에 엘리오는 그들의 손이 닿지 못하는데도 몸을 웅크렸다. 그는 군인들의 존재를 부정하고 싶은 듯 인상을 찡그려 실눈을 뜨고 그들을 보다가 나중에는 그것도 그만두고 문에서 손을 떼었다. 문 밖의 장면은 사라졌다.

엘리오가 용기를 끌어내 다시 한 번 문에 손을 대보았을 때는 군인들이 아까보다 멀찍이 물러나 있었다. 그 자리에는 키가 2미터는 될 법한 남자 한 사람만 남아 있었다. 그는 믿을 수 없을 만큼 잘생긴 남자였다.

이상적인 신체 비율, 도도한 걸음걸이, 부드럽고 윤기 나는 모발, 매끈한 피부와 반듯한 이목구비의 그 남자는 소름이 끼칠 만큼 차가운 눈빛만 아니었다면 신이 만든 완벽한 피조물이었을 것이다.

'질서와 안녕의 가디언이겠지. 그런데 저자만 여기서 뭐 하는 거야?'

엘리오는 생각했다.

모로코는 질서와 안녕의 가디언들이 돌아다니는 지역이 아니었다. 그러니 가디언이 오 아틀라스 산맥에 와 있을 일은 없었으며 모로코 군인들을 지휘할 일은 더욱더 없었다.

그렇지만 군인들은 가디언이 뭔가 지시를 내리는 몸짓을 하자 아무런 토도 달지 않고 고분고분 따랐다. 군인 두 사람이 바위 아래쪽에 검은 상자를 내려놓고 뒤로 물러났다.

엘리오는 그 상자가 폭발할 때에야 비로소 무슨 일인지 깨달았다. 소년은 뒤로 튕겨나듯 물러났고 소리 없는 하얀 빛이 눈부시게 쏟아졌기 때문에 두 눈을 감아야 했다.

　잠시 후 눈을 다시 떴을 때 문은 아무 영향도 입지 않은 것을 보고 일단 안심했다. 그는 다시 문짝에 손을 얹었다. 문 저편은 아무것도 보이지 않았다. 황토색 바위들과 오 아틀라스의 새파란 하늘은 칠흑 같은 어둠으로 바뀌어 있었다.

　절대적인 어둠.

　엘리오는 어디서 이런 확신이 나오는 것인지 모르면서도 폭탄이 이 집을 파괴할 수는 없어도 위르자트와 이 집을 연결하는 문은 부수어버렸을 거라고 생각했다.

　이제 아무도 그 문으로 들어올 수 없을 것이다.

　눈물 한 방울이 뺨을 타고 흘러내렸다.

　소년은 혼자였다.

7

밤이 되자 엘리오는 절망에 빠졌다.

수많은 방들을 돌아다녔었지만 그중 어디에도 등불은 없었다. 혹 모양의 달이 비추는 빛에 그나마 안심이 되었다. 하지만 그러한 달빛 때문에 가구들이 무슨 생명이라도 얻은 듯 불안스럽게 느껴지기도 했다.

이 집은 아마도 그의 집이겠지만 그래도 두려운 구석이 있었다. 지나치게 넓고, 지나치게 신비롭고, 지나치게 어두웠다. 엘리오는 큰 방에 있는 소파에 몸을 동그랗게 웅크리고 눈을 감은 채 어떻게든 잠을 이루려고 했다.

그 틈을 타고 불안과 두려움이 소년을 덮쳤다. 아빠 엄마는 어디 있을까? 아빠는 과연 괴물들을 물리치는 데 성공했을까? 엄마가 아빠를 도우러 갔을까?

아빠. 엘리오는 아빠를 깔아뭉갤 듯 떼거지로 달려들었던 그 괴물들의 모습을 겨우 머릿속에서 밀어냈다. 그리고 아빠는 반드시 빠져나올 수 있다고 했던 엄마의 말을 떠올렸다. 아빠는 정말로 강했다. 사예프나 마을의 그 어떤 어른보다도 강했다. 아빠는 괴물을 물리쳤을 것이다. 꼭 그래야만 한다!

엄마. 엄마가 문이 부서진 줄 알게 되면 어떻게 할까? 아는 것이 많은 라피 할아버지가 새 문을 지을 수 있도록 도와주실까? 엄마가 이곳에 오기까지 얼마나 시간이 걸릴까?

만약 아빠가 돌아가셨다면? 붉은 개들과 크락스가 아빠를 잡아먹었다면? 그런 생각을 하자 엘리오는 두려움에 자기도 모르게 숨을 헐떡였다. 갑자기 공기가 없어진 것처럼 갑갑해졌다.

만약 엄마가 영영 오지 않는다면 어떻게 하지? 눈물이 비 오듯 흘렀다. 도저히 참을 수 없는 눈물이었다.

평생을 이 집에서 홀로 살아야 한다면?

홀로!

엘리오는 몸을 동그랗게 말고는 꿈쩍도 하지 않았다.

그리고 아주 한참 뒤에 그 자세 그대로 잠이 들었다.

창문으로 새어 들어온 아침 햇살에 엘리오는 잠에서 깨어났다. 이곳이 어디인지, 자신이 무엇을 하고 있는지 기억을 되살리기까지 잠시 시간이 필요했다.

엘리오는 기억이 돌아오자 눈을 감았다. 어젯밤 자신을 괴롭혔던 불안의 파도가 또다시 밀려들 줄 알았다.

하지만 그렇지 않았다.

물론 소년은 서글프고 불안했다. 그래도 휴식을 취하고 난 다음이었고 아침 햇살까지 비치니 자신의 처지가 어젯밤처럼 암담하게만 느껴지지는 않았다.

자리에서 일어난 엘리오는 배 속에서 꼬르륵 소리가 나자 하루 동안 아무것도 먹지 않았다는 사실을 깨달았다. 큰 방의 벽장과 선반을 뒤져보았지만 요기를 할 만한 거라고는 손톱만큼도 나오지 않았다.

그래도 엘리오는 먹을 것이 없다고 불안해하지는 않았다. 그 방은 어차피 널찍한 거실이었지 주방은 아니었기 때문이다. 먹을 것을 찾으려면 당연히 주방으로 가야 했다. 이 정도 규모의 집이라면 필시 어딘가에 주방이 있을 터였다. 아니, 어쩌면 두세 개의 주방이 딸려 있을지도 모를 일이다. 그곳을 찾아내기만 하면 되었다.

엘리오는 주방을 찾아 이 희한한 건물의 일부를 주도면밀하게 탐색하며 오전 시간을 보냈다.

하지만 모두 허사였다. 사방팔방에 문들이 있었지만 잠겨 있거나 다른 방, 다른 문이 있는 복도로 통하는 문들뿐이었다. 어디에도 주방은 없었다. 해가 중천에 떴을 무렵, 엘리오는 완전히 진이 빠져서 일단 쉬기로 했다.

소년은 테라스로 나가 바닥에 주저앉았다. 배가 고파 죽을 것 같았다. 바짝바짝 타는 목도 그동안 아무것도 마시지 못했다는 사실을 단단히 일깨워주었다.

아니, 마냥 울고 있을 때가 아니라 생각을 해야 한다.

아빠라면 이런 상황에서 어떻게 했을까?

아빠라면 물이 있을 법한 곳에서 물을 찾았을 것이다. 엘리오처럼 힘들게 탑으로 올라가며 물을 찾기보다는 습기가 많고 서늘한 곳을 먼저 생각했을 것이다.

지하실이다.

엘리오는 방금 전 집 아래로 내려가는 계단을 발견한 참이었다. 하지만 어두운 곳은 위험할 것이라는 생각에 그냥 지나쳐왔다. 그게 실수였다.

목이 탄 나머지 다시 용기를 낸 소년은 다시 계단 앞으로 갔다.

겁을 냈던 것은 잘못이었다. 얼핏 보니 계단은 그리 길지 않았고 문을 계속 열어놓으면 햇빛이 들어와 어느 정도 주위의 정황을 구분할 만했다.

엘리오는 조심조심 계단을 내려가 바위산 안에 파놓은 듯한 널찍한 공간으로 들어섰다. 한가운데에서 찰랑거리는 소리가 과연 그가 찾던 것이 여기에 있음을 알려주었다.

물은 마셨지만 배고픔은 해결되지 않았다. 엘리오는 다시 집 안을 탐색하기 시작했다. 주방도, 지하 저장고도, 창고도 없었다. 그러다 한나절이 지나 어떤 철문 앞에 도달했다.

그는 그 자리에서 미동도 하지 않았다.

엄마는 철문을 열면 안 된다고 당부했다. '절대로 열면 안 된다, 엘리오!'

단 한 순간이라도 엄마의 말을 거역할 수는 없었다. 집 밖의 풀밭은 얼마나 탐스럽고 부드러워 보였는지 엄마의 충고를 잊어버릴 뻔했었다. 하지만 지금 보고 있는 이 철문은 묘한 반감을 불러일으켰다. 아니, 그보다 더 불길했다.

공포를 불러일으키는 문이었다.

두툼하고 시커먼 금속 문짝에 강철못이 박힌 그 문은 사람을 불안하게 하는 기운을 내뿜고 있었고 중앙에 달린 부실한 상아 손잡이는 우스꽝스러울 만큼 어울리지 않았다. 이런 문을 열었다가는 흉측한 괴물들을 만날 수밖에 없을 것 같았다.

'다른 세상의 집에는 일곱 개의 철문이 있지. 세 개의 문은 로트르를 무찌르고 세 부분으로 쪼개어 그 각각을 거품 세상에 가두느라 쓰였지. 나머지 네 문은 위험하고 무서운 세상으로 통하는데 바티쇠르들이 막아버렸어. 여덟 번째 문은 큐브야.'

"유수라?"

엘리오가 중얼거렸다.

지금까지 그 목소리가 엘리오의 머릿속에서 그토록 길게 말한 적은 없었다.

"유수라, 너야? 난 네가 무슨 소리를 하는지 전혀 모르겠어."

목소리는 대답 없이 침묵을 지켰고 엘리오는 한숨을 쉬었다. 아빠 엄마는 이 목소리가 어디에서 나오는지, 왜 엘리오에게 그 목소리가 들리는지 한 번도 설명해주지 않았다. 아빠 엄마는 다만 그 목소리가 엘리오에게 이롭다고, 언젠가는 그 목소리가 하는 말의 의미를 다 알게 될 거라고만 했다.

엘리오는 그 목소리의 환심을 사기 위해 레일라의 증조할머니 이름을 따서 유수라라고 불렀지만 그래봤자 딱히 변한 것은 없었다. 유수라는 여전히 미스터리했고 그가 하는 말들도 수수께끼였다.

엘리오는 반대편 벽에 몸을 붙이며 철문을 피해 지나갔다. 해가 저물 무렵이 되자 더 이상의 탐색은 포기해야만 했다. 이제 다리가 말을 듣지 않을 정도로 피곤했기 때문이다. 지금껏 살아오면서 이렇게까지 배가 고프기는 처음이었다.

그래도 엘리오는 집의 일부나마 탐색을 마쳤고 희망을 버리지 않았다. 내일 아침에 다시 집 안을 샅샅이 돌아보고 문제의 주방을 꼭 찾아내고 말 것이라고.

적어도 그렇게 될 거라고 스스로 믿어야 했다. 그러다가 소년은 문득 풀밭에 해가 지는 순간의 장관을 보았다. 참으로 아름다운 해넘이, 언젠가 라피 자드와 누르 산에 올라가 보았던 노을만큼이나 근사했다.

베르베르 노인을 떠올리니 목이 메어왔다. 라피 할아버지가 여기에 있다면, 바로 옆에 앉아 있을 수만 있다면 무슨 일이든 할 수 있을 것 같았다.

아니, 아무라도 여기 있다면. 혼자가 아닐 수 있다면.

엘리오가 눈물을 훔치는 순간, 등 뒤에서 누군가의 목소리가 들렸다.

바로 뒤에서.

가늘고 높지만 상쾌한 음성이었다.

"네가 날 불렀니?"

8

엘리오는 심장이 가슴을 뚫고 튀어 나오는 줄 알았다. 소리를 지르려고 입을 벌렸지만 그럴 겨를도 없이 뒤부터 돌아보았다.

웬 여자아이가 테라스에, 그것도 엘리오 바로 옆에 서 있었다.

어린애, 기껏해야 다섯 살밖에 안 됐을 아이였다. 무척 가무잡잡한 피부에 예쁜 금빛 곱슬머리를 하고 아주 큰 눈의 눈동자는 특이한 보랏빛을 띠고 있었다. 맨발에 잠옷 한 장만 달랑 걸친 여자아이는 코를 찡그리며 엘리오를 보고 있었다.

"너야, 아니면 딴 사람이야?"

아이는 집이나 풀밭 쪽으로는 시선도 주지 않았다. 석양 따위는 더욱더 안중에도 없는 듯했다.

"너…… 넌 요정이니?"

엘리오는 홀연히 나타난 여자아이에게 중얼대듯 물었다.

여자아이는 되레 깜짝 놀라는 눈치였다.

"요정? 아냐, 당연히 아니지. 요정이 세상에 어디 있다고."

이건 엘리오 앞에서 해서는 안 될 말이었다.

"있어. 요정은 분명히 있거든? 그 증거로 난 그저께 내 방 창문 밑에서 요정의 날개를 봤어."

여자아이는 갑자기 흥미롭다는 표정을 지으며 집 쪽으로 고개를 돌렸다.

"어느 거?"

"뭐가 어느 거야?"

"어느 창문에서 봤는데?"

"여기가 아니야. 여긴 우리 집이 아니거든. 아니, 우리 집이 맞긴 맞는데 진짜는 아니야. 요정의 날개는 위르자트에 있어. 거기가 진짜 우리 집이야."

"아하…… 그런데 왜 나를 불렀니?"

여자아이는 요정이니 창문이니 하는 것에 관심을 잃었는지 다시 물었다.

엘리오는 머리를 긁적거렸다. 이 이상한 여자아이는 정말로…… 이상했다.

"난 널 부른 적 없어. 사실…… 어쨌든 내가 부르진 않았다고 생각해. 네가 나타났을 때 나는 여기 앉아 있었지. 난…… 그냥 외롭다고 생각하고 있었어. 라피 자드가 옆에 있었으면, 아빠 엄마가 여기 있었으면 했지. 봐봐, 난 너랑 알지도 못하고……"

"자드가 뭐야?"

"할아버지를 뜻하는 말이야. 하지만 라피는……"

"너희 아빠 엄마는 어디 있는데?"

"위르자트에."

"거긴 또 어디야?"

"모로코의 오 아틀라스 산맥에 있는 마을이야."

"아빠 엄마가 널 버렸어?"

엘리오는 목이 꽉 메었다.

"아냐. 우리는 공격을 받았기 때문에……"

"코의아틀라스[5]는 어디야?"

"오 아틀라스는 산맥 이름이고 모로코는……"

"왜 넌 혼자야?"

엘리오가 항복한다는 뜻으로 두 손을 번쩍 들었다.

"그만!"

"뭐가 그만이야?"

"나에게 그만 물어보라는 뜻이야. 일일이 대답하려면 밤을 새도 모자랄걸. 어쨌든 대답해도 넌 잘 듣지도 않잖아."

"그렇지 않아!"

"아, 그래?"

"넌 오 아틀라스라는 산맥에 있는 위르자트에 산다면서. 진짜 너희 집은 거기에 있고 우리 뒤에 있는 이 어마어마한 건물은 가짜 집이라면서. 너희 아빠 엄마가 널 버린 건 아니지만 무슨 공격을 받아서 너 혼자 있는 거랬지. 넌 아주 슬퍼서 아빠 엄마와 너의 자드를

---

5. '모로코의 오 아틀라스'를 잘못 알아듣고 물은 것이다.

다시 만나고 싶어 하잖아. 그리고 네 방 창문 밑에서 날개를 봤기 때문에 요정이 진짜로 있다고 생각한다며. 봤지? 난 다 듣고 기억하고 있어. 네가 이름을 알려주면 그 이름도 잊어버리지 않고 기억할 거야."

엘리오는 잠시 가만히 있다가 이내 사과를 구하듯 미소를 지었다.

"내 이름은 엘리오야."

"나는 에린이야."

두 아이는 한동안 말없이 서로를 바라보았다.

엘리오는 에린이 몇 살인지 감이 잡히지 않았다.

작고 가냘픈 소녀라서 처음 보았을 때는 다섯 살이나 먹었을까 생각했는데 일곱 살짜리 레일라보다 더 똑 부러지게 말을 잘하지 않는가. 하지만 그게 결정적 단서가 될 수는 없었다. 모르는 사람들이 엘리오의 조숙한 신체나 행동을 보고 아홉 살이 아니라 열 살은 됐을 거라고 짐작할 때가 많았으니까.

"너 몇 살이야?"

두 아이는 동시에 질문을 던졌다. 그러고는 깔깔대며 웃음을 터뜨렸다.

"아홉 살."

"난 다섯 살 반."

엘리오는 에린의 나이를 제대로 맞췄다는 데 의기양양해서 이 아이가 나타난 순간부터 물어보려고 했던 질문마저 잊어버릴 뻔했다. 하지만 물어보지 않을 수 없었다.

"그런데 너 어떻게 왔어? 풀밭을 건너온 거야?"

"설마, 당연히 아니지."

"그럼 어떻게 왔는데?"

"이미 말했잖아. 네가 날 불렀다고."

"왜 왔느냐를 묻는 게 아니야. 어떻게 왔느냐고."

"나 귀머거리 아니거든. 네가 불렀으니까 여기 있는 거야."

"그런 말은 아무 의미도 없어."

에린이 그 말에 발끈해서 눈살을 찌푸렸다.

"아냐, 의미가 없긴 왜 없어!"

"그래, 의미가 있긴 있겠지. 하지만 난 이해를 못하겠다고."

에린은 한숨을 쉬었지만 엘리오에게 보충 설명을 해줄 마음이 생긴 것 같지 않았다. 엘리오는 특유의 호감 가는 함박웃음을 지어 보이고 팔을 크게 움직여 지평선을 가리켰다.

"내가 이해를 못한다고 해도 그건 당연한 일 아니야? 이 집은 어느 나라인지도 모를 곳에 처박혀 있지, 사방으로 최소한 수백 킬로미터는 풀밭 천지지. 여기서 자라는 풀은 뭐든지 먹어 치우고 길은 아무 데도 없어. 그런데 네가……"

엘리오는 말을 멈추었다. 어떻게 된 일인지 머릿속에서 상황이 그려졌기 때문이다.

"알았다! 넌 여기 사는구나! 내가 아직 가보지 못한 이 집 어느 한 구석에 살고 있었구나. 아마 주방 옆에 살겠지."

엘리오의 기대가 무색하게도 에린은 깔깔대고 웃었다.

"너는 머리가 좋은 애는 아닌가 보다."

"왜 그런 소릴 하는데?"

엘리오는 어쩐지 실망스러운 기색을 감출 수가 없었다.

"절대로 머리 좋은 애는 아니지. 잘 들어봐. 난 그냥 내 침대에서 자고 있었어. 그런데 네가 부르니까 여기 나온 거야. 아주 간단한 일이지."

"하지만 그런 일은 있을 수 없단 말이야! 너 머리가 좀 이상한 거 아냐?"

엘리오는 이 말을 뱉자마자 후회했다. 에린에게 상처를 주거나 공연히 기분을 상하게 하고 싶지는 않았다.

"미안……"

"우리 엄마도 그런 일은 있을 수 없대. 누가 나를 불러서 가보면 엄마는 그 자리에 없으니까 내 말을 믿지 못해. 나는 엄마에게 진실만 말하는데도 말이야."

에린은 슬픔이 가득한 목소리로 말했다.

"엄마가 네 방에 들어와서 텅 비어 있는 침대를 보실 수도 있겠구나."

"아니, 누가 내 방에 들어오면 난 그곳으로 돌아가게 돼."

에린은 정말로 슬프고 안돼 보였다. 엘리오는 얼른 화제를 바꿀 방법을 찾았다.

"넌 자주…… 음, 그래…… 누가 불러서 가곤 하니?"

"그때그때 달라. 마지막으로 누가 날 부른 건 보름 전이었는데, 지붕 위에 쪼그려 앉은 고양이 한 마리가 부른 거였어. 그 전에는 사람들이 자신의 가을빛을 보고 감탄해주기 바라는 숲이 불렀고. 맨 처음으로 부름을 받았던 때가 또렷이 기억나. 어떤 할머니였는데 나이가 정말 정말 많았어. 그 할머니가 내가 뭔지 모를 것을 굉장히 두려워하면서 누군가가 손을 잡아주지 않으면 눈을 감을 수 없다고 그랬어……"

태양은 마침내 풀밭에 잠겨버렸고 하늘은 차츰 붉은빛과 금빛에서 바다처럼 검푸른 빛으로 변해가고 있었다. 에린이 몸을 부르르 떨었다.

"알았다!"

엘리오가 갑자기 외쳤다.

"뭘 알았다는 거야?"

"너희 엄마가 네 말을 믿게 할 방법을 알았어. 너희 집 근처에서 절대로 볼 수 없는 뭔가 괴이하고 놀라운 것을 가져가는 거야. 그걸 보면 너희 엄마도 네 말을 믿을 수밖에 없겠지!"

에린은 코끝을 살살 긁적거리며 엘리오의 말을 듣다가 두 손을 마주쳤다.

"그런 생각은 한 번도 못 해봤는데! 그런 방법이 있을 줄은 몰랐는데 통할 것 같아. 그런데 어디서 그런 희한한 물건을 구한담?"

에린은 해가 지자 먹빛 바다로 변한 풀밭을 돌아보았다.

"집 안에, 집 안에 있을 거야. 풀밭은 안 돼."

엘리오가 서둘러 말했다.

집 안은 어두컴컴했지만 그들은 금세 인디언 전사의 냉정한 표정이 잘 살아 있는 자그마한 조각상을 찾을 수 있었다.

"이거면 완벽해. 넌 진짜 대단해. 잘 있어, 엘리오."

"너…… 가는 거야?"

엘리오는 아쉽고 서운한 마음이 들었다. 에린과의 이야기에 빠져 있는 동안은 괴물, 군인, 아빠 엄마 일을 다 잊을 수 있었다. 자신의 고독도 잊을 수 있었다.

"지금…… 가는 거야?"

"그럼."

에린은 오히려 엘리오의 말투가 변한 데 놀라며 대꾸했다.

"저…… 정말? 누군가가 널 부르기만 하면 넌 또 올 수 있는 거야?"

"아니. 이만하면 됐다 생각하면 내 침대 속에서 다시 잠들어 있게 돼."

"내가 널 부르면?"

"내가 잠을 자는 동안에 부른다면, 혹시 또 올 수 있을지도 몰라."

엘리오는 별로 망설이지도 않고 부탁했다.

"그럼 네가 오면서 먹을 것을 좀 가져올 수 있을까? 난 이틀째 아무것도 못 먹었어."

"이틀이나! 왜 그 이야기부터 하지 않았어? 자, 받아."

엘리오의 눈이 휘둥그레졌다.

에린의 잠옷에는 주머니가 달려 있지 않았고 무슨 가방을 가져온 것도 아니었다. 그런데 지금까지 어디에 감춰두었는지도 모를 것을 환하게 웃으며 내밀지 않겠는가. 그것은 큼지막한 빵, 그것도 가운데를 갈라서 두툼한 고기조각과 양상추, 토마토, 그밖에도 먹음직한 것들을 잔뜩 채워 넣은 샌드위치였다!

엘리오는 이해하고 말고를 떠나 일단 샌드위치를 움켜잡고 미친 듯이 먹어 치웠다. 샌드위치는 기대 이상으로 맛있었다. 지금까지 이렇게 맛있는 음식은 먹어본 적이 없었다.

에린은 허겁지겁 빵을 입에 우겨 넣는 엘리오를 바라보며 배꼽이 빠져라 웃어댔다.

"엄마는 내가 어떻게 물건을 나타나게 할 수 있는지 몰라. 하지만 나에겐 참 편리한 재주지. 나만의 비결이야."

엘리오는 에린의 이야기에 주의도 기울이지 않고 거대한 샌드위치의 육즙이 흘러내리지 않게 몸을 숙였다.

고개를 들었을 때 에린은 이미 사라지고 없었다.

나중에 엘리오는 소파에 몸을 동그랗게 만 채 그날 있었던 일을 영화를 돌려보듯 되새겨보며 에린이 거짓말을 했다고 생각했다.

가슴이 답답해졌다.

에린은 거짓말을 했다.

요정이 아니라는 그 말은 거짓이 틀림없었다.

9

한밤중에 엘리오는 장대비가 퍼붓는 소리에 잠에서 깨어났다.

눈을 뜨는 순간, 가까운 곳에서 새하얀 번갯불이 번쩍 떨어지는 바람에 앞을 제대로 볼 수 없었다. 귀청이 떨어져나갈 듯한 천둥소리에 집이 흔들렸다. 엘리오는 무서워 비명을 지르며 소파 구석에 웅크렸다.

겁먹은 먹잇감 앞에서 으스대는 포식자처럼 폭우와 천둥 번개는 더욱 기승을 부리며 정신없이 이어졌다. 바람이 지붕 위로 쉭쉭 몰아치고 도랑과 홈통에는 물이 넘쳤으며 층마다 창문들이 덜커덩거렸다.

엘리오는 눈을 감았지만 하늘을 갈가리 찢는 듯한 활 모양의 번갯불은 눈을 감고도 감지할 수 있었다. 손으로 귀를 틀어막아도 이 집을 에워싼 아수라장의 굉음으로부터 벗어날 수 없었다.

“엄마…… 엄마……”

엘리오는 신음하듯 엄마를 불렀다.

요란한 천둥 번개만이 소년의 부름에 답했다.

폭풍우가 한 시간쯤 몰아치고 나니 차차 천둥소리가 작아지고 소리가 들리는 간격도 띄엄띄엄해졌다.

나중에는 바람이 가라앉았고 하늘이 뚫린 듯 퍼붓던 빗소리도 집 구석구석에서 흐르는 물소리로 바뀌었다.

엘리오는 울고 또 울다가 어느새 잠이 들었다.

다시 청명하게 걷힌 하늘에 태양이 떠올랐다. 테라스에 군데군데 남은 물웅덩이와 건물 외벽의 축축한 얼룩만이 지난밤 이 집을 후려쳤던 거센 폭우를 입증해주었다.

엘리오는 눈부신 햇살에 눈을 찡그리며 테라스로 나왔다. 밤새 그를 놓아주지 않았던 긴장이 풀리지 않아 심장이 떨렸다. 평소 같으면 유연하고 민첩하기 그지없었을 행동거지도 자신감이 떨어져 있었다.

그는 풀밭을 마주하고 밉살스럽다는 듯이 똑바로 쏘아보았다. 물기를 머금은 풀은 전날보다 한층 더 푸르고 싱그러워 보였다. 저 평화로운 겉모습 안에 아귀가 감춰져 있다니. 그것도 크락스만큼이나 위험하고 교활한 괴물이.

엘리오는 테라스에 들고 나왔던 간이의자를 머리 위로 번쩍 들어

올려 풀밭을 향해 최대한 멀리 내동댕이쳤다.

"맛있게 먹어라, 아르마드 와스!"

아르마드 와스, '못된 괴물'이라는 뜻이다! 바람에 실려가는 엘리오의 고함소리가 답답한 가슴을 조금 풀어주는 듯했다.

엘리오는 의자가 잡아먹히는 광경을 지켜보지 않고 홱 돌아섰다.

그때 유수라가 속삭였다.

'프라툼 보락스.'

풀밭은 이름이 있었던 것이다. 그 징그러운 풀밭의 이름을 듣고 나니 괴물을 상대하고 있다는 생각이 더욱더 굳어졌다. 과연, 상대는 풀의 모습을 한 괴물이었다.

"프라툼 보락스." 엘리오는 쓴맛을 음미하듯 이 두 단어를 그대로 읊으며 물었다. "나에게 또 할 말은 없겠지?"

유수라는 아무 말도 없었다.

엘리오는 오전 내내 집 안 둘러보기를 계속했다. 셀 수 없이 많은 방, 복도, 계단 외에도 세 개의 철문을 더 발견했다. 철문들은 맨 처음 보았던 것과 마찬가지로 저절로 조심스레 피할 수밖에 없도록 사람을 압도하는 사악한 기운을 뿜고 있었다.

해가 중천에 떴을 때 엘리오는 다시 배가 고파 견딜 수 없었다. 뭐라도 삼켜야겠다는 생각에 그렇게까지 목이 마르지는 않았지만 돌로 깎은 지하실까지 한달음에 내려가 벌컥벌컥 물을 마셨다. 얼음처럼 차가운 물에 이가 시렸지만 포만감은 들지 않았다.

테라스로 돌아오자 어제 먹었던 두툼한 샌드위치가 잔인하리만치 눈앞에 어른거렸다. 그는 자기도 모르게 혀를 내밀고 침을 흘리고 있음을 깨달았다.

"에린?" 소년은 한참 망설이다가 그 이름을 불러보았다. "에린, 내 말 들려?"

"엘리오, 너 여기 있냐?"

소년은 소스라치게 놀랐다.

집 안에서 들리는 그 목소리는 에린의 목소리가 아니었다. 엘리오가 아는 사람의 목소리도 아닌 것 같았다. 힘 있고 자신감 있는 남자의 목소리였다.

"엘리오, 어디 있어?"

엘리오의 심장이 두방망이질쳤다.

아빠 엄마, 라피 할아버지나 마을 주민이 아니라면 뭔가 사악한 속셈을 품고 찾아온 사람일 가능성이 농후했다.

그 목소리가 다시 한 번, 좀 더 가까운 곳에서 들렸다.

엘리오는 다급하게 여기저기 돌아보며 숨을 곳을 찾았다. 집 안에서야 숨을 곳을 얼마든지 찾을 수 있겠지만 이곳 테라스에서는 사정이 달랐다. 그렇다고 지금 집 안으로 들어갈 시간은 없었다. 엘리오의 시선이 프라툼 보락스를 스치고 지나갔지만 이내 그의 두 눈이 번쩍 뜨였다. 목소리의 주인공을 보았기 때문이다.

"아, 드디어 찾았구나!"

엘리오는 돌아서서 한달음에 달려갔다.

한 남자가 테라스에 나타났다. 키가 크고 체격이 좋은 남자는 검다고 해도 무방할 만큼 짙은 피부색에 긴 머리를 하나로 묶어 늘어뜨렸다. 낡아빠진 티셔츠와 그에 못지않게 낡은 청바지 차림이었지만 얼굴 가득 환한 미소를 짓고 있었다.

그 미소는 엘리오의 기억에도 남아 있었다.

지노. 지노 아저씨가 틀림없었다.

엘리오는 지노 아저씨를 서너 번밖에 보지 못했다. 아저씨가 어쩌다 위르자트에 왔다 갈 때 잠깐 본 것이 고작이었고 그나마 마지막으로 보았을 때도 2년은 더 된 옛날이었다.

지노 아저씨. 아빠 엄마와 라피 할아버지와 아주 친한 사이라서 아저씨가 한 번 올 때마다 성대한 잔치를 하곤 했다. 악기도 잘 다루고, 맥주와 오페라에 사족을 못 쓰는 아저씨. 그런데 지노 아저씨가 이곳에 웬일일까?

엘리오는 그런 의문을 제대로 떠올릴 겨를도 없이 테라스를 달려가 아저씨의 품에 안겼다. 그는 지노 아저씨를 잘 몰랐고 대여섯 번 말을 걸어본 적밖에 없었지만 그런 것은 중요하지 않았다.

이제 엘리오는 혼자가 아니었다.

지노는 자신의 목으로 달려드는 어린 소년을 어색하게 끌어안았다.

엘리오.

나탕과 샤에의 아들.

지노가 처음 엘리오를 보았을 때 이 아이는 생후 2개월밖에 되지 않은 갓난아기였다. 투명한 초록빛 눈동자에 호기심이 가득한, 정말로 예쁜 아기였다.

지노는 처음에 반사적으로 아기를 받아 품에 안으려 했지만 샤에가 검은 눈으로 쏘아보는 바람에 그러지 못했다. 심지어 샤에의 목구멍에서 튀어나오는 으르렁 소리를 듣고 입가에서 무서운 송곳니가 튀어나오는 모습을 본 것 같은 착각마저 들었다.

희한하게 그 후에 엘리오를 몇 번 만났는데도 여전히 샤에가 처음에 정해준 거리를 더 이상 좁힐 수가 없었다. 그렇게 엘리오는 쑥쑥 자랐지만 지노는 엘리오에 대한 감정을 제대로 표현할 도리가 없었다. 언젠가는……

"아저씨가 절 위르자트로 데려갈 거죠?"

엘리오가 지노의 귓가에 대고 속삭였다. 아이의 속삭임은 물음이라기보다는 애원에 가까웠다.

지노는 마음을 달래는 손길로 아이의 머리칼을 쓰다듬었다.

"아니다, 엘리오. 위르자트로 통하는 문은 망가지고 말았어. 우린……"

"그래서 엄마 아빠가 못 오는 거예요?"

지노는 목이 메었다.

"그래…… 그래서 못 오신단다."

"그럼 엄마 아빠를 만나려면 어떻게 해야 해요?"

엘리오는 자신감을 되찾았다. 그는 지노의 품에서 벗어나 똑바로 서서 눈을 바라보며 대답을 기다렸다.

"우리는 다른 문으로 나가야 해. 그 문은 위르자트가 아니라 마르세유로 통한단다. 라피가 우리를……"

"할아버지가요?"

"응. 라피가 네가 여기 있다고 나에게 일러주었단다. 나에게 너를 마르세유로 데려오라고 말씀하셨지."

"그럼 곧장 그리로 가요."

"그게 나을 것 같구나."

"좋아요."

두 사람은 손을 잡고 집 안을 지나갔다. 엘리오는 크게 몸짓을 해 가며 자신이 집 안을 탐색해서 본 것들, 여러 개의 철문, 폭풍우, 바위를 깎아 만든 지하실, 번갯불에 눈이 멀 뻔한 이야기를 들려주었다.

엘리오는 한 가지 물어볼 것이 떠오른 후에야 이야기를 멈췄다.

"아저씨는 요정을 믿어요?"

지노는 잠시 시간을 두고 생각하더니 대답했다.

"솔직히 말해 요정이 있는지 없는지 잘 모르겠구나."

엘리오가 가슴을 펴고 당당하게 외쳤다.

"저는요, 확실히 알아요. 요정을 만났거든요!"

마르세유로 통하는 문을 넘을 때서야 비로소 엘리오는 지노 아저씨가 테라스에 나타나기 직전에 얼핏 보았던 어이없는 광경이 생각났다.

하지만 이제 와서 돌아갈 수는 없었다.

엘리오는 프라툼 보락스 한복판에 간이의자가 처박힌 모습을 마음속에 간직한 채 다른 세상의 집을 떠났다.

그 의자는 조금도 상하지 않았다.

마르세유

1

엘리오는 층계참으로 나왔다. 집을 나설 때면 언제나 그랬듯이 냄새에 구역질이 치밀었다. 시큼하고 토할 것 같은 냄새, 땟물과 오줌, 살충제가 뒤범벅된 듯한 지린내. 석 달이 지났지만 이 지저분한 냄새에는 도무지 적응이 되지 않았다.

이 층계참에서 하나밖에 남지 않는 전구는 엘리베이터 색깔과 같은 초록색 페인트가 묻어 있어서 불빛을 불안하게 흐렸다. 어둠은 이곳에 진동하는 악취와 손을 잡고 답답한 느낌을 더욱 가중시켰다.

어쩌면 이렇게 더러운 곳이 다 있담?

엘리오는 이미 오래전부터 워낙 위험해서 탈 수 없게 된 엘리베이터에 눈길도 주지 않고 가방을 고쳐 멘 뒤 일곱 층을 걸어서 내려갔다.

보도로 나오자 맞은편 건물 외벽에 설치된 대형 전광판이 보였다. 전광판에서는 유럽 동맹의 국경을 따라 그랑 뮈르(대장벽)를 건설한다는 보도가 나오고 있었다.

엘리오는 한숨을 쉬었다. 전날 저녁에 텔레비전을 시청하는 것을 깜빡했기 때문에 엘리오의 IC(신분확인) 전자 팔찌에는 불이 들어오지 않았다. 시민이라면 누구나 그렇듯이 엘리오 역시 매일 최소한 세 시간은 텔레비전을 시청해야 했다. 유럽 동맹 주민의 대부분은 이 의무를 오히려 즐거움으로 삼고 있었지만 엘리오는 이 규칙을 자주 잊곤 했다. 다행히도 집에서 일찍 나선 참이라 학교에 도착하기 전에 접속할 시간은 있었다.

엘리오는 감시카메라가 접속을 인증할 수 있도록 전광판을 똑바로 바라보려고 애쓰며 IC 팔찌의 스위치를 눌렀다. 바로 그 순간, 보도 화면은 끝나고 건설 중인 작업 현장 대신에 질서와 안녕의 여성 가디언의 얼굴이 스크린에 나타났다.

엘리오는 또다시 한숨을 쉬었다. 가디언의 말을 시청하면 시청 시간 포인트는 두 배로 쌓이지만 IC 팔찌에 내장된 미니스피커로는 정지를 시키지도 못하고 꼼짝없이 10분간 사람을 나른하게 만드는 위선자의 감언이설을 들어야만 했다. 엘리오에게 그것은 진심으로 피하고 싶은 고문이었다.

그럼에도 선택의 여지는 없었다. 그는 화면에서 눈을 떼지 않고 벽에 기대어 괴로운 시간을 인내심으로 견뎠다.

라피 할아버지 말대로 질서와 안녕의 가디언(Gardien de l'Ordre et du Bien-Être), 이른바 GOBE는 황홀할 정도의 미인이었다. 믿을 수 없는 관능미를 풍기는 얼굴이었다. 시청자는 저마다 그녀의 새파란 두 눈이 오로지 자기만을 향해 반짝이고 그녀의 입술이 자기에게만 전하는 말을 하는 것 같은 착각에 빠지곤 했다.

하지만 완전히 착각이라고만 볼 수도 없는 일이었다.

"당신의 인생과 선택은 중요해요, 엘리오. 행복해지세요, 그러면 대통령도 행복하실 거예요. 행복해지세요, 그러면 나도 행복할 거예요."

엘리오는 한숨이 나오려는 것을 참았다. 며칠 전부터 새로운 기능이 IC 팔찌에 장착되었다. 이제 GOBE는 시민 한 사람, 한 사람을 위한 맞춤형 메시지를 전파할 수 있게 된 것이다.

"우리 두 사람 모두 행복해지기 위한 계획이라면 정말 멋지지 않나요? 엘리오, 그렇게 생각하지 않아요?"

여성 가디언의 푸른 눈과 장난기 어린 미소에도 엘리오는 대리석처럼 냉담했다. 무관심 외에 다른 감정을 느끼게끔 하려는 정부의 속셈을 짐작은 하고 있었지만 그것이 어떤 감정인지는 알 수 없었다. 그는 잠깐 주위를 둘러보았다.

여성 가디언이 대형 전광판에 나타날 때면 늘 그렇듯이 수많은 행인들이 접속을 하느라 멈춰 서 있었다. 을씨년스러운 날씨에도 이러는 걸 보면 모두들 IC 팔찌를 충전하기 위해 접속하는 것만은 아닌 듯했다.

엘리오는 그중 몇 사람을 알고 있었다. 적어도 오며가며 얼굴은 본 적이 있었다. 같은 학교에 다니는 쥐스탱, 빵집의 앵체 아줌마와 그 집의 네 아이, 같은 아파트 5층에 사는 들레글로즈 아저씨······

엘리오는 들레글로즈 아저씨야 당연하다고 생각했다. 그는 엘리오가 사는 구역에서 도덕위원회 서기관을 맡고 있는 사람이니만큼 소극적인 시민이 아니었다. 저 아저씨는 틀림없이 GOBE의 메시지를 곧이곧대로 믿으며 경청하겠지. 엘리오는 그것이 의미하는 바를 생각하면서 몸서리쳤다.

여성 가디언은 은빛청년단을 찬양하며 말을 맺었다. 젊은이들이야말로 과격파들과 주위의 반대 세력들에게 위협받고 있는 동맹에게 영광스러운 내일을 기약할 수 있는 유일한 보증이라고 그녀는 말했다.

"은빛청년단이야말로 강성한 나라의 힘이랍니다." 여자의 육감적인 입술이 클로즈업되었다가 차츰 흐려지면서 말했다. "엘리오, 당신도 들어가세요! 우리와 함께해요! 나와 함께해요!"

"저 따위 GOBE 위선자들에게 가담하는 이유는 고등학교에 가고 대학에 진학할 방법이 그것밖에 없기 때문이지. 너도 그렇게 생각지 않아?"

같은 학교에 다니는 쥐스탱이 엘리오를 보고 중얼거렸다.

엘리오는 미세하게 고개를 끄덕이다 말았다. 엘리오도 그렇게 생각하긴 했지만 그는 쥐스탱과 잘 아는 사이가 아니었다. 할아버지는 엘리오에게 항상 신중하게 굴어야 한다고 말씀하셨다.

'질서와 안녕의 가디언들은 사람을 밀고하거나 도발해서 함정에 빠뜨리는 데 선수란다. 넌 아직 어려서 감옥살이까지는 하지 않겠지만 그래도 조심하지 않으면 아주 골치 아파질 수 있어.'

할아버지는 그렇게 주의를 주었다.

하지만 쥐스탱은 자신이 쓸데없는 소리를 늘어놓았다고 생각했는지 후회하는 듯 황급히 엘리오와 거리를 두려고 하는 눈치였다. 그런 걸 봐서는 밀고자는 아닐 것 같았다. 그 아이는 이미 성큼성큼 저만치 앞서 걸어가고 있었다.

엘리오는 아주 잠깐이지만 좀 더 용기를 내 쥐스탱에게 맞장구치지 않은 것을 후회했다. 하지만 이내 마음을 고쳐먹었다. 이제 엘리오가 사는 곳은 위르자트가 아니라 마르세유였고 그의 안전은 그가 얼마나 조심하고 신중하게 처신하느냐에 달려 있었다. IC 팔찌의 표시등을 확인해보았다. 시민 의무 접속 시간 표시등이 초록색으로 바뀌어 있었다. 엘리오는 가방을 어깨에 다시 둘러메고 발걸음을 옮겼다.

엘리오가 다니는 중학교는 마르세유 시 한복판에, 집에서 몇 백 미터만 걸어가면 되는 곳에 있었다. 학교에 도착하기까지 5분도 걸리지 않았다. 그는 무장 군인 두 사람이 보초를 서고 있는 탐지 장치가 달린 교문을 통과하고 감시원이 IC 팔찌를 스캔할 수 있도록 팔을 내밀었다. 황소 같은 얼굴에 덩치가 좋은 남자는 늘 하던 일이니만큼 능숙하게 팔찌를 확인했고 엘리오는 이내 운동장에 있던 친구들에게로 갔다.

아이들의 대화는 활기가 넘쳤다. 최근 들어 마르세유 시의 밤을 발칵 뒤집어놓는 사건들이 화제에 올랐다.

"글쎄, 내 말이. 소탕 여단은 GOBE와 관계가 있는 거라니까."

엘리즈는 친구들만 듣고 있는지 확인하고는 귓속말로 말했다.

"말이면 다냐! 무슨 이유로 에른스트 파사가 민간 부대를 지원하겠어? 그날 밤에만 세 명이 죽었다는 거 알고 하는 소리야?”

사뮈엘이 핀잔을 주었다.

무거운 침묵이 이어졌다. 소탕 여단이 저지른 일을 언급해서라기보다는 유럽 동맹의 대통령 이름이 튀어나왔기 때문에 떨어진 침묵이었다.

엘리즈가 고개를 저었다.

“넌 그놈들이 남쪽 구역은 그냥 두고 이곳에만 불을 질렀다는 게 이상하지도 않니? 밤마다 떼를 지어 움직이는데 순찰대한테 붙잡혀 IC 팔찌 검문을 당하지도 않았다는 게 이상하잖아? 하필이면 질서와 안녕 체제를 비판하는 발언을 했던 우리 사촌오빠만 흠씬 두들겨 맞고 폐인이 되었다는 게 이상하잖아?”

엘리즈는 목소리를 낮춰 속삭이면서도 절규하듯이 묻고 있었다.

엘리오는 귀를 곤두세우고 친구들의 이야기를 들었다. 흔히 들을 수 없는 이 대화에 끼고 싶은 마음이 굴뚝같았지만 처음 몇 마디를 얼핏 들었을 때부터 입을 다물기로 작정한 터였다. 라피 할아버지가 엘리오의 나이를 속여서 중학교에 보내긴 했어도 이제 겨우 1학년이었다. 연초부터 엘리오는 이 중학교 3학년의 조숙한 선배들에게 관심을 받기는 했지만 학년이 다르기 때문에 어정쩡한 거리를 유지하다가 며칠 전부터 겨우 함께 어울리게 되었다. 그래서 엘리오는 조심스럽게 행동해야만 했다.

엘리오는 그 선배들의 이야기가 부모나 친척의 이야기를 그대로 옮긴 것에 지나지는 않을지 모른다고 생각하니 두려웠다. 만약 그렇다면 그는 대화에 흥미를 보일 이유가 없었고 섣불리 무슨 말을 했다가 위험만 초래하고 말 것이다.

'귀 기울여 잘 듣고 익히되 너 자신을 드러내지는 말아라. 약속하마. 이제 조금만 더 있으면 내가 너에게 모든 것을 설명해주마.'

라피 할아버지가 해준 말이 떠올랐다.

"네 사촌오빠가 그런 발언 때문에 놈들에게 당한 거라면 구역 도덕위원회에서 바로 개입할 수도 있었을 텐데."

브누아가 끼어들어 한마디했다.

"위원회에서 개입했더라면 사촌오빠는 기껏해야 보름간 강제 집단 노동만 하고 끝났을 거야. 그런데 소탕 여단이 나타나는 바람에 오빠는 남은 평생을 휠체어에 기대어 살아야 하는 신세가 됐어."

엘리즈가 쏘아붙였다. 브누아는 눈을 내리깔았다.

"미안해, 난 그냥……"

사이렌 소리가 브누아의 말을 끊었다.

"모두 줄 서!"

한없이 늘어지는 사이렌 소리가 사라진 후에 교문의 감시원이 소리쳤다.

학생들은 일사분란하게 명령을 따랐지만 엘리즈는 주위의 눈치를 슬쩍 보다가 몸을 숙여 친구들에게 속삭였다.

"오늘 밤 11시에 B 블록 지하에서 만나자. 너희들에게 해줄 말이 있어."

감시원이 운동장을 휘휘 둘러보았다. 감시원은 그들이 서둘러 교실로 올라가는 줄에 합류하지 않고 자기들끼리 소곤대는 모습을 발견하고는 부리나케 다가왔다.

“줄 서라니까! 빨리 줄 서지 않으면 너희들 IC 팔찌를 다 찍어버
리겠다!”

소년 소녀들은 지체하지 않고 서둘러 각자의 길로 흩어졌다.

2

엘리오는 자리에 앉아 가방에서 학용품을 꺼냈다. 그는 공책을 집어 들다가 겉표지에 붙어 있는 이름표를 손가락으로 어루만졌다. 엘리오 하디. 라피는 친할아버지로 가장하고 이 학교에 엘리오를 입학시켰다. 교장선생님에게 엘리오가 열한 살이라고 속이고 진짜 성(姓)을 숨긴 채 라피의 성으로 되어 있는 가짜 증빙서류를 제출했던 것이다.

중학교를 다니라는 말에 엘리오가 깜짝 놀라자 라피는 이렇게 설명했었다.

"나를 믿어라. 위르자트를 공격한 자들이 우리를 추적하고 있기 때문에 그들이 단서를 잡지 못하도록 따돌려야만 해. 너는 초등학교가 아니라 중학교에 가게 될 거다. 너는 다행히 또래보다 훨씬 키가 크고 머리도 좋으니까 수업을 따라가기가 어렵지 않을 거다."

라피는 엘리오가 못미더워하는 기색을 보이자 활짝 미소를 지으며 이런 말도 덧붙였었다.

"친애하는 엘리오 군. 그 중학교로 가야 해. 교문 감시원이 알려지지 않은 오랑우탄 족속의 마지막 후예가 분명하다는 이유만으로도 그 학교에 가야지. 그런 구경거리를 놓쳐서야 되겠어."

그때 엘리오는 라피의 농담에도 웃지 않았다. 엘리오가 이유를 좀 더 자세히 설명해달라고 닦달하자 라피는 완고하게 그럴 수 없다는 뜻을 밝혔다.

"지금은 안 돼. 단 한 가지, 네 아빠 엄마가 어떻게 됐는지는 나도 알게 되는 대로 바로 알려주마. 하지만 불행히도 나 역시 아무것도 모른단다. 그 밖의 네 질문들에 대해서도 바로 가르쳐줄 수 없어. 그랬다가 네가 현실을 잘못 해석하게 될지도 몰라. 너는 네 나름대로 독자적인 생각을 해야 해. 이곳 시테(cité), 도시, 나라, 여기 사는 사람들, 명령을 내리는 사람들, 복종하는 사람들에 대해 느껴보렴. 그러고 난 다음에 우리 이야기하자꾸나."

라피는 더 이상 한마디도 하려 하지 않았다.

그래서 엘리오는 위르자트에서 과연 무슨 일이 일어났는지, 왜 이 음산한 아파트에서 살아야 하는지, 무엇보다 아빠 엄마가 어떻게 되었는지 알 수가 없었다.

마르세유에서 보낸 첫 사흘은 시도 때도 없이 터지는 눈물과 서

러운 시간의 연속이었다. 엘리오는 그때마다 눈이 퉁퉁 붓고 제대로 말조차 할 수 없을 정도로 혼란스러웠다. 버림받은 기분인데 속 시원한 대답조차 듣지 못하니 미칠 것 같았다.

하지만 그게 최악은 아니었다.

낮이 지내기 힘겨운 시간이었다면 밤은 말 그대로 공포의 시간이었다.

열 번, 스무 번이나 엘리오는 자다가 땀에 흠뻑 젖어 벌떡 일어났다. 소년은 입을 헤벌린 채 소리 없이 울부짖으며 자신을 괴롭혔던 악몽에서 헤어나오지 못했다. 그 사악한 괴물들이 아빠 엄마를 해치는 꿈. 아니면 초원의 풀잎 하나하나가 죽음의 촉수가 되어 아빠 엄마를 집어삼키는 꿈. 침을 질질 흘리며 송곳니를 번득이는 붉은 개, 늑대인간, 어마어마한 크기의 벌레, 광기 어린 눈으로 날뛰는 원숭이들이……

그리고 이성과 희망을 파괴하는 이 악몽 속에는 항상 크락스의 음험한 그림자가 길게 드리웠다.

라피는 그 사흘 밤 내내 엘리오의 기운을 북돋아주기 위해 귓속말을 속삭이고 다정하게 달래주었다. 언제나 눈을 뜨면 라피가 옆에 있었기 때문에 엘리오는 자기를 재우느라 라피가 사흘 밤 내내 한숨도 자지 못했다는 것을 알고 있었다.

엘리오는 점점 더 깊은 어둠 속으로 빨려 들어가는 기분이었지만 나흘째 아침에 자리에서 일어났을 때는 그를 괴롭히던 어둠의 장막이 비로소 걷힌 것 같았다.

눈물은 흘릴 만큼 흘렸다.

이제 더는 울지 않을 것이다.

"너는 강하구나. 과연 뛰어난 혈통은 속일 수 없구나."

눈물 마른 눈과 결연한 표정으로 주방에 들어서는 엘리오를 보고 라피 할아버지는 말했다.

그때부터 엘리오는 모든 시간과 집중력을 쏟아 왜 세상이 망가져 가고 있는지 이해하고자 했다.

그는 위르자트에서 학교를 다니지 않았지만 많은 토론을 통해 학교 수업 이상으로 많은 것을 배웠다. 아빠는 가디언들에 대해, 그들의 광신이 자유에 미치는 위협에 대해 말하곤 했다. 아빠는 인간의 광기는 여러 가지 얼굴로 나타날 수 있다고, 진정한 민주주의에 도달하려면 극복해야 할 시련이 아주 많다고, 민주주의의 생명을 지키기 위한 노력도 그와 마찬가지라고 했다.

엘리오는 비록 어렸지만 성숙하게 아빠의 말에 귀를 기울이고 한 마디, 한 마디를 새겨들었다. 그래서 아빠 성격의 근본이라고 할 수 있는 정의감과 인간애는 고스란히 엘리오의 인성이 되었다.

엘리오가 더 자라면 철학자들도 혀를 내두르게 될 터였다.

그리고 엘리오는 요정의 존재를 지금도 철석같이 믿고 있었다.

"엘리오 하디, 내가 방금 한 말을 그대로 해보겠나?"

타살 선생님의 목소리가 무뚝뚝하게 울렸다. 평소도 그렇지만 살가운 기색이라곤 전혀 찾을 수 없는 목소리였다.

상념에 푹 빠져 있던 엘리오는 교실 안에 침묵이 감도는 것도 몰랐고, 수학 선생님이 수업을 시작한 것도 몰랐다. 선생님이 무엇에 대해 이야기하고 있었는지도 도통 감이 잡히지 않았다.

대수학? 기하학? 아니면……

"우리의 사랑하는 에른스트 파사 대통령께서 당신의 지팡이로 앞길을 밝히사 옛 유럽을 이루던 나라들을 하나로 모으셨습니다. 그 나라들은 무정부 상태의 방임과 혼란에 빠져 있었으나 대통령께서 질서와 권력을 부여하셨습니다. 우리가 누리는 평화와 행복은 다 그분의 덕입니다."

엘리오는 망설이는 기색을 비치지 않고 평소 선생님이 주저리주저리 하는 말을 그대로 고했다.

타살 선생님의 눈이 번쩍 빛나는 것을 보니 화나고 놀란 듯했다. 엘리오는 반사적으로 당황한 기색을 보일 뻔했지만 아무렇지도 않은 척 잘 버텼다.

"잘했다. 그래도 오해를 살 만한 수업 태도를 보이지 않도록 주의하기 바란다. 그러면 나로서는 네 IC에 지적을 남길 수밖에 없으니까."

엘리오는 고개를 숙여 그 말을 시인했다.

순전히 꾸며낸 복종이었다.

타살 선생님이 수업을 시작할 때마다 늘어놓는 대통령에 대한 감사의 말을 끝내고 수학 수업을 시작하자 엘리오는 다시 깊은 생각에 빠져들었다. 조금 전에 일어난 일은 엘리오가 비정상이라는 사실을 위태롭게 노출시킨 실수였다.

‘튀는 행동을 하지 않도록 무엇보다 조심하렴. 눈여겨보고, 잘 듣고, 그러면서도 있는 듯 없는 듯한 사람, 소리도 없고 냄새도 없는 사람이 되어야 해.’

라피 할아버지는 그렇게 일렀다. 그러고는 미소를 지으며 이런 말도 했었다.

‘네가 잊어버린 것 같아서 가르쳐주는데 냄새 없는 사람이 되고 싶거든 복도 오른쪽 끝에 있는 샤워부스를 이용하렴.’

엘리오는 라피 할아버지의 유머는 적당히 받아들이고 조언은 곰곰이 되새겼다. 어째서 할아버지는 엘리오가 조심스럽게 굴기를 바랐을까? 같은 반 친구들보다 열 배는 더 빨리 머리가 돌아가고, 선생님이 설명을 마치기도 전에 수업 내용을 모두 이해하고, 한 번 들은 얘기는 잊는 법이 없으며 컴퓨터처럼 빠르고 정확하게 계산할 수 있는 엘리오가 어떻게 튀지 않을 수 있단 말인가?

운동에서도 똑같은 고충이 따랐다. 엘리오는 같은 반 친구들보다 두 살 이상 어렸지만 운동을 웬만큼 잘한다는 애들보다 달리기, 높이뛰기, 드리블, 공 던지기, 수영 등 종목을 막론하고 월등하게 뛰어났다. 그래서 수시로 자신을 돌아보고 일부러 실력을 감추어야 할 때가 많았다. 하지만 아무리 조심해도 이미 수많은 사람들의 눈길을 끌고 말았다. 놀라는 눈길, 시샘하는 눈길, 아주 죽일 듯이 째려보는 눈길까지 골고루 말이다.

엘리오는 비정상이었다. 그건 확실했다.

그렇지만 이런 이야기를 라피 할아버지에게 했더니 할아버지는 안심하라는 듯이 미소를 지었다.

"그런 비정상적인 능력은 오히려 좋은 자산이지. 네 능력을 잘 파악하고 갈고닦아 크게 키우렴."

그때 할아버지가 미소를 거두고 덧붙였다.

"……하지만 아무도 네 능력을 알게 해선 안 된다!"

엘리오는 한숨이 나오려는 것을 참고 선생님이 해설을 끝내기도 전에 이미 암산으로 다 풀어버린 수학 문제에 집중하는 척했다. 할아버지가 말하는 자산 따위, 악마에게나 줘버리라지! 엘리오는 위르자트로 돌아가 아빠 엄마와 함께 있을 수 있다면 특별한 능력 따위는 사라져도 상관없었다.

읽을 줄도 모르고, 셈도 할 줄 모르고, 바보 천치처럼 이해도 못하고, 로켓처럼 날쌔게 달리지 못해도 좋았다.

엄마 품에 딱 붙어 있을 수만 있다면.

예전처럼 요정들이 나타나기를 기다리며 지낼 수 있다면.

3

　오후에는 불쾌한 사건이 일어났다. 학생들은 운동장에서 줄을 서라는 사이렌이 울리기를 기다리고 있었다. 엘리즈는 B 블록 지하에서 만나자고 제안한 이유에 대해 더 이상 입을 열지 않았고 오후의 수다는 아침보다 진부하고 시시한 내용으로 흘러갔다.

　브누아와 카림은 서로 자기가 응원하는 축구 팀이 더 낫다고 티격태격했고 사뮈엘과 에멜린은 화단에 앉아 자기들끼리 나지막하게 이야기를 나누었다. 모르간은 아직 운동장에 나타나지 않았다.

　조금 전부터 엘리오는 엘리즈와 이야기를 해보려고 했지만 잘 풀리지 않았다. 엘리즈가 단호한 손짓으로 입을 다물라고 했기 때문이다. 엘리즈는 창백했다. 엘리오는 엘리즈가 무엇을 보고 있는지 눈으로 좇다가 펠리프가 운동장을 가로질러 오는 모습을 보았다.

　펠리프는 이 중학교에서 가장 나이가 많은 학생 중 한 명이었다.

키와 몸집이 크고, 도발과 폭력에 남다른 취미가 있는 펠리프는 눈꼴사납도록 잘난 척하고 학교에서나 동네에서나 친구를 생각할 줄 모르는 녀석이었다. 그렇지만 그 녀석이 사람들의 관심을 받는 이유는 체격이 좋다거나 잘난 척하기 때문이 아니었다. 펠리프는 이 중학교에서 처음으로 시테와 그 나머지 도시를 가르는, 눈에 보이지 않지만 분명한 경계를 넘어가 은빛청년단의 빛나는 셔츠를 보란 듯이 입고 다니게 된 소년이었던 것이다.

펠리프는 새로운 제복이 주변에 조장하는 긴장감을 만끽하면서 잔뜩 으스대며 운동장을 걸어왔다. 펠리프의 등장으로 조용해진 운동장에는 그가 지나갈 때 주위에서 수군거리는 소리만 들릴락 말락 했다.

펠리프가 엘리오와 친구들에게 다가오자 침묵은 깨졌다.

"근사한 셔츠구나! 네 얼굴에 진짜 잘 어울리는데? 혹시 쓰레기통에서 주워 입었니?"

엘리즈가 비아냥댔다.

오만하게 희희낙락하던 펠리프가 그 자리에서 굳어버렸다.

펠리프는 기꺼이 엘리즈의 얼굴에 주먹을 날리고도 남을 놈이었다. 엘리즈가 여자라고 봐줄 녀석이 아니었다. 하지만 주위에 엘리즈의 친구들이 워낙 많이 있었고 그 친구들의 눈에서 일렁이는 불꽃을 보면서 감히 그런 행동을 할 수는 없었다.

"나…… 난…… 난……"

녀석이 말을 더듬었다.

엘리즈의 입가가 비틀리며 경멸하는 미소가 떠올랐다. 그때 그들 뒤에서 목소리가 들렸다. 타살 선생님의 목소리가.

"여기 무슨 일이지?"

아무도 대답을 하지 않자 선생님이 언성을 높였다.

"내 말이 안 들리나!"

"아무것도 아니에요, 선생님. 아무 일도 없어요. 저흰 그냥 이야기를 하고 있었어요."

엘리즈가 대답했다.

그러자 타살 선생님은 펠리프를 보고 물었다.

"이 친구들 이야기가 맞니?"

펠리프는 오래 망설이지 않았다.

"아닙니다, 선생님. 엘리즈가 제 셔츠를 가지고 놀렸어요. 저보고 쓰레기통에서 주워 입은 셔츠냐고 하더군요."

타살 선생님의 눈에 불꽃이 번쩍 일었다.

"쓰레기통? 정말 그런 말을 했어?"

"엘리즈가 분명히 그렇게 말했습니다. 정말이에요!"

선생님의 시선이 부드러워졌다.

"펠리프, 아무것도 걱정하지 마라. 발칙한 말을 지껄인 사람은 틀림없이 벌을 받게 될 테니까. 요 못된 계집애는 모르는 것 같다만 너의 은빛청년단 참여는 너 자신의 명예일 뿐만 아니라 우리 학교에도 명예란다. 하지만 엘리즈는 그런 복을 누릴 자격이 없구나. 내가 숙제 검사하면서 잘 기억해두었다가 기꺼이 오늘 저녁이 되기 전에 펠리프의 시민 IC 팔찌에 특별 점수를 입력해주겠다."

그러고서 타살 선생님은 성난 얼굴로 엘리즈를 돌아보았다.

"너는 날 따라오도록!"

"IC에 징계 한 건이 등록돼서 도덕위원회에 출두해야 해. 아마 벌점을 메우려면 밤을 거의 새워야 할 거야. 나 간다. 빨리 시작해야 빨리 끝내지!"

엘리즈는 애써 아무렇지 않은 듯 활기차게 말했지만 사실은 낙담하고 있었다. 오후 반나절을 교장실에서 보내고 겨우 교실로 돌아왔지만 그녀에게 자세한 이야기를 듣고 싶어서 수업이 끝나기만 기다렸던 친구들에게 눈길조차 주지 않을 만큼 지쳐 있었다.

"오늘 저녁 약속은 여전히 유효한 거야?"

에멜린이 물었다.

"그렇고 말고! 절대 잊지 마. B 블록 지하에서 밤 11시야."

엘리즈는 발끈하며 대답했다. 그 애는 그 말만 남기고 뒤돌아서서 성큼성큼 걸어갔다.

다른 아이들이 서로 눈치를 살폈다.

"너흰 어쩔 생각이야?"

사뮈엘이 물었다.

"음…… 처음에는 별로 마음이 동하지 않았거든. 하지만 엘리즈가 저렇게 정색을 하고 나서는데 이제 와 발뺌은 못 하겠어."

브누아가 대답했다.

"나도 가겠어. 부모님 눈에 띄지 않고 밤에 나올 수 있도록 알아서 해볼게."

모르간도 맞장구쳤다.

"나도 마찬가지야."

에멜린이 말했다.

친구들은 한 사람씩 약속 장소에 나타나겠다는 의사를 밝혔다. 사뮈엘은 맨 마지막으로 엘리오에게 물었다.

"꼬맹이, 넌 어떡할래?"

엘리오는 놀림이라기보다는 애정을 담아 부르는 이 별명에 익숙해져 있었다. 하지만 이 패거리에서 누가 엘리오의 의견을 묻는 것은 처음이었으므로 괜히 가슴이 두근거렸다.

"나도 갈 거야."

엘리오의 목소리는 떨리지 않았다. 그래서 엘리오 자신도 마음이 편안해졌다. 그는 자랑스럽게 가슴을 폈지만 각자 헤어지기 전에 카림이 던진 말은 그의 흥분에 찬물을 끼얹었다.

"조심들 하라고. 소탕 여단이 시테를 또 한 번 쓸고 갈 거라는 소문이 파다해."

4

엘리오가 그날 있었던 일을 전하는 동안 라피는 한 번도 그의 말을 끊지 않고 귀를 기울였다.

"……그래서 저도 약속 시간에 맞춰 나가겠다고 했어요."

"그러니까 그곳에 가기로 작정했구나?"

"네, 가겠다고 말을 했으니까 나가야지요."

"그런 행동이 어떤 위험을 초래하게 될지 생각은 하고 있니?"

엘리오는 늙은 베르베르인의 목소리에서 화가 난 기색을 조금이라도 찾으려 했지만 허사였다. 혹은, 그의 질문에 숨겨진 이중적 의미를 찾을까 했지만 그런 것 같지도 않았다. 엘리오의 생각대로, 라피는 화가 난 것이 아니었다. 그래서 허심탄회하게 대답했다.

"네, 그렇다고 생각해요. 경찰에게 붙잡힐 수도 있겠지만 아주 심각한 일로 번지지는 않을 거예요. 지금은 통행금지가 있는 것도 아니잖아요. 하지만 소탕 여단 놈들에게 걸리면 좀 성가셔지겠죠.”

“그럴 경우에는 어떡할래?”

“소탕 여단이 저처럼 어린애에게 관심을 보일 것 같진 않은데요. 운이 나빠서 일이 꼬이면 죽어라 튀어야죠, 뭐.”

라피의 얼굴에 환한 미소가 번졌다.

“정말 아무것도 두렵지 않은 게냐?”

“두렵지 않긴요, 두려운 게 얼마나 많은데요. 하지만 모든 것이 다 두렵진 않아요.”

라피는 고개를 주억거렸다.

“엘리즈가 무슨 말을 할 것 같으냐?”

엘리오 자신도 오후 내내 그 의문을 떨치지 못했지만 만족스러운 결론에 도달하지 못했다.

“전혀 감이 안 잡혀요. 어쩌면 질서와 안녕의 체제와 싸울 방법을 제안하지 않을까요?”

“그건 네가 싸워야 한다고 생각하기 때문이냐?”

엘리오는 초록색 눈동자로 라피의 시리도록 푸른 눈을 들여다보았다.

“제가 할아버지 생각을 짐작할 수 없는 이유는 할아버지가 제 물음에 대답해주지 않았기 때문이 아니에요. 아빠는 에른스트 파사가 독재자라고 했어요. 그리고 할아버지도 그 사실은 익히 알고 계시잖아요. 당연히 싸워야 하지 않나요!”

“누구에게 벌써 그런 말을 한 적 있니?”

라피는 웃지도 않고 심각한 표정으로 물었다.

"도덕위원회 서기관인 들레글로즈 아저씨한테요. ……농담이에요. 누구에게 이런 말을 하겠어요."

"도대체 그런 유머 감각은 누구에게 물려받았는지 모르겠구나."
라피는 하늘을 쳐다보며 어이없다는 듯이 말했다. "그래도 이 할아버지에겐 꽤 흥미로운 점이 한 가지 보이는구나. 어떻게 너희 중학생들이 유럽 동맹의 대통령과 맞설 생각을 했을까?"

"글쎄요, 저도 모르겠어요."

이제 15분만 있으면 11시였다. 엘리오가 문을 열고 나서려다가 잠시 멈추고 라피를 돌아보았다.

"브누아와 다른 친구들은 중학교 3학년인데도 부모님 몰래 집을 빠져나와 약속 장소로 온대요. 전 이제 겨우 아홉 살인데 할아버지는 제 마음대로 나가게 내버려두시네요. 이유가 뭐예요?"

라피가 고개를 저었다.

"그런 이유라면 골백번도 더 말했다. 뭘 그런 걸 물어."

"그래도요. 심각한 질문도 아니잖아요."

엘리오가 라피에게 졸랐다. 라피가 망설이는 낌새를 눈치채고는 더욱더 보챘다.

"제발 말해주세요, 자드."

자드. 할아버지. 이것은 마법의 단어였다. 그 말은 라피의 가슴에 늘 정확히 꽂혔고 가끔은 두 손을 번쩍 들게 했다.

가끔은 말이다.

바로 지금처럼.

"그래, 좋다. 왜 네가 한밤중에 외출을 해도 말리지 않는지 알고 싶으냐? 네가 자칫 목숨을 잃을 수도 있고 나는 애간장이 타들어갈 텐데, 그런데도 그냥 보내주는 이유를 알고 싶은 게야?"

"네."

"그건 네가 그 약속 장소에 가야만 하기 때문이다, 엘리오. 그게 다야."

엘리오는 라피의 마지막 말을 생각하며 B 블록으로 부리나케 발걸음을 옮겼다. 날씨는 스산했고 건물 계단 같은 곳에 몇몇 젊은이들이 주저앉아 이야기를 나누고 있긴 했지만 전반적으로 시테는 한산하기 그지없었다.

단 한 대의 자동차가 텅 빈 도로 위를 서행하고 있었다. 차 안에 앉은 네 남자는 몇 안 되는 행인들을 주시하고 있었다. 엘리오는 빈약한 울타리 뒤로 슬쩍 몸을 숨기고 자동차가 멀어질 때까지 기다렸다가 다시 도로로 나왔다.

그는 카림과 거의 동시에 약속 장소에 도착했다. 다른 친구들은 이미 뒤집어놓은 나무 궤짝, 오래된 타이어, 찢어진 스쿠터 안장 따위를 의자 삼아 자리를 잡고 앉아 기다리고 있었다.

엘리즈는 카림과 엘리오까지 나타난 것을 보고 고개를 끄덕였다.

그러고는 자리에서 일어나 엘리오가 들어오자마자 지하실 문을 닫았다. 그들이 자리에 앉을 때까지 엘리즈 자신은 선 채로 기다리다가 이윽고 입을 열었다.

"부모님들이 우리 나이였을 때는 이 나라 사람 누구나 자기 뜻대로 생각하고, 자기 주장을 펼치고, 언제 어디든 자기가 원하기만 하면 자기 생각을 말할 수 있었다는 거 아니?"

친구들 중 그 누구도 엘리즈가 이런 식으로 말문을 열 거라고는 예상치 못했다. 그들은 동요하며 불편해했다. 브누아는 농담을 던지려 했지만 엘리즈는 그런 식으로 분위기가 산만해지는 것을 용납하지 않았다.

"에른스트 파사와 빌어먹을 GOBE는 15년 동안 복지를 제공한다는 핑계로 우리의 자유를 앗아갔어. 그들은 우리에게 IC 팔찌를 채우고 도덕위원회, 시민들끼리의 경쟁과 밀고 따위로 우리를 압박했다고. 빨리 조치를 취하지 않는다면 이제 우리는 인간이라고 할 수도 없는 존재가 될 거야!"

엘리오의 시선은 엘리즈에게 향했다가 입을 떡 벌리고 그녀의 말을 듣고 있는 다른 친구들에게로 향했다.

'이 애들은 엘리즈를 이해하지 못하고 있어. 엘리즈는 나름대로 고민하고 어른들하고도 이야기를 했을 거야. 하지만 지금 자기 말을 듣는 아이들이 기껏해야 열다섯 살이라는 사실은 고려하지 않고 있어.'

엘리오는 그렇게 생각했다. 자신은 아홉 살밖에 안 됐으면서 엘리즈의 말에 완벽하게 공감하고 있다는 사실은 제쳐두고 말이다.

그는 이른바 자신의 비정상적인 능력을 자연스럽게 받아들이고 더 이상 골치 아프게 생각하지 않았다.

엘리즈는 자기 말에 자기가 흥분해서 친구들의 관심이 차츰 시들해지는 것도 눈치채지 못했다.

"우리는 가축 같은 존재가 됐어. 따분한 프로그램, 노골적인 속셈으로 만든 영화, 저열한 광고를 꾸역꾸역 주입당하면서 무조건적인 복종을 배우지. 그들은 우리를 은빛청년단에 끌어들여서……"

에멜린은 의미심장한 눈으로 손목시계를 바라보았다.

"……우리의 정신을 조종하겠다는 거야. 남들과 다른 것은 위험하다, 대통령이 말하는 것은 다 옳다, 그런 식으로 믿게 하려는 수작이야. 에른스트 파사가 대통령이 되기 전에 우리 부모님들은 자기 손으로 나라의 지도자들을 뽑았다는 거 알아? 그런 걸 선거라고 불렀대."

학교 친구들은 그런 쪽으로 아는 것이 너무 없었다. 특히 역사에 대해서는 아주 무지했다. 그것이 엘리오가 처음 학교에 와보고 놀랐던 점 중 하나였다. 엘리오는 비록 학교에 다니지 않았지만 역사에 대해서는 친구들보다 훨씬 더 많은 지식을 갖고 있었다.

엘리즈는 확실히 남다른 아이였다.

"우리가 나서야 해!"

"어떻게?"

모르간이 시큰둥하게 물었다.

엘리즈는 몸을 앞으로 숙였다. 질문에 대답하는 그녀의 말투는 아주 심각하고 급박했다.

"남쪽 구역에 바다가 보이는 빈 집이 있어. 그 아래에는 그 집보다 더 크고 넓은 지하실이 있고. 매일 밤 그곳에 모이는 사람들이 있어. 저들이 내세우는 복지가 사실은 추악한 속셈을 담은 세뇌에 지나지 않는다는 것을 아는 사람들이지. 체제와 맞서 싸우는 사람들이야."

엘리즈는 잠시 사이를 두었다가 결론을 내렸다.

"우리도 그들과 한편이 되자."

5

　엘리즈는 남쪽 구역을 향해 성큼성큼 걸었다. 그녀는 깜짝 놀랐다. 친구들이 그녀가 가거나 말거나 내버려두었기 때문이다!

　하지만 엘리즈는 진심과 성의를 담아 말했다. 친구들에게 그녀가 아는 사실, 그녀의 생생한 감정을 토로했다. 사촌오빠가 해준 말을 옮겼고 세상 누구나 마땅히 생각해야 할 사실을 큰 소리로 전했다. 질서와 안녕의 체제와 가디언, IC 팔찌와 시민 경쟁, 가혹 행위와 억압에 대한 이야기는 넘치도록 많았다.

　엘리즈는 친구들을 설득할 수 있다고 믿었다. 어떻게 나날이 무거워지는 독재의 억압을 견딜 수 있단 말인가? 어떻게 행동하지 않으면 안 되는 상황에서 행동에 따르는 위험을 더 크게 생각할 수 있단 말인가? 어쩌면 친구들이 이렇게 비겁하게 나올 수 있을까?

　엘리즈는 자기 옆에 나란히 서서 묵묵히 걷고 있는 엘리오를 힐끔 쳐다보았다.

열한 살. 엘리오는 고작 열한 살이었다. 그것도 열한 살로 보이지 않는 열한 살. 그런데도 이 아이 혼자만이 엘리즈를 따라가겠다고 나섰다. 나이만 갖고 따지자면 가련하고 보잘것없는 꼬마에 지나지 않지만 엘리즈는 그렇게만 생각할 수는 없었다.

이 꼬맹이는 사람을 놀라게 하는 녀석이었다. 속을 알 수 없을 정도로 신중한 아이, 유난히 조숙하고 섬세한 데가 있어서 예외적으로 엘리즈가 속해 있는 집단에 받아들여지지 않았던가. 엘리즈네 패거리는 배타적이라고 해도 무방한 아이들이라 지금껏 1학년짜리를 끼워준 적이 없었다.

엘리즈는 이 꼬맹이가 얼마 안 돼 구슬치기 따위로 관심을 돌릴 줄 알았지만 녀석은 끈질기게 따라붙었다. 그나마 잘된 일은, 엘리오는 자기 반 친구들과 친하게 지내지도 않고 굳이 그렇게 되려는 마음도 전혀 없어 보인다는 점이었다. 꼬맹이는 말수가 적었지만 일단 입을 열면 놀랄 만큼 딱 부러지는 말만 했다.

지하실에서 엘리즈가 열변을 토했을 때 그 말의 의미를 헤아린 사람도 엘리오뿐이었다. 엘리즈가 자신이 어떻게 할 수 있는 상황이 아니라고 느꼈지만 물에 빠진 사람이 지푸라기 잡듯이 엘리오의 초록빛 눈동자에 번득이는 신념을 붙잡고 매달렸다.

다른 친구들은 미안하다면서 허풍과 웃기지도 않는 농담을 구구절절 늘어놓으며 지하실을 떠났지만 엘리오는 그녀에게 다가와 말했다.

"넌 정말 옳은 이야기를 했어. 난 너와 함께할게."

엘리즈는 꼬맹이를 다시 한 번 보았다. 남쪽 구역은 도시의 반대쪽 끝에 있었으므로 그들은 발길을 재촉했다. 그녀는 엘리오가 포기하거나 피곤해할까 봐 걱정했었다. 하지만 요 망할 꼬맹이 녀석은 머리만 좋은 게 아니라 몸도 튼튼한 모양이었다. 벌써 시테에서 벗어나 한 시간 가까이 걸었지만 녀석의 걸음걸이는 여전히 가벼웠다.

게다가 엘리즈의 생각을 읽기라도 한듯, 그녀를 쳐다보며 말하는 게 아닌가.

"더 빨리 걷고 싶으면 그렇게 하자."

엘리오의 머릿속은 숨 가쁘게 돌아갔다.

모르간과 다른 친구들은 손을 떼었다. 엘리즈의 요구는 이 체제에 대해 진지하게 생각해본 적이 없는 중학생들에게는 고려할 가치도 없는 것이었다. 유감스럽게도 엘리즈는 미리 그 점을 깨닫지 못했다. 엘리오는 별로 놀라지 않았다. 요즘 중학생들이 여성 가디언의 새로운 화장법이나 죽도록 따분한 텔레비전 연속극의 줄거리 이야기로 10분 이상 떠드는 것 외에 무엇을 더 할 수 있단 말인가.

엘리오는 그보다 엘리즈가 언급한 집단에 대한 궁금증이 더 컸다. 무기를 갖추고 싸울 태세에 있는 사람들, 필요하다면 살인도 할 수 있는 사람들이라고 했다. 엘리즈는 사촌오빠를 통해 그들의 존재를 알았다고 했다. 엘리즈의 사촌오빠는 그 패에 가담하기로 되어 있었으나 뜻밖에도 소탕 여단을 만나는 바람에 그 계획이 좌절

되었다. 아니, 그 계획뿐만 아니라 그 밖의 수많은 계획들이 모두 무산되었다. 소탕 여단에게 고문을 당한 사촌오빠는 이제 평생 휠체어 신세를 지게 되었으니까.

무장 행동 단체라.

엘리오는 구미가 당겼지만 그와 동시에 무척 불안하기도 했다.

행동해야 한다. 그건 빼도 박도 못할 진실이다. 고분고분하게 명령을 따르느니 차라리 과격한 행동이 나을지도 모른다. 하지만 무기가 어디에 쓰일까? 대통령을 암살하기 위해? GOBE들을 죽이기 위해? 중학교의 교문 감시인은? 수학 선생님은? 들레글로즈 아저씨는? 행동에 가담하지 않겠다고 도망간 브누아나 모르간이 죽지 말란 법은 어디 있는가?

엘리즈와 함께 목적지로 다가가면서 그는 라피가 중구난방의 질문들에 곧바로 해답을 주지 않고 우선 엘리오 스스로 상황을 제대로 한번 파악해보라고 조언했던 이유를 알 것 같았다. 라피는 눈으로 볼 수 있는 곳보다 항상 더 먼 곳을 보라고, 정신이 당연한 것으로 받아들이는 한계를 뛰어넘으라고 했다.

"소위 용감한 사람들과는 정반대로 하는 거야."

라피는 텔레비전 화면에서 왔다 갔다 하는 배우들을 가리키며 그렇게 덧붙였었다.

엘리즈는 엘리오가 만나는 대부분의 사람들보다 예리하기는 했지만 그래도 이 소녀의 사고방식에는 뭔가 잘못된 점이 있었다. 엘리오는 그 점이 무엇인지는 아직 파악하지 못했으나 자신이 엘리즈를 그리 오래 따르지 않을 거라는 예감이 들었다.

바로 그 순간, 배 속에서 묘한 느낌이 일어나더니 온몸으로 퍼졌다. 눈 깜짝할 찰나에 밤의 어둠이 지금까지 한 번도 느끼지 못했던 방식으로 다가왔다. 어둠이 물러나고 자그마한 속삭임이 귓전에 울릴 만큼 크게 들렸다. 밤바람에 실린 냄새가 생생하게 다가왔다. 모든 신체감각이 갑자기 무섭도록 예리해지고 완벽에 가까워진 기분이었다. 자신이 힘차게 몸을 틀어 바로 앞에 있는 벽 위로 뛰어 올라가는 모습이 보이는 것 같았다. 바람도 붙잡고 어둠 속에 한 덩어리로 녹아들 것 같았다. 그건 마치……

그 감각은 나타났을 때와 같이 홀연히 사라졌다. 엘리오는 왠지 기운이 빠지고 눈물이 날 것 같았다. 그는 비틀거리며 넘어지지 않기 위해 가로등을 붙잡았다.

"왜 그래?"

엘리즈가 물었다.

"나…… 나도 몰라. 뭔가가 배 속에서 뒤틀리는 것 같은 느낌이 들었어. 그래서…… 숨이 막혔어."

"좀 쉬었다 갈까?"

엘리즈의 목소리에서 걱정이 묻어났다. 따라오겠다고 한 사람은 꼬맹이였지만 그래도 엘리즈는 책임감을 느끼고 있었다.

"아냐, 괜찮을 거야."

"정말 괜찮아?"

"정말이야."

엘리즈는 마지막으로 한 번 더 꼬맹이를 바라보았고 두 사람은 이내 다시 발길을 옮겼다.

그들은 혹시 모를 일에 대비하여 시테 중심가 외곽으로 돌아가는 넓찍하고 가로등이 많은 대로보다는 중심가 안쪽으로 가로지르는 골목길을 이용했다. 자동차가 그들 쪽으로 오는 바람에 가까이 있는 집 현관으로 숨어들기를 세 번이나 반복했다. 이쪽 구역에서 밤에 돌아다니는 차는 경찰차일 확률이 높았다. 해가 지고 나서 돌아다니면 안 된다는 규칙은 없었지만 두 사람 모두 경찰에 불려갔다가는 난처한 상황에 빠진다는 사실을 잘 알고 있었다.

엘리오는 거리 모퉁이를 돌아 나오면서 그들 앞에 저만치 떠 있는 프리울 섬을 알아보았다. 어둠에 휩싸여 잉크를 풀어놓은 듯한 검은 바다에 한 점의 밝은 빛이 떠 있는 것 같았다.

엘리오는 이미 그곳을 지나온 적이 있었다. 한 번뿐이었지만, 불과 석 달 전이었다.

엘리오는 머릿속에서 차츰 또렷해지는 느낌을 억누르고 싶었다. 주의력이 흩어져선 안 된다. 그보다는 정신을 모아야 할 때였다.

두 사람은 10여 미터를 더 걸어갔고 엘리즈는 바위투성이 언덕에 움푹 들어간 곳을 가리켰다. 그곳에는 호화로운 대저택이 자리 잡고 있었다. 어둠 사이로 그리 높지 않은 문이 보였다.

"저기야."

엘리즈가 말했다. 엘리오는 대꾸하지 않았다. 그는 그 문 뒤에 있는 것을 알고 있었다. 그들은 이제 철제 계단을 따라 내려가 바위 속에 파서 만든 땅굴 같은 통로를 지나갈 것이다. 그 통로 끝에는 석회질 응괴로 사방이 뒤덮인 거대한 공간이 나타날 것이다. 그곳에 다시 새로운 통로가 뻗어 있을 것이다. 엘리오는 완벽하게 기억하고 있었다.

　다른 세상의 집을 나오기 위해 지노 아저씨와 함께 통과했던 문
이 바로 그 통로에 있었으니까.

6

엘리즈는 거무튀튀한 나무 표면을 독특한 리듬에 맞추어 손가락으로 두드렸다.

몇 초쯤 지났을까, 바위틈에 완벽하게 감추어져 보이지 않는 확성기에서 남자의 목소리가 나왔다.

"네?"

"막심이 보내서 왔어요."

철컹 하는 금속성 소리가 울리며 문이 살짝 열렸다. 밖에서 보았을 때는 특별할 것 없는 문이었는데 안쪽은 두툼한 강철 패널이 덧대어져 있었고 엄청나게 크고 묵직한 잠금장치도 달려 있었다.

"스캐너에 IC 팔찌를 찍고 내려오시오!"

확성기에서 아까 그 목소리가 다시 명령하듯 울려 퍼졌다. 엘리즈와 엘리오는 시키는 대로 하고 계단을 내려왔다.

천장에 달린 전구 불빛이 희미해 어디가 어딘지 겨우 구별할 정도밖에 안 되었다. 다행히 잘못 빠질 길이 없어 두 사람은 금세 통로로 들어올 수 있었다.

"막심이 누구야?"

통로로 발을 들여놓으면서 엘리오가 물었다.

"우리 사촌오빠. 몇 주 전부터 오빠는 반란자들과 접촉을 취했지. 그리고 오늘 저녁 여기서 그들을 만나기로 되어 있었어."

엘리즈는 말투도 달라지지 않고 대꾸했다. 왜 막심이 직접 그 약속을 지키지 못했는가에 대해서는 물어볼 필요도 없었다.

두 사람은 50미터 남짓 걸어가다가 석회질 바위로 둘러싸인 방에 도착했다.

엘리즈와 엘리오는 그곳에서 무엇을 보게 될지 정확히 몰랐다. 전투복 차림의 험상궂은 게릴라 부대, 첨단 컴퓨터 장비를 갖춘 사령부, 무기와 총을 쌓아놓은 선반들……

아니, 그런 것은 없었다. 두 사람 앞에는 세 남자가 있었는데 그중 두 남자는 낡아빠진 탁자를 사이에 두고 의자에 앉아 있었고 세 번째 남자는 조금 뒤로 물러나 벽에 기대어 서 있었다. 세 번째 남자는 나이가 60대는 되는 듯했지만 체격이 좋고 외모가 출중했다. 반면 앞쪽에 앉아 있는 부하들은 행색이 볼품없었다. 물렁한 두부살, 무기력한 태도, 투박한 얼굴을 봐서는 신념에 불타는 반란군보다 선술집 단골손님에 더 가까워 보였다.

"염병할, 애들이잖아!"

두 부하 중 한 명이 자기 이마를 탁 치며 거칠게 내뱉었다.

"너희들 여기서 뭐하는 거야?"

다른 한 명도 으름장을 놓았다. 삐쩍 마른 대머리에 축축 늘어지는 수염을 기른 사내였다.

엘리즈와 엘리오는 놀란 눈으로 서로를 바라보았다.

"전…… 아니, 우리도 참여하고 싶어서……"

엘리즈가 말문을 열었다.

"참여는 무슨 참여? 여기가 어린이집인 줄 알아!"

수염쟁이가 엘리즈의 말을 단칼에 잘랐다. 엘리즈는 화가 나서 뭐라고 쏘아주고 싶은 것을 겨우 참으며 이를 악물고 말했다.

"그러게 말이에요! 우리는 오늘 밤 여기 오기 위해 마르세유를 반 바퀴는 걸어왔어요. 놀러온 게 아니라 질서와 안녕의 체제와 싸우려는 사람들과 함께하기 위해서요."

처음에 말을 했던 남자가 자리에서 일어나 두 사람 쪽으로 다가왔다.

"애들아, 잘 들어라. 여기엔 너희가 낄 자리가 없어. 너희가 무엇을 아는지, 혹은 무엇을 안다고 생각하는지, 그런 건 별로 중요하지 않아. 이곳의 문을 두드리게 된 이유가 무엇인지도 별로 중요하지 않고. 우린 어엿한 사내들이 필요해! 꼬마들은 가라!"

그는 마지막 말을 던지면서 특히 엘리오를 눈 아래로 굽어보았다.

엘리오는 이런 식의 모욕에는 익숙했고 사실 이 방에 들어온 순간부터 이건 아니다 싶었다. 이 따위 작자들이 반란군이라면 들레글로즈 아저씨는 록 가수고 중학교 교문 감시인은 대통령 여동생이다.

그는 엘리즈의 팔을 붙잡고 그만 돌아가자고 설득하려 했다. 그런데 갑자기 조금 전에 그를 괴롭혔던 이상한 감각이 돌아왔다.

더 또렷하게.

더 강렬하게.

처음에는 바로 맞은편에 있는 남자의 향기가 콧속에 훅 끼쳤다. 꾀죄죄한 몰골에서 풍기는 역한 냄새도 향기라도 부를 수 있다면 말이다. 그자의 동료에게서도 똑같은 냄새가 풍겼지만 반대로 뒤에 물러나 지금까지 한 마디도 하지 않은 사나이에게서는 아주 깨끗한 체취를 맡을 수 있었다.

그다음으로 천장에서 똑똑 떨어지는 물방울 소리가 고막이 울릴 만큼 뚜렷하게 들렸다. 그와 10미터는 떨어진 거리에서 떨어지는 물방울이었다. 엘리즈의 쉭쉭거리는 숨소리, 그리고 그들의 머리 위 도로에서 지나는 자동차 엔진 소리까지 똑똑히 들렸다.

바로 그 순간, 사방에서 강한 조명을 쏘듯이 지금까지 어두워서 보이지 않았던 구석까지 속속들이 눈에 들어왔다. 그 새로운 감각과 더불어 전에 없던 기운이 엘리오의 몸을 휘감았다. 엘리오는 넘치는 힘을 다스리려고 했다.

그는 반사적으로 저항했다.

수염쟁이는 엘리오에게 무슨 일이 일어나고 있는지도 모른 채 자리에서 일어났다.

"자, 애송이들아, 우린 이미 너희 때문에 시간 낭비 할 만큼 했어. 그러니 꺼져! 그리고 너, 꼬마 녀석, 그렇게 죽일 듯이 노려보지 마라. 안 그럼 혼꾸멍날 줄 알아!"

엘리오의 몸과 마음을 짓누르는 압박이 한층 거세졌다. 참을 수 없는 으르렁거림이 가슴속에서 치밀어 올랐다. 당장 그 남자에게 달려들어 이빨로 갈가리 찢어버리고 싶었다.

이빨?

아니, 송곳니라고 해야 했다.

이제 아주 조금만 의지를 무너뜨려도 입 밖으로 송곳니가 솟아날 것 같았다. 아니, 아가리 밖으로 튀어나올 것 같았다.

수염쟁이는 입구의 스캐너와 연결되어 있는 통제 장비를 주머니에서 꺼내 흘끗 두 사람의 신원을 확인했다.

"로네, 그리고 하디. 정말로 골치 아픈 일에 휘말리고 싶지 않으면 당장 여기서 떠나라!"

엘리오는 자기 안의 그 무엇이 더 기세를 떨치는 것을 느꼈다. 근육에 저절로 힘이 들어갔다. 이곳에서 도망치기 위해서인지, 싸움에 뛰어들기 위해서인지 그조차도 알 수 없었다.

"잠깐만!"

꼼짝 않고 지금까지 지켜보기만 하던 남자가 한 발짝 앞으로 다가왔다.

"둘 중에서 하디라는 성(姓)을 가진 아이가 누구지?"

남자는 엘리즈와 엘리오의 마음을 꿰뚫어보려는 듯 두 사람의 눈을 똑바로 들여다보면서 물었다.

수염쟁이는 어깨를 펴고 못마땅한 표정을 지어 보였다.

"그런 게 무에 그리 대수입니까? 그냥 어린애 둘일 뿐인데……"

"닥쳐라."

초록 눈의 남자는 언성을 높이지 않았으나 그의 명령에는 거역할 수 없는 힘이 있었다. 수염쟁이도 그 점을 모르지 않았다. 그는 얼른 몸을 움츠렸고 까칠하고 젠 체하던 태도는 온데간데없어졌다.

"어느 쪽?"

낯선 초록 눈의 남자가 다시 한 번 물었다.

엘리오를 짓누르던 압박감이 풀어졌다. 그는 한 손을 들었다.

"저예요."

남자는 엘리오에게 미끄러지듯 유연한 걸음걸이로 다가왔다. 자연스럽게 머릿속에 맹수가 떠오를 만큼 그의 거동은 유유하고도 민첩했다.

무슨 행동을 취하기도 전에 남자는 엘리오 앞에 와 있었다. 두 사람은 서로를 바라보며 그들이 놀랄 만큼 서로 닮았다는 사실을 깨닫지 않을 수 없었다.

아니, 빼다 박은 외모라고 해도 좋았다.

"안녕, 엘리오. 내 이름은 바르텔레미다. 아무래도 너와 나는 같은 파미유(famille, 가문)일 거라는 감이 오는구나."

7

"그 남자가 뭐라고 했어?"

엘리즈는 엘리오의 걸음걸이와 보조를 맞추며 서둘러 시테로 돌아가는 길에 물었다.

엘리즈는 지하에서 빠져나온 이후로 줄곧 엘리오의 입을 열려고 노력했지만 엘리오는 혼자만의 생각에 빠져 입도 벙긋하지 않았다. 엘리즈가 도저히 접근할 수 없도록.

"젠장, 말해보란 말이야! 난 그 두 머저리들에게 감시를 받으면서 한 시간도 넘게 널 기다렸다고. 그러고서 나왔으면 최소한 나에게 설명은 해줘야 하는 거 아냐! 어째서 그 남자가 너와 같은 집안이라고 주장하는 건데? 그게 정말이야, 아니야? 반(反)체제 운동에 대해서는 뭐라고 그래?"

엘리오는 현실로 돌아오기가 힘든 사람처럼 몸을 부르르 떨었다. 그러나 결국 입을 열었다.

"그래, 그런 이야기를 들었어."

"아! 반란군은 어디 숨어 있대? 어떻게 그들을 지원하지? 반란군의 목표는 뭐야? 도대체 언제……"

"저항운동 따위는 없어."

엘리즈는 자신이 들은 말을 이해하기까지 잠시 시간이 필요했다.

"뭐라고?"

엘리즈는 그 자리에 우뚝 멈춰 서서 엘리오의 어깨를 세게 붙잡았다. 엘리오는 아파서 소리를 질렀다.

"아야, 저항운동은 없다고! 됐어?"

"왜 그런 소리를 해?"

엘리즈는 화난 목소리로 물었다.

엘리오는 거칠게 엘리즈의 손을 뿌리치고 대답했다.

"나와 이야기를 나누었던 그 아저씨 이름은 바르텔레미야. 바르텔레미 아저씨는 벌써 오래전부터 에른스트 파사와 맞서 싸웠지만 아무런 결실도 거두지 못했대. 저항을 하겠다는 사내 다섯 명도 모으기가 힘들대."

"그 따위 땅굴에 처박혀 있으니 당연한 거 아냐. 진짜 반란군은 다른 곳에 있겠지."

엘리즈가 모질게 내뱉었다.

"착각하지 마. 바르텔레미가 한 말이 맞다면 그 아저씨는 원래 아주 강력한 가문에 속한 사람이었어. 온 세계에 그 가문의 점조직이 흩어져 있어서 모두가 단결하여 에른스트 파사와 싸웠지. 그런데도 그 가문 사람들이 다 처단을 당하고 이 지경이 된 거야. 난 바르텔레미 아저씨 말이 진실이라고 생각해."

"말이 되는 소리냐! 유럽 동맹 대통령이 대단한 인물이긴 해. 그렇더라도 어떻게 전 세계 곳곳에 흩어져 있는 사람들을 일일이 처단할 수 있어? 그 바르텔레미란 사람 말은 개소리야!"

"너 북아메리카 연합국가 대통령이 어떻게 임명됐는지 알기나 해?"

엘리오는 엘리즈의 눈을 노려보며 물었다.

"쿠바에 핵폭탄을 터뜨린 미친놈 말이지? 멕시코와의 국경에 3000킬로미터나 넘는 장벽을 쌓고 주변 국가를 침략한 그놈? 그래, 재스퍼 E. 사프에 대해선 나도 알아. 그런데 왜 갑자기 그걸 물어?"

"그럼 중앙아시아, 중동 그리고 아프리카의 절반을 좌지우지하는 전쟁의 수장은 누구지?"

"역시 미친놈이지. 에르나 스파틸. 내 말은 네가 왜 갑자기……"

"남아메리카 혁명연합의 총사령관은 누군지 알아?"

"에르네스토 사파티. 엘리오, 잠깐만. 난 네가 도대체 무슨 말을 하려는지 모르겠어."

"넌 정말로 이 정치지도자들의 관계를 모르겠어?"

"그들이 지구의 90퍼센트를 장악하고 있다는 것 외엔 몰라. 그래, 난 모르겠어. 무슨 관계가 있는 거야?"

엘리오는 저도 모르게 한숨을 쉬었다.

"그냥 가기나 하자. 우리 할아버지가 필요 이상으로 걱정하시면 안 되니까."

엘리오는 이 말만 던지고 기다릴 것도 없이 발길을 옮겼다. 엘리즈는 그냥 따라갈 수밖에 없었다. 하지만 그녀는 아직 할 말을 다 하지 못한 상태였다. 엘리오가 선수를 치며 말했다.

"바르텔레미 아저씨 말씀이, 사람들이 그 관계를 알아채지 못한다는 것이 가장 심각한 문제라고 했어. 모두들 아무런 의문도 품지 않는다고."

"불안하게 너 왜 그래, 꼬맹이!"

엘리오는 그런 농담에 반응도 하지 않았다. 그의 말이 이어졌다.

"넌 아까 말했었지. 우리 부모님들은 젊었을 때 자유롭게 생각하고 스스로 행동을 선택할 수 있었다고. 그런데 어떻게 단 한 사람이 15년 만에 상황을 근본적으로 바꾸어놓았을까? 아니, 왜 그 사람은 그렇게 했을까?"

"난……"

"엘리즈, 넌 왜 IC 팔찌를 차고 있지?"

"그야 팔찌를 차지 않으면 안 되니까. 이 팔찌를 빼버리면 가까운 시민 재교육장에 끌려갈 확률이 100퍼센트니까."

"IC 팔찌가 우리의 사생활을 앗아가고 가축이나 다름없는 삶을 살게 하는데도?"

"나라고 해서 그걸 모르겠어? 난……"

"엘리즈, 지금 현재 지구 상에 사는 인간의 90퍼센트는 IC 팔찌를 차고 있어. 누가 맨 처음 이 팔찌를 채우기로 했을까? 왜 전 세계 각지에 별개로 존재하는 정부들이 똑같은 방식을 채택할까? 왜 에르나 스파틸 정부, 재스퍼 E. 사프 정부 가릴 것 없이 IC 팔찌를 쓰는 걸까? 무엇보다도, 왜 우리는 계속 이걸 차고 있는 거지?"

“엘리오, 네가 뭔가 잘못 생각하나 본데, 역사에는 힘과 공포를 행사하는 소수 앞에 다수가 굽실거리는 시대가 심심찮게 있었어.”

“15년이야.”

“뭐가 15년인데?”

“아무리 힘과 공포를 행사한대도 고작 15년 만에 60억 인구를 굴복시킨 사람은 아무도 없었어. 에른스트 파사와 그 친구들은 제대로 해냈지.”

“무슨 말을 하고 싶어?”

“바르텔레미 아저씨는 몇 달 전부터 저항 단체를 만들려고 노력하고 있어. GOBE가 공포를 조장했다면 아저씨는 압박당하는 사람들 중에서 저항군에 들어올 만한 인물을 물색할 수 있었을 거야. 그런데 우리가 조금 전에 봤던 변변찮은 두 남자밖에 관심을 보이지 않더래. 그 남자들에 대해서라면 관심이란 말도 너무 거창하지. 어쨌든 나머지 사람들은 관심도 없었대. 아무도. 너의 열변을 듣긴 했지만 사실 네 말에 관심도 없었던 브누아, 모르간, 카림처럼!”

엘리즈는 한참이나 말이 없었다. 그녀는 이제 엘리오의 통찰력이나 지식, 이 아이의 남다른 화법에 대해 놀라지도 않았다. 그녀는 더 이상 자기 의사를 표현할 수 없었다. 그저 방금 엘리오가 한 말을 곰곰이 생각할 뿐이었다.

“넌 어떻게 해석하는데?”

마침내 엘리즈는 자신감을 잃은 목소리로 물었다.

“난 해석하지 않아. 그저 복지가 공포보다 더 사람을 속박하는 굴레라는 사실을 서서히 알 것 같을 뿐이야. 바르텔레미 아저씨는 그

걸 몸소 체험해왔고."

"그 사람이 정말 네 친척이니?"

"응, 그런 것 같아. 그 아저씨는……"

요란한 엔진 소리가 울리는 바람에 엘리오는 말을 멈추었다. 세대의 자동차가 아스팔트 위로 거칠게 미끄러지며 길모퉁이에서 나타났다. 헤드라이트에 비친 엘리오와 엘리즈는 두 팔을 얼굴 앞으로 들어 올리며 반사적으로 몸을 보호하려고 했다.

운전자들은 두 사람을 발견하자 속도를 높였다.

"소탕 여단이야!"

엘리즈가 소리쳤다.

그들은 보도에서 벗어나 건물들 사이로 뛰어 들어갔다.

뒤에서 자동차 문짝이 거칠게 닫히는 소리가 났다. 놈들은 서로를 부르는가 싶더니 마구 달려왔다. 개 짖는 소리도 들렸다. 흉포하고 사나운 개가 틀림없었다.

엘리오와 엘리즈는 의논도 하지 못한 상태에서 헤어졌다. 엘리즈는 자신이 사는 블록 쪽으로 뛰어갔고 엘리오는 오른쪽으로 방향을 꺾었다.

울타리를 뛰어넘어 거리로 돌아가 보도를 따라 주차된 차량 사이로 요리조리 빠져나갔다. 그리고 차도를 건너가는데……

심장이 미칠 듯이 뛰었다. 공포 때문이었지 피로 때문은 아니었다. 위르자트에서 추격을 피해 도망치던 때의 광경이 머릿속에 떠오르면서 불안이 점점 더 깊어졌다.

하지만 추격자들이 따라붙는 소리가 차츰 멀어지더니 드디어 사라졌다. 엘리오는 위험을 무릅쓰고 뒤를 돌아보았다.

그는 혼자였다.

엘리오는 기나긴 안도의 한숨을 쉬면서 브누아가 사는 건물 안으로 몸을 피하려던 생각을 접었다. 그보다는 건물 외벽을 따라 계속 집까지 걸어가는 편이 나을 것 같았다. 이제 한 구역만 더 가면 집이었고 그 구역은 어두컴컴해서 눈에 띄지 않고 안전하게 지나갈 수 있었다. 하지만 그때 바로 뒤에서 사나운 짐승의 울음소리가 들렸다.

뒤를 돌아보았다.

뾰족뾰족하게 철심이 튀어나온 개목걸이를 차고 집채만 한 근육질 몸뚱이의 경비견 한 마리가 날카로운 송곳니를 드러내며 으르렁대고 있었다. 아무리 봐도 50킬로그램은 너끈히 나갈 것 같은 개였다.

"안 돼."

엘리오는 신음하듯 내뱉었다.

개는 이미 달려들고 있었다.

<h1 style="text-align:center">8</h1>

엘리오는 뒤돌아 도망쳤다.

그는 아주 빨리 달렸지만 개와의 거리를 더 벌릴 확률이 희박하다는 것쯤은 알고 있었다.

개도 그 사실을 알고 있는지 목표물이 이제 눈앞에 있다는 듯 왈왈대고 짖어대기 시작했다. 엘리오는 브누아가 사는 건물 뒤 어두운 구역으로 내달리면서 개의 거친 숨결이 자신의 다리에 와 닿는 것을 느꼈다.

'어디 걸려서 넘어지지나 않아야 할 텐데.'

엘리오는 눈을 크게 뜨고 어둠 속을 달려가면서 겨우 그 생각만 했다.

등 뒤에서 개가 또다시 요란하게 짖었다. 그 소리가 너무 가까워서 엘리오는 이제 승산이 없다고 생각했다. 피할 수 없는 운명을 받아들이려는 찰나, 개 짖는 소리가 딱 그쳤다.

누군가가 갑자기 소리를 꺼버린 것처럼.

완전한 침묵이었다.

관자놀이와 귀에서 맥박이 펄떡펄떡 뛰었다. 엘리오는 밝은 가로
등 아래에 도달해서야 겨우 뭔가 이상하다고 느꼈다. 그는 자신의
무모한 호기심을 저주하며 속으로 이건 바보 같은 짓이라고 생각하
면서도 결국 뒤를 돌아보고 말았다.

등 뒤는 어두웠다. 완전한 어둠이 깔려 있었다. 마치 지금 막 지
나온 그 구역에만 밤의 장막이 드리워져 있는 것 같았다.

개의 자취는 전혀 찾을 수 없었다. 소리도 들리지 않았다. 불안이
스멀스멀 솟아올라 엘리오의 목구멍을 꽉 막았다. 무엇인가가 어둠
속에서 그를 지켜보고 있었다. 보이지도 들리지도 않았다. 그저 느
껴질 뿐이었다. 아주 무서운 그 무엇. 아니, 한없이 위험한 것.

엘리오는 도망쳤다.

그는 자기가 사는 건물까지 쉬지 않고 달렸다. 소탕 여단이 매복
해 있지는 않은지 확인해보지도 않고 일곱 층을 한달음에 올라가
무작정 집으로 들어가 문을 쾅 소리 나게 닫았다.

문에 기대어 숨을 고르려고 했지만 좀처럼 마음이 가라앉지 않
았다.

"밤은 언제나 사람을 놀라게 하지."

라피가 엘리오에게 다가오며 중얼거렸다.

엘리오는 화들짝 놀라 하마터면 소리를 지를 뻔했지만 이내 정신을 차렸다.

“안 주무셨어요?”

그렇게 묻는 엘리오의 목소리는 여전히 숨이 차서 헐떡거렸다.

“내 나이가 되면 잠이 줄어서 굳이 잘 필요도 없단다.”

차츰 진정이 된 엘리오는 베르베르 노인을 바라보았다.

‘내 나이’라고 라피는 말했다. 그런데 도대체 라피는 몇 살일까? 라피는 나이를 물어볼 때마다 교묘하게 대답을 피해왔다. 예순? 여든? 어쩌면 그보다 더 먹었을까?

“할아버진 몇 살이에요?”

라피가 웃었다.

“정말로 알고 싶니?”

엘리오는 입을 떡 벌린 채 아무 말도 하지 못했다. 이제야 알게 되려나!

“네.”

“그럼 이리 와서 앉아라. 오늘 저녁 있었던 일을 얘기해보렴. 네 이야기가 다 끝나면 나도 내 비밀을 말해주마.”

엘리오는 라피와 나란히 소파에 앉아 그날의 모험을 사소한 부분도 빠뜨리지 않고 모두 설명했다. 지하실에서의 회합, 엘리즈의 계획, 엘리즈를 감히 따르지 못했던 친구들, 몇 달 전 지노와 함께 통과했던 지하 통로로 돌아가게 된 여정, 그 와중에 그를 엄습했던 기묘한 감각, 바르텔레미와의 만남……

"그 아저씨는 먼저 자기가 우리 할아버지, 그러니까 진짜 할아버지의 사촌이라고 하더군요. 그다음에 에른스트 파사에 대해 이야기하면서 그런 문제는 라피 할아버지가 자기보다 더 잘 가르쳐줄 수 있을 거라고 했어요. 마지막으로, 할아버지에게 이 말을 전하라고 했고요."

"말해보렴."

"바르텔레미 아저씨는 할아버지가 이미 알고 있을 테지만 행여 위험을 초래하느니 한 번 더 얘기해두는 게 나을 것 같다고 했어요."

"그래서 전할 말은?"

"아저씨는 이렇게 말했어요. '라피에게 코지스트들은 실패했다고 전해라. 코지스트 가문은 이제 존재하지 않고 그나마 남은 자가 있다 해도 행동을 취하기에는 턱없이 적다고. 이제 희망은 일곱 가문의 혈통뿐이다. 비록 그자가 너무 어리고 장차 어떤 길을 가게 될지는 아직 알 수 없지만. 그리고 라피에게 내가 불행을 겪고 나서야 비로소 눈을 떴다는 말도 전하렴. 이자벨라에게 코지스트의 어리석음을 납득시키려 했던 라피의 행동은 옳았다. 라피가 옳았고 내가 틀렸지. 아내의 죽음, 딸의 죽음으로 내 가슴은 갈가리 찢어졌지. 이제야 내가 그때 조금만 정신을 차렸더라면 그들이 죽지 않았을 거라는 후회가 드는구나.'"

"전할 말은 그게 다냐?"

라피는 감정에 벅찬 목소리로 물었다.

"아뇨, 이런 말도 했어요. '이제 나는 일곱 가문의 혈통의 총알이자 그림자가 되겠다고 전해다오.'"

늙은 베르베르인은 오랫동안 아무 말도 하지 않았다. 그의 새파란 눈은 평소보다 더 반짝였다.

마침내 라피는 깊은 생각에서 벗어나 말했다.

"조금 전에 거리가 무척 소란스럽더구나."

엘리오는 그의 밤 외출에 얽힌 나머지 이야기, 소탕 여단의 등장과 추격, 개에게 공격을 받아 도망쳤지만 이상하게 개가 사라져버린 사연을 털어놓았다.

"어둠 속에 뭔가가 버티고 있었어요. 시커멓고 무시무시한 뭔가가 있었다고요."

엘리오는 라피가 뭔가 말을 보태주기를 기다렸다.

그러나 라피는 그러지 않았다.

"나는 128살이란다."

라피는 그 말만 남겼다.

9

엘리오는 IC 팔찌 충전을 또 까먹었다.

그는 보도에 서서 대형 전광판을 쳐다보았다. 남자 가디언이 시민 의식을 촉구하는 연설을 주저리주저리 늘어놓는 중이었지만 엘리오는 딴 생각에 빠져 있었다.

'내일 너에게 모든 것을 이야기하마. 드디어 때가 왔구나.'

어젯밤 라피는 그렇게 약속했다.

엘리오는 지금 당장 말해달라고 졸랐지만 늙은 베르베르인에게는 타협의 여지가 없었다.

'내일! 오늘은 볼 만큼 보고 들을 만큼 들었잖니.'

엘리오는 잠을 편히 자지 못했고 악몽 때문에 숨소리가 거칠었다. 그러다가 유난히 생생한 어떤 꿈속에서 요정이 그의 베개 밑으로 다가왔고 요정은 엘리오를 안심시키고 마음을 달래는 말을 속삭여주었다. 그러자 엘리오의 숨소리가 다시 규칙적으로 돌아왔다.

잠에서 깨기가 좀 힘들긴 했지만 이제 기력을 완전히 되찾았다.

IC 팔찌의 표시등이 초록색으로 바뀌자 엘리오는 가방을 집어 들고 시민의 쾌락을 적극 부추기는 가디언의 연설을 바로 끊어버렸다.

"넌 재미가 없나 보지?"

전날처럼 자기 IC 팔찌를 충전하고 있던 쥐스탱이 엘리오에게 물었다.

엘리오는 그를 미심쩍은 눈으로 바라보았다.

"재미없긴. 아주 건설적인 이야기이긴 한데 학교에 지각할까 봐 그러지. 오늘 저녁에 마저 들어야겠어."

엘리오는 대화를 더 이어나갈 마음이 별로 없었기 때문에 적당히 둘러대고 서둘러 학교로 향했다. 바르텔레미 아저씨 이야기에 비추어보건대, 쥐스탱은 밀고자일 확률이 높았다. 엘리오는 하마터면 쥐스탱을 믿고 속내를 털어놓을 뻔했다는 생각에 몸서리를 쳤다.

학교 건물이 가까워지자 그의 생각은 다시 엘리즈에게로 향했다. 전날 밤에는 엘리즈의 부모님이 알게 될까 봐 쉽사리 전화를 걸어서 확인할 수 없었다. 그는 엘리즈가 소탕 여단을 피해 무사히 도망쳤기를 진심으로 바랐다.

엘리오는 IC 팔찌를 감시인이 찍는 동안 운동장을 눈으로 둘러보았다. 마침 모르간과 카림 옆에 있는 엘리즈를 발견했다. 그와 동시에 어깨에서 무거운 짐이 떨어져나간 기분이 되어 서둘러 엘리즈를 향해 달려갔다.

엘리즈도 활짝 웃으며 그를 맞이했다.

“네 걱정을 얼마나 했는지 몰라.”

엘리오가 말했다.

“나도 그래. 진짜 무서웠잖아!”

두 사람이 주고받는 공모의 눈길은 모르간과 카림도 눈치챌 수 있었다.

“우리한테도 말 좀 해줘!”

모르간이 재촉했다.

“좋아. 우선 꼬맹이가 굉장한 녀석이란 걸 알아야 해. 애는 말이지……”

엘리즈는 갈색 곱슬머리를 손으로 쓸어 넘기며 입을 열었다. 그러나 수업 시작을 알리는 사이렌이 울리는 바람에 더 이상 말을 잇지 못했다.

“쉬는 시간에 만나. 너에게 할 말이 있어.”

각자 교실로 흩어지기 전에 엘리즈가 엘리오에게 말했다.

엘리오는 알았다는 뜻으로 엄지를 치켜세우고 자기 반 아이들에게로 갔다. 그리고 2층으로 올라가 타살 선생님이 수업하는 교실로 들어갔다. 평소처럼 창가 자리에 앉아 시간이 흐르기를 기다렸다.

그는 오른손으로는 아무 일 없는 듯 공책에 베껴 쓴 방정식을 풀면서 머릿속으로는 바르텔레미 아저씨와의 만남을 열 번째 곱씹고 있었다. 그때 누군가가 교실 문을 똑똑 두드렸다.

엘리오는 구역 도덕위원회 서기관인 들레글로즈 씨의 얼굴을 금세 알아보았다. 그는 검은 전투복 차림의 시민군 두 사람과 키가 크고 검은 양복을 입은 남자 한 명을 대동하고 나타났다. 양복 차림의 남자는 챙이 넓은 모자를 쓰고 얼굴의 반을 가릴 만큼 알이 큰 검정색 선글라스를 쓰고 있었다.

그 남자가 2미터 장신에 범상치 않은 기운을 풍기지 않았더라면 아마 몹시 우스꽝스러워 보였을 것이다.

수학 선생은 비굴하게 머리를 조아렸다.

"들레글로즈 선생님, 어쩐 일이십니까?"

도덕위원회 서기관은 아랫사람 대하듯 선생을 거만하게 굽어보았다. 그는 냉담한 말투로 말했다.

"난 아무 용무도 없소만, 여기 계신 시민 감사관께서 살필 일이 있으시니 아무쪼록 정중하게 대해주시구려."

시민 감사관!

명예로 보나 권력으로 보나 시민 감사관보다 높은 직책은 가디언뿐이었다. 학생들이 서로 수군대는 동안 타살 선생님은 거의 쓰러질 지경이 되어 자기 책상에 기댔다.

'엘브륌.'

엘리오는 가슴이 턱 막혔다.

마르세유에서 살게 된 이후로 유수라가 처음 말을 걸었기 때문이 아니라 감사관이 선글라스에 가려 보이지 않지만 섬뜩한 눈으로 교실을 둘러보고 있었기 때문이다. 감사관의 행동을 보건대, 그는 무엇인가를 찾고 있는 게 분명했다.

아니면 어떤 사람을.

엘리오는 유수라에게 질문하는 것을 이미 오래전에 포기했지만 이번만은 달랐다. 감사관, 아니 유수라의 말이 맞다면 엘브륌이라는 저자가 이제 곧 그를 발견할 것이다. 그리고 엘리오는 그다음에 일어날 일이 두려웠다.

‘엘브룀이 뭔데?’

엘리오는 최대한 간절하게 속으로 물었다.

유수라는 말이 없었다.

엘리오는 패닉 상태에 빠져 거의 마음으로 울부짖다시피 물었다.

‘엘브룀이 뭐야? 대답해!’

감사관의 눈길은 점점 가까워졌고 엘리오는 마침내 머릿속에서 어떤 막이 찢어지는 것 같은 기분이 들었다.

‘엘브룀은 메조페의 변방에 살지. 모습도 없고 영혼도 없는 엘브룀들은 파워에 따라 모양을 취할 수 있어. 악을 추종하고 맹목적인 복종밖에 모르는 저들은 검은 야욕의 하수인들이야. 어둠의 위계질서에서 저들은 가장 낮은 계급이야. 엘브룀은 지능이 낮아서 장기적인 계획을 밀고 나갈 능력이 없지. 그 대신 놈들은 아주 빨리 배워. 원래 지닌 모방 능력에 이 특성까지 더해져서 놈들은 가공할 만한 적수가 되는 거야.’

엘브룀의 눈길이 엘리오에게 머물렀다. 그자는 사람 입에서 나올 수 없는 괴성을 지르며 곧바로 엘리오에게 달려들었다.

엘리오는 엘브룀이 무서운 속도로 다가오는 것을 보고 생각할 겨를도 없이 반사적으로 행동했다. 엘브룀과의 거리가 2미터도 채 안 되었을 때 번쩍 책상을 들어 집어던졌다. 엘리오 자신도 그런 힘이 어디서 나왔는지 알 수 없었다.

엘브룀은 가슴팍에 책상을 맞고 넘어졌다. 그 바람에 학생들은 비명을 지르고 난리가 났다.

엘리오는 지체 없이 창문을 열었다.

교실은 2층이었다.

그 밑은 추락하면 즉사할 수도 있는 콘크리트 바닥이었다.

엘리오는 망설임 없이 뛰어내렸다.

10

엘리오는 부드럽게 착지했지만 일어서면서 왼쪽 발목을 삐고 말았다. 발목에서 뚜둑 하는 불길한 소리가 났다. 곧바로 통증이 다리를 타고 전해졌다.

"저 녀석을 잡아!"

엘리오가 위를 쳐다보았다.

엘브륌은 허공에 고개를 내밀고 손가락으로 엘리오를 가리키며 고래고래 소리를 지르고 있었다. 아무도 끼어들 엄두를 내지 않자 엘브륌은 창턱으로 뛰어 올라갔다.

불안해진 엘리오는 가쁘게 숨을 쉬며 교문 쪽으로 달려갔다. 한 발, 한 발 내딛을 때마다 허벅지까지 찌릿찌릿 통증이 일었다. 엘브륌이 뛰어내리기라도 하면 영락없이 붙잡힐 상황이었다.

염좌. 아니면 아예 발목뼈가 부러진 것 같았다. 어쨌거나 달라질 건 별로 없었다. 더구나……

등 뒤에서 일어나는 고함 소리는 엘리오가 두려워하던 일이 결국 일어났음을 알려주었다. 그는 위험을 무릅쓰고 뒤를 슬쩍 돌아보았다가 절망하고 말았다.

엘브륌은 창문에서 뛰어내린 정도가 아니라 그들 사이의 거리를 절반으로 좁혀놓을 만큼 훌쩍 날아올랐다. 가뿐하게 착지한 엘브륌은 주춤대거나 비틀거리지도 않고 전속력으로 엘리오를 쫓아오고 있었다. 그 모습은 흡사 돌격 중인 코뿔소와도 같았다.

그 순간, 엘리오는 발목 통증이 사라진 것을 깨달았다. 불과 1초 전만 해도 그는 쓰러지기 일보 직전이었는데 지금은 언제 그랬냐는 듯 멀쩡해진 것을 느낄 수 있었다.

발목은 멀쩡했다. 마법처럼. 예상치 못한 이 회복력이 어떻게 된 일인지 이해할 겨를도 없었다. 엘리오는 무조건 뛰었다.

그는 순식간에 그 나이의 소년에게는 불가능한 속도에 도달했지만 엘브륌은 그보다 더 빨랐다. 엘리오가 교문에 다다랐을 때는 추격자와의 거리가 불과 몇 미터밖에 남지 않았다.

학교 전체가 뒤집힐 듯한 고함 소리와 비명 소리에 놀란 감시인은 경비실에서 나와 엘리오의 앞을 막아섰다. 엘리오는 속도를 늦추지 않고 유연하게 몸을 틀어 감시인을 피했다. 하지만 엘브륌은 감시인을 정면으로 들이받았다.

감시인은 몸집이 집채만 했지만 소용없었다. 그는 무게 없는 고무공처럼 힘없이 튕겨나가 벽에 부딪혔다. 엘브륌은 다시 달리기 시작했다.

그렇지만 추격자와 감시인의 충돌로 엘리오는 단 몇 초라도 시간을 벌 수 있었다. 엘리오는 열려 있던 교문을 통해 황급히 거리로 뛰어나갔다.

보도를 지나가던 행인들은 무슨 일인가 싶어 그를 바라보았다. 엘리오는 불안함에 정신을 차리지 못하고 어느 방향으로 도망쳐야 할지 갈피를 잡지 못했다.

등 뒤에서 비명소리가 한층 크게 일어났다. 은빛청년단의 번쩍이는 셔츠를 입은 한 청년이 엘리오를 잡으러 차도를 건너왔다. 여자들은 엘리오를 손가락으로 가리키고 있었고 그중 한 여자는 전화기까지 꺼내 들었다.

엘리오는 시테를 향해 달렸다. 겨우 10미터나 달렸을까, 갑자기 타이어가 아스팔트를 긁는 소음을 일으키며 자동차 한 대가 엘리오 앞에 멈춰 섰다.

"타라!"

차창 밖으로 라피가 소리쳤다.

엘리오는 차 문을 열었지만 차 안으로 막 몸을 던지려는 순간 거친 손에 잡혀 뒤로 끌려 나갔다. 너무 아픈 나머지 저절로 비명 소리가 났다.

엘브룀은 억센 손아귀로 엘리오의 어깨를 움켜잡았고 엘리오는 팔이 떨어져나가는 줄 알았다. 그는 아픔도 잊고 어떻게든 빠져나가려고 발버둥 쳤지만 상대가 너무 강했다.

"자드!"

엘브룀은 다른 쪽 손으로 엘리오의 목을 졸라 숨통을 끊으려 했다. 그때 놈의 선글라스가 벗겨졌다. 엘리오는 숨이 막혀 죽을 것 같은 와중에도 딸꾹질이 날 정도로 공포에 사로잡혔다.

엘브륌은 눈이 없었다. 코를 가장하여 불룩 튀어나온 부분 위쪽으로는 아무것도 없었다. 매끈하니 아무것도 없는 얼굴이었다. 달걀귀신 같은 얼굴. 악몽에나 나올 얼굴이었다.

엘리오는 소리를 지르고 싶었지만 숨이 막혀 그럴 수가 없었다. 그는 이제 정신이 혼미해지는 것을 느꼈다.

엘브륌이 서서히 그를 자기 쪽으로 끌어당겼다.

엘리오의 눈앞에서 검은 나비들이 춤을 추기 시작했을 때, 한 발의 총성이 울렸다. 단 한 발이었다. 정밀한 총기에서 울리는 메마른 총성이었다.

엘브륌이 정확하게 이마에 총알을 맞고 뒤로 나가떨어졌다.

엘리오는 주저앉았다. 아직도 정신이 오락가락했지만 힘겹게 무릎에 힘을 쏟아 다시 일어섰다. 그는 피바다 천지에 쓰러진 시체를 보게 될 줄 알았다.

그런데 엘브륌의 윤곽선이 흔들리고 모습이 흐릿해지더니 아무런 자취도 남기지 않고 홀연히 사라졌다. 그 순간을 엘리오도 볼 수 있었다.

"빨리 타라!"

라피가 외쳤다.

목은 타들어갈듯이 아팠고 지금 막 목격한 장면을 받아들이기 힘들었지만 엘리오는 일단 차에 몸을 실었다.

라피는 엘리오가 문을 닫기도 전에 요란하게 엔진 소리를 내며

차를 출발시켰다. 은빛청년단 셔츠를 입은 젊은이는 겨우 옆으로
몸을 날려 차에 받히는 꼴을 면할 수 있었다.

라피는 이를 악물고 액셀을 끝까지 밟으며 엄청난 속도로 첫 번
째 커브를 돌았다. 그다음에는 미끄러지듯 한 번 더 커브를 틀어 순
식간에 시테 외곽순환도로로 빠졌다. 그때부터는 더욱 맘 놓고 속
도를 내며 자동차들 사이를 요리조리 빠져나가고 갓길로 추월하거
나 다른 운전자들이 양보할 수밖에 없도록 차를 몰았다. 두 사람이
마르세유를 벗어나는 데는 그리 오래 걸리지 않았다.

엘리오는 서서히 혼란스러운 감정을 수습했다. 그리고 무모하게
차를 모는 라피를 어이없다는 듯이 바라보았다. 그러고는 정신을
차리고 물었다.

"저기…… 라피가 총을 쐈어요?"

라피는 운전에 집중하며 고개를 저었다.

"아니."

"그럼 누구죠?"

"나도 모른다."

엘리오는 크게 심호흡을 했다.

"자드, 엘브룀이 뭐예요?"

"사악한 존재지."

"그것밖에 할 말이 없나요?"

"그런 건 아니다. 하지만 지금 운전 중이고 여기서 빠져나갈 방법
을 생각해야 해. 놈들은 생각보다 빨리 너를 찾아냈어."

"놈들이라니, 누구요?"

라피는 대답 대신 핸들을 거칠게 꺾어 넓은 도로에서 빠져나와
서쪽으로 난 도로에 진입했다.

"꼭 그렇게 운전을 해야 해요?"

엘리오가 이마의 땀을 닦으며 물었다.

"지금 이 시각에 도시의 모든 경찰, 군인, 경비원이 총출동하여 너
를 쫓고 있는 중이다. 관건은 최대한 빨리 여길 뜨는 거야."

"하지만…… 왜요? 그러니까 제 말은, 왜 하필 저냐고요. 전……"

라피는 오른쪽으로 커브를 틀어 쓰레기와 녹슨 차체들이 양옆으
로 쌓여 있는 길로 들어섰다.

"옛날에는 여기가 점토 채굴장이었지. 지난 세기만 해도 점토를
기와 재료로 썼기 때문에 이런 채굴장이 꽤 있었다. 지금은 이 나라
에서 가장 큰 쓰레기 하치장의 하나로 손꼽히지."

엘리오가 주위를 둘러보며 놀라는 눈치를 보이자 라피가 설명을
해주었다.

"여긴 뭐 하러 온 거예요?"

엘리오는 사방을 둘러싼 쓰레기 산을 보며 물었다.

"우선 이 차를 버리고 가려고. 이제 이 차는 쓸모가 없을 거야. 게
다가 너무 쉽게 눈에 띄어."

"그다음은요?"

"어디 조용한 데를 찾아서 네가 알아야만 하는 이야기를 들려주마."

11

"그러니까 저의 조상들은 방금 라피가 말한 일곱 파미유에 속해 있었다, 이거죠?"

"일곱 중에서 여섯에 속해 있었지, 그래."

"아빠 쪽으로 세 파미유의 피를 물려받고, 엄마 쪽으로 다시 세 파미유의 피를 물려받아서요?"

"맞아."

"그래서 저에게 여섯 가지 능력이 있다고요?"

"그래."

"아빠 쪽으로는 코지스트, 음네지크, 스콜리아스트의 피가 섞여 있는데 그래서 제가 보통 사람보다 월등한 정신적, 신체적 능력을 가졌군요. 유수라는 조상 대대로 전해지는 기억을 전해주는 목소리고요. 그리고 어떤 과정을 눈여겨보기만 해도 완벽하게 제 것으로 만들 수 있고요?”

“맞다, 엘리오.”

“엄마 쪽으로는 바티쇠르, 메타모르프, 게리쇠르의 혈통을 물려받았죠. 다시 말해 다른 세상의 집으로 들어가는 문을 열거나 잠글 수 있다는 뜻이죠. 동물로 변신을 할 수도 있고, 어떤 부상을 입든지 저절로 치유될 수 있고요?”

“아니, 모든 부상이 치유되는 건 아니다. 게리쇠르는 튼튼하지만 그래도 모든 생명체가 그렇듯 얼마든지 죽을 수 있어. 메타모르프로서의 네 능력에 대해 말하자면, 그건 몹시 통제하기 힘든 능력이지. 그리고 너는 네 체격과 얼추 비슷한 크기의 동물로만 변신할 수 있단다.”

엘리오는 신이 난 듯 휘파람을 불었다.

“그럼 전 일종의 마법사로군요!”

“아니야.”

“왜 아니라는 거죠? 모습을 바꿀 수도 있고, 다쳐도 회복되고, 희한한 세상들을 넘나들 수도 있는데요……”

“그건 마법이 아니니까.”

“그럼 도대체 뭔데요?”

라피는 난감한 표정으로 머리를 긁적였다. 엘리오는 놀라운 녀석이었다. 이 아이는 죽을 수도 있는 위험한 상황에서도 빠져나왔고, 나이를 믿을 수 없을 만큼 똑똑하고 조숙한 데다 뛰어난 자질마저 타고났다.

그 점은 틀림없었다.

그래도 이 아이는 겨우 아홉 살이었다.

"좋다. 네가 그러고 싶다면 마법이라고 해두자꾸나."

라피와 엘리오가 몰았던 차의 주인은 들레글로즈 씨였다. 엘리오는 라피가 도덕위원회 서기관 차를 '빌렸다'는 말을 듣고 빙그레 미소 지었다. 결국 라피와 함께 그 차를 쓰레기 하치장 한복판의 작은 협곡으로 밀어내 납작하게 찌그러뜨리고는 시원하게 깔깔대고 웃었다.

그런 뒤 두 사람은 IC 팔찌를 쓰레기더미에 내다버리고 가까운 언덕으로 걸어갔다.

라피는 이야기를 꺼내기 시작했다. 그는 엘리오에게 그의 출신과 일곱 파미유의 역사를 간략하게 설명했다. 그리고 파미유들과 피 튀기는 전쟁을 치렀던 사악한 원수 로트르에 대해서도 이야기했다. 로트르의 패배, 그리고 포스 자알라브, 하트 옹쥐, 소울 에크테르라는 세 부분으로 쪼개어져 감금되었다는 사연까지.

그 후 로트르는 수백 년 동안 여덟 번째 문 뒤에 갇혀 있었으나 결국 풀려나고 말았다. 엘리오의 부모인 나탕과 샤에는 자알라브와 옹쥐까지 무찌르는 데 성공했으나 에크테르는 일곱 파미유의 피가 모여야만 이길 수 있었다.

에크테르.

모든 점으로 미루어 짐작하건대, 에크테르와 유럽 동맹 대통령

에른스트 파사는 동일 인물이 분명했다. 아니, '인물'이라기보다는 동일한 존재일 것이다.

그 한 존재가 세계 곳곳에서 재스퍼 E. 사프, 에르나 스파틸, 에르네스토 사파티라는 이름으로 활동하고 있다. 놈은 인류 전체를 구속하고 파괴할 조직을 만들어왔던 것이다.

라피는 엘리오가 에크테르의 무서운 힘을 깨닫고 좌절하거나 위르자트에서 있었던 일이 모두 자기 때문에 일어났음을 알고 무너지지 않을까 두려웠다. 하지만 엘리오는 그러지 않았다.

"에크테르는 네 아빠 엄마를 두려워했지만 위르자트에 괴물들을 보낸 것은 어디까지나 널 죽이기 위해서였어. 놈은……"

"아무 동물이나 다 돼요?"

라피가 눈썹을 찡그렸다.

"뭐?"

"제가 정말로 아무 동물로나 변신할 수 있어요?"

"너와 체격이 비슷한 동물이라면야. 하지만 어떻게 변신하는지는 물어보지 마라, 나도 모르니까."

라피는 한숨이 나오려는 것을 참으며 대꾸했다.

"엄마가 표범으로 변한 모습을 봤어요! 독수리로 변한 것도요! 어쩌면 제가 어젯밤 느꼈던 감각은 변신이 시작되려는 조짐일지도 몰라요. 그렇게 생각지 않으세요?"

"그럴 가능성이 있지."

"우와!"

그들은 이야기를 주고받으며 어느 흰 바위산 꼭대기까지 올라갔다. 바위산이라지만 잡초도 무성하고 가시양골담초도 많이 자라 있었다. 두 사람은 잠시 멈춰 서서 저 멀리 은빛으로 빛나는 지중해를 바라보았다. 오전도 끝나갈 무렵이라 햇살이 수면에 비쳐 아른대며 갈매기들을 유혹하고 있었다.

엘리오가 갈매기들의 춤사위에 푹 빠져 하염없이 바라보고 있을 때 라피가 손가락을 들어 그들의 발 아래 골짜기에 콕 처박혀 있는 작은 마을을 가리켰다.

"먹을거리를 사러 갔다가 약속 장소로 돌아오자꾸나."

"약속 장소라니요? 무슨 약속인데요?"

"지노와 만나기로 했단다. 에크테르가 기선을 잡았지만 우리도 질 수 없지."

이 수수께끼 같은 말을 끝으로 두 사람은 마을로 내려가기 시작했다.

마을 광장에는 어디서나 볼 수 있는 대형 화면이 설치되어 있었다. 질서와 안녕의 가디언이 일장 연설을 늘어놓는 화면을 스무 명 남짓한 사람들이 열심히 시청 중이었다. 그들 대부분은 광장에 붙박이로 고정된 벤치에 앉아 화면을 쳐다보고 있었다.

"사람이 많네요. 그렇죠?"

엘리오가 사람들을 턱 끝으로 가리키며 물었다.

라피도 동의했다.

"점점 더 많아지고 있어. 저런 방송이 유포될수록 에크테르는 사람들을 더 강력하게 장악할 수 있지. 그래도 시테의 시민들은 어느 정도 보호받고 있어. 그래서 소탕 여단들이 기습적으로 침입하는 거야. 에크테르는 그런 방법으로 자신을 따르지 않는 자들을 제거하고 나머지 사람들은 비겁자로 전락시키지. 이제 이 나라는 굴 양식장과 같은 꼴이 될 거야.”

“왜 사람들은 일어서지 않을까요?”

“에크테르가 로트르의 소울, 즉 그의 가장 강력한 부분이기 때문이다. 에크테르가 복지를 핑계 삼아 세뇌를 하고 있는데도 사람들은 그런 자각이 없어. 바르텔레미도 말했지만 바로 그 이유 때문에 아무도 일어나 저항하지 않는 거란다. 그리고 같은 이유에서 지구를 이끄는 4대 주요 인물들의 이름이 그렇게나 비슷한데도 아무도 의문을 품지 않는 게지.”

“하지만 그자들은 몇 년 전부터 전쟁을 벌이고 있잖아요!”

“에크테르에게 그런 일쯤은 사람들을 더욱 공고하게 쥐고 흔들기 위한 수단일 뿐이지.”

그들은 광장으로 입구가 나 있는 작은 식품점에 들어갔다. 라피가 사과를 고르는 동안 엘리오는 빵, 소시지, 과일주스 한 병을 챙겼다. 두 사람이 카운터에 구입한 물품을 내려놓자 계산원이 놀란 눈으로 물었다.

“우프 갈레트는 안 사세요? 세 상자만 사면 IC에 1포인트를 적립해드리는데. 모르셨어요?”

“알지요, 알다마다요. 하지만 우리는 수프 갈레트를 안 먹습니다.”

라피가 정중하게 대꾸했다.

“수프가 아니라 우프예요.”

계산원은 라피의 말을 바로잡아주면서 갑자기 경계하는 태도를 보였다.

"아, 그래요, 우프."

라피는 알았다는 듯이 말을 정정하고 주머니에서 지갑을 꺼냈다.

"그것 참 희한하네요. 당신들, 경찰이 쫓는 노인과 아이를 닮은 것 같아요."

그렇게 말한 계산원 여자는 뒷문이 열려 있는지 눈으로 확인했다. 만약의 경우 도망칠 구멍을 찾는 모양이었다.

엘리오는 완전히 긴장했고 여차하면 가게 밖으로 뛰어나갈 생각이었다. 그러나 라피는 낯빛도 변하지 않았다. 그가 미소를 지으면서 식품점 여자를 똑바로 바라보는 동안 그의 새파란 눈동자는 더욱 투명하게 빛났다.

"우린 그런 사람들 아닙니다. 아시면서 왜 그러세요."

라피는 차분한 목소리로 말했다.

여자는 손을 들어 이마를 짚었다. 그러고는 중얼거렸다.

"맞아요. 영감님과 이 아이는 그 사람들과 하나도 닮지 않았네요. 제가 좀 어떻게 됐나 봐요. 실례했습니다."

"괜찮습니다. 실수를 인정하는 태도가 실수를 전혀 저지르지 않는 것보다 훨씬 더 고상하지요. 게다가 이제 우리를 곧 잊으실 테니 대수로운 일도 아니지요."

라피가 물건값을 치르며 대꾸했다.

"맞아요, 금방 잊고 말겠죠."

식품점 카운터에 있는 여자는 뒤돌아서서 선반의 통조림들을 정리하기 시작했다. 두 사람이 나갈 때도 여자는 조금도 신경 쓰지 않았다.

"어떻게 하신 거예요? 할아버지도 마법사군요!"

마을을 살금살금 벗어난 후에 흥분한 엘리오가 외쳤다.

"난 그저 저 딱한 여인네를 설득했을 뿐이란다. 어려운 일도 아니었어."

"어려운 일이 아니라고요? 기가 막히던데요!"

"기가 막혀? 정말이냐?"

"네, 진짜 끝내줬어요."

"그거 잘됐구나. 아직도 우리가 설득해야 할 사람들은 60억 명이나 있으니!"

라피가 빙그레 웃으며 말했다.

12

　라피와 엘리오는 오후 4시쯤 돌로 지은 작고 동그란 오두막에 도 착했다.

　북풍이 일어나 구름을 싹 걷어가버려 하늘은 유난히 맑고 파랬지 만 기온은 갑자기 몇 도가 뚝 떨어졌다.

　마르세유에서 불과 20킬로미터밖에 벗어나지 않았는데 파타고니 아 고원의 심장부나 광막한 러시아 스텝지대에 와 있는 기분이 들 었다. 이 인적 없는 땅은 압도적으로 적막했다.

　여름 산불이 연달아 발생하면서 나무가 사라진 언덕에는 가시양 골담초만 끝이 안 보일 정도로 뒤덮여 있었다. 겨울에 무성하게 자 라는 이 식물에는 무서운 가시가 감추어져 있다. 흰 바위가 드러난 비탈길, 노간주나무 몇 그루, 둥그렇고 척박한 두 봉우리 그리고 그 봉우리들 사이에 예상치 못한 바다가 들어와 있었다.

도로도 건물도 없는 곳. 말뚝 하나 박힌 적 없고 사람 자취라곤 눈 씻고 찾아봐도 없는 곳.

동그란 오두막은 시들어빠진 소나무 한 그루가 지키고 있는 골짜기 우묵한 곳에 있었다. 기다란 돌 막대를 버팀목 삼아 탄두(彈頭) 모양으로 야트막하게 지은 집은 동굴 같은 분위기를 자아냈다. 그곳은 이미 수백 년 전에 죽었을 어느 목동이 지은 오두막이었지만 단단한 돌로 지어 어느 하나 빠지거나 망가진 데 없이 지금까지 남아 있었다.

지노는 문간에 책상다리를 하고 앉아 책을 읽고 있었다. 두 사람이 다가오는 발소리를 듣고 고개를 든 그는 읽고 있던 책을 치우고 손님을 맞으러 나왔다.

"더 빨리 오실 줄 알았는데요."

지노는 괜히 뾰로통한 표정을 지어 보이며 말했다.

"차가 막혀 좀 늦었지. 교통 체증이 어찌나 심하던지, 사람들은 저마다 눈을 부릅뜨고 끼어들려 하고 게다가 내 운전 솜씨가 워낙 변변찮으니……"

라피는 받아쳤다.

"말도 안 돼! 운전대만 잡으면 돌변하는 사람이 무슨 말을 하는 거예요. 라피를 꼼짝 못하게 하는 교통 상황이 있을 리 없죠. 변명을 하시려면 좀 그럴듯하게 하세요."

"그래, 좋아. 열네 번째 마누라가 이빨이 아파 죽겠다고 성화를 해서 늦었다고 해두지."

"그게 차라리 낫네요. 라피의 열네 번째 부인에겐 치아가 남아 있지도 않을 테지만요. 저도 알죠, 지희 증조할머니의 이모님 되시는 분이니까요?”

“하여간 뻔뻔하기는! 그렇게 훌륭한 여자를 그딴 식으로 말하면 되겠나.”

라피는 흥분한 얼굴로 끝까지 응수했다.

“음…… 죄송한데요. 도대체 두 분 무슨 콩트를 하시는 중인가요?”

엘리오가 참다못해 중간에 나섰다. 하지만 소용없었다. 라피도 지노도 엘리오에게는 전혀 신경 쓰지 않았기 때문이다.

라피와 지노가 어깨에 힘을 주고 씩씩대는 모습은 마치 성질난 쌈닭 두 마리가 서로 치고받을 태세면서도 만남의 기쁨을 감추지 못하는 것처럼 보였다. 서로 입씨름을 하면서도 장난기 번득이는 눈빛과 미소는 숨길 수 없었기 때문이다.

“이봐요, 저는 최소한 두 시간은 기다렸을 거예요! 늦었으면 왜 늦었는지 설명은 해줘야 하는 거 아닌가요?”

지노가 말했다.

“자네가 듣지 않겠다고 작정한 설명을 내가 미쳤다고 해주겠나?”

“말이면 다인가요! 제가 좀 새겨듣지 않을 수도 있죠. 그래도 그건 다 피곤해서 그런 거예요.”

“피곤해? 정말?”

“그럼요, 피곤하고말고요. 오후 내내 훈제 고기 루가이[6]를 만들었는데 피곤하지 않겠어요?”

라피의 파란 눈이 놀라움으로 휘둥그레졌다.

---

6. rougail, 레위니옹 섬의 대표 음식.

“자네가 우리를 위해 루가이를 만들었나?”

“네, 그렇습니다, 어르신. 훈제 고기 루가이라고요. 우리 라피 영감님이 제일 좋아하는 거잖아요.”

“그걸 여기까지 가져왔다고?”

“그렇답니다.”

“내가 만나자고 할 줄은 몰랐을 텐데?”

“기드로서 제가 가진 능력이 가끔 소용이 있습죠. 우리가 오늘 오후에 여기서 만나게 될 확률이 꽤 높다는 사실을 어제 감지했거든요. 생 폴 시장에 가서 저의 주특기 요리에 필요한 재료를 사와야겠다고 결심하기에는 충분한 확률이었어요.”

“우리가 안 오면 어쩌려고 그랬나?”

“그럼 제가 만든 루가이를 맛나게 먹어 치우고 집으로 돌아가면 돼죠.”

늙은 베르베르인은 흥이 나는지 젊은 친구의 어깨를 팔꿈치로 툭 치며 말했다.

“자네는 최고의 천재 기드야. 아, 사실은…… 나보다는 조금 못하지만.”

“어차피 세상에 남은 기드는 우리 둘뿐인데 그 말이 칭찬인지 아닌지 모르겠네요.”

라피가 입을 열어 뭐라고 호되게 맞받아치려는데 엘리오가 할아버지의 소매를 잡고 만류했다.

“입씨름은 먹으면서도 할 수 있잖아요? 이제 겨우 오후 4시인 줄은 알지만 전 엄청 배가 고파요!”

지노는 엘리오의 말에 열렬히 맞장구치며 화난 척하는 연기를 그만두고 그들을 오두막 반대쪽으로 데려갔다. 돌을 세 개 깔고 그 사이에 조심스럽게 쌓아놓은 마른 나뭇가지들은 성냥불이 붙기만을 기다리고 있었다. 언저리가 거뭇하니 그을린 솥단지, 포도주 한 병, 둥그스름한 큰 빵 한 덩이와 세 사람 분의 식기가 그 옆에 준비되어 있었다.

엘리오가 호기심 가득한 표정으로 솥단지 안에 든 것을 살펴보는 동안 지노는 나뭇가지에 불을 붙였다.

"그럼 오늘 저녁에?"

지노가 라피에게 물었다. 지노의 목소리가 몹시 침울했기 때문에 엘리오는 눈이 번쩍 뜨였다. 늙은 베르베르인도 심각하게 고개를 끄덕거렸다.

"그래."

"오늘 저녁에 뭘 하는데요?"

엘리오가 물었다.

라피는 엘리오에게 한쪽 눈을 찡긋해 보였다.

"지노의 루가이를 맛있게 먹어주고 난 다음에 이야기하마."

"그래도……"

"금방 알게 돼."

라피는 미소를 거두지 않았지만 엘리오는 라피를 아주 잘 알았기 때문에 더는 고집 부리지 않았다. 적당한 때가 되면 다시 물으리라 생각하며 일단 의문과 호기심을 거두었다.

지노의 루가이는 과연 듣던 대로 천하일품이었다. 엘리오는 이렇게 맛있는 요리가 처음이었기 때문에 세 번이나 접시에 덜어 먹었고 라피가 지노에게 최근에 있었던 일을 이야기하는 내내 건성으로밖에 듣지 않았다.

"어때?"

엘리오가 배가 터지도록 요리를 먹고 드디어 접시를 밀어놓자 지노가 물었다. 엘리오는 빵빵해진 배를 두 손으로 어루만지며 겨우 입을 열었다.

"끝내줘요! 요정의 비법으로 만든 요리인가 봐요. 아니면 내 손에 장을 지지겠어요!"

엘리오의 찬사를 듣고 지노가 손바닥으로 자기 이마를 탁 쳤다.

"참, 맞다! 요정! 넌 요정을 믿는 아이였지. 내가 잊고 있었구나."

엘리오는 어깨를 으쓱했다.

"괜히 놀리진 마세요. 아저씨도 요정을 믿기는 마찬가지잖아요. 설령 아저씨가 믿지 않는데도 상관없고요. 저도 제가 무슨 이야기를 하는지는 알거든요. 전 이미 요정을 만났었다고요."

"골내지 마라. 손에 장도 지져야 하는데 골까지 내서야 되겠니. 아니, 이건 농담이었어."

지노가 웃으면서 말했다.

"제가 에린이라는 요정을 지어낸 거라고 생각하셔도 할 수 없죠. 아저씨도 라피 할아버지랑 마찬가지군요. 라피도 저를 거짓말쟁이

취급하더라고요…… 할아버지, 왜그러세요?”

늙은 베르베르인은 침묵에 잠겨 있었다. 그의 새파란 눈은 초점
없이 허공을 향해 있었다.

“자드, 왜 그렇게……”

라피는 그제야 고개를 돌리고 엘리오에게 잔잔한 미소를 지어 보
였다.

“너에게 아주 중요하게 할 말이 있다, 엘리오.”

13

"요정에 대한 이야기인가요? 드디어 할아버지도 에린이 진짜 있다는 걸 아셨군요?"

"자기가 본 적이 없다고 해서 어떤 사물이나 사람이 아예 없다고 믿어서야 되겠니? 그건 베르베르족의 쿠스쿠스에 코카콜라를 곁들이는 것만큼이나 가당찮은 일이지. 하지만 내가 너에게 하려는 말은 요정과 상관없단다."

"아……"

"너는 기억력이 좋은 아이야, 그렇지?"

엘리오가 씩 웃었다.

"네, 그런 편이죠."

"내가 전에 로트르에 대해 했던 이야기를 기억하니?"

"그럼요."

"로트르가 일곱 파미유에게 무릎을 꿇고 세 부분으로 쪼개어졌다
는 얘기도?"

"네, 포스는 자알라브, 하트는 옹쥐, 소울은 에크테르라고 그랬잖
아요."

"로트르를 완전히 없애지 못했던 이유도 알고 있니?"

"로트르를 제압하려면 일곱 파미유의 피가 모두 모여야만 승산이
있다면서요. 우리 아빠 엄마는 각자 세 파미유의 혈통을 물려받았
죠. 그래서 자알라브와 옹쥐는 없앨 수 있었지만 마지막 상대 에크
테르는 아빠 엄마에게도 너무 강했던 거예요. 아마 그 에크테르가
유럽 동맹을 손에 쥐고 있는 에른스트 파사라는 인물이겠죠. 그리
고 나머지 세계를 장악하는 재스퍼 E. 사프, 에르나 스파틸, 에르네
스토 사파티도 동일 인물일 테고요."

"요약 한번 잘했구나." 라피는 대견하다는 듯이 입을 내밀며 말했
다. "에크테르는 강하지만 무찌를 수 없는 상대는 아니다. 넌 내가
무슨 말을 하고 싶은지 짐작이 가니?"

엘리오는 눈살을 찡그렸다. 그는 분석력이 뛰어났고 어려서부터
개방적인 시각으로 세상을 바라보도록 부모님께 교육을 받았다. 게
다가 최근에 있었던 극적인 사건들은 그러한 자질을 더욱더 발전시
켰다. 엘리오는 로트르, 파미유 그리고 자신의 존재를 복잡하게 에
워싸고 있는 상황들을 풀어보려고 애썼다.

"알 것도 같아요."

마침내 엘리오가 대답했다.

"한번 들어보자꾸나."

"짐작은 해요. 하지만 그렇게 되진 않을 거예요."

"어째서?"

라피는 다정한 목소리로 물었다.

"라피는 파미유들이 실패했던 일, 우리 아빠 엄마가 단념해야 했던 일을 제가 할 수 있을 거라고 생각하시죠. 제가 에크테르를 제압할 수 있다고요. 하지만 그렇게 되진 않을 거예요."

"왜 안 된단 말이냐?"

"에크테르는 수많은 군사를 거느리고 있어요. 질서와 안녕의 가디언, 마법의 힘, 사악한 괴물들도 동원할 수 있고요. 그런데 저는 혼자이고 이제 겨우 아홉 살이죠."

"너는……"

"전 아홉 살이고, 겁도 아주 많아요. 게다가 라피의 계획에는 한 가지 문제가 있어요. 아니, 심각한 문제라고 해도 좋겠죠."

"어디 말해보실까."

라피가 놀리듯이 말했다.

엘리오는 동요하지 않고 말했다.

"에크테르를 무찌르려면 일곱 파미유의 피가 모두 모여야 한다면서요. 오늘 오후에 라피가 설명한 대로라면 그래요. 그런데 제가 아무리 아빠 쪽으로 코지스트, 음네지크, 스콜리아스트이고 엄마 쪽으로는 메타모르프, 바티쇠르, 게리쇠르라지만 조상들로부터 기드의 피는 물려받지 못했어요. 저의 몸에는 여섯 파미유의 피가 흐를 뿐, 일곱 파미유는 아니라고요."

"잘 말했다." 라피는 엘리오를 진정시키듯 한 손을 들며 말했다.

"이제 누군가가 너와 함께하면서 군인과 가디언과 괴물들을 피할 수 있도록 도와준다고 생각해보렴. 아주 영리하고 대담하고 똑똑한 사람이 너와 함께한다면?"

지노는 갑작스레 헛기침을 했지만 라피와 엘리오는 전혀 신경 쓰지 않았다.

"좋아요. 그러면 괴물들을 상대하는 일은 그렇다 쳐요. 그래도 에크테르를 어떻게 물리친다는 건지는 모르겠지만요. 설마 에크테르를 죽이기 위해 독이 든 요리를 몰래 먹여야 한다든가 하는 건 아니겠죠? 그리고 어쨌든 일곱 파미유의 피에 대한 문제는 변하지 않아요. 라피가 저에게 기드 조상님을 만들어줄 건 아니잖아요?"

"아니지, 그런 걱정은 마라. 난 거짓말을 할 줄 모르는 사람이다. 더구나 너에겐 그럴 수 없지. 너의 조상 중에는 분명히 기드가 없어. 그렇지만 날 믿어라. 그게 도전도 하지 못할 이유가 되진 않는다."

"도전을 하다뇨? 무슨 소리예요?"

"그저 네 아빠 엄마를 만나게 하느라 내가 기울였던 노력을 두고 하는 말이야. 그 전에는 네 할아버지 할머니의 만남을 성사시켰고, 또 그 전에는 네 증조할아버지와 증조할머니를 만나게 했지. 너는 세계에서 가장 복잡한 만남과 사랑의 결실로 태어난 아이란다."

"우리 엄마가 지금 그 말을 들었으면 퍽이나 좋아하셨겠네요." 엘리오가 쏘아붙였다. "그래도 라피의 계획에는 분명 허점이 있어요. 저는 기드가 아니에요. 고로, 제가 에크테르를 상대하기란 불가능해요."

"아니, 엘리오, 너는 에크테르와 대결할 수 있고 그를 영원히 포스 아르카디아로 보내버릴 수 있을 거야.”

“하지만……”

“128살이다, 엘리오.”

“그건 라피의 나이잖아요. 저도 알아요. 그게 에크테르와 무슨 상관이에요?”

“난 늙었다. 아주 늙었지. 솔직히 말해 벌써 오래전에 이 땅을 떠나 끼니마다 훈제 고기 루가이를 먹는 나라로 갔어야 했어. 하지만 난 기다렸단다.”

“라피는……”

“그래, 난 기다렸고 후회하지 않는다. 엘리오, 너는 내게 찾아온 가장 멋진 일이란다. 하지만 만사에는 끝이 있는 법. 오늘 저녁 우리는 작별을 고할 거란다. 나는 사라질 것이고 너는 기드가 될 거야.”

14

지노는 말없이 두 사람의 대화를 듣고만 있었다. 그는 두려움에 목이 메었다.

그는 라피의 계획을 오래전부터 알고 있었고 스승을 잃을 것이라는 사실에 대해서도 마음의 준비를 해왔다. 하지만 두려운 것은 엘리오의 반응이었다.

이 어린 소년은 늘 라피를 친할아버지처럼 생각해왔고 위르자트에서 일어난 사건 이후로 사실상 이 늙은 베르베르인이 엘리오의 유일한 가족이었다. 친할아버지 앙통은 엘리오가 태어나기 전에 눈을 감았고 바르텔레미와는 생사도 모른 채 연락이 끊어진 지 오래였다. 라피와 엘리오를 이어주는 끈은 매우 탄탄했고 그들은 서로에게 없어서는 안 될 버팀목이었다.

'오늘 저녁 나는 사라질 것이다.'

아홉 살짜리 꼬마는 이 선언에 어떤 반응을 보일까?

지노는 엘리오가 쓰러지거나 울고불고 난리를 피우면 바로 나설 참이었다. 엘리오가 도망쳐버릴지도 모른다는 생각도 했다.

하지만 그런 일은 전혀 일어나지 않았다. 엘리오는 초록빛 눈동자를 평소보다 조금 더 빛내며 라피를 똑바로 바라보았을 뿐, 미동조차 하지 않았다. 아이는 오랫동안 아무 말이 없다가 마침내 낙심한 목소리로 물었다.

"다른 방법은 없나요?"

"없다. 에크테르는 너를 두려워하고 있어. 그는 네가 자기에게 얼마나 위험한 존재인지 잘 알기 때문에 너를 없애는 것을 최우선으로 생각한단다. 오늘 아침만 해도 너를 완전히 궁지에 몰아넣을 뻔했잖니. 하지만 다음번에는 그렇게 빠져나오기 힘들 거야. 네가 준비 태세에 들어가야만 해."

"라피가 사라지는 건 싫어요. 사라지다니, 무슨 말이 그래요. 라피가 죽는 건 싫다고요."

"엘리오, 누구나 언젠가는 죽는단다. 인생에서 확실한 건 그것뿐이고 나는 이미 오래전에 준비가 되어 있었지."

"그렇게 위대한 현자처럼 구는 거, 딱 질색이에요. 그게 뭐냐고요! 어째서 라피가…… 사라지면 제가 기드가 된다는 거예요?"

"기드는 생애를 마치면서 자신의 능력을 물려받을 만하다고 생각하는 사람에게 넘겨줄 수가 있거든."

"생애를 마치긴 왜 마쳐요. 라피는 아직도 건강하잖아요."

"아니다, 엘리오. 난 너무 늙었고 우리에겐 다른 선택의 여지가 없어. 우리가 조금이라도 가능성을 남기면 에크테르는 가차 없이 우리 둘 다 죽이고 말 거다."

엘리오는 잠시 두 눈을 감았다 떴다. 소년의 두 눈은 눈물로 흐려져 있었다.

"저를 위해 희생하시는군요."

"전혀 그렇지 않다, 애야. 우리는 서로에게 선물을 주는 거야."

"전…… 무슨 뜻인지 모르겠는데요."

"이렇게 단순한 일을 왜 몰라. 나는 네가 난관에서 벗어나도록 돕고 너는 내가 계속 살아가도록 돕는 셈이지."

"하지만 라피는……"

"네가 나의 기드로서의 능력을 받아준다면 결국 나의 일부는 네 안에서 살아갈 테지. 그거야말로 가치를 헤아릴 수 없는 귀한 선물, 네가 나에게 주는 선물이란다."

"제가 그 일부를 받아들이면 계속 라피와 이야기할 수 있나요?"

라피가 활짝 웃었다.

"너에겐 이미 이런저런 얘기를 닥치는 대로 던지는 유수라가 있잖니. 나까지 거기에 끼어들면 아마 넌 금세 곤혹스러워질 게다. 그래, 나는 너에게 아무 말도 하지 않을 거란다. 하지만 네가 너 자신의 마음을 아주 주의 깊게 살핀다면 틀림없이 내 목소리도 들을 수 있을 거야."

엘리오는 다시 한 번 눈을 감았다.

소년은 마음이 진정되기를 기다렸다가 다시 눈을 떴다.

"자드…… 제가 무엇을 해야 하나요?"

지노는 한시도 몸에서 떼어놓지 않는 가방에서 거무스름한 나무 피리를 꺼냈다.

그는 오두막에 기대어 가까운 봉우리에 앉아 있는 두 사람을 바라보며 구슬픈 가락을 연주했다.

라피와 엘리오는 마주보고 책상다리를 하고 앉아 양손을 맞잡고 깍지를 끼었다.

"너는 아무것도 할 필요가 없단다. 그저 네 마음을 열고 나를 받아들이면 돼."

라피는 그렇게 말했다.

해는 뉘엿뉘엿 지평선을 넘어가며 하늘을 여러 겹의 주황색으로 황홀하게 물들여 이제 곧 싸늘한 밤이 올 것을 예고했다. 엘리오는 옷차림이 가벼웠지만 조금도 춥지 않았다. 라피의 손바닥에서 뿜어 나오는 따뜻한 기운이 온몸으로 훈훈하게 퍼지며 평온하다 못해 무감각한 상태에 빠졌기 때문이다.

소년이 이렇게 자드와 가까워진 기분을 느끼기는 처음이었다. 기억의 밑바닥에 파묻혀버렸다고 생각했던 아주 어린 시절의 장면들이 하나둘 떠올라 주마등처럼 스쳐갔다.

기억 속의 라피는 엘리오를 기사처럼 태우고 다니는 말도 되었다가, 나무칼에 맞고 호들갑스럽게 신음하며 죽어가는 못된 용도 되었다.

베르베르족의 자장가를 흥얼거리며 엘리오를 재우는 라피.

어린 엘리오를 당나귀 등에 태워주는 라피. 가장 맛있는 대추야 자와 무화과를 남겼다가 엘리오에게 주는 라피, 시원한 코코넛밀크 를 큼지막한 잔에 따라주는 라피.

별들을 따서 서로 짝을 맺어주겠다는 엘리오와 함께 아르간나무 꼭대기까지 올라가는 라피.

개미가 어떻게 사는지, 새들이 어떻게 나는지 설명해주는 라피.

의자 세 개와 양탄자로 엘리오만을 위한 성을 만들어주는 라피.

뚱딴지같은 수수께끼를 던지고 요정의 힘에 대해 시간 가는 줄 모르고 엘리오와 수다를 떠는 라피.

체스 두는 법을 가르쳐주고 카드 속임수를 가르쳐주는 라피.

마음을 가다듬고 모래언덕에서 시(詩)를 읽는 법을 가르쳐주는 라피.

엘리오의 바보 같은 짓에 너털웃음을 터뜨리는 라피.

엘리오가 다치거나 마음에 상처를 입었을 때 보듬어주는 라피.

언제나 함께 있어주는 라피.

엘리오는 시간 감각을 잃어버렸다. 그는 완전히 긴장을 풀고 마 음을 열었다. 이제 라피의 선택이 분명히 옳다는 것을 깨달았다. 자 드가 주는 선물이 어떤 것인가를 깨달았다.

라피의 능력이 자기 안으로 흘러들어 올수록 미래가 여러 갈래로 갈라진 길, 그가 선택해야 하는 길의 모습으로 떠오르기 시작했다. 몇 시간 전까지만 해도 쉬운 길이라고 생각했던 어떤 길은 거짓의 빛이 환하게 비추고 있어서 틀림없이 좋지 않게 끝날 것처럼 보였 다. 반면에 어떤 길들은 길고 불분명하게 이리저리 꼬여 있었다. 갑자기 뚝 끊어지며 깊은 구렁으로 빠질 수밖에 없는 길, 엘리오 자신의 죽음을 의미한다고밖에 생각되지 않는 길도 여럿 보였다. 그리고 아직도 가능성의 안개에 가려져 있어서 꿰뚫어볼 수 없는 길들도 많이 남아 있었다.

그런 길들은 아직 어느 하나 결정되어 있지 않았다.

기묘한 미래의 지도. 아주 사소한 결정 하나가 그 지도를 근본적으로 변형시킬 수도 있었다. 엘리오가 이미 그 지도를 보았다는 단순한 사실이 판도를 바꾸어놓을 수도 있었다.

확실한 것은 아무 데도 없었고 실마리들은 도처에 널려 있었다.

'놀라운 능력이구나.'

엘리오는 그렇게 생각했다.

라피의 손에서 전해지던 온기가 급격하게 떨어지면서 엘리오도 현실로 돌아왔다.

"사랑한다, 엘리오. 네가 얼마나 자랑스러운지."

엘리오는 눈을 떴다.

라피의 몸이 투명하게 변해 있었다. 마치 꿈결처럼.

라피의 따뜻한 음성이 마지막으로 한 번 더 들렸다. 엘리오를 다정하게 쓰다듬는 듯한 목소리였다.

"잊지 마라, 엘리오. 사랑과 진실만이 유일한 힘이라는 것을."

싸늘한 한 줄기 바람이 봉우리를 세차게 쓸고 갔다.

라피의 모습은 꿈처럼 홀연히 흩어졌다.

새파란 두 눈동자만은 한순간이나마 사라지기를 거부하고 죽음보다 강한 힘에 매달리듯 엘리오에게 고정되어 있었지만 이윽고 그

마저도 찾아볼 수 없었다.

엘리오는 혼자 남았다.

15

지노는 마지막으로 애달픈 가락을 마저 연주하고 피리를 내려놓았다. 무거운 걸음으로 봉우리를 올라갔다.

목이 메고 숨이 막혔다. 라피의 죽음은 지노에게 애통하게 다가왔다. 피할 수 없는 일이라 생각하며 마음의 준비를 해왔지만 어쩔 수 없었다. 세찬 바람이 라피의 모습을 쓸어갈 때 스승과 밤을 잊고 토론하며 갈고닦은 지노의 현명함 또한 산산이 흩어져버렸다. 지노는 가슴이 뻥 뚫린 듯한 심정이었고 더 이상 아플 수 없을 만큼 아팠다.

그리고 라피는 자기가 사라지는 사실만으로는 부족한지, 지노에게 엘리오를 맡기기까지 했다.

무거운 책임, 아니 짓눌릴 만큼 버거운 책임이었다. 유럽 동맹의 모든 경찰과 사악한 괴물의 무리가 혈안이 되어 쫓고 있는 이 아홉 살 소년의 목숨이 지노에게 달려 있었다. 그것만으로도 지노의 능력을 한참 벗어나는 일일 텐데, 엘리오가 이 세상에서 에크테르를 몰아내는 사명을 다하도록 돕기까지 해야 했다. 기필코 그래야 했다.

엘리오는 자리에서 일어나 지평선에서 불타는 석양의 마지막 빛살을 바라보고 있었다. 지노가 어깨에 위로의 손을 얹는 순간에도 엘리오는 꼼짝하지 않았다.

"들리지 않네요. 자드는 내가 아주 주의 깊게 귀를 기울이면 자기 목소리를 들을 수 있을 거라고 했는데, 나는 들을 수가 없어요."

엘리오가 중얼거렸다.

"라피에게도 문을 찾을 시간은 줘야지."

지노가 다정하게 말했다.

"무슨 문이요?"

지노는 한숨을 쉬었다. 세 마디 겨우 주고받았는데 벌써 뭐라고 대답해야 할지 몰랐다. 자신은 역시 보잘것없고 초라한 기드였다.

"내가 그걸 알면 얼마나 좋겠니……"

두 사람은 한참 동안 말이 없었다. 이윽고 지노가 입을 열었다.

엘리오의 부모, 그러니까 나탕과 샤에가 지노가 기드라는 사실을 밝힌 이후로, 특히 라피를 만난 이후로 지노는 줄곧 오늘 닥칠 일을 준비해왔다. 오늘을 준비하느라 15년이 걸렸다! 이제 지노에겐 틀림없이 수행해야 할 역할이 있었다.

'자네는 문을 여는 자가 되겠지. 자네가 모든 문을 알게 될 터이니, 엘리오를 그 애가 가야 하는 곳까지 데려다줄 수 있을 게야.'

라피는 지노에게 그렇게 말했었다.

다만 엘리오가 어디로 가서 무엇을 해야 하는지 알기에는 아직 너무 어렸다. 라피도 상황이 이렇게까지 급작스럽게 진행될 줄은 미처 몰랐다. 이제 지노가 하나부터 열까지 챙기고 단속해야 했다. 문을 열어주는 역할에만 머무를 수 없게 된 것이다.

"우리는 파리로 갈 거야. 그곳에서……"

"아니오."

엘리오의 대답은 공격적이지는 않았지만 절대적인 확신이 깃들어 있었다.

"아니라니? 하지만 너는…… 아니, 우리는……"

"카메룬으로 가요."

엘리오가 지노를 향해 고개를 돌리며 말했다. 하늘이 점점 어두워지고 있었지만 지노는 엘리오의 눈에서 번득이는 불꽃을 똑똑히 보았다.

"일단 제가 누구인지, 제 몸에 흐르는 일곱 파미유의 피가 어떤 것인지 알아야겠어요. 이젠 메타모르프 파미유밖에 남지 않았고 그 마지막 후예들이 카메룬에 살고 있기 때문에 그곳부터 가겠다는 거예요. 아저씨가 원하신다면 같이 가도 괜찮아요."

엘리오의 말에 망설임이나 의혹은 조금도 없었다. 마치 엘리오가 어른이 되고 지노가 아이가 된 듯했다.

지노는 잠깐 주저했지만 주도권을 잡으려고 노력했다.

"그게 쓸모 있는 일이 될지 모르겠구나. 나는……"

지노가 입을 다물었다.

엘리오에게서 빛이 나기 시작했던 것이다.

아니, 그것은 눈에 보이는 빛이 아니라 내면에서 우러나는 빛, 정신으로 볼 수 있는 빛이었다. 마음을 사로잡는 따뜻한 빛, 의심과 망설임을 없애고 그 자리에 영롱하게 빛나는 확신을 채우는 빛.

엘리오는 말했다.

"지노 아저씨, 카메룬부터 가야 해요. 제가 누구인지를 알기 위해서이기도 하지만 에크테르의 괴물들은 변신의 산물이기 때문에 가야 한다는 거예요. 에크테르는 인간을 괴물로 둔갑시키고 있어요. 메타모르프들을 만나면 왜 그렇게 되었는지, 어떻게 된 일인지 알 수 있을지도 몰라요."

지노는 고개를 끄덕였다.

"네 말이 옳다."

그는 기분 좋게 엘리오에게 맞장구쳤다.

지노는 어쩔 수 없이 엘리오에게 동의한 것이 아니었다. 그는 자신이 어떤 조종을 당해서 그렇게 말한 것이 아님을 잘 알고 있었다. 엘리오는 다만 내면의 확신을 끌어내 그를 설득했을 뿐이다.

'리칸트로프.'

유수라가 평소처럼 느닷없이 한마디를 던졌다.

엘리오는 자기도 모르게 끙 소리를 냈다. 지노는 엘리오를 둘러싼 밝은 후광이 갑자기 사라지는 모습을 어안이 벙벙해져 지켜보았다.

"왜 그러니?"

지노가 묻는 동안에도 엘리오는 공포에 질린 눈으로 주위를 둘러보기 바빴다.

대답이라도 하듯 가까운 협곡에서 흉악한 울음소리가 들려왔다.

유수라의 목소리도 질세라 엘리오의 머릿속에 울려 퍼졌다.

'늑대인간이라고 곧잘 잘못 부르는 리칸트로프들은 저주에 걸린 인간들이 아니라 모양을 바꿀 수 있는 능력을 타고난 아주 오래된 종족의 일원들이지. 그래서 그들은 사람의 모습을 할 수도 있고 늑대의 모습을 할 수도 있고 그 둘을 합친 모습일 수도 있어. 그들은 포스 아르카디아의 한산한 도시와 메조페의 어두운 숲에 출몰하며 길 잃은 여행자들의 살을 뜯어 먹고 살지. 은제 탄환이나 칼이 없으면 리칸트로프를 처치할 수 없어. 일반적인 무기는 그들에게 먹히지 않아.'

엘리오가 지노의 품으로 달려들었다.

"괴물들이에요. 위르자트에 나타났던 놈들요."

"날 따라와라, 빨리."

지노는 엘리오의 손을 잡고 언덕 기슭의 오두막을 향해 마구 달렸다.

"그 안에 문이 하나 있어. 그 문에 닿기만 하면 우린…… 조심해!"

지노가 헐떡이며 외쳤다.

키가 크고 우람한 근육질 괴물이 그들 앞을 가로막았다. 잿빛 털을 뒤집어쓴 괴물은 목에 늑대 대가리만 달려 있지 않았다면 유난히 털이 많은 사내라고 착각할 만큼 인간과 흡사했다.

아가리를 쩍 벌리고 흉측한 송곳니를 드러내는 무서운 늑대의 얼굴이었다. 귀가 처지고 눈빛은 맛이 가 있었다.

리칸트로프는 몸을 움츠리는가 싶더니 포효하며 엘리오에게 덤벼들었다.

지노가 막으려 했지만 그럴 겨를이 없었다.

늑대인간은 껑충 뛰어올랐다가 미간에 일격을 맞아 뒤로 덩그러니 나가떨어졌다. 눈에 보이지도 않을 만큼 순식간의 일이었다. 리칸트로프는 땅에 떨어지기도 전에 모습이 흔들리는가 싶더니 온데간데없이 사라졌다.

바로 그 순간, 언덕배기 사이에서 총성의 메아리가 들렸다.

뒤이어 개들이 사납게 짖는 소리가 이어졌다.

'그륑이야. 사자(死者)의 개.'

유수라가 말해주었다.

"뛰어!"

지노가 외쳤다.

두 사람은 무성한 가시양골담초를 밟으며 오두막을 향해 달렸다.

그렇지만 죽음의 개들은 그들보다 훨씬 빨랐다. 지노와 엘리오는 금세 따라잡힐 위기에 처했다.

개들 무리의 선두에 선 육중한 몸집의 괴물은 아가리에서 거품을 질질 흘리며 삐죽한 이빨을 번득였다. 놈이 엘리오에게 달려들어 소년의 몸을 갈가리 물어뜯으려는 순간, 총성이 한 발 더 울렸다.

그륑은 대가리에 정통으로 총알을 맞고 낑 소리를 내더니 사라져버렸다.

대장을 잃은 개들이 잠시 주저하며 우왕좌왕하는 동안 수수께끼의 사수는 다섯 발을 연달아 쏘았다. 다섯 마리의 그륑이 먼지처럼 사라졌고 마지막 한 마리가 총에 맞아 쓰러지는 순간 지노와 엘리오는 오두막에 들어섰다.

메마른 돌 벽 한가운데 있는 문에서 파르스름한 빛이 부드럽게 배어나왔다. 지노는 한 손으로 그 문을 열고 다른 손으로 엘리오를 얼른 밀어 넣었다. 그러고는 몸을 날려 자기도 들어간 후에 쾅 소리가 나게 문을 닫았다.

바로 그 순간, 또 다른 그륑들이 왈왈대며 오두막으로 달려 들어왔다.

이미 때는 늦었다.

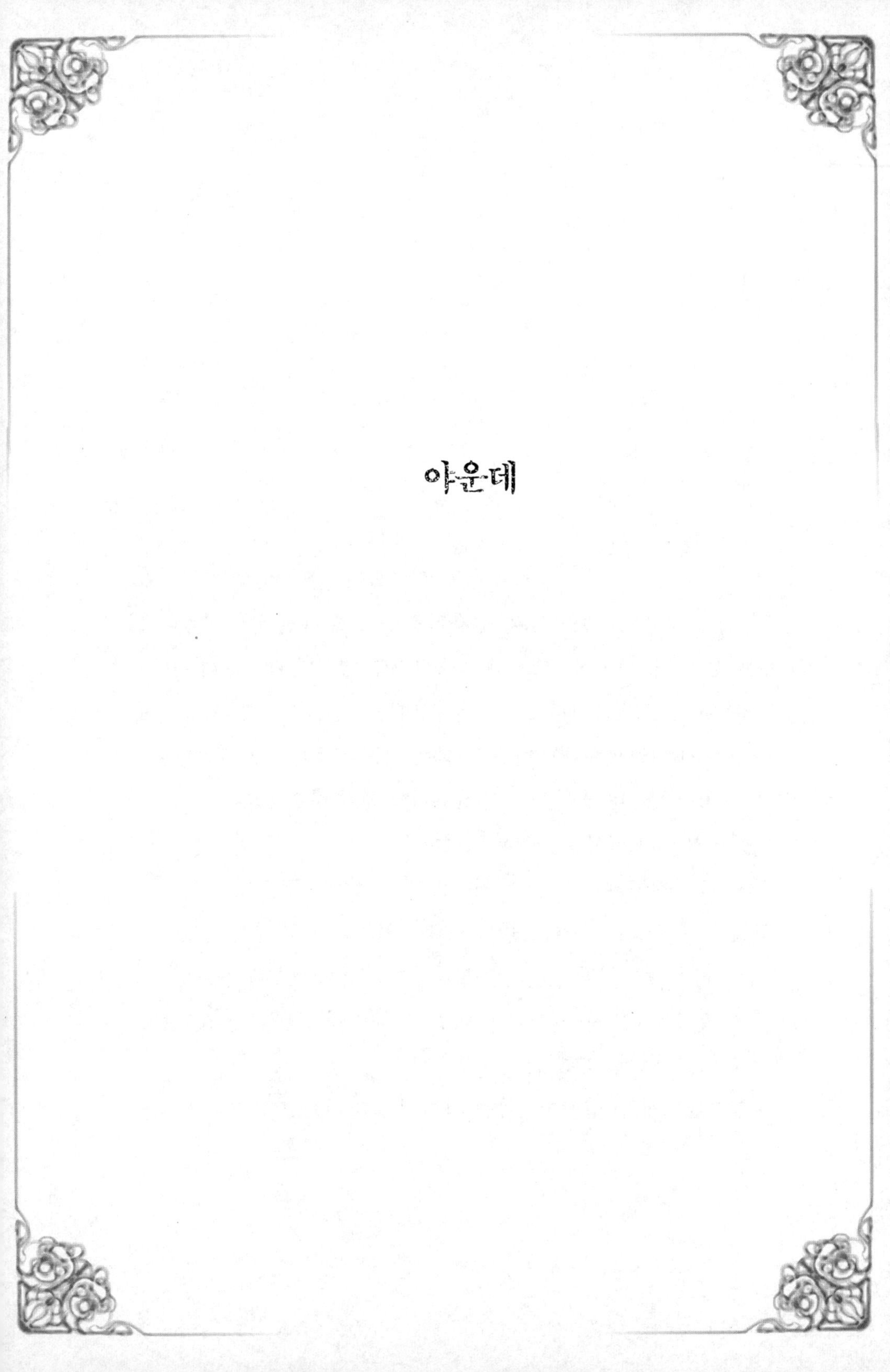

야운데

1

　지노는 분노와 좌절을 느끼며 자기도 모르게 욕설을 내뱉었다. 레위니옹 섬의 열대 집중호우에 익숙한 지노였지만 카메룬에 지난 이틀 내내 한 번도 그치지 않고 퍼부은 비는 단연 최악이었다.

　아예 공기가 액체로 변해버린 것 같은 기분마저 들었다. 5분 안에 비가 그치지 않는다면 허파 대신 아가미가 생길 것 같았다.

　어쨌든 변화가 일어날 조짐은 없었다.

　5분은 고사하고, 다섯 시간이 지나도 비는 그치지 않을 것 같았다.

　그는 과일 좌판에 드리운 천막 아래로 최대한 몸을 밀어 넣었다. 과일 장수가 자기 천막을 이처럼 부당하게 이용하는 모습을 보면서 기분 나빠하지 않도록 지노는 반대편 건물 벽에 걸린 대형 화면을 보느라 정신이 팔린 척했다.

　시청자들에게 연설을 늘어놓는 남자의 목소리는 IC 팔찌가 아니라 화면 양옆에 장착된 스피커에서 흘러나오고 있었다.

남자의 피부색만이 이 화면이 프랑스에서 보고 있는 화면이 아니라는 사실을 깨닫게 해주었다.

그 외의 것들은 다 똑같았다. 이 남자도 분명히 GOBE요, 유럽 동맹의 지배와 번영을 역설하는 그의 말투와 몸짓은 다른 GOBE들과 한 틀로 찍어낸 듯 똑같았다. 키가 크고, 체격이 좋고, 이목구비가 훤한 가디언은 남자답고 믿음직한 인상을 풍겼다. 그의 말 한 마디, 한 마디는 시청자를 유혹하기 위한 덫이나 다름없었다.

지노는 한숨을 쉬었다. 에크테르의 권력은 더욱 공고해질 것이다. 몇 달 사이에 대형 전광판과 가디언들의 연설은 전 세계로 퍼졌다. 에크테르는 여러 개의 가짜 이름과 신분으로 일을 꾸몄지만 어디서나 똑같은 술수를 써서 인간들을 휘두르고 있었다. 안전을 강조하고, 고삐 풀린 소비 욕구를 권장하고, 개인의 책임을 약화시키고, 언론을 조종하고…… 집단의 복지, 특히 개인의 복지를 추구한다는 명분으로 그 모든 술수를 위장하고 있었다.

그럼에도 매일같이 똑같은 이야기를 반복하고 주입시키는 것만으로 수백만 사람들을 조종할 수는 없었다. 그래서 에크테르는 가디언들을 통해 이야기를 전하는 데만 만족하지 않고 영혼을 조종하는 자신의 힘과 직접적인 관련이 있는 사악한 독을 그날그날의 연설 속에 흘려 넣었던 것이다.

누구든 단단히 마음의 준비를 하지 않고 에크테르의 이야기에 귀를 기울이는 사람은 그 이야기가 흥미로운 주제를 다루면서 온당한 생각을 담고 있다고 믿을 수밖에 없었다. 그러한 연설을 호의적으로 받아들일 수밖에 없도록 조종당하는 것이었다.

인간의 자유의지와 반성 능력은 위축되었다. 정상적으로 성장한 상식 있는 인간도 몇 달만 의무 시청 시간을 따르면 자율적인 사고를 잃고 맹목적인 추종자가 되어버렸다.

에크테르는 그런 식으로 인간의 영혼 깊숙이 비열함을 심고 마땅히 드리워져야 할 지성의 빛을 꺼버렸다.

그는 아무도 죽이지 않았다. 최소한 자기 손으로 목숨을 빼앗지는 않았다.

그저 인류가 자살행위를 하게끔 내몰고 있었을 뿐.

바나나를 실은 트럭이 도보를 살짝 스치면서 지노의 다리에 빗물이 왕창 튀었다. 지노의 입에서 다시 한 번 욕설이 튀어나왔다.

그런데 왜 지노는 엘리오를 혼자 보냈을까?

그래, 하긴 어쩔 수 없는 선택이기는 했다.

"아빠 엄마가 제가 어렸을 때 여기서 잠깐 지내셨다는 말을 들은 적 있어요. 여기 힐튼 호텔 근처에 가죽 장사를 하는 아저씨가 있다고 했어요. 저는 엄마의 집안이나 출신에 대해 알아보려고 두 분이 함께 왔었을 거라고 생각해요. 어떻게 생각하세요?"

카메룬의 수도 야운데에 도착해서 엘리오가 한 말이었다. 지노가 열어준 문을 통해 두 사람은 무사히 그곳까지 갈 수 있었다.

지노가 순순히 그런 것 같다고 동의한 것이 첫 번째 실수였다.

"분명히 그럴 거야. 나탕과 샤에는 여행을 많이 다녔지. 로트르의 앞길을 막기 위해서도 그렇고, 파미유들에 대해 알아보기 위해서도 그렇고. 마지막 남은 메타모르프들이 산다고……"

"멀어요?"

엘리오가 느닷없이 지노의 말을 끊으며 물었다.

"뭐가? 뭐가 멀어?"

"힐튼 호텔 말이에요."

이 시점에서 지노는 두 번째 실수를 저지르고 말았다.

"아니. 두알라에서 넘어올 때 보였던 하얀색 고층 건물이야. 건물 벽이 아주 특이하게 설계되어 있지…… 아니, 너 뭐 하니?"

엘리오는 벌떡 일어나 있었다.

"여기서 기다려주세요. 딱 2분만요."

엘리오는 비를 피하기 위해 들어왔던 바에서 그 길로 화살처럼 튀어 나갔다.

"안 돼, 엘리오!"

지노는 서둘러 쫓아 나갔지만 종업원은 그가 계산을 하지 않고 도망가는 줄 알고 바로 뛰어와 앞을 가로막았다. 오해를 풀고 돈을 내느라 얼렁뚱땅 낭비한 시간에 엘리오는 벌써 자취도 보이지 않을 만큼 멀리 가버렸다.

하늘에서 장대비가 퍼부었지만 거리에는 제법 사람들이 많았다. 지노는 왔던 길을 되돌아간다 해도 과연 엘리오를 찾을 수 있을지 자신이 없었다. 지금 시점에서는 엘리오를 뒤쫓는 일이 더 위험할 것 같았다. 지노는 애가 타서 죽을 지경이었지만 엘리오를 기다리기로 마음먹었다.

그는 커피를 한 잔 마셨고 이어서 한 잔을 더 마신 후에 바에서 나왔다. 더는 1초도 앉아 있을 수 없었다.

꼬마가 잠깐만 기다리라면서 뛰어나간 지 한 시간도 더 됐다. 도대체 요 녀석이 어디서 뭘 하는 걸까? 엘리오가 말한 가죽 장사는 누구일까? 지노는 나탕과 샤에와 많은 시간을 보내며 그들이 조사한 내용에 대해 좀 더 관심을 기울이지 않았던 것을 뼈저리게 후회했다. 아니, 그가 조금만 호기심을 보였더라도 좋았을 것이다. 조금만 더…… 우정을 나누었더라면 좋았을 것을.

물론 라피는 다른 세상의 집에 있는 문 가운데 그가 아는 문은 모두 탐색해보라고 명했다. 그것만으로도 충분히 버거운 과업이기는 했다. 게다가 샤에는 늘 지노를 주눅 들게 했다. 그렇다고는 해도 이건 분명히 그의 잘못이었다.

방탄차 한 대가 지노 앞으로 지나갔다. 그 뒤를 천막을 친 트럭이 따라갔다. 천막 안에 탄 군인들은 완전 무장을 갖추었지만 안색이 어둡고 눈에 초점이 없었다.

카메룬은 변했다.

지노가 카메룬을 찾은 것은 이번이 네 번째였다. 그는 이곳을 찾을 때마다 에크테르의 힘이 더욱더 강해지는 것을 느끼곤 했다.

지노의 고향 레위니옹 섬을 연상케 하던 다양한 인구, 음악, 문화의 어울림은 사라지고 불안한 정체감이 역력하게 감지되었다. 왁자하게 터지는 웃음소리, 활기찬 목소리를 들을 길이 없었다. 밖에 나와 뛰노는 아이들도 없었다. 알록달록한 옷을 입고 매혹적인 걸음걸이를 뽐내던 아가씨들도 없었다. 생명을 느낄 수 없는 나라가 된 것이다.

카메룬은 변했다. 세계 다른 곳과 마찬가지로.

지노는 문득 외롭고 힘이 빠지는 것을 느꼈다. 이제 무엇을 해야 할지, 어디로 가야 할지, 무슨 결정을 내려야 할지 모든 것이 막막했다.

길을 잃은 주제에 어떻게 스스로 기드라고 할 수 있단 말인가?

누군가 그의 소매를 잡아채는 바람에 지노는 깜짝 놀라 비명을 질렀다.

"풀 죽어 계시네요. 저 때문에 걱정하시는 거예요?"

2

"그렇게 혼자 나가버리면 어떡해! 절대로 그러면 안 되는 거야!"

"죄송해요, 지노 아저씨. 제가 생각이 짧았어요. 아저씨가 호텔이 멀지 않다고 그랬잖아요. 그래서 아저씨가 걱정할 거란 생각도 못 하고 무작정 가봤어요."

"걱정? 걱정이란 말로는 부족해! 넌 이 나라에 대해 아무것도 모르잖아. 누구를 조심해야 되고, 뭘 주의해야 하는지 모르잖아. 길을 잃거나 사고를 당할 수도 있었어. 아니, 그보다 더 끔찍한 일을 당할 수도 있었다고!"

"하지만 프랑스어를 대부분 할 줄 알던데요."

"그래서? 말이 통하면 다 믿어도 되는 거야?"

엘리오는 짐짓 뉘우치는 척을 했다. 그 모습을 보고 지노도 어이가 없어서 미소를 짓고 말았다.

“다시는 그러면 안 된다, 알았지?”

“알았어요.”

비는 그치고 드디어 해가 나왔다. 햇살이 차도와 보도 군데군데 파인 물웅덩이에 비추었다. 공기는 여전히 습하고 눅눅해서 참기 어려울 정도였지만 지노와 엘리오는 비가 그쳤다는 사실 하나만으로도 크게 안심했기 때문에 불평하지 않았다.

“그러니까 그 사람, 아벨 은가코라는 사람이 우리더러 오늘 저녁에 오라고 했단 말이지?”

지노는 전날 묵었던 호텔로 발길을 옮기면서 엘리오에게 물었다.

“네, 가게를 지키고 있던 점원을 설득하기가 어려웠어요. 그래서 그렇게 시간이 오래 걸린 거예요. 하지만 결국 점원이 전화 통화를 연결해주더군요. 제가 나탕과 샤에의 아들이고 도움을 구한다고 했더니 이따가 저녁 8시에 보자고 했어요.”

“왜 좀 더 빨리 그 사람 이야기를 하지 않았니?”

“아빠 엄마가 무슨 말을 나누다가 튀어나온 이름이었어요. 저도 조금 전에야 생각이 났는걸요.”

“그렇다면 어째서 이곳 야운데에서 조사를 시작해야 한다고 고집을 피웠지? 처음에 도착한 두알라에서 시작할 수도 있었잖아.”

엘리오가 머리를 긁적거렸다.

“음…… 저도 잘 모르겠어요. 그냥 당연히…… 그래야 할 것 같았거든요.”

“당연히? 좀 더 자세히 말해보겠니?”

“음, 노력해볼게요. 저번에 자드가…… 사라지던 날, 제 안에서 뭔가 이상한 느낌을 받았어요. 제가 가야 할 여러 가지 길에 대한 확신이랄까…… 명확한 설명이라고는 할 수 없겠죠?"

지노는 엘리오를 안심시키려고 미소를 지었다.

"어이, 그런 생각 말아. 그만하면 아주 명확해. 그런데 그 여러 가지 길은 어때?"

"보이지 않을 때가 많아요. 하지만 보일 때는 굉장히 많은 길들이 있어요. 무엇이 좋은 길인지 선택하기는 어려워요. 길이 환하게 밝혀져 있을 때만 빼고요."

"환하게 밝혀져 있다?"

"네, 더 잘 설명할 방법을 모르겠어요. 환하게 밝혀져 있다고요."

"야운데의 길이…… 환하게 보이던?"

"그 정도가 아니었어요. 위르자트의 백사장에서 보내는 여름 오후처럼 눈부시게 빛났다고요."

엘리오와 지노는 호텔에서 샤워를 하고 나서 계속 이야기를 나누었다. 지노는 엘리오의 눈에 보이는 길들에 대해 좀 더 듣고 싶어 했다. 기드들이 보는 미래의 길들과 매우 유사했기 때문이었다. 그러나 엘리오는 미래의 안개가 걷히는 순간 느끼는 감각이 너무나 생경하고 새로워서 말로 설명할 수 없었다. 소년은 자신을 끈덕지게 괴롭히는 문제로 화제를 바꾸고 싶어 했다.

"리칸트로프와 개들에게 총을 쏜 사람이 누구인지 정말 몰라요?"

"그냥 개들이 아니야. 그뢰이라는 괴물들이지."

"저도 알아요. 유수라가 말해줬어요. 그런데 총을 쏜 사람은 누구
냐고요."

"나도 전혀 모르겠다, 엘리오."

"학교에 왔던 시민 감사관을 해치운 것도 같은 사람 아닐까요?"

"나는 그것도 몰라."

"소탕 여단의 사냥개를 해치우고 시테의 건물 뒤로 나를 쫓아왔
던 사람은요?"

"사냥개를 해치웠다는 건 어떻게 아니?"

"그 개는 바로 제 뒤까지 쫓아와서 마구 짖어댔어요. 저는 잡히기
일보 직전이었다고요. 그런데 갑자기 그 개가 사라지고 아무 소리
도 안 들렸어요. 설마 그 개가 갑자기 그냥 잠들어버린 건 아닐 거
아니에요."

"그건 아니겠지. 어쨌든 내가 설명할 수 있는 건 없구나."

"자드와 그 수수께끼의 사수에 대해 의논할 시간은 없었어요. 하
지만 자드는 그 개가 무슨 일을 당했는지 짐작하고 있었을 거예요."

늙은 베르베르인의 추억이 잠시 고통스러운 침묵과 함께 방 안을
떠돌았다. 지노는 다시 의문에 빠져들었다. 자신의 능력, 그들이 성
공할 가능성, 그가 선택했어야만 했던 일들에 대해 확신이 들지 않
았다. 라피는 지노가 이 일을 할 수 있는 유일한 기드이기 때문에
중대한 소임을 맡기지 않았던가. 생존해 있는 기드는 지노 한 사람
뿐이기 때문에?

전부 다 팽개치고 레위니옹 섬으로 돌아가 소박하지만 등산, 친

구들과의 모임, 음악을 즐기는 생활로 돌아가고 싶은 충동이 치밀었다. 하지만 그러한 충동을 결연하게 물리쳤다. 라피의 신뢰를 절대로 저버릴 수는 없었다. 그는 결코 엘리오를 버리지 않을 것이다.

엘리오는 엘리오 나름대로 할아버지의 부재를 고통스럽게 실감했다. 어떤 면에서는 아빠 엄마가 곁에 없는 것보다 한층 더 견디기 힘들었다. 엘리오는 지노를 좋아했지만 사실 잘 안다고 할 수는 없었다. 그는 어린 시절부터 함께했던 소중한 사람들이 못 견디게 그리웠다.

엘리오가 슬픔에 잠겨 허우적대지 않으려면 앞으로 나아가는 수밖에 없었다. 하지만 아빠 엄마 사이에서 뒹굴뒹굴하며 평화롭게 눈을 감고 잠들 수만 있다면 그가 가진 모든 것을 기꺼이 내줄 수 있었다.

지노와 엘리오는 말없이 호텔에서 나왔고 서로 눈도 마주치지 않았다.

가죽 장사는 수입이 짭짤한 모양이었다.

아벨 은가코는 도시에서 벗어난 곳에 호화 주택을 갖고 있었다. 그것도 야운데의 황홀한 야경을 사방으로 둘러볼 수 있는 언덕 꼭대기에 자리한 집이었다.

아벨 은가코의 집까지 가는 도로는 관리가 아주 잘되어 있었다. 그들은 먼저 수도의 주요 동네를 지나고, 다시 집중호우로 침수 피해를 입은 논밭들을 지나 열대우림의 거대한 나무들 사이로 파고들었다.

엘리오는 택시 차창에 얼굴을 딱 붙이고 카메룬의 어두운 밤 풍경을 살펴보려 했지만 제대로 보이는 것은 아무것도 없었다.

정글.

정글은 언제나 엘리오를 꿈꾸게 했다. 아빠가 들려준 이야기도 그렇고 책 속에서 본 '정글'이라는 단어를 신기한 동물들이 가득한 상상의 세계로 그려왔기 때문이다. 엘리오는 밤마다 그 세계 속에서 이 꿈, 저 꿈을 누비곤 했다.

정글. 리아나덩굴, 동물, 나무, 정글의 비밀과 위험, 그곳에 사는 비밀스러운 부족들.

"정글에 표범도 살아요?"

엘리오가 택시 기사에게 물었다.

택시 기사는 룸미러를 통해 엘리오를 놀란 눈으로 바라보다가 이내 미소를 지었다.

"그럼, 하지만 지금 보고 있는 그쪽은 정글이 아니야. 거기는 그냥 숲이지. 야운데의 진짜 정글은 빌딩 숲 사이에 있거든."

"아……"

택시 기사는 엘리오의 목소리에서 실망한 눈치를 알아채고 말을 이었다.

"네가 찾는 정글은 지금도 있긴 있어. 하지만 그런 곳으로 가려면 오지로 더 깊이 들어가야 해. 그런 곳에 가면 표범도 있겠지. 자, 이제 다 왔습니다."

택시 기사는 거대한 고급 주택 앞에 차를 정차시켰다. 조화롭게 지은 건물이 수풀 군데군데 설치한 프로젝터 조명을 받아 근사하게 빛났다.

흙으로 쌓아 올린 대지에 지은 주택의 정면은 흰색이었고 정성껏 가꾼 정원을 한눈에 볼 수 있도록 큼지막한 통유리 창을 텄다. 건물 외곽에는 테라스가 빙 둘러쳐 있었고 그 가장자리를 알록달록한 꽃무리가 흐드러지게 장식하고 있었다.

지노가 요금을 치르자 택시는 떠났다.

흰색 양복을 입은 남자가 이 순간을 기다렸다는 듯이 현관 계단을 내려와 그들에게 다가왔다.

"잘 오셨습니다. 은가코 씨께서 여러분을 기다리고 계십니다."

3

집사는 그들을 고급스러운 가구들로 꾸며져 있는 널찍한 방으로 안내했다.

"은가코 씨께서 곧 나오실 겁니다."

집사는 그렇게 말하고 바로 물러갔다.

엘리오는 눈이 휘둥그레져 주위를 둘러보았다. 그곳에 있는 예술품 중에는 더러 위르자트와 베르베르족의 수공예품을 연상시키는 것도 있었지만 대부분은 엘리오에게 미지의 세계로 열린 창처럼 느껴졌다.

소년은 손끝으로 조심스레 벽에 걸린 흑단 가면을 만져보고는 다시 원래 위치대로 잘 걸어놓았다. 그다음에는 방패 밑에 걸린 창들에 가까이 가서 한 자루를 잡아볼까 말까 하다가 그만두었다. 토템상 앞에 서서는 그 무서운 표정을 찬찬히 들여다보고 얼굴을 찡그리머 흉내를 내보기도 했다.

한편, 지노는 바닥에 깔린 얼룩말 가죽을 밟지 않으려고 빙 돌아서 바깥이 내다보이는 통유리 창 앞에 이르렀다. 어마어마한 크기의 수영장이 간접 조명을 받아 근사하게 빛나고 있었다. 두 아이가 수영장에서 물장구를 치고 있었고 수영복을 입은 젊은 여자가 아이들이 노는 모습을 세심하게 지켜보는 중이었다.

"그러니까 네가 나탕과 샤에의 아들이로구나."

아벨 은가코는 날씬한 50대 아저씨였다. 머리칼은 소금과 후추를 섞은 것 같은 잿빛이었고 눈빛이 맑았다. 집에는 부티가 좔좔 흘렀지만 정작 그 집의 주인은 검은 피부에 소박한 청바지와 운동선수처럼 잘 벌어진 어깨를 돋보이게 하는 흰색 면 튜닉 차림이었다.

"네, 제 이름은 엘리오입니다. 그리고 이쪽은 지노 삼촌이에요."

"삼촌이라, 그래, 잘 알았다. 내가 무슨 일을 해주었으면 좋겠니? 아니, 일단 그 이야기는 제쳐두자. 그보다는 손님 대접이 먼저겠지. 두 사람 다 앉으시지요. 펠릭스가 마실 것을 내올 겁니다."

엘리오와 지노는 등나무로 만든 안락의자에 앉았다. 아벨 은가코는 가죽 쿠션에 자리를 잡았다.

집사는 쟁반에 간식과 잔, 망고주스가 든 병을 가지고 와서 야트막한 테이블에 내려놓았다. 그리고는 아무 말 없이 그 자리에서 물러났다.

아벨 은가코는 시원한 주스를 따라주고 다시 입을 열었다.

"전화를 받고 호기심이 동하긴 했지만 솔직히 말해 이렇게 어릴 줄은 몰랐다. 지금 몇 살이지?"

“열한 살이에요.”

엘리오는 거짓으로 대답했다.

“열한 살이라니, 겉으로만 봐서는 그렇게 안 보이는데. 열한 살이라. 네 목소리나 말하는 태도를 봐서는 훨씬 더 먹었을 것 같아. 그런데 또 키나 몸집을 봐서는 열한 살도 안 되어 보이고 말이야. 어쨌든 열한 살이면 딱 그 중간인 것 같구나.”

아벨 은가코가 지노에게 시선을 돌렸다.

“제가 어떤 쪽으로 도움이 될 수 있을까요?”

지노는 움찔했다. 그는 엘리오의 명석한 두뇌나 조숙한 행동거지에 너무 익숙해져 있었기 때문에 당연한 일을 예상하지 못했던 것이다. 상대는 어른이니까 아무래도 아이보다는 같은 어른을 상대로 이야기를 하려고 할 것이 분명한데도 그 점을 생각지 못했다.

그런데 지노는 엘리오와 자신이 왜 카메룬에 왔는지는 알고 있었지만 아벨 은가코라는 남자에게서 무엇을 찾는지에 대해서는 어렴풋하게밖에 알지 못했다.

“아빠 엄마가 돌아가셨어요.”

엘리오의 떨리는 목소리가 이 소식을 전하는 순간, 아벨 은가코의 관심은 다시 소년에게로 돌아왔다. 지노는 너무 놀라 얼음처럼 굳어버렸다.

“부모님이 돌아가셨어요. 저는 우리 아빠 엄마가 어떤 사람인가에 대해 제대로 알고 싶어요.”

“유감이로구나.” 아벨 은가코는 간단하게 조의를 표했다. “나도 네 아빠 엄마를 잘 안다고는 할 수 없지만 그래도 늘 좋게 생각하고 있었단다.”

“부모님이 아저씨에게 파미유에 대해 말했지요?

엘리오는 아무 감정도 드러내지 않고 대뜸 물었다.

“잠깐만 기다려야, 얘야. 우리 애들이 워낙 극성이라서 말이지. 내가 가서 방해하면 안 된다고 주의를 좀 주고 오마.”

아벨 은가코가 자리를 뜨자 지노는 목이 메어 엘리오에게 몸을 기울이며 속삭였다.

“엘리오, 나는…… 나는……”

조금 전까지 지노는 엘리오가 부모님의 생사에 대해 모르고 있을 거라고 철석같이 믿었다. 자신의 세계를 무너뜨리지 않으려고 부모님이 살아 있을 거라는 망상에 굳게 매달려 있을 거라고 믿었다. 그런데 엘리오는 처음부터 다 알고 있었던 것이다! 어떻게 이 아이는 그토록 엄청난 일을 속으로만 품고 지낼 수 있었을까?

“엘리오…… 너는……”

엘리오는 지노에게 윙크를 보냈다.

“거짓말을 할 수밖에 없었어요. 우리 부모님이 돌아가셨다고 해야 저 아저씨가 더 성심성의껏 도와주고 싶은 마음이 들 것 아니에요. 게다가 그렇게 말해야 골치 아픈 문제들도 피할 수 있고요.”

“그래도 엘리오, 넌 벌써……”

“쉿, 아저씨가 와요.”

아벨 은가코는 조심스레 통유리 문을 닫고 다시 손님들 앞에 앉았다. 그는 말해야 할 것과 말하지 말아야 할 것을 곰곰이 생각하는 듯 잠시 침묵을 지켰다. 이윽고 아벨 은가코는 결단을 내렸다.

"내 생각에 엘리오 너는 왜 너희 부모가 나를 만나러 왔었는지 알고 싶은 것 같구나."

"네. 우리 아빠 엄마가 아저씨에게 무엇을 물어봤었는지, 그리고 무엇보다도 아저씨가 그때 뭐라고 대답했었는지를 알고 싶어요."

"그 청을 거절한다면 난 천하에 둘도 없는 치사한 사람이 되겠지."

아벨 은가코는 생각을 모으려는 듯 멍하니 거실 벽을 바라보았다.

"엘리오야, 네 부모가 처음으로 날 찾아온 때가 지금으로부터 한 10년 전이구나. 그때 네 부모가 이곳을 찾아온 이유를 알려면 먼저 이곳 카메룬에서 내가 다소나마…… 명성을 누리고 있다는 사실을 알아야 할 테지. 비록 내 조상들은 타피오카를 기르는 가난한 농부였지만 말이다."

"명성이라고 하시면?"

지노가 물었다.

아벨 은가코는 지금까지 지노가 그 자리에 있다는 사실을 잊었다가 처음으로 깨달은 듯 깜짝 놀라는 눈치였다.

"그렇소. 가죽 장사와 아프리카 예술품 사업으로 돈을 벌기 전에 가이드로 일했었는데……"

"가이드요?"

놀란 지노와 엘리오가 동시에 외쳤다.

"그래요, 가이드." 아벨 은가코가 두 사람을 의아하다는 표정으로 바라보며 말을 이었다. "아프리카 열대의 주요 국립공원마다 사파리 투어를 조직하는 일을 했소. 부자 관광객들에게 사자, 코끼리, 물소 떼를 보여주는 일이었지요. 바로 그 시기에 나의 명성을 쌓기 시작했소.”

“이해가 안 되는데요. 우리 부모님은…… 음…… 부모님은 동물을 무척 좋아하긴 했지만 결코 사파리 투어에 관심 가지실 분들은 아니었어요.”

“물론 네 부모는 사파리 투어를 하려고 날 찾아온 게 아니었지. 게다가 그 무렵은 이미 내가 가이드 일에서 손을 뗀 다음이었다.”

“그럼 왜 오셨는데요?”

“나와 함께 사파리 투어를 했던 손님들은 모두들 황홀해져서 돌아갔지. 그래서 아마 너희 아빠 엄마 귀에까지 나에 대한 소문이 들어갔던 모양이야.”

“하지만……”

“나는 아프리카 대륙 그 일대에서 동물들과 이야기할 수 있는 사람으로 소문이 나 있었거든.”

4

"아저씨는 메타모르프군요?"

엘리오가 외쳤다. 그러나 아벨 은가코는 고개를 절레절레 저었다.

"아니. 그리고 너에게 고백하자면 '메타모르프'라는 말도 너희 부모에게 처음으로, 그리고 유일하게 들어봤단다. 너에게 메타모르프가 무엇인지 설명하거나 그런 존재가 정말로 있다고 주장할 필요는 없겠지."

"하지만 동물들과 이야기를 할 수 있다면서요!"

"그거야 소문이 그렇게 났을 뿐이지."

"그럼 진실이 아니란 말씀이세요?"

아벨 은가코는 생각에 잠긴 표정으로 턱을 만지작거렸다. 더 이상은 말하고 싶지 않은 듯했다. 그때 지노가 나섰다.

"은가코 씨, 우리의 질문을 너무 심각하게 생각하지 마십시오. 나탕과 샤에가 당신에게 메타모르프에 대해 말했다면 당신도 그들이 얼마나…… 다른 존재들인지 잘 아실 거 아닙니까. 엘리오는 차이를 극복해야 앞으로 살아갈 수 있어요. 그게 제일 중요합니다.”

아벨 은가코는 한숨을 쉬며 그 말을 받아들였다.

“잘 알았습니다. 그럼 지금부터 하는 이야기가 딴 데 새어나가지 않도록 잘 부탁드리겠습니다.”

“우리를 믿으셔도 돼요, 은가코 아저씨!”

엘리오가 외쳤다.

“두 사람 다 나를 그냥 아벨이라고 불러요. 지금부터 하려는 이야기는 다른 사람들에게 거의 한 적이 없는 이야기죠. 그러니까 아주 은밀한 부분이오.”

그는 과일주스를 벌컥벌컥 들이켜고 목을 축인 뒤 이야기를 시작했다.

“사람들은 내가 동물을 부르는 힘이 있다고, 동물들이 내 목소리를 들으면 저항할 수 없는 이상한 힘에 이끌려 고분고분해진다고 떠들어댔소. 그런데 실상은 별것도 아니면서 참으로 미스터리였소. 별것도 아니었다고 하는 이유는 나에겐 동물과 소통하는 능력, 아니 그냥 동물을 불러내는 능력도 없었기 때문이오. 그런데도 미스터리라고 하는 이유는 나도 어찌된 노릇인지는 모르겠지만 동물이 느끼는 감정 하나하나, 바람 하나하나를 감지할 수 있었기 때문이오. 마치 투창이 꽂히듯 동물의 감정이 내 안으로 어찌나 절절히 파고드는지, 결국은 바로 눈앞에 있는 동물로 내가 변해버리는 게 아닌가 싶을 정도였소. 나와 동물이 하나가 된다고 할까. 그 녀석이 무엇을 할지, 어디로 갈지, 왜 그러는지 속속들이 다 알 수가 있었소. 그럴 때의 나는 아벨 은가코라는 인간이 아니지요.”

“그런 경험은 메타모르프의 능력과 굉장히 흡사한데요.”

지노가 지적했다.

“나탕과 샤에도 그런 말을 했었소만 나는 머릿속으로만 동물이 되는 거였소. 사소한 신체적 변화조차 전혀 나타난 적이 없으니까. 솔직히 말하자면 그런 일이 가능한지도 의심스럽소.”

“의심스럽다고요?”

지노가 물었다.

“그래요. 엘리오야, 네 부모는 두 번이나 왔었다. 그들 말로는 내가 겪는 이상한 현상이 메타모르프 파미유의 한 계통에 속하기 때문으로 보인다고 했지. 우리는 나의 족보를 조사해가며 과연 그런 흔적이 있는지 찾아보려고 했다. 아쉽게도 성과는 없었지. 하지만 나의 몸에 흐르는 피에는 메타모르프의 힘이 아주 조금밖에 섞여 있지 않은 반면, 네 엄마 샤에는 아주 순수하고 강한 힘을 타고났다는 사실을 알게 되었단다.”

“엄마는 표범으로 변신할 수 있어요. 저도 본 적이 있어요.”

엘리오는 자랑스럽게 어깨를 펴고 말했다.

“너는 나보다 운이 좋았구나. 네 엄마는 내가 보는 앞에서 변신을 하고 싶어 하지 않았어. 그래서 나는 메타모르프가 실제로 존재한다는 증거를 보지 못했지.”

“메타모르프는 정말로 있어요!”

“나탕과 샤에의 이야기를 들었을 때는 나도 정말로 메타모르프들이 있다고 믿었던다. 하지만 그들이 떠나고 나니 다시 의심이 들기 시작하더구나. 지금도 그냥 생각뿐이지, 물증은 보지 못했어. 어쨌거나 나탕과 샤에에 대한 호의에서, 그리고 나의 순수한 호기심에서 이것저것 조사를 해보았단다. 그러다 좀 이상한 것을 발견했지.”

“뭔데요?”

지노와 엘리오가 동시에 물었다.

“아주 가느다란 실마리일 뿐이고 모순적인 지표들이 너무 많아. 내가 정보를 검증해보아야 하는데 시간이 없어서 못하고 있었지.”

“하지만 우리는 급해요! 에크테르의 힘은 이제 곧 손쓸 수 없이 커질 거예요. 아저씨가 우릴 도와주셔야 해요.”

엘리오는 애원하듯 말했다. 아벨은 에크테르라는 말을 듣고도 별로 신경 쓰지 않는 듯했다. 그는 고개를 저었다.

“몇 주만 조사할 시간을 다오. 그리고 나서는 전모를 털어놓겠다고 약속하마.”

몇 주! 지노는 실망한 나머지 투덜대는 소리를 저도 모르게 내뱉고 말았다. 이 문제에 관한 한, 미래의 모습이 분명하게 보였다. 그들에겐 몇 주씩이나 되는 시간이 없었다. 고작 며칠밖에 주어지지 않았다. 그 이상을 넘어서는 로트르의 완전한 승리와 지배 외에는 다른 전망이 보이지 않았다.

두 사람이 카메룬으로 온 것부터가 길을 잘못 든 셈이었다. 엘리오의 조상 대대로의 능력에 대해 좀 더 많은 것을 알아내면 에크테르와 싸우는 데 도움이 될 수도 있겠지만 그래도 체념하고 받아들였어야 했다. 그들은 이곳에 절대로……

"우리에게 전부 말하셔야 해요."

지노가 소스라쳤다.

엘리오의 목소리가 변해 있었다. 심각하지도 않고 강압적이지도 않았지만 깊이 있게 울리는 목소리였다. 최면을 걸듯 사람을 끌어당기는 목소리였다. 순수한 진실의 파장을 느끼게 하는 목소리.

지노는 고개를 돌리지 않고도 엘리오가 빛을 뿜어내고 있음을 알 수 있었다.

아벨 은가코는 경직되었다. 그는 어린 엘리오를 처음 본 순간부터 참으로 놀라운 아이라고 생각했다. 그런데 지금은 '놀라운'이라는 말은 이 소년을 표현하기에 턱없이 부족하다는 것을 깨달았다.

"로트르라고 불리는 악하고 위협적인 존재가 인류를 타락시키고 있어요. 에르나 스파틸 혹은 에른스트 파사라는 인물 뒤에 숨어 있는 존재죠. 저는 로트르를 저지할 수 있는 유일한 인간이지만 그러려면 제 안에 있는 능력을 제대로 구사하는 법부터 배워야 해요. 아저씨가 절 도와주셔야겠어요."

엘리오의 이야기는 믿기지 않았지만 그가 하는 말 한 마디, 한 마디는 진실했다. 아벨 은가코는 영혼 깊은 곳에서 그 진실성을 느낄 수 있었다. 엘리오의 말에 사람을 조종하려는 속셈이 없다는 것도 아벨은 느낄 수 있었다. 오직 다이아몬드처럼 눈부시게 빛나는 진실뿐이었다.

참으로 순수했고, 참으로 소박했다.

이 아이는 아마 메타모르프겠지만 그렇더라도 이 아이의 진짜 능력은 다른 데 있을 테지. 저항할 수 없는 능력, 상상도 할 수 없는 능력이겠지. 진실의 소리를 듣게 하는 능력, 그 진실에 귀 기울이는 사람들을 자기에게로 끌어당기는 능력.

아벨 은가코의 말문이 열리기 시작했다.

"여기서 한나절 가야 하는 곳에, 그러니까 카메룬 내륙에 이상한 마을이 하나 있단다. 그 마을 주민들은 다른 인간들과 어울려 살지 않아. 여러 가지 정황으로 미루어보아 그들은 메타모르프일 것 같구나."

5

사륜구동 자동차는 야운데를 빠져나오는 도로에서 경찰 바리케 이드를 통과하고 다시 10번 국도로 진입하면서 세 번의 검문을 거쳤다. 그 후 아봉음봉에 조금 못 미쳐 도로를 빠져나온 차량은 남쪽으로 향하는 흙길을 달렸다.

동이 튼 지 얼마 되지 않았기 때문에 아직 무더운 열기가 카메룬의 풍광을 덮치지는 않았다. 엘리오는 차창을 열고 고개를 내밀어 자신이 몰랐던 아프리카를 마음껏 구경했다.

완만하고 야트막한 구릉이 가끔 보일 뿐, 대지는 기복 없이 넓게 펼쳐져 있었다. 복잡한 국도를 빠져나오자 대자연의 위용이 드러났다.

"저기는 정글이에요?"

엘리오가 길 양쪽으로 펼쳐져 있는 열대우림의 무성한 수풀을 손가락으로 가리키며 물었다. 운전석에 앉은 아벨 은가코가 고개를 끄덕였다.

"그래. 드야의 동물 보호 구역이 가까워지고 있어. 카메룬에서 가장 근사한 나무들이 자라는 곳이지. 이 나라에서 가장 원시림이 잘 보존된 지역 중 하나이기도 하고."

"저기 저 나무보다 더 큰 나무도 있어요?"

"저 나무는 비교도 안 돼! 모아비나무의 몸통은 지름만 5미터야. 그보다 큰 놈들도 더러 나오고."

"동물들도 있고요?"

"많이 있지. 맹수들도 있고, 코끼리도 있고, 고릴라도 있지."

엘리오는 혹시 동물들이 보일까 싶어 숲 기슭을 열심히 살펴보았다. 아벨 은가코는 룸미러를 통해 그런 엘리오를 놀랍다는 듯이 바라보고 지노에게 시선을 돌렸다. 지노는 어깨를 으쓱하며 어쩔 수 없다는 듯이 말했다.

"엘리오는 사람을 당황스럽게 하는 아이죠. 어른보다 예리하고 똑똑하지만 그래도 아이는 아이예요. 어른의 머리로는 예측불허, 어디로 튈지 모르는 녀석이죠!"

엘리오는 지노의 말을 확인시켜주듯 다시 고개를 차 안으로 돌리고 물었다.

"카메룬에도 요정이 있나요?"

그들은 거의 하루 종일 차를 달려 점점 더 외진 곳으로 들어갔다.

그곳은 역사가 시작된 이래로 그리 많은 변화를 거치지 않은 듯 보였다.

바닥은 기복이 심해서 차가 많이 흔들리다 보니 허리가 다 아팠다. 차를 타고 달리기 시작한 후부터 여기저기 흙탕물이 튀거나 진흙탕에 빠져 차가 꼼짝 못하게 되는 순간이 많았으므로 이제 사륜구동은 시뻘건 진흙으로 도배가 되어버렸다. 다리 없는 개천을 건너야 할 때는 운전에 능숙한 아벨에게도 쉽지 않은 일이었지만 엘리오는 신이 났다.

마냥 들뜬 소년은 두 어른들에게 질문 공세를 퍼붓고 타잔이 타기에는 덩굴이 너무 짧다는 둥, 앵무새의 깃털이 좀 더 파란색이어야 한다는 둥 쉴 새 없이 떠들어댔다.

엘리오는 아벨이 사륜구동을 거대한 모아비나무 근처에 세웠을 때야 비로소 입을 다물었다. 수풀이 갈라진 틈새로 열대의 밀림 아래 감추어져 있던 산자락이 눈에 들어왔다. 새들의 노랫소리, 원숭이 울음소리, 벌레들이 왱왱대는 소리가 뒤죽박죽 섞여 불협화음을 이루고 있었다.

아벨은 손가락으로 100미터쯤 떨어져 있는 한 지점을 가리켰다.

"고릴라다. 덩치 큰 수컷이구나."

"어디요?"

지노가 눈이 휘둥그레져서 물었다.

"저쪽이오."

"나무밖에 안 보이는데요. 어떻게 보셨대요?"

"나도 보지는 않았소. 그냥 느꼈을 뿐이지. 녀석도 우리의 존재를

느끼고 우리 소리에 귀를 기울이고 있소. 겁을 먹진 않지만 우리가
방해가 된 모양이오. 고릴라는 망설이고 있소……”

아벨의 시선이 한곳에 머물더니 목소리가 침착하게 변했다.

“이쪽으로 올까 말까 고민하고 있구려…… 아니, 마음을 바꿨소.
저쪽으로 피하기로. 산등성이 너머에 있는 자기네 무리에게 돌아갈
작정이오. 이제 곧 저만치 멀어질 거요…… 그래요, 이젠 녀석의 존
재를 느낄 수 없소.”

아벨은 꿈에서 깨어난 사람처럼 몸을 부르르 떨었다. 그는 동행
의 호기심 어린 시선을 느끼고 빙그레 미소 지었다.

“덩치 큰 원숭이 종족은 맹수들과 더불어 내가 가장 잘 느낄 수 있
는 동물이오. 그리고 난 고릴라와 비슷한 점이 아주 많다고 느낀다
오. 이따금 내 조상 중에 고릴라가 있었던 건 아닐까 의심스러울 정
도로. 아, 물론 아프리카계 조상 쪽을 말하는 거요. 브르타뉴 사람
인 우리 할아버지는 아니겠지.”

아벨은 엘리오의 얼빠진 표정을 보고 너털웃음을 터뜨리더니 소
년의 머리칼을 헝클어뜨렸다.

“농담이다, 애야. 한 가지만 빼고.”

그는 다시 진지한 얼굴로 말을 이었다.

“고릴라들은 수천 년 전 백인들이 아프리카를 차지하려 했을 때
만 해도 평화롭게 살고 있었지. 그런데 현재 고릴라는 거의 멸종 위
기에 처했어. 그래서 나는 브르타뉴 사람이자 백인인 내 할아버지
가 원망스럽단다. 나도 백인의 피를 물려받았지만 백인이 심정적으
로 원망이 되는 걸 어쩌겠니.”

그는 다시 사륜구동에 시동을 걸었다.

"갑시다, 적어도 한 시간은 더 달려야 할 테니까. 밤이 오기 전에 목적지에 도착했으면 좋겠구려."

그들은 몇 번째인지도 모를 흙탕물 개천을 다시 한 번 넘어갔다. 길은 울창한 밀림에 가려 알아보기가 힘들었다. 게다가 거대한 나무가 쓰러져 있어서 어쩔 수 없이 차를 멈춰야 했다.

나무를 피해 밀림을 뚫고 지나갈 수도 없었고 사륜구동에 장착된 윈치로 나무를 치워버리는 것도 불가능했다.

"모아비나무의 왕이 죽었군!" 아벨은 쓰러진 나무의 몸통에 올라서며 감탄하듯 외쳤다. "이놈을 베려면 시간이 엄청 걸릴 텐데! 어쨌거나 트렁크에 전기톱을 싣고 와서 다행이라고 해야겠군!"

엘리오와 지노가 바로 옆에 있었지만 아벨은 거의 고함을 지르다시피 외쳤다. 그는 동행들의 놀란 눈초리를 아랑곳하지 않고 계속해서 쩌렁쩌렁하게 떠들었다.

"두 사람은 차 안에서 기다리고 있구려! 저녁이 되면 모기들이 극성을 부릴 거요!"

아벨은 바닥으로 껑충 뛰어내려 쓰러진 나무를 다시 한 번 훑어보더니 고개를 돌렸다. 그러고는 엘리오와 지노 옆을 바짝 가까이 지나가며 소곤소곤 일렀다.

"사륜구동에 올라타요. 신속하게 행동하되 허둥대서는 안 됩니다. 그리고 무슨 일이 일어나든 절대로 나오지 마시오."

"무슨······"

엘리오가 무슨 말을 하려고 했지만 지노가 엘리오의 팔을 세게 붙잡으며 찍소리 못하게 차 안으로 데리고 들어갔다.

"어서 들어가자. 아벨이 저 나무와 모기들을 상대하게 내버려두고."

지노는 일부러 즐거운 척하는 목소리로 들으라는 듯이 말했다.

아벨 은가코는 신중하게 고개를 끄덕여 보이고 두 사람이 사륜구동에 올라타는 동안 트렁크를 열었다.

그가 트렁크에서 꺼낸 물건은 전기톱이 아니라 구경이 큰 사냥총이었다. 그는 전문가처럼 총탄을 장전하고 길 한복판에 버티고 섰다.

"이제 나와도 좋소! 우리는 친구로서 찾아왔지만 당신들이 우리를 그렇게 받아주지 않는다면 우리가 당신들을 두려워하지 않는다는 사실을 똑똑히 보여주겠소!"

아벨은 아프리카 사투리로 외치고 다시 한 번 같은 말을 반복했다. 그리고는 조급해하는 기색 없이 당당한 태도로 기다렸다.

엘리오의 심장이 미친 듯이 뛰었다. 무슨 일이 일어났던 걸까? 아벨은 인기척을 느꼈던 것일까?

그때, 수풀이 갈라졌다.

6

열 명 남짓한 사내들이 나타났다.

파뉴[7]를 입고 머리를 박박 깎은 사내들의 몸에는 문신이 빼곡하게 새겨져 있었다. 그들의 피부색은 엘리오가 지금까지 만났던 카메룬 사람들처럼 검지 않고 좀 더 밝은 베르베르족의 혈색에 가까워 보였다. 그들의 움직임은 놀랄 만큼 민첩했다. 무장을 하지 않았지만 빠르고 정확한 동작은 위협적이었다.

그들은 조용히 아벨을 포위하고 머리끝부터 발끝까지 훑어보았다. 아벨은 꼼짝도 하지 않았다. 이윽고 무리 중 한 사람이 입을 열었다. 원시 부족의 말로 짧게 뭐라고 묻는 것 같았다.

"저들은 반투족이야."

지노가 엘리오의 귀에 대고 넌지시 일러주었다.

---

7. 아프리카 원시 부족이 허리에 두르는 옷.

지노는 아주 작은 목소리로 중얼거렸지만 반투족 사내들은 한 몸처럼 일사불란하게 사륜구동 쪽으로 고개를 돌렸다.

엘리오는 흠칫했다. 사내들의 눈동자에서 잔인한 야만의 불꽃을 보았기 때문이다. 이들이 마음만 먹으면 엘리오 일행을 무참하게 학살하는 일도 주저하지 않을 거라는 확신이 들었다.

지노도 똑같은 판단을 했기 때문에 여차해서 일이 틀어질 경우 엘리오를 구해낼 방법을 머릿속으로 허둥지둥 찾고 있었다. 그러는 사이 아벨이 다시 입을 열었고 숲 속의 사내들은 다시 아벨에게로 주의를 돌렸다. 아벨은 간간이 차분한 손짓으로 북쪽과 하늘을 가리켜가면서 꽤 오랫동안 뭔가를 말했다.

"아벨 아저씨가 뭐라고 하는 거예요?"

엘리오가 소곤소곤 물었다.

"나도 몰라."

지노가 대꾸했다.

처음에 질문했던 반투족 사내가 그 무리의 우두머리인 듯했다. 그는 아벨의 권총과 사륜구동을 번갈아 손가락으로 가리키면서 뭐라고 길게 따졌다.

"쉽게 넘어갈 기색이 아닌데요."

엘리오가 속삭였다.

아벨은 차분한 자세를 흐트러뜨리지 않았다. 그는 총구를 땅바닥으로 떨어뜨리고 묻는 말에 당당하게 대꾸했고 반투족 우두머리도 차츰 차분해지는 눈치였다. 두 사람은 몇 분간 더 이야기를 주고받았고 이윽고 우두머리가 손짓으로 신호를 보내자 사내들은 믿을 수 없을 만큼 재빨리 숲 속으로 자취를 감추었다. 정글은 언제 반투족이 출현했는가 싶게 원래의 모습으로 돌아갔다.

아벨 은가코는 성큼성큼 걸어 사륜구동으로 돌아왔다. 총은 트렁크에 도로 넣고 운전석에 앉았다.

"군다나족이오. 내가 만나려고 했던 자들이지. 우리가 여기 온 것을 그리 달갑게 여기지는 않소만 우리는 절대로 위험한 사람이 아니라고 잘 설득했소."

"군다나족이라고요? 그런 부족 이름은 한 번도 들어보지 못했는데요?"

지노가 말했다.

"나도 오늘까지는 저들의 부족 이름을 몰랐다오. 카메룬 남부는 오지에 가깝고 아직도 미개척지가 더러 있소. 군다나족이 에르나 스파틸이 누구인지도 모르고 그 사람이 카메룬에서 권력을 휘두르고 있다는 사실도 모른다 한들 별로 놀랍지 않은 일이오."

아벨 은가코가 에크테르의 존재—아프리카에서 에르나 스파틸로 알려져 있는—에 대해 언급한 것은 이번이 처음이었다.

"카메룬에서 이곳은 천지에 널려 있는 그놈의 빌어먹을 대형 전광판을 보지 않아도 되는 유일한 지역일 거요. 어쨌든, 우리는 어려운 선택을 해야 하오. 군다나족은 왜 우리가 자기네 영토를 침범했는지 물었소. 그래서 나는 동물로 변신할 수 있는 사람들에게 관심이 있다고 솔직히 말했소. 그러자 저들은 화를 내고 있소."

"장난을 치는 거라고 생각한 걸까요?"

지노가 넌지시 물었다.

"아니, 그런 건 절대 아니오. 메타모르프가 있다는 것보다는 우리가 그 사실을 안다는 것 자체에 더 놀라는 눈치였으니까. 바로 그 부분을 물고 늘어지는 바람에 절대로 비밀을 발설하지 않겠다는 맹세까지 했소."

"그럼 어려운 선택을 해야 한다는 건 뭐죠?"

"내 생각에는 군다나족 중에 메타모르프가 있을 것 같소. 어쩌면 그 부족 전체가 메타모르프일 수도 있고. 어쨌든 우리가 마을에 들어가서 그들의 설명을 들어도 좋다고 했소. 하지만 요구 조건을 내세우는구려."

"요구 조건?"

"우리가 정말로 설명을 들을 자격이 있는지 그 증거를 보여달라고 했소."

"자격? 그걸 무슨 수로 증명한대요?"

아벨은 잠시 망설이다가 대답했다.

"군다나족은 메타모르프에 대한 이야기를 메타모르프에게만 할 수 있다고 하는구려."

의미심장한 침묵이 차 안에 내려앉았다. 잠시 후 아벨은 마른기침을 하며 목소리를 가다듬고 침묵을 깼다.

"저들이 나를…… 그러니까 동물에 공감할 수 있는 나의 능력을 보고 메타모르프로 인정해줄지 모르겠소. 만약 그렇게 봐주지 않는다면 우리의 목숨이 위태로워지지 않을까 걱정이오. 아니면 그냥 야운데로 돌아갈 수밖에 없소."

엘리오와 지노는 오랫동안 서로 눈빛을 주고받았다.

아벨 은가코는 두 사람의 눈치가 신경 쓰였는지 그들을 안심시키려고 애썼다.

"동물에 공감하는 나의 능력에 대해 좀 더 자세히 알아보고 싶다고 생각한 지는 오래됐소. 기꺼이 모험을 할 준비도 되어 있고. 하지만 원한다면 두 사람을 야운데에 데려다주고 혼자 이곳으로 돌아올 수도 있소. 물론 내가 무엇인가를 알아내거든 나중에 다 알려주리다. 어떻게 생각하시오?"

엘리오와 지노는 대답하지 않았다. 아니, 아벨의 말을 듣지도 않았다.

엘리오가 지노를 보았다. 지노도 엘리오를 보았다.

엘리오는 천생 어린애의 모습으로 돌아가 자신을 압도하는 불안을 다스리려고 몸부림쳤다. 모험에 뛰어들고 싶은 충동과 그 모험이 암시하는 두려움 사이에서 엘리오는 갈팡질팡했다. 그는 흔들리는 자신감을 지노가 북돋아주기 바랐다.

지노도 곤란하기는 마찬가지였다.

지노는 처음으로 기드로 산다는 것이 어떤 의미인가를 자각했다. 미래의 길은 머릿속에 얽히고설켜 있어 온전히 해독해낼 수 없었다. 어디를 바라보아도 성공과 실패, 삶과 죽음은 어깨를 나란히 하고 있었다. 지노 역시 엘리오만큼 길을 잃고 막막한 심정이었다. 그렇지만 어떤 길을 가리켜 안내하는 것은 지노의 사명이었다. 어쩌면 그 길이 그들을 대재앙으로 몰고 갈지도 모르는데도 말이다.

지노는 마음속이 텅 빈 것 같았지만 라피의 결단에서 언제나 느낄 수 있었던 잔잔한 평정심을 찾으려고 애썼다. 눈을 감았다. 조금

씩 숨소리가 고르게 돌아왔다. 두근대던 심상도 규칙적인 리듬을
되찾았다.

가장 기본적인 앎이 머릿속에 떠올랐다. 미래의 비전과는 상관없
지만 기드로서의 능력과는 관련이 있는 앎이었다. 그는 물에 빠진
사람이 지푸라기라도 붙잡듯 그 단편적인 앎에 매달렸다.

기드에게 완전한 확신이란 없다. 의혹은 자기 안에만 담고 있어
야 하는 법.

지노는 수많은 두려움을 떨치고 하나의 길을 선택했다. 그러고는
눈을 뜨고 엘리오를 안심시키는 미소를 지어 보였다.

"엘리오, 넌 할 수 있을 거야."

7

엘리오와 지노가 앞으로의 계획을 설명하자 아벨 은가코는 차를 돌려 군다나족이 가르쳐준 분기점까지 되돌아갔다. 무성한 밀림에 가려 잘 보이지 않는 곳이었다.

아벨은 그곳에서 다른 길로 접어들기 전에 사륜구동을 세우고 엘리오를 돌아보았다.

"엘리오, 정말 자신 있니?"

"그럼요."

엘리오는 자신이 느끼는 것보다 더 자신만만한 목소리를 내려고 노력했다.

"네 엄마가 메타모르프라고 해서 너도 꼭 그렇다고 할 수는 없다는 것 아니?"

"제가 시도도 해보지 않는다면 영영 알 수 없겠죠."

“그 말은 맞다. 하지만 좀 더 부담 없는 상황에서 시도해보는 게 낫지 않겠어? 만약 네가 실패한다면 군다나족은 봐주지 않을 거다. 그들이 너를……”

지노가 아벨의 어깨에 손을 얹으며 그의 말을 끊었다.

“아벨.”

“왜 그러시오?”

“엘리오를 불안하게 만들어서 좋을 게 없다고 생각합니다. 이 아이도 자기가 어떤 위험을 감수하는지, 우리가 어떤 위험에 맞닥뜨려 있는지 다 알아요. 엘리오에게는 응원이 필요합니다. 사기를 떨어뜨려서는 안 돼요.”

아벨 은가코가 고개를 주억거렸다.

“그렇군요.”

지노는 아벨의 눈을 똑바로 들여다보았다.

“아벨이 우리와 함께 모험에 뛰어들지 않는대도 충분히 이해합니다. 이미 우리를 많이 도와주셨어요. 여기서부터는 우리끼리 걸어서 갈 수 있습니다.”

아벨은 너털웃음으로 이 말에 응수했다.

“평생을 짓눌러왔던 수수께끼의 해답이 코앞에 있는데, 나보고 이제 와서 집에나 가보라는 말이오? 농담이 지나치시오!”

아벨은 다시 시동을 걸고 숲 속으로 차를 몰았다.

바닥은 진흙투성이요, 위로는 리아나덩굴이 사방에 펼쳐져 있는 밀림이었다. 차체가 찌그러지고 범퍼가 굵직한 나무 둥치에 부딪치는 악조건에서 30분을 달리자 한 가지 사실이 명확해졌다. 더 이상 앞으로 나아가는 것은 불가능했다.

적어도 차를 타고 갈 수 없다는 것만큼은 분명했다.

그들은 식량과 식수를 짊어지고 차에서 내렸다. 아벨은 총을 챙겼다. 세 사람은 걸어서 숲 속으로 들어갔다.

엘리오는 이제 자신이 정말로 정글을 좋아했는지 확신이 없었다. 차에 타고 있을 때는 야생동물들의 울음소리가 매혹적으로 들렸지만 지금 사방에서 울려 퍼지는 이 소리는 불안하기 짝이 없었다. 아니, 솔직히 겁이 났다. 끈적끈적한 바닥과 빽빽한 밀림, 정체 모를 식물의 가시와 차츰 어두워지는 하늘 때문에 앞으로 나아가기가 쉽지 않았다. 피를 빨려고 달려드는 모기떼는 말할 것도 없었다.

지노가 철썩 소리를 내며 자기 목덜미를 손바닥으로 때렸다.

"요놈의 모기들! 우리 피를 남김 없이 다 빨아먹을 기세로구나!"

이제 길이라고 부를 수 있는 것은 없었고 수풀과 수풀 사이의 경계가 있을 뿐이었다. 그 경계마저도 한참 동안 사라졌다가 나타나기 일쑤였고, 너무 희미해서 거의 보이지 않았다.

엘리오가 길을 찾고 있는데 머리 바로 위에서 힘차고도 나지막한 울음소리가 들렸다. 엘리오는 소스라치게 놀랐다.

"만드릴원숭이구나. 시끄럽고 골치 아픈 녀석이지만 위험하진 않아."

아벨이 엘리오를 안심시켰다.

엘리오는 나무들 사이를 유심히 살펴보았지만 그의 눈에는 원숭이가 보이지 않았다. 엘리오는 다시 발걸음을 떼며 물었다.

"여기에 임이 있나요?"

"뭐라고?"

"임이요. 꼬리가 짧고 거무스름한 작은 원숭이예요."

"카메룬에 그런 동물이 있다는 얘기는 처음 듣는구나. 아니, 다른 데서도 못 들어봤는데. 그런 동물이 진짜 있니?"

엘리오는 한숨을 쉬며 대답했다.

"불행히도 그렇답니다. 시끄럽진 않지만 골치 아프고 아주 위험한 놈들이죠."

그들은 거대한 나무가 쓰러져 만들어진 빈터에서 군다나족을 다시 만날 수 있었다. 분명히 아무도 없었는데 홀연히 나타난 그들이 순식간에 세 사람을 5미터도 안 되는 거리에서 빙 둘러싸는 게 아닌가.

아벨 은가코가 멈칫하자 엘리오와 지노도 따라서 그 자리에 굳어버렸다.

군다나족의 추장이 다가와 반투어로 질문을 던졌다.

아벨은 망설였지만 엘리오를 지목하면서 대답했다. 그 순간, 엘리오는 호기심 가득한 시선들의 표적이 되어버렸다. 그는 가슴이 뛰는 것을 느꼈고 떠는 모습을 보이지 않으려고 무던히 애를 썼다.

추장과 아벨 사이에 다시 몇 마디가 오갔다. 군다나족 추장이 한 발짝 물러나자 아벨이 엘리오에게 말을 걸었다.

"시험에 응하는 사람이 너라는 말을 듣고 놀라는구나. 네가 너무 어리다고 말이야. 군다나족에서 어린아이들은 성장한 후에야 도전할 수 있대. 네가 포기하면 우리를 그냥 보내주겠다고 하는구나.”

엘리오는 그저 어깨를 으쓱할 뿐이었다.

“무슨 시험 말입니까?”

지노가 걱정스럽게 물었다.

“시험을 치르는 자는 밀림 한복판에서 혼자 나무에 꽁꽁 묶인 채 하룻밤을 보내야 한다오. 사나운 맹수들이 어슬렁대는 이 정글에서 날 잡아 잡수라는 거나 마찬가지, 결박을 풀고 살아남을 방법은 변신을 하는 것뿐이오.”

지노가 나서려고 입을 열었다. 그러나 엘리오는 그럴 틈을 주지 않았다.

“저들이 모두 다 메타모르프인가요?”

엘리오는 군다나족 사내들을 바라보며 물었다.

“분명히 그렇지 싶구나. 이런 부족이 있다는 걸 믿을 수 없지만……”

“그 말은, 저 사람들 모두 시험을 통과했다는 뜻이겠네요?”

“음…… 그래…… 분명히 그렇겠지.”

“그런데 모두 성공했고요?”

“그랬으리라 생각한다. 그러니 여기 있는 게 아니겠니.”

엘리오는 크게 심호흡을 했다.

“추장님에게 제가 하겠다고 한다고 전해주세요. 나이는 메타모르프의 능력과 아무 상관없다는 말도 해주시고요.”

“너 정말……”

“제발 그렇게 전해주세요.”

엘리오가 단호하게 말했다.

아벨 은가코는 땅이 꺼져라 한숨을 쉬었다.

"알았다."

그는 군다나족 추장에게 고개를 돌려 엘리오의 뜻을 그대로 전했다.

그다음부터는 일사천리였다. 추장은 간단한 지시를 몇 마디 내렸고 엘리오는 거칠게 한쪽으로 끌려갔다. 지노와 아벨 은가코는 다른 쪽으로 끌려갔다. 엘리오는 아주 잠깐 지노와 눈이 마주쳤다.

'넌 할 수 있을 거야.'

지노 아저씨는 눈으로 그렇게 말하고 있었다.

군다나족 사내들이 엘리오의 팔목에 칭칭 감는 밧줄이 살을 파고들자 엘리오는 결심이 흔들렸고 이내 무너져버렸다.

"잠깐만요, 저는……"

군다나족 사내들은 엘리오의 말에 눈곱만큼도 신경 쓰지 않았다. 그들은 엘리오의 다리도 묶은 뒤에 바로 나무에 꽁꽁 붙들어 맸다. 엘리오가 외쳤다.

"마음이 바뀌었어요! 그만둘래요. 저는……"

그는 입을 다물었다.

그는 혼자였다.

그리고 어느새 밤이 되어 있었다.

8

엘리오는 정글이 이처럼 소란스러운 곳인 줄 몰랐다.

바로 지척에서, 혹은 머리 위에서 수십 마리 짐승의 울음소리가 뒤엉켜 울려 퍼졌다. 어떤 소리는 나지막하고 반복적이었으며, 또 어떤 소리는 귀에 거슬리고 공격적이었다. 더러 똑같은 음이 미묘하게 조율을 달리하여 되풀이되는가 하면, 사납고 거친 울음소리 속에 조심스러운 울음소리가 섞여 있었다. 사랑을 노래하는 울음소리도 있고 피를 부르는 소리도 있었다.

어둠에 묻힌 정글은 소리로 뒤덮인 세상이었다. 시끄럽고 무서웠다.

엘리오는 그 소리들의 주인이 어떤 동물인지 절반도 구분하지 못했다. 수십 가지 동물의 목소리뿐만 아니라 주위에서 속살대는 식물들의 소리도 있었다. 나뭇가지가 부러지는 소리, 나뭇잎이 살랑 살랑 스치는 소리, 물 빠지는 소리, 바스락대는 소리……

엘리오는 속에서 스멀스멀 일어나는 공포를 다스리기 위해 눈을 감았다. 이성적으로 생각하려고 노력했다. 정글에 사는 동물의 대다수는 초식동물이고 포식자는 얼마 되지 않는다고, 주변에서 들리는 소리는 아무런 위협도 되지 않는 자연스러운 소리일 뿐이라고 스스로를 다독였다.

하지만 마음을 놓을 수 없었다.

'변신을 해야 해. 엄마는 하셨잖아. 나도 할 수 있어!'

그는 마르세유에서 불현듯 찾아왔던 그 기묘한 감각을 되살리려 애썼다. 대저택 지하에서 잘난 체하는 주정뱅이 두 사람이 반란군이랍시고 으스대며 그를 쫓아내려고 했을 때 억누를 수 없었던 그 느낌을.

그때 외에는 변신에 근접했던 순간이 달리 없었다. 그는 할 수도 있었을 것이다. 분명히 할 수 있었다……

그러나 변신을 정말로 해본 적은 없었다.

엘리오는 변신이 어떤 식으로 이루어지는지 눈곱만큼도 아는 바가 없었고 피로와…… 공포 외에는 아무것도 느껴지지 않았다.

벌레 한 마리—눈에 보이지는 않았지만 분명 벌레였다. 그런데 이렇게 큰 벌레도 있을까?—가 엘리오의 팔을 타고 어깨까지 기어올라와 목으로 파고들더니 턱까지 올라왔다.

벌레가 입꼬리와 뺨을 가로질러 다시 목을 타고 티셔츠 속으로 쑥 들어가는 순간, 엘리오는 비명이 터지려는 것을 참았다.

그는 소리 지르지 않았다.

일단 소리를 지르기 시작하면 멈출 방법이 없었으니까.

게다가 엘리오는 지금 막 무슨 소리를 들었다. 수백 가지 소리 중 하나였지만 그 소리는 달랐다.

아주 가까웠다.

굉장히 가까운 곳에서 났다.

그냥 잔가지가 우지끈 부러진 것 같기도 했다.

아니, 그렇게 단순한 소리는 아니었다.

엘리오는 코지스트의 혈통을 물려받아 유난히 감각이 예민했다. 그는 항상 유용하고 효과적으로 그 감각을 써먹었다.

그는 귀를 기울였다.

엘리오의 뛰어난 청각에도 들릴 듯 말 듯한 숨소리가 5미터쯤 떨어진 곳에서 들려왔다. 가벼우면서도 깊고, 차분하면서도 기운찬 숨소리였다. 부드러움과 치명적인 위험이 섬뜩하게 공존하고 있는 숨소리였다.

엘리오는 주위를 둘러보았다. 달과 별의 환한 빛도 밀림을 뚫고 들어오지는 못했다. 특히 땅 쪽은 아무것도 보이지 않았다. 그렇지만……

밤의 어둠보다 더 어둡고 커다란 덩어리가 보였다.

움츠려 있지만 아주 유연한 덩어리.

덧없는 찰나의 희망이었는지, 엘리오는 처음에 그 덩어리가 움직이지 않는 무생물인 줄 알았다. 하지만 이내 시커먼 덩어리는 움직이기 시작했다.

엘리오를 향해 똑바로 다가왔던 것이다.

노란 두 눈이 자신을 향하는 순간, 엘리오는 알아보았다. 그는 불안한 신음 소리를 내뱉고 눈을 감아버렸다.

표범이 다가오고 있었다.

9

"저리 가!"

엘리오는 겁을 주려고 단호하게 말했지만 맹수를 도발할까 봐 목소리는 조그맣게 낮추었다.

그 결과는 초라했다. 엘리오의 입에서 나온 소리는 단호하다기보다는 들리지 않는 울음, 공포에 사로잡힌 신음에 더 가까웠다.

표범이 다시 한 발짝 더 다가왔다.

차분하다 못해, 거의 무심한 걸음걸이였다.

"엄마?"

이 말을 속삭이기가 무섭게 가냘픈 희망이 엘리오의 마음을 사로잡았다. 그러나 돌아올 대답은 뻔했기에 희망은 싹트기가 무섭게 산산이 흩어졌다. 지금 다가오는 저 표범은 엄마가 아니다. 만약 엄마라면 얼른 모습을 바꾸어 엘리오를 불안에서 해방시켜줬을 테니까.

표범은 이 먹잇감이 자신의 손아귀를 빠져나갈 수 없다고 확신했는지 서두르지도 않았다. 어쩌면 먹잇감에게 훌쩍 달려들 최후의 순간을 남겨두고 사악한 즐거움을 만끽하고 있는지도 모를 일이었다. 표범도 덩치만 컸지 분명 고양잇과 동물이었다. 그리고 고양이들은 원래 장난꾸러기다.

잔인하고 피를 좋아한다는 특성이 있긴 하지만 그래도 장난꾸러기는 장난꾸러기니까.

이제 표범과 엘리오 사이의 거리는 1미터밖에 남지 않았다. 엘리오는 손발이 꽁꽁 묶여 있지만 않다면 기꺼이 몸을 굴려 도망치고 싶은 심정이었다.

그는 소리치고 싶었다. 도와달라고, 이제 그만두겠다고 고래고래 외치려 했다. 하지만 목이 꽉 잠겨 아무 소리도 나오지 않았다.

'메타모르프는 자신과 몸무게나 크기가 비슷한 동물로 변신할 수 있는 능력이 있어. 어떤 동물로 변하는 기술이 완전해질수록 완벽히 변신할 수 있는 동물의 종류는 줄어들지. 그래서 성년에 이른 메타모르프는 사실상 어느 한 가지 동물로만 둔갑할 수 있고 다른 동물로 변신할 가능성은 없어지는 거야.'

"유수라, 메타모르프가 뭐든 상관없어. 난 그냥……"

엘리오가 신음하듯 내뱉었다. 그러나 이내 입을 다물었다. 표범이 한 발을 엘리오의 허벅지에 얹었던 것이다. 엘리오는 공포로 심장이 터질 것 같았지만 그 와중에도 표범이 발톱을 곤두세우지 않았다는 사실을 깨달았다. 표범의 앞발은 묵직했고 기운이 넘쳐흘렀지만 녀석의 태도는 유순했다.

아니, 애정이 어려 있다고 해도 좋았다.

일단은 그랬다.

"날 좀 내버려둘래. 나는 잡아먹어봤자 맛도 없을 거야."

엘리오가 애원했다.

표범은 대답 대신 서서히 엘리오의 얼굴에 얼굴을 갖다 댔다.

엘리오는 기절하기 일보 직전이었지만 그 순간 예기치 않게 예전에 아빠가 해준 말이 떠올랐다. 아빠는 세계 곳곳을 돌아다니면서 보았던 고양잇과 동물들 이야기를 즐겨 했었다. 그리고 표범과 재규어는 세상에서 가장 아름답고도 무서운 동물이라면서 잔뜩 흥분하곤 했다. 아이는 한 번 믿어버리면 좀체 마음을 바꾸지 않는 법이어서, 아빠가 그럴 때마다 엘리오는 세상에서 가장 아름답고도 무서운 동물은 사자와 호랑이라고 주장했었다. 다른 동물들은 비교도 안 된다고 했었다.

비교도 안 된다고? 어쩌자고 그렇게 어리석은 소리를 했을까?

성년에 접어든 사자가 200킬로그램쯤 나간다는데 지금 코앞에 있는 이 녀석은 60킬로그램이 될까 말까 했다. 송곳니도 호랑이의 송곳니에 비하면 훨씬 짧아 보였다. 하지만 사자와 호랑이에 견주어도 절대 밀리지 않을 완벽한 사냥꾼임에 틀림없었다.

엘리오는 변신에 대한 생각을 모두 버렸다. 이제 결박을 풀고 도움을 구하고픈 마음밖에 없었다. 그러나 겁에 질려 얼음이 되어버린 탓에 가끔 죽음이 임박한 사람이 빠져든다는 체념 상태에 도달해 있었다.

죽음을 확신한 나머지 평온해졌다고나 할까.

"나를 놓아줘. 난……"

엘리오는 힘없는 목소리로 한 번 더 말했다.

표범은 엘리오의 얼굴을 핥았다.

"뭐 하는 거야……"

표범은 다시 한 번 할짝대며 까칠한 혓바닥으로 엘리오의 얼굴을 핥으며 눈물을 닦아주었다.

"그만둬."

엘리오는 그렇게 말했지만 희망이 다시 꿈틀대는 것을 느꼈다. 그는 먹잇감을 잡아먹기 전에 이처럼 정성껏 핥아주는 맹수는 없다는 사실을 잘 알고 있었다.

"이봐, 그만두라니까……"

어둠 속에서 표범의 송곳니가 번쩍 빛났다. 동시에 녀석이 소리 없이 가르릉대는 것을 감지했다.

엘리오는 다시 경직되었다.

"화났어? 있잖아, 네가 좋으면 얼마든지 핥아도 돼. 별로 깨끗하다는 생각은 안 들지만 내가 익숙해지면 되지, 뭐."

야수의 아가리가 쩍 벌어졌다가 엘리오의 다리를 묶은 밧줄을 딱 소리 나게 잡아챘다.

그다음에 다시 한 번 딱 소리가 나면서 팔목을 죄던 밧줄이 끊어졌다.

표범의 만족스러운 심경을 나타내듯 딱 하고 이빨 부딪치는 소리가 허공에 마지막으로 울려 퍼졌다.

엘리오는 손목과 발목에 다시 정상적으로 피가 돌기 시작하자 신음소리를 냈다. 고통은 생생했고 다른 때 같았으면 고함을 지르거나 엉엉 울어버렸겠지만 안도감이 매우 압도적이었기 때문에 그처럼 행동하지 않았다.

그는 안도하는 한편, 얼빠진 기분이었다.

표범은 꼼짝 않고 엘리오를 지켜보고 있었다. 검고 윤기가 흐르는 털은 정글의 어둠과 완벽하게 어우러졌다. 어둠 속에서 빛나는 짐승의 눈동자가 엘리오의 눈을 노려보았다.

"고마워. 넌…… 요정이니?"

그럴 리는 없었다. 요정이 이렇게 덩치 큰 동물의 모습으로 나타날 리가 없었다. 하지만 어디까지나 예외는 있을 수 있었고 엘리오는 실수를 저지르고 싶지 않았다.

표범은 굳이 대답하려 들지 않았다.

"아니야? 그래, 그럼 넌 그냥 친절한 표범이거나 배가 별로 고프지 않은가 보구나."

엘리오는 조심스레 자리에서 일어났다. 얼얼해진 팔다리를 풀기 위해서이기도 했고 새로운…… 친구를 불안하게 만들지 않기 위해서이기도 했다.

"나는 가야 해. 난 일종의 시험을 치르는 중이었어. 그래서 나무에 묶여 있었던 거야. 사실 난 내 모습을 바꾸어 스스로 결박을 풀 수 있을 줄 알았어. 그런데 네가 밧줄을 끊어줬으니 시험을 통과했다고 할 수 있을지 걱정이야. 뭐, 내가 그 사실을 곧이곧대로 말한다는 법은 없지만. 그렇지?"

표범은 여진히 엘리오를 주시하고 있었나.

"그래, 그럼 다음에 또 만나자."

엘리오는 돌아서서 그 자리를 뜨려다가 사실 어느 방향으로 가야 하는지 모른다는 사실을 깨달았다. 밤은 불안하기 그지없는 어둠의 옷자락으로 길을 찾을 수 있는 지표를 모두 덮어버렸다.

"나딘 알 라일라(Nah'din al laîla)."

엘리오는 이를 악물고 중얼거렸다. 그래도 10미터쯤 걸어가기는 했다. 나무뿌리에 발목이 걸려 가시덤불로 곤두박질하기는 했지만 말이다. 바로 그 순간 지척에서 사냥을 하러 나온 하이에나의 울음소리가 들렸다.

엘리오는 나무가 있는 데까지 기어가 몸을 기댔다. 그는 정글에 사는 모든 동물이 아까의 표범처럼 호의적으로 대해줄 거라고 착각할 만큼 어리석은 소년은 아니었다. 그리고 하이에나를 실제로 본 적은 없었지만 이 동물의 명성은 익히 알고 있었다. 흔히 하이에나를 썩은 고기만 노리는 비열한 짐승으로 묘사하지만 실상은 사냥솜씨가 대단하다고 들은 적이 있었기 때문이다. 방금 전 울음소리의 주인공이 엘리오를 쫓아올 확률은 다분했다. 아니, 확률이 다분하다는 표현만으로는 부족했다.

"여기 와봤자 별 볼일 없어!"

엘리오는 스스로 용기를 내보려고 중얼거렸다.

하이에나의 울음소리가 한 번 더 울려 퍼졌다.

엘리오가 넘어졌던 수풀의 잎사귀들이 바스락 소리를 내더니 양쪽으로 갈라졌다.

소년은 숨을 죽이고 무기가 될 만한 것을 찾아 땅바닥을 손으로 더듬었다. 손가락이 막대 구실을 할 만한 것에 닿았다 싶은 순간, 검은 표범이 나타났다.

엘리오는 안도의 한숨을 자기도 모르게 내뱉고는 눈살을 찡그렸다.

"계속 착하게 대해줄 거지?"

표범은 대답 대신 그에게 다가와 엘리오가 반응할 겨를도 주지 않고 발치에 납작하게 엎드렸다.

혓바닥을 쑥 내밀어 얼굴을 핥는 것도 빠뜨리지 않았다.

"그렇다는 뜻이겠지?"

소년은 큰 소리로 자기 짐작을 말해보았다.

저만치 물러나야 당연할 표범은 여전히 엘리오에게 딱 붙어 있었다. 엘리오에게 어떤 행동을 기대하는 것 같은 태도였다.

엘리오는 한순간 망설이다가 표범의 옆구리에 가만히 손을 얹었다. 처음에는 수줍게 내민 손이었지만 황홀할 만큼 보드라운 모피의 감촉을 느끼고는 좀 더 과감하게 어루만지기 시작했다.

표범은 엘리오가 하는 대로 가만히 있었다.

엘리오의 쓰다듬는 손길이 멈추자 그제야 머리로 손을 슬쩍 밀어낼 뿐이었다.

그다음에 엘리오가 다시 털가죽을 쓰다듬기 시작하자 표범이 좀 더 편안하니 널브러졌다.

지난 몇 시간 동안 차곡차곡 쌓였던 엘리오의 불안이 차츰 스러졌다. 그의 손끝을 기분 좋게 느끼고 가르랑대는 소리 덕분이었다.

하이에나가 울어대도 상관없었다. 엘리오는 이제 안전했으니까.

10

　엘리오는 반투어로 떠들썩하게 외치는 소리에 퍼뜩 잠에서 깨어났다.

　그는 눈을 떴다.

　그는 여전히 어젯밤 몸을 의지했던 그 나무 아래 있었지만 표범은 사라지고 없었다.

　무성한 가장귀를 뚫고 비치는 아침 햇살에 세 사람의 실루엣이 보였다. 그들은 땅바닥을 뚫어져라 내려다보며 엘리오를 향해 걸어오고 있었다.

　군다나족은 미세한 인기척만으로도 엘리오를 알아보았지만 엘리오가 자리를 털고 일어나자 뭐라고 소리를 지르면서 황급히 달려왔다. 엘리오는 그들의 거칠고 사나운 태도에 겁이 나서 처음에는 그들이 목숨을 노리고 오는 줄 알고 도망치려 했다.

하지만 그럴 틈이 없었다.

군다나족은 얼음판에서 미끄러지듯 쏜살같이 정글을 누비고 다녔기 때문에 엘리오는 상대도 되지 않았다. 엘리오가 마음을 정하기도 전에 그들은 이미 가까이에 와 있었다. 다행히도 그들은 그저 소년의 앞에 버티고 서 있기만 했다. 그중 한 사람이 반투어로 말을 건넸다. 위협적이지는 않았지만 엘리오가 반투어를 모른다는 사실은 전혀 개의치 않는 듯했다.

"미안해요. 무슨 말인지 모르겠어요."

엘리오가 프랑스어로 대꾸했다.

엘리오에게 말을 걸었던 군다나족 사내는 좀 더 사근사근한 말투로 같은 말을 반복했다. 엘리오는 아랍어로 똑같이 대답했고, 그다음에는 영어로 말해주었다. 하지만 사내는 그중 어떤 말도 알아듣지 못했다.

사내는 의사소통을 포기하고 끊어진 밧줄을 들어 보였다. 어제 엘리오를 나무에 꽁꽁 묶는 데 썼던 바로 그 밧줄이었다. 그러고는 부드러운 땅에 남아 있는 표범의 발자국을 가리키고 눈썹을 부라리며 다시 엘리오를 가리켰다.

엘리오는 조금도 망설이지 않고 열심히 고개를 끄덕였다.

"맞아요, 내가 밧줄을 끊었어요! 내가 이빨로 끊은 거예요!"

엘리오는 이빨로 밧줄 끊는 시늉을 하고 손톱을 곤두세우며 두 손을 들어 보이고는 짐승 울음소리를 흉내 냈다. 군다나족 사람들은 소년의 몸짓을 이해했는지 경계하는 태도를 버렸다.

끊어진 밧줄을 보여주었던 사내가 엘리오에게 자기를 따라오라고 손짓했다. 하지만 그들이 사리를 뜨기 전에 다른 군다나족 사내가 팔을 뻗어 엘리오의 목 아래 쇄골에 떨어져 있던 것을 주웠다.

비단처럼 곱고 검은 털 뭉치였다. 표범의 털이었다.

엘리오를 제외한 세 사람은 그 털을 보고 자기들끼리 떠들어대며 티격태격했다. 마침내 그들의 시선이 엘리오에게 향한 순간, 엘리오는 그들의 눈빛을 보고 이제 됐다 싶었다.

엘리오는 메타모르프로 인정받았던 것이다.

그는 미소 지었지만 양심의 가책은 지워지지 않았다. 군다나족을 본의 아니게 속이게 되었으니 말이다.

수풀이 다소 듬성듬성한 지대에 숨어 있는 군다나족 마을에는 야생동물의 침입을 막기 위해 말뚝 울타리를 둘러놓았다.

일행은 등나무덩굴로 묶어놓은 통나무 문을 열고 울타리 안으로 들어갔다.

마을에는 벽토와 밀짚으로 지은 오두막들이 거대한 나무를 둘러싸고 옹기종기 모여 있었다. 그 나무는 껍질이 하얗고 가지마다 보기만 해도 무서운 가시가 돋아 있었다. 오두막 사이로 허기진 닭과 칠면조들이 부산하게 돌아다녔고, 아이들은 연못 근처에서 뛰어놀았다. 어른들은 저마다 자기 할 일에 바빴다. 그러다 엘리오가 나타나자 모두들 멈추고 호기심 어린 시선을 보냈다.

엘리오는 마을 사람들에게 아랑곳하지 않았다. 다만, 지노와 아벨 은가코를 찾기 위해 마을을 두리번거렸을 뿐이었다. 두 사람의 모습이 보이지 않자 불안한 예감이 등줄기를 타고 흘렀다.

"제 일행은 어디 있죠?"

엘리오는 함께 온 세 남자들에게 물었다.

선두에서 걷던 사내가 하얀 나무 바로 옆에 다른 오두막보다 유독 우뚝하게 솟은 오두막을 가리켰다.

"정말이에요? 모두 저기 있나요?"

엘리오는 다급하게 외쳤다가 군다나족은 자신이 하는 말을 알아듣지 못한다는 사실을 새삼 떠올렸다. 그러니까 아까 사내의 몸짓은 엘리오의 질문과 아무 상관도 없었던 것이다.

그렇지만 그들의 목적지는 그 커다란 오두막이 맞았다. 등나무로 엮은 벽에는 검은 나무를 깎아 만든 조그마한 초상들이 장식되어 있었고 입구 상인방 위에도 하마의 해골이 걸려 있었다.

"들어가야 해요?"

군다나족 세 사람은 문간에 멈춰 서서 엘리오에게 입구로 들어가라는 손짓을 했다. 엘리오는 혼자 오두막으로 들어갔다.

희미한 어둠에 눈이 익숙해지자 돗자리 옆에 하얀 두루미처럼 생긴 새가 한 발을 배 아래로 접고 다른 한 발로만 서 있는 모습이 보였다. 그 새, 왜가리는 머리를 떨어뜨린 채 눈을 지그시 감고 있었다.

"안녕."

엘리오는 새를 깨우지 않으려고 속삭이듯 말했다.

오두막 안에는 다양한 크기의 호리병박들이 걸려 있었고 자단을 꿰어 만든 거대한 발라폰[8]도 떡하니 놓여 있었다. 아벨 은가코의 저택에서 보았던 것과 같은 투창, 모피, 양탄자, 벽걸이 따위도 뒤죽박죽으로 걸려 있었다.

엘리오는 놀란 눈으로 오두막 안을 훑어보았다. 군다나족은 왜 그를 이곳으로 들여보냈을까?

소년은 사자의 털가죽을 쓰다듬어보며 이 가죽은 벽에 걸려 있기보다는 역시 임자의 등에 붙어 있는 게 어울린다고 생각했다. 그다음에는 발라폰에 다가가 건반 몇 개를 쳐보았다. 엘리오는 그 악기의 낮고 무거운 울림이 마음에 들어서 나무 건반을 조금 두드려보다가 상황에 어울리지 않는 짓을 하고 있다는 생각이 들었다. 그보다는 마을 전체를 뒤져서라도 지노와 아벨을 찾아야 할 때였다.

엘리오가 문지방을 넘어가려는 순간, 등 뒤에서 노인의 힘없이 떨리는 음성이 들려와 화들짝 놀랐다.

"잘 왔다, 어린 메타모르프야. 아니, 장차 메타모르프가 될 아이라고 해야겠지."

엘리오는 얼른 뒤를 돌아보았다.

하얀 왜가리가 사라지고 없었다.

그 자리에는 이가 빠지고 피부가 쭈글쭈글한 노인이 그를 바라보며 미소 짓고 있었다.

---

8. 아프리카의 토속 악기.

11

엘리오가 정신을 수습하는 데는 1초도 채 걸리지 않았다.

노인이 왜가리로 둔갑했다 해서 놀랄 것은 없었다. 그는 이미 엘브륌이 시민 감사관의 모습으로 나타나고, 임과 그룅이 위르자트를 공격하고, 엄마가 그를 구하기 위해 흑표범으로 변신하는 것까지 보았다.

"은구마에게 말하여라. 군다나족의 조상님께 아뢰어라. 네가 몹시 두렵거나 아직 부름을 느끼지 못하여 변신을 거부한다면 아뢰어라."

노인이 다시 말했다. 치아가 없어서 발음이 새는 소리가 많이 나기는 했지만 완벽한 프랑스어였다.

"부름? 저는 부름이 뭔지 모르는데요."

엘리오가 말했다.

"너무 어린 게지."

"부름이 뭔가요?"

"메타모르프들이 의례를 감당할 준비가 되면 변신의 욕망에 사로잡히게 된단다. 은구마는 아주 잘 알지. 군다나족의 어린아이들을 안내하는 역할이 이 은구마의 몫이니까."

노인은 자신을 은구마라고 하는 것 같았다.

안내하는 역할이라.

은구마는 안내인, 즉 가이드다. 라피와 지노 같은 기드도 아니고 아벨 은가코의 직업이었던 가이드와도 다르지만 어쨌든 은구마라는 존재도 안내자 역할을 하는 것이다. 세상에는 안내자가 그렇게나 많은 걸까? 아니면 엘리오가 걸어야 하는 길은 수많은 안내자들과 마주칠 운명인가?

"너는 은구마에게 답하지 않느냐?"

"변신하고 싶은 마음이 여러 번 들기는 했어요."

엘리오는 조금 망설이다가 대답했다.

"어젯밤은 특히 그랬죠."

은구마가 함박웃음을 보였다.

"네가 실패하면 죽음을 당한다는 걸 알고 하는 말이냐? 우리가 네 친구들도 죽일 텐데?"

엘리오의 대답은 거침없이 떨어졌다.

"알아요."

은구마가 크게 웃었다. 한순간이지만 은구마의 모습이 흐려졌다가 다시 왜가리로 변하는 게 아닌가 싶었다. 은구마는 웃음을 거두고 외쳤다.

"그렇다! 은구마는 단 1초도 망설이지 않고 죽이라 명할 것이다."

은구마는 다시 진지한 얼굴이 되었다. 흑색 옥구슬처럼 새까만 두 눈이 엘리오를 꿰뚫어볼 듯이 빛나자 연약한 노인에게서 볼 수 없는 카리스마가 넘쳤다.

"은구마는 망설이지 않을 것이다. 너는 10분 안에 죽을 것이다. 너의 시신은 군다나족이 기르는 개의 먹이가 될 것이야."

엘리오의 얼굴에 핏기가 가셨다.

"하지만 저는 메타모르프인데요."

"은구마를 속이려 들지 마라! 아마도 그 힘이 네 피에 흐르기는 하겠지. 그러나 지금의 너는 메타모르프가 아니야."

"저는…… 시험을 통과했잖아요……"

엘리오가 더듬더듬 말했다.

"아니. 너는 변신하지 못했다."

은구마는 완강하게 부인했다.

"제가 너무 어려서 그렇다고 하셨잖아요."

은구마는 어깨를 으쓱했다.

"아무도 너보고 군다나족 마을로 오라고 강요하지 않았다. 시험을 통과해야 하는 이유를 알고서 네가 선택한 일인데 실패한 게 아니냐. 네 나이는 문제가 되지 않아."

"저는 결박을 풀었어요."

엘리오는 두려움에 떨며 반박했다.

"군다나족은 결박을 풀 수 있는 자가 아니라 동물의 힘을 지닌 자에게 영혼의 문을 여는 것이다.”

“저는 결박을 풀 수 있는 자가 아니에요.”

“방금 나에게 결박을 풀었다 하지 않았느냐.”

“아니…… 그게 아니라…… 제 말 좀 들어보세요!”

엘리오가 다급하게 외쳤다. 무시무시한 덫이 그를 잡아채려고 하는 순간인데 그는 이 덫을 어떻게 피해야 할지 알 수 없었다.

“저…… 저 혼자 밧줄을 끊은 게 아니에요. 표범이 끊어줬어요. 그게 바로 동물의 힘을 지녔다는 증거 아니겠어요?”

“그럴 수도 있겠지. 그 표범에 대해 말해보거라.”

은구마의 얼굴에 미소가 돌아와 있었다. 엘리오는 교활한 그 표정을 보고 속았다는 것을 알았다. 은구마는 표범에 대해 아무것도 모르는 것이 분명했다. 그러면서 엘리오가 아는 사실을 다 털어놓도록 수작을 부리는 중이었다.

문제는, 엘리오가 아무것도 모른다는 데 있었다.

소년은 망설였다. 은구마에게 진실을 고백해도 궁지에서 벗어날 수 없을 것 같았다. 이 노파는 상냥하지도, 너그럽지도 않았다. 엘리오가 군다나족에 아무 이익도 되지 않는다 생각하면 주저 없이 죽이라는 명령을 내리고도 남을 노파였다. 거짓말을 하면 잠시 시간을 벌 수 있겠지만 정체를 다 드러내지 않도록 영리하게 굴어야 할 것이다. 자칫 잘못했다가는 무서운 벌을 피할 수 없을 터였다.

은구마는 엘리오의 침묵에 미끼를 던졌다. 은구마는 그 표범을 느꼈다.

“그 표범은 다른 표범들과 다르구나.”

“우리 엄마예요!”

엘리오는 얼른 입술을 깨물었다.

너무 늦었다. 이미 말은 입 밖으로 튀어나오고 말았으니까. 머리를 굴렸지만 바보 같은 소리를 하는 잘못을 범하고 말았다. 그러나 은구마의 겁에 질린 표정을 보고 엘리오는 생각을 고쳐먹었다.

“엄마라고?”

엘리오는 이제 와서 후회하거나 말을 바꿀 게 아니라 끝까지 거짓말을 밀고 나가기로 작정했다.

“그래요.”

“검은 표범으로 둔갑할 수 있는 메타모르프는 지극히 드물다. 그 표범이 군다나족의 땅에서 무엇을 하고 있단 말이냐?”

은구마가 엄포를 놓았다.

“엄마는…… 저를 보호하려고 따라오신 거예요.”

“숨김 없이 말하거라. 네 어미는 몇 번이나 표범으로 변할 수 있느냐?”

“엄마가 원할 때는 언제든지요.”

은구마의 눈빛이 매서워졌다.

“네가 한 말에 거짓이 없으렸다?”

“네.”

“군다나족에서는 가장 위대한 추장만이 그런 능력을 지녔다.”

“우리 엄마는 군다나족의 가장 위대한 추장보다 더 뛰어나요.”

엘리오는 이제 아무것도 두렵지 않았다. 그가 지어낸 이야기는 어느새 사실처럼 느껴졌다. 엘리오는 방금 한 말이 진실이라고 맹세라도 할 수 있었다.

"은구마는 네가 거짓말을 한다고 생각한다. 정녕 네 어미가 밖에서 어슬렁거리고 있다면 너는 네 목숨을 구하고 네 보잘것없는 어미를 감추기 위해 그리 말하는 것이겠지."

"우리 엄마는 보잘것없지 않아요! 당신은 왜가리로밖에 변할 수 없으니 샘이 나서 그런 말을 하는 거잖아요! 당신은 늙고 추하고 쓸모없으니까요!"

흥분한 엘리오가 외쳤다.

은구마는 나이를 믿을 수 없을 만큼 민첩하게 몸을 휙 틀어 벽에 걸린 투창을 잡았다. 그러고는 가차 없이 엘리오에게 창을 겨누고 으름장을 놓았다.

"네놈은 표범의 새끼가 아니라 냄새나는 멧돼지의 새끼로구나! 네 잘난 어미가 아들놈의 가슴에 창이 꽂히기 전에 구하러 오는지 어디 한번 보자꾸나!"

은구마는 창을 번쩍 치켜들어 힘차게 던졌다.

엘리오는 날렵하게 창을 피했지만 발라폰에 부딪히면서 등부터 떨어져 심한 충격을 받았다. 은구마가 다가와 엘리오를 내려다보며 창을 휘둘렀다.

사라졌던 공포가 다시 밀물처럼 밀려들면서 엘리오의 판단력, 용기, 결단을 쓸어가버렸다.

"엄마! 도와줘요……"

엘리오는 눈을 질끈 감고 외쳤다.

불현듯 주위의 공기가 변했다. 뭔가가 넘어지는 소리, 세게 부딪치는 소리가 나더니 반투어로 내뱉는 거친 소리가 들렸다.

엘리오는 눈을 떴다.

은구마는 바닥에 큰 대(大) 자로 널브러져 있었다.

꼼짝도 할 수 없는 모양이었다.

검은 표범 한 마리가 앞발로 노파를 제압하며 번득이는 눈으로 내려다보고 있었다.

엘리오는 휘청거리며 일어났다.

"엄마?"

12

"엄마?"

검은 표범이 고개를 돌렸다. 그들의 시선이 마주치면서 불꽃이 튀는 듯했다.

"엄마, 엄마 맞아요……?"

엘리오의 말은 다 맺어지지 못한 채 꺾였다.

소년은 팔을 내밀었지만 검은 표범은 모습을 바꾸지 않았다.

꿈쩍도 하지 않았다.

하지만 은구마가 조금이나마 몸을 꿈틀거리자 표범은 귀를 축 늘어뜨리고 표정을 일그러뜨리며 무시무시한 송곳니를 드러냈다. 미세한 가르랑거림이 표범의 목구멍에서 일어났다.

"용서해라. 네 어미에게 은구마를 풀어주라고 청해다오. 우리, 다시 이야기를 해볼 수 있지 않겠니."

노파는 엘리오를 쳐다보며 애원했다.

엘리오는 표범이 어떻게 자신의 외침을 듣고 구하러 왔는지 알지도 못했다. 그런데 어떻게 은구마를 풀어달라고 할 수 있겠는가?

은구마는 음모와 획책에 닳고 닳은 족장이었다. 그래서 엘리오가 침묵하는 이유는 좀 더 그럴싸한 조건을 제시하기 기다리는 것이라고 제멋대로 해석했다.

"은구마를 풀어주라고 해라. 우리 조상님들의 영을 두고 맹세하건대, 네 일행을 풀어주고 너희 모두 우리 마을에서 무사히 떠날 수 있게 해주마."

엘리오는 문득 정신을 차렸다. 마음을 다잡고 노파의 말에 집중했다.

표범은 두 번이나 그를 도와주러 왔다. 게다가 이번에는 엘리오의 부름을 받고 나타났다. 아니, 엘리오는 표범이 아니라 엄마를 불렀었다. 그래도 결과적으로는 크게 바뀔 것이 없었다.

이번에도 표범은 엘리오를 도와줄까?

아무것도 확신할 수 없었지만 만약 표범이 그렇게 해준다면 엘리오는 이 상황을 유리하게 이용할 수도 있을 것이다.

"좋아요, 하지만 먼저 메타모르프에 대해 아는 것을 모두 이야기해주세요."

엘리오는 단호하게 말했다.

"은구마는 그렇게 하겠다."

처음에 엘리오는 노인이 순순히 수락하는 모습에 조금 놀랐지만 군다나족 노파의 흙빛이 된 얼굴과 입가에 이는 경련을 보고 납득했다. 은구마는 완진히 겁에 질러 있었던 것이다.

그것은 단순히 표범이 무서워서가 아니었다.

메타모르프로서의 믿음에 그 뿌리를 두고 있는, 극도의 두려움이었다.

엘리오는 모험을 걸기로 작정했다.

"풀어주세요!"

소년이 부탁했다. 그러나 아무 일도 일어나지 않았다.

표범이 엘리오의 말을 들은 것은 분명했다. 그러나 엘리오의 말을 알아들었지만 받아주지 않기로 결심한 모양이었다.

"제발요, 풀어주세요."

엘리오는 불안해서 꽉 잠긴 목소리로 말했다.

표범은 앞발을 은구마의 어깨에서 내려놓았다. 마치 그 노파가 투명인간이라도 되는 듯 표범은 고개를 돌려 유유히 오두막 입구로 걸어갔다.

'저 표범이 엄마라면 나를 쳐다볼 거야. 엄마라면 나를 쳐다볼 거라고. 우리 엄마라면……'

하지만 표범은 엘리오에게 고개도 돌리지 않고 그냥 지나갔다.

엘리오는 표범이 저만치 멀어져가는 모습을 지켜보면서 다시 외로움을 느꼈다. 머릿속에 수많은 생각들이 밀려왔다. 다시 한 번 표범을 부르고 싶었다. 표범을 쫓아가 그 목에 매달리고 싶었다. 윤기나는 털에 얼굴을 묻고 울고 싶었다. 날 버리고 가지 말라고 애원하고 싶었다.

심장은 세차게 뛰었지만 엘리오는 자신을 다잡았다. 은구마에게 이런 모습을 보이면 또다시 얕잡아보고 꾀를 부리려고 들 것이기 때문이다.

엘리오는 떠나가는 표범을 바라보며 틀림없이 엄마가 맞을 거라고 생각했다.

은구마는 한참이 지나서야 정신을 차리고 차분해졌다. 드디어 은구마의 입에서 튀어나온 목소리에는 놀라움과 존경심이 뒤섞여 있었다.

"네 어머님께서 호의를 베푸시도록 네가 힘을 써주었으니 은구마는 감사할 따름이다. 은구마가 너에게 큰 실수를 저질렀구나. 어머님께서 나를 엄히 다루실 거라 생각하느냐?"

그의 말은 질문이 아니라 애원에 더 가까웠다. 엘리오는 요령 있게 대답했다.

"그럴 것 같진 않아요. 우리의 협상 조건이 잘만 지켜진다면 우리…… 엄마가 당신을 해칠 이유가 없지요."

"은구마는 한 입으로 두 말하지 않는다. 너와 네 친구들은 풀려날 것이야."

"그리고 메타모르프에 대한 정보를 준다는 약속도 하셨죠."

"은구마는 약속을 지킬 것이다. 그렇지만 이야기할 것이 너무 많아 은구마에게 목숨이 붙어 있는 동안 다 말할 수 있으려나 모르겠구나. 정확히 무엇을 알고 싶은 게냐?"

엘리오는 굳어졌다. 은구마의 물음에 그의 머릿속에 문이 열렸다. 지금까지 어둠에 묻혀 있던 한 갈래 길이 이제 막 환하게 보이기 시작했다. 라피에게 물려받은 능력으로 그 길을 유심히 바라보던 엘리오는 그 길이 자신이 마르세유를 출발할 때부터 걸어온 길이라는 것을 알았다.

이제 그 길은 눈부시리만치 환하게 빛났고 엘리오는 비로소 그가 무엇을 찾아 카메룬에 왔는지 깨달았다.

"로트르라는 이름의 사악한 존재와 파미유들에 대해서 아는 바를 모두 이야기해주셨으면 해요. 그리고 무엇보다 여덟 번째 문에 대한 이야기를 듣고 싶어요."

은구마가 눈살을 찌푸렸다.

"로트르, 파미유, 그런 건 이제 아무도 관심 없는 케케묵은 옛날이야기일 뿐이다."

"저는 관심이 있어요."

"은구마는 모른다……"

"아까 맹세했잖아요!"

은구마의 시선이 바닥에 나뒹구는 투창에 잠시 머물렀지만 그 창을 집어들 태세는 아니었다.

"네 어머님은 강력한 메타모르프시다. 표범으로 변신할 수 있는 최후의 군다나족은 우리 증조할머니의 할머니셨지. 그분조차도 오로지 딱 한 번 표범의 모습을 취하셨을 뿐……"

"엉뚱한 얘기는 하지 마세요!"

"은구마는 약속을 충실히 지킬 것이다. 자, 은구마가 아는 바는 이러하다."

노파는 두 손을 얼굴 앞에서 깍지를 끼며 속삭였다.

13

"결국 그 노망난 할망구에게 얻은 정보는 신통찮았군."

엘리오는 아벨의 말을 듣고 눈썹을 찡그렸다.

지노와 아벨이 교대로 운전을 하며 힘겹게 야운데로 돌아가는 동안, 엘리오는 뒷좌석에 쓰러져 쿨쿨 잤다. 그들은 해가 저물 무렵에 야운데에 도착했다. 수영장에서 놀고 맛있는 저녁을 먹으며 기운을 차렸다. 엘리오는 은구마가 선물한 사자 발톱을 시종일관 어루만지며 군다나족의 족장 노파와 있었던 일을 이야기해주었다.

"저는 그렇게 생각하지 않습니다. 메타모르프 파미유의 대가 끊어지지 않았지만 그들의 힘이 갈수록 감퇴하고 있다는 확증을 얻지 않았습니까. 아마도 족내혼의 결과가 아닐까요."

지노가 끼어들었다.

"겨우 그 정도 정보를 얻기 위해 그런 위험을 무릅썼다고 생각하는 건 아니겠지요?"

아벨은 빈정대듯이 물었다.

"동물의 감정을 느낄 수 있는 당신의 능력도 새로운 시각으로 볼 수 있잖아요."

"무슨 말이오?"

"이제 당신의 핏줄에 메타모르프의 피가 흐른다는 점은 명백해진 것 같은데요."

아벨이 놀라는 표정을 짓자 지노는 자신의 추리를 차근차근 설명했다.

"엘리오의 말에 따르면 군다나족은 변신 능력을 조금씩 상실해가는 중입니다. 그들 중에서 가장 뛰어나다는 자도 일주일에 한두 번 모습을 바꾸는 게 고작이고 요즘 태어나는 아이들 중에는 아예 변신 능력이 없는 경우도 많다고 하잖아요. 그 은구마라는 노파만 자기가 원하면 아무 때나 변신을 할 수 있다지요."

"맞아요. 변신의 능력은 나날이 위축되고 있소. 그렇지만 동물의 마음을 헤아리는 것과 동물이 되는 것은 하늘과 땅 차이 아니오."

"엘리오는 표범과 교감할 수 있었기 때문에 자기 목숨도 구하고 우리도 무사히 빠져나올 수 있었죠. 그게 아마 메타모르프의 능력 중에서 비교적 덜 알려진 면모 아닐까요? 모습을 바꿀 수 있는 능력은 퇴화되었지만 그 면모는 당신의 유전자에도 남아 있는 겁니다."

아벨 은가코는 미심쩍다는 듯 턱을 만지작거렸다.

"당신 말이 사실인지는 고사하고 현실적으로 그럴싸한 이야기인지조차 잘 모르겠소. 그렇지만 뭐 별로 중요하진 않을 것 같구려. 나의 능력이 어디서 왔는지도 모르겠고, 다시는 군다나족 마을에 갈 일도 없을 테니 앞으로도 영영 모를 거요. 포기할 줄도 알아야지. 그 건 그렇다 쳐도……"

아벨이 엘리오에게 고개를 돌렸다.

"……엘리오, 네가 너의 뿌리를 알고자 한다는 것은 이해한다만 군다나족, 에르나 스파틸, 그리고 네가 로트르라고 부르는 그 사악 한 존재가 무슨 관계에 있는지는 모르겠구나."

엘리오와 지노는 서로 짧은 눈길을 주고받았다. 이윽고 지노가 고개를 끄덕였다. 엘리오는 사실대로 말하기로 했다.

그래도 신중해야 할 터였다.

"저는 메타모르프들이 독재자들과 싸울 수 있는 수단을 제공해주 기 바랐어요."

아벨 은가코는 불안한 시선으로 주위를 다시 한 번 살폈다. 아이 들은 조금 전에 잠이 들었고 그의 아내는 자기 볼일을 보고 있었으 며 집사도 그 자리에 없었다. 아벨은 다시 원래의 자세로 돌아왔다.

"에르나 스파틸의 힘은 나날이 커지고 있다. 그런 식으로 그 사람 에 대해 말하는 건 현명한 처사가 아니다."

"아무 대책 없이 그자의 힘이 커지도록 내버려둔다면 더욱더 현 명한 처사가 아니겠지요. 그저께 엘리오가 말했듯이 에르나 스파틸 은 인류를 타락시키고 멸망시키려 하는 사악한 존재입니다. 당신이 원한다면 우리는……"

"아니, 됐소."

아벨은 단칼에 잘랐다.

"하지만……"

"메타모르프를 찾는 일이라면 그쪽과 힘을 합칠 의향이 있소만 에르나 스파틸처럼 강력한 상대와 대적한다는 것은 전혀 별개의 문제요."

아벨은 크게 소리치진 않았지만 더 이상 말을 꺼낼 수 없을 만큼 단호하게 말했다.

"에르나 스파틸이 아니라 에크테르에요. 그자는 인간이 아니라고요!" 엘리오가 흥분해서 외쳤다. "그는 괴물이에요! 그륑, 임, 크락스를 종으로 부리는 괴물이죠. 위르자트를 파괴하고 우리 아빠를 공격한 것도……"

"좀 진정하는 게 좋겠구나."

아벨은 상냥하게 말했다.

엘리오가 심호흡을 하고 고개를 끄덕였지만 지노가 말을 이어받았다.

"우리는 두알라와 야운데에서 IC 팔찌를 찬 사람들을 보았습니다. 프랑스뿐 아니라 세계 어느 곳에서나 마찬가지죠. 그 팔찌가 인류를 목장에 갇힌 양 떼로 만들고 있어요. 어디서나 대형 전광판이 보이고 공포와 불관용을 조장하는 정신적 지도자들이 넘쳐나죠. 반항하는 사람은 쥐도 새도 모르게 사라지고 더 이상 그들에 대한 이야기도 들을 수 없게 됩니다. 이런 세상을 인정할 수 있습니까?"

아벨 은가코가 쓸쓸한 미소를 지었다.

"아니오. 당연히 그건 아니오."

"그런데 어째서 아무것도 하지 않습니까?"

"얻는 것보다 잃어야 할 것이 더 많기 때문이오. 사악한 존재든 뭐든 간에 에르나 스파틸은 카메룬에 부정적인 영향만 끼치지는 않았소. 거리는 예전보다 안전해졌고 생활은 평화롭고……"

"그리고 카메룬 사람들은 예전보다 훨씬 고분고분해졌지요. 자유란 존재하지도 않고요."

지노가 아벨의 말을 끊으며 일침을 놓았다.

당황한 그는 두 사람을 바라보는 엘리오의 어깨에 손을 얹었다.

"나이도 있으시고 그 나이에 맞는 현명함도 갖추신 분이니 제 말의 의미를 이해하시게 될 겁니다."

"글쎄요."

엘리오도 한마디 거들었다.

"나중에 봅시다. 나탕과 샤에의 아들을 도울 수 있어서 기뻤소. 게다가 나 자신에 대해서도 좀 더 알게 되었으니 좋은 일 아니겠소. 내일 내가 두알라까지 차로 데려다주리다."

"전 아벨 아저씨가 우리를 도와주겠다고 할 줄 알았어요."

"상황이 이렇지만 않았어도 그렇게 하셨을 거야."

지노는 사륜구동을 몰고 가는 아벨에게 손을 흔들어 작별인사를 보내며 엘리오에게 말했다.

"그런데 왜 나서지 않는 거죠?"

"로트르는 세 부분으로 이루어져 있지. 자알라브의 소임은 사람들을 죽이는 것, 옹쥐의 소임은 사람들을 타락시키는 것이었어. 그런데 에크테르는 안에서부터 작전을 펼쳤지. 그는 우리 모두의 내면에 있는 비겁함을 불리고 키웠던 거야. 각자의 마음에 비겁함이 점점 불어나서 전부를 차지해버리게 됐지. 아벨은 자알라브와 능히 싸울 만하고 옹쥐에게도 저항할 수 있는 사람이야. 하지만 에크테르를 상대하기에는 무력하단다."

"아벨 아저씨에게 부정적인 면만 있는 건 아니잖아요!"

"당연히 그렇고 말고. 모든 사람의 내면에는 빛이 있단다. 에크테르는 그 빛을 약하게 만드는 데 성공했지만 완전히 꺼뜨리지는 못했으니 아직 희망이 있는 거야."

엘리오는 고개를 끄덕였다. 한 가지 계획이 떠오르기 시작했다. 돌아가는 문이 있는 거리가 가까워질 무렵, 엘리오는 지노의 팔을 붙잡았다.

"은구마의 이야기를 전부 다 말한 건 아니에요."

"나도 그렇지 않을까 살짝 짐작하고 있었다."

"은구마는 사자 발톱 목걸이를 선물하며 부름에 대해 말했어요."

"부름?"

"어린 메타모르프가 처음으로 변신의 욕구를 느끼는 순간이죠. 엄마가 정말로 저에게 변신 능력을 물려주었다면 저도 한 번은 부름을 받게 될 거예요. 그 순간 제가 할 수 있는 일, 아니 제가 해서는 안 되는 일은 그 부름에 저항하는 것이 되겠죠."

지노가 감탄한 눈빛으로 엘리오를 바라보았다.

"불안하지 않니?"

"불안하긴요, 왜 불안해요?"

엘리오는 잠시 기다렸다가 말을 이었다.

"있잖아요, 지노. 군다나족을 통해 에크테르를 무찌를 수 있는 방법을 알아내진 못했지만 제가 많이 성장한 것 같아요. 겉모습이 아니라 정신적으로요. 그러니 해볼 만한 일이었어요. 안 그런가요?"

"그렇고 말고."

"그리고 은구마가 중요한 정보를 하나 줬어요."

"무슨 정보?"

"정말로 제 엄마였을까요?"

"누가?"

갑작스러운 질문에 어리둥절해진 지노가 물었다.

"제 목숨을 구해준 표범 말이에요."

지노는 엘리오의 머리칼을 헝클어뜨렸다. 엘리오에 대한 그의 애정은 한없이 컸지만, 아니 바로 그 애정 때문에라도 아이에게 거짓말을 할 수는 없었다.

"아니지, 네 엄마가 아니야, 얘야."

"아하."

엘리오는 그렇게만 대꾸했다.

그들은 몇 발짝을 더 걸었고 지노는 더 이상 엘리오의 질문에 연연하지 않았다.

"그런데 은구마가 주었다는 중요한 정보는 뭔데?"

엘리오는 지노에게 윙크를 했다.

"여덟 번째 문이 어디 있는지 알아요."

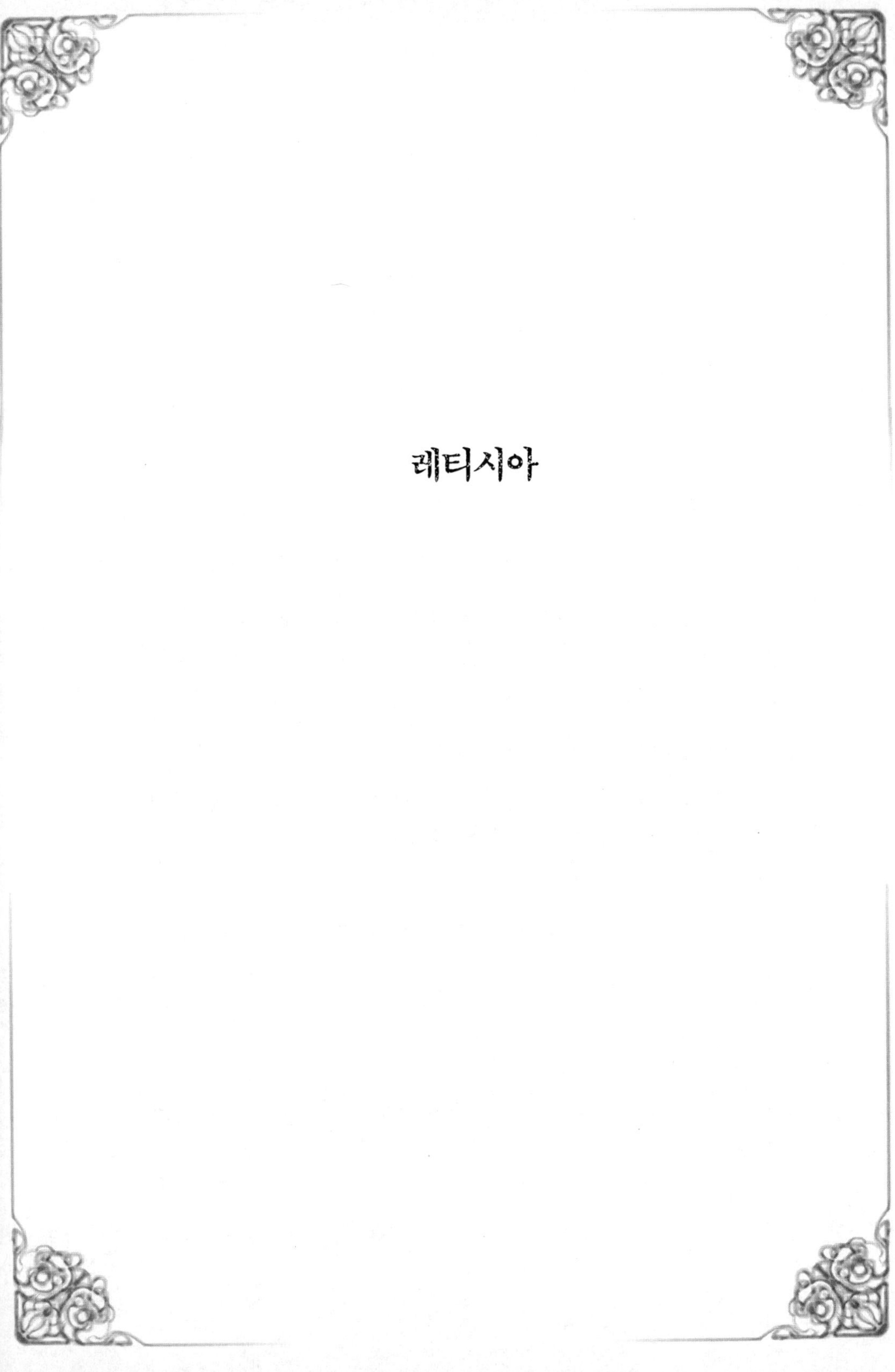

레티시아

1

"왜 우리가 있는 곳과 다른 세상의 집은 늘 시간대가 달라요?"

엘리오는 지평선으로 넘어가는 태양을 가리키며 물었다. 야운데에서는 동이 튼 지 얼마 안 되었지만 프라툼 보락스 위로 솟은 태양은 이미 저물 때가 얼마 안 남은 듯했다.

"나도 모른단다. 아마 하루의 길이가 다르거나 우리가 다른 세상으로 넘어올 때 사용하는 문들이 공간뿐만 아니라 시간까지 넘나들게 하는 탓이겠지."

"시공간을 넘나든단 말이죠! 어릴 때 아빠가 들려준 공상과학소설 이야기 같아요."

"지금은 어리지 않다는 거야?"

지노가 놀리듯이 말했다.

"전보다야 컸죠. 하지만 가장 큰 차이는 지금 제 곁에 아빠가 없다는 거예요.”

엘리오는 심각해져 대답했다.

지노는 흠칫 놀랐다. 그는 꺼내기 어려운 말을 이처럼 단순하게 말해버리는 엘리오의 태도에 결코 익숙해지지 못할 것 같았다.

“미안하다, 내가 말을 하기 전에 좀 더 생각을 했어야 했는데.”

“왜 그러세요? 또 다른 설명이 있나요?”

엘리오가 놀라 물었다.

“또 다른 설명이라니? 뭐에 대해서?”

“음…… 우리가 사는 세상과 다른 세상의 시간대가 늘 어긋나는 이유 말이에요.”

지노가 고개를 저었다.

“아니…… 나도 모른다니까.”

“그런데 왜 갑자기……”

“자, 이제 어떻게 할까?”

지노는 초점이 서로 맞지 않는 이야기를 더 이상 끌고 가고 싶지 않아 다른 말로 화제를 돌렸다.

“일단 테라스로 나가서 석양을 바라보자꾸나. 그리고 두알라에서 사온 고기 마페[9]를 나눠 먹자. 내 가방에서 아주 맛있는 냄새가 나잖니? 그다음에는 낮잠을 자자꾸나. 밤은 너무 짧았고 우린 잠이 부족해. 그러고 나서 은구마가 너에게 가르쳐준 정보, 특히 여덟 번째 문의 위치에 대해 이야기해보자.”

“좋은 생각이에요! 여덟 번째 문에 대해서는 지금 당장에라도 말

---

9. 스튜나 커리와 비슷한 카메룬의 향토 음식.

쏨드릴 수 있어요. 그 문은 아마조니아 지역의 징글에 파묻힌 마야 도시에 있다고 그랬어요."

지노가 실망스러운 표정을 지었다.

"아마조니아! 거기가 얼마나 넓은데!"

"은구마가 레티시아 북동부에서 100킬로미터쯤 떨어진 브라질 영토 내 밀림에 그 마야 도시가 있다고 가르쳐줬어요."

"레티시아는 콜롬비아에 있는데."

"맞아요, 하지만 여덟 번째 문이 있는 곳은 브라질 영토래요."

"그곳에 갈 수는 있어. 그런데 너는 그러는 게 에크테르를 무찌르는 데 도움이 될 거라고 생각하니?"

"에크테르를 좀 더 아는 데 도움이 될 거예요. 그리고 적을 알아야 무찌를 수도 있는 법이죠. 그렇지만 콜롬비아까지 가는 건 너무 위험해요. 지금 저는 추적당하고 있을 테고 유럽 공항에 발을 들이자마자 체포당할 가능성이 높아요."

엘리오는 곧잘 아이처럼 까불던 때가 언제였나 싶게 이처럼 성숙한 자세로 자신의 의견을 피력하곤 했다. 지노는 이러한 간극에 익숙했기에 별 말 없이 이야기를 계속했다.

"다른 세상의 집에 있는 문으로 레티시아까지는 갈 수 있어. 앵테르나시오날 거리에서 가까운 작은 교회당으로 통하는 문이 있거든. 그러니까 그 문을 통해서……"

"아저씨는 다른 세상의 집에 있는 문들을 다 아나요?"

"아니, 다는 모르지. 그래도 꽤 많이 안단다. 라피는 나에게 자기가 아는 문들을 다 열어주었거든. 나는 15년간 새로운 문들을 찾아

세계 곳곳을 누비고 다녔단다. 문에 관한 한 도사가 되었다고 생각해. 다른 세상의 집에 있는 문들만 그런 게 아니라 다른 문들에 대해서도 모르는 게 없지. 평범한 보통 문 말이야. 문을 활짝 여는 법, 살짝만 열고 엿보는 법에 통달했지. 문을 잠그는 법, 필요하다면 강제로 따고 들어가는 법도 잘 알아. 문을 닫는 법, 쾅 소리 나게 닫는 법, 아예 망가뜨리는 법까지도……”

“문을 찾아 15년을 떠돌아다녔다고요?”

엘리오는 어이가 없다는 표정을 감추지 않고 말했다.

“그렇단다.”

“도대체 왜요? 다른 할 일이 없었나요?”

지노가 빙그레 웃었다.

“난 문을 탐색하는 일밖에 하지 않았지만 시간이 많이 걸린 것은 사실이지. 라피가 그렇게 하라고 했거든. 라피에게 반박할 생각은 한 번도 해보지 않았단다.”

“라피가 문을 탐색하는 데 15년이나 바치라고 했다고요?”

“라피는 나와 처음 만나고 일주일도 채 되지 않았을 때 그런 명을 내렸단다.”

“믿을 수가 없네요. 라피는 왜 그랬을까요?”

지노는 현관으로 이어지는 계단을 모두 내려갈 때까지 기다렸다가 대답했다.

“내가 두알라로 통하는 문을 열지 않았다면 네가 어떻게 은구마를 만날 수 있었겠니? 내가 너를 데려가주지 않는다면 여덟 번째 문의 위치를 알아봤자 무슨 쓸모가 있겠어? 라피는 네가 이곳저곳으로 움직여야 할 거라고 미리 내다보았던 거야. 네가 어디든 갈 수 있도록."

"하지만 그게 15년 전 일이라면서요. 전 아직 아홉 살밖에 안 됐어요. 그때 저는 아직 엄마 아빠 머릿속에도 없었을 텐데요."

"라피의 머릿속에는 이미 네 존재가 확실하게 있었단다."

엘리오는 지노의 손을 힘주어 잡았다.

"라피가 보고 싶어요."

엘리오는 그렇게만 말했다.

테라스로 통하는 거대한 통유리 문을 지나가려는 순간, 지노가 엘리오의 팔을 붙잡았다.

"잠깐 멈춰봐."

지노는 나지막하게 속삭였다.

"왜요?"

엘리오도 덩달아 목소리를 낮추며 물었다.

지노는 몇 미터 옆 타일 바닥에 놓여 있는 짙은 색깔의 나무 원탁을 턱끝으로 가리켰다.

"우리가 마지막으로 여기 왔을 때 저 원탁은 없었던 것 같은데. 누가 저기에…… 잠깐, 너 뭐 하니?"

엘리오는 신이 나서 환성을 지른 참이었다. 그는 지노의 손을 뿌리치고 얼른 뛰어 테라스로 나갔다.

"잠깐, 기다려! 엘리오……"

엘리오는 이미 원탁에 다다랐다. 소년은 거기에 놓여 있던 물건을 집어 들고 좋아 죽겠다는 듯이 냄새를 맡았다. 함박웃음이 얼굴 가득 떠올랐다.

"아직도 신선해요! 갖다놓은 지 얼마 안 됐다고요!"

지노가 쫓아와 보니 엘리오는 벌써 소스를 질질 흘리며 커다란 샌드위치를 한입 베어 물고 있었다. 아이는 샌드위치를 우적우적 씹어 삼키며 말했다.

"쩝쩝, 이건 에린의 선물이에요. 샌드위치를 아주 잘 만들어줘요. 당연하죠, 에린은 요정이니까요."

2

“이제 아저씨도 믿는 거죠?”

“믿기는 뭘 믿는단 말이냐, 엘리오?”

“요정 말이에요.”

“난 늘 요정을 믿었다.”

“거짓말!”

엘리오와 지노는 큰 방의 안락의자에 앉아 있었다.

해가 지평선 너머로 사라지자 기온이 급격하게 떨어졌다. 프라툼 보락스의 전경이 한눈에 들어오는 전망 좋은 테라스라지만 추워서 집 안으로 들어올 수밖에 없었다.

“거짓말이라니, 난 정말 믿었다.”

지노는 환하게 웃으며 엘리오에게 장담했다.

엘리오는 미심쩍은 표정으로 어깨만 으쓱해 보였다.

오랫동안 집 안에는 침묵이 감돌았다. 이윽고 엘리오는 자기 나름의 방식대로 그 침묵을 깨뜨렸다.

단순하고 직설적으로.

"에크테르를 물리칠 방법을 모르겠어요."

지노가 인상을 약간 찌푸렸다.

"정말 하나도 모르겠니?"

"정말 모르겠다니까요. 전 아홉 살밖에 안 됐고 불과 석 달 전에는 에크테르가 존재하는 줄도 몰랐어요. 제가 뭘 어쩌기 바라세요? 그자가 사는 집으로 찾아가 초인종을 딩동 누르고 머리에 총이라도 겨눠야 하나요?"

엘리오의 표현에 지노는 놀랐지만 그런 내색을 할 겨를도 없었다. 엘리오는 이미 말을 잇고 있었다.

"그렇게 쉬운 일이면 에크테르를 무찌르기 위해 일곱 파미유가 모일 필요도 없게요. 그래요, 그보다 훨씬 더 복잡하고 까다로운 일이 되겠죠."

"난 네가 그 방법을 찾아내리라고 믿어 의심치 않는단다."

지노는 엘리오를 안심시키고 싶었다.

"저는 최선을 다해요. 하지만 지금 당장은 아무 성과가 없죠. 에크테르가 아무것도 하지 않기 때문에 그를 저지할 방법도 보이지 않는다는 점이 제일 골치 아파요."

"에크테르가 아무것도 하지 않는다고 생각하니?"

"딱히 대단한 일은 하지 않고 있죠. 자알라브는 그에게 맞서는 자들을 죽였지만 아빠 엄마는 자알라브를 무찌르기 위해 그렇게까지

고생을 하진 않았어요."

"그렇게까지 고생을 하진 않았다? 너, 비약이 심한 거 아니냐?"

"비약이라면 비약이겠지만 하여튼 그래요. 옹쥐는 폭풍을 부리고 사실을 왜곡했어요. 그때도 아빠 엄마가 나서서 그를 해치웠죠. 에크테르에 대해서는 사정이 달라요. 에크테르는 로트르의 소울이니까요. 그는 행동하지 않아요. 그리고 바로 거기에 에크테르의 힘이 있죠. 그는 사람들의 부정적 감정을 부채질하고 비겁하고 저열한 부분을 일깨워요. 지노 아저씨가 저에게 그렇게 설명해주지 않았나요? 제가 무슨 생각을 하는지 아세요?"

"모른다. 하지만 네가 말해주겠지."

"자알라브는 눈에 보이는 적이었기 때문에 제압하기도 상대적으로 쉬웠죠. 옹쥐는 사람의 마음속에 파고들었기 때문에 해치우기가 더 어려웠고요. 그런데 에크테르는 우리 자신이에요. 제 말은, 에크테르가 곧 인류 전체라고요. 하지만 에크테르를 해치우기 위해 60억, 70억 인구를 죽일 수는 없는 거잖아요!"

"없다마다. 그런 목표를 추구할 수야 없지."

지노는 웃음을 감추지 못하며 대꾸했다.

"그렇기 때문에 지금은 에크테르를 만나선 안 돼요. 우선 제가 이해해야 해요. 에크테르를 알아야 해요. 그의 약점을 찾아서 확고한 결정적 기회가 왔을 때 부숴버려야 해요."

엘리오가 말을 이었다. 지노의 얼굴에서 웃음기가 사라졌다.

그는 자기 앞의 소년을 찬찬히 바라보았다. 주변이 어두웠지만 소년의 단호한 표정을 어렵잖게 알아볼 수 있었다. 초록빛 눈동자에 이글이글 타오르고 있을 불꽃을 굳이 보지 않고도 떠올릴 수 있었다.

로트르는 세상과 인류를 잠식하고 있었다. 그를 저지할 수 있는 사람이 있다면 그건 바로 이 아이다.

의혹이 생길지라도 확신으로 그리하고 말리라.

아니, 어쩌면 의혹과 확신 그 모두가 이 아이의 무기일 것이다.

"지노?"

"응?"

"밤인데 잠이 안 와요."

"정말?"

"음…… 이 집으로 들어올 때가 아침이었잖아요. 해가 뜬 지 얼마 되지도 않았을 때였다고요."

지노는 하품이 나오려는 것을 참았다.

"나는 군다나족 마을에 있을 때도 그렇고 아벨의 집에서도 그렇고 계속 잠을 설쳤단다. 앞으로 무슨 일이 터질지 모르니 지금은 좀 쉬었으면 좋겠구나. 사실, 네가 날 부르기 전에 막 잠이 들려는 참이었어."

"알았어요. 그래도 저는 잠이 안 와요."

"너의 요정을 불러보면 어떨까. 네가 요정과 이야기를 나누는 동안 나는 눈을 좀 붙일 테니……"

지노는 희망을 담아 말해보았다.

"벌써 해봤는데 대답이 없어요."

"그럼 집 안을 둘러보지 그래."

"위르자트에서 도망쳐 왔을 때 이미 지긋지긋하게 돌아봤는데요."

"에크테르를 물리칠 방법을 생각하든가."

"지노 아저씨?"

"응?"

"콜롬비아는 지금 몇 시일까요?"

지노는 한숨을 쉬었지만 계산을 해보았다.

"한밤중이겠구나."

"그리로 가기가 곤란할까요?"

지노는 신경질적으로 투덜거리며 자리를 털고 일어났다.

"내가 네 변덕을 다 받아주지 않으면 밤새 시달림을 당하겠구나?"

"음…… 진짜로 잠이 안 와서요."

"그래, 레티시아로 가자. 가서 뭘 어쩔 셈이냐?"

엘리오는 테라스로 막 나온 참이었다. 지노는 통유리를 통해 엘리오가 은구마에게 선물받은 목걸이를 풀어 원탁에 놓고 다시 집 안으로 들어오는 모습을 지켜보았다.

요정에게 바치는 공물인건가?

엘리오가 환하게 웃는 얼굴을 보자 호통치고 싶었던 마음이 눈 녹듯 사라졌다.

"에린에게 주는 선물이에요. 요정은 귀한 존재니까 친구가 되려면 신경을 많이 써야 해요."

지노는 고개를 끄덕거리며 맞장구쳤다. 그는 몹시 늙어버린 기분
이 들었다.

"계속 따라오고 있어요."

지노는 엘리오가 가리키는 방향으로 흘끗 시선을 던졌다.

지노가 빌린 것과 똑같은 모터 달린 카누가 약 2킬로미터 거리를 두고 그들을 뒤쫓아 강을 거슬러 올라오고 있었다.

"놈들이 분명히 맞아?"

"확실해요. 맨 앞에 있는 저 사람, 붉은 스카프를 머리에 묶은 사람을 알겠어요. 아까 레티시아에서 아저씨에게 돈을 내놓으라고 했던 그 작자라고요."

지노는 메타모르프의 감각이 얼마나 예리하고 정확한지 여러 차례 보아왔다. 그러니만큼 비록 자신은 뒤쫓아 오는 카누에 누가 타고 있는지 보이지 않았지만 엘리오의 말에 티끌만큼도 의심을 품지 않았다. 지노는 근심스러운 표정으로 키를 잡고 있는 가이드를 돌아보며 스페인어로 물었다.

"파블로, 더 빨리 갈 수는 없습니까?"

파블로라는 이름의 사내는 놀란 얼굴로 턱을 긁적거렸다.

"왜 더 빨리 가자고 하십니까, 세뇨르? 아마존 강에 사는 민물돌고래를 구경하려면 소음을 일으키지 않고 천천히 가야 합니다."

"그게…… 우리가 좀 바빠서요."

파블로는 이 이상한 손님을 대하는 자신의 태도를 감추려는 기색도 없이 잠시 생각에 잠겼다. 이 손님은 제정신이 아닌 것이 분명하다!

그 증거로, 이 손님은 아마카야쿠 국립공원까지 데려다주는 요금을 흥정하려 들지도 않았다. 에르네스토 사파티 정권이 들어선 이래로 레티시아를 찾는 관광객은 아마존 강의 돌고래만큼이나 줄어든 형편이었다. 게다가 선착장 근처에 완벽하게 본떠 만든 토착공예품에는 눈길도 주지 않았다. 거대 아나콘다가 도사리고 있을지도 모르는 아마존의 흙탕물을 조심스레 살피는 기색도 없었고 파블로가 관광객들에게 주의 삼아 일러주는 말도 10초 이상 귀담아듣지 않았다.

아니, 손님은 동행인 꼬마와 소곤소곤 몇 마디를 주고받거나 미행이 따라붙지 않는지 살피는 사람처럼 자꾸 뒤만 돌아보았다.

파블로는 조금씩 거리를 좁히며 그들 뒤에 따라붙는 카누를 바라보았다. 그가 잘 아는 카누였고 그 배에 탄 사람들도 익히 알고 있었다. 호세 타바레즈의 패거리였다. 레티시아에서 가장 악질적인 깡패들이 아닌가! 만약 이 손님이 타바레즈 패거리와 말썽이 있었다면 이렇게 조급해하는 것도 당연한 일이었다. 요컨대 손님은 파블로가 생각한 것처럼 그렇게 정신 나간 사람은 아닐지도 모른다.

파블로는 몇 주 전부터 쉬지 않고 내리는 잔잔한 비에 아랑곳하지 않고 괜히 모터를 살피는 척하며 생각할 시간을 좀 더 벌었다. 그는 타바레즈를 싫어했지만 한 번도 그와 부딪힌 적은 없었다. 만약 그가 짐짓 속도를 떨어뜨려 자연스럽게 손님을 넘겨준다면 앞으로도 별 문제 없이 평온하게 지낼 수 있을 것이다. 하지만 반대로 속도를 높여 타바레즈의 카누를 따돌린다면 그 대가를 치르느라 곤혹스러울지도 몰랐다.

어느 쪽을 택할지는 분명해 보였지만 파블로는 주저했다. 빌어먹을 가디언과 숨 막히는 규칙과 대형 전광판이 없던 시절, 사람이 무기력한 존재가 아니라 그래도 사람다웠던 시절, 파블로가 아직 정글을 누비고 다니던 시절의 추억이 살아났다. 어린 소년의 시선은 그를 사슬보다 더 단단히 붙잡고 있었고 파블로는 왠지 타바레즈와 그 패거리에게 굽실거리고 싶은 마음이 사라졌다.

아마조니아의 영혼처럼 푸르른 초록빛 눈동자였다. 책을 펼치고 들여다보듯 그의 속을 들여다보는 눈동자였다. 그 눈은 파블로를 믿고 있었다.

"그래요, 알았습니다, 세뇨르. 바쁘다고 하셨지요? 속도를 더 냅시다."

파블로는 전속력으로 카누를 몰았다.

타바레즈의 카누는 사람을 더 많이 태웠기 때문에 미처 따라오지 못하고 저 멀리 뒤처졌다.

지노는 다른 세상의 집을 떠나기 전에 작은 방에 들렀다. 나무 탑 꼭대기에 있는 그 방은 수직으로 반듯하지 않고 벽면이 비스듬하니 기울어져 있었다. 엘리오가 놀라워하고 있는데 지노는 한쪽 구석에 아무렇게 놓여 있는 작은 서랍장을 가리켰다.

"15년 동안 나는 라피의 지시를 따랐지. 이미 알려진 문들을 모두 탐색하고 새로운 문들을 발견하며 지구 상 그 어느 곳이라도 너를 데려갈 수 있도록 준비해왔다."

"그게 이 서랍장하고 무슨 상관이 있는데요?"

지노는 대답 대신 서랍을 하나 잡아당겨 그 속을 뒤졌다. 그 안에서 가죽 주머니 하나가 나왔다. 주머니의 매듭을 풀자 굵직한 다이아몬드 20여 개가 찬란한 광채를 뿜으며 드러났다.

"와우! 보석이잖아요! 어디서 훔치셨어요?"

지노는 무슨 말이냐는 표정으로 고개를 저었다.

"엘리오, 나는 기드다. 기드는 절대 도둑질이나 거짓말을 하지 않아. 이 보석들은 라피가 나에게 맡겨둔 것이지. 우리에게 돈이 필요할 날을 예견하고 마련해두었던 거야."

"자드가요? 하지만…… 자드는 돈이 없는데."

"그렇지 않단다, 얘야. 라피는 돈에 구애받지 않았지만 돈이 없지는 않았어."

그들은 레티시아로 통하는 문을 넘어 폐허가 된 교회당 구석으로 나왔다. 교회당 안에는 우수 어린 고요함이 흐르고 있었기에 바깥의 소음이 더 시끌벅적하게 느껴졌다.

아마조니아 지역 중심부에 파묻혀 있는 도시 레티시아는 도떼기 시장 같았다. 밤이 된 지도 몇 시간이 지나 거리는 어둠에 잠겨 있었지만 사방의 스피커에서 시끄러운 음악이 흘러나왔고 이따금 음악 소리가 끊기면 가디언의 연설이 이어졌다. 사람들은 이리저리 돌아다니며 서로 부대끼고 밀치고 난리도 아니었다. 흥겹고 활발한 밤 문화로 볼 수도 있었겠지만 이 아수라장에는 즐거운 분위기가 조금도 없었다. 그보다는 과격하고 소란스럽다는 인상이 압도적이었다.

"무슨 일이죠? 다들 정신이 나갔나요?"

엘리오가 지노에게 찰싹 매달리며 물었다.

"레티시아는 늘 유별난 도시였고 이곳 주민들도 유별났지. 에크테르의 압박이 이곳에서는 이상한 효과를 발휘했나 보구나."

그들은 어렵사리 군중을 헤치고 아마존 강가의 부두로 나가서야 안정을 되찾을 수 있었다. 부두에서 지노는 마법처럼 전당포를 찾아냈고 가죽 주머니에서 나온 다이아몬드 한 알이 전당포 주인의 손으로 넘어갔다.

지노와 엘리오는 아마존 강이 내다보이는 허름한 호텔 방에서 밤을 보냈다. 그러나 피를 한 방울도 남기지 않고 빨아먹을 듯 달려드는 모기 때문에 잠시도 눈을 붙이지 못했다.

두 사람은 수면 부족으로 녹초가 되었지만 새벽녘부터 아마카야쿠 국립공원까지 그들을 데려다줄 가이드를 찾아 나섰다. 에르네스토 사파티가 정권을 잡은 후로 아마카야쿠 국립공원 상공을 헬리콥

터나 경비행기로 지나갈 수 없도록 금지가 되어 카누로 물길을 통해 가야만 했다.

"가이드를 또 만나는군요. 가이드가 어디를 가나 참 많다는 생각 안 드세요?"

엘리오가 말했다.

지노는 다른 데 정신이 팔려 엘리오가 하는 말을 귀담아들으려는 기색도 없었다.

그들은 파블로라는 이름의 가이드를 별 어려움 없이 찾아냈다. 하지만 그들이 서둘러 약속 장소로 향하려 전당포 앞을 지나던 순간, 한 남자가 그 전당포에서 튀어나왔다.

혼혈 특유의 구릿빛 피부 남자는 키가 크고 골격이 좋았으며 머리에 붉은 스카프를 두르고 있었다. 표정이 험악해서 그리 호감이 가지 않는 인상이었다. 남자는 지노의 앞을 가로막으며 부탁 반 명령 반으로 돈을 달라고 했다.

지노는 살짝 망설이다 사내의 요청을 거절했다. 사내는 죽일 듯이 지노를 노려보았다.

엘리오는 순간 그 남자가 그들에게 달려들 줄 알았다. 그러나 행인들이 가까이 다가오기 시작했고 남자는 스페인어로 뭐라고 욕설을 퍼붓더니 일단 그 자리에서 물러났다.

엘리오는 눈으로 사내의 뒤를 쫓으며 좋지 않은 예감이 들어 마음이 무거워졌다.

"걱정하지 마라. 우리는 10분 후에 떠날 거야. 저자는 우리와 다시는 만날 일 없는 사람이야."

지노는 엘리오를 안심시켰다. 지노의 복소리는 자신만만했고 엘리오도 이내 마음을 추스렸다.

그런데 기드도 실수를 할 수 있었다.

4

오후 서너 시쯤 되어 아마존 강의 한 지류로 빠져나왔을 무렵에
도 여전히 비가 내렸다. 지류라고는 해도 상당히 넓고 인상적인 하
천이었지만 아마존 강의 압도적인 장엄함에는 미치지 못했다. 강
중의 강 아마존은 난바다를 항해하는 기분마저 느끼게 했다. 하지
만 지류로 들어선 다음부터 그러한 기분은 급속하게 사그라들었다.
큼지막한 수련들이 수면에 떠 있고 빛을 찾아 위로 뻗어가는 나
무들이 강둑 너머까지 드리워져 있었다. 그 나뭇가지들 사이로 덩
굴이 얼마나 촘촘하게 늘어졌는지 불투명한 장막을 방불케 했다.
알록달록한 수만 가지 새들이 가지마다 쩍쩍대며 거창한 교향악을
선사했다. 이따금 규칙적인 간격을 두고 황소개구리들의 걸걸한 울
음소리가 운을 맞추었다.
"보세요! 피라냐예요!"

파블로가 스페인어로 외치며 카누 바로 옆에서 수면에 아른대는 은빛을 가리켰다.

엘리오는 얼른 그쪽을 들여다보았다. 너무 서두르는 바람에 카누가 여차하면 뒤집힐 듯 출렁댔다.

“조심해라, 너 그러다가……”

“전 피라냐가 훨씬 더 작을 줄 알았어요. 그런데 엄청 크네요.”

엘리오가 지노의 말도 무시하고 신기하다는 듯이 말했다.

피라냐 떼는 카누 아래로 지나갔다. 한 마리, 한 마리가 어림잡아 길이 30센티미터는 되어 보였기 때문에 지노는 몸서리를 쳤다. 그렇잖아도 얼마 전에 이 육식성 물고기에 대한 기사를 읽은 적이 있었다. 피라냐는 사람 몸집만 한 짐승을 눈 깜짝할 사이에 다 뜯어먹는다고 했다. 기자는 피라냐가 그렇게 공격적이지는 않다고 했지만 지노는 그 기사 때문에 피라냐에게 다가가는 엘리오가 매우 불안했다.

“앉아 있어라.”

지노가 엘리오에게 일렀다.

평소와 달리 지노가 엄한 말투로 일렀기 때문에 엘리오는 기가 죽어서 시키는 대로 했다. 그제야 지노도 마음을 놓을 수 있었다. 카누에 잠시 무거운 침묵이 감돌았지만 이윽고 엘리오의 원망하는 듯한 눈길에 못 이겨 지노는 괜히 화제를 바꾸려고 파블로에게 말을 걸었다.

“아마카야쿠까지는 아직 멀었습니까?”

“마타마타 하천을 따라 국립공원 안으로 들어왔는데요.”

지노는 거센 강물과 그 양옆을 빽빽하게 에워싼 정글을 얼빠진 사람처럼 바라보았다.

"하지만 안 보였는데, 아무것도……"

"세뇨르, 무슨 말씀이십니까?"

"아니, 저…… 무슨 표지라든가…… 푯말이라도 있어야……"

파블로는 호쾌하게 웃었다. 그 바람에 하얀 치아 군데군데 드러
난 갈색 이뿌리가 훤히 다 보였다.

"세뇨르, 여기는 유원지가 아니라 아마존이라고요! 여기에는 표
지판도, 회전목마도, 상냥한 미키마우스도 없어요. 아마카야쿠 국
립공원은 아마존 열대우림의 다른 곳보다 조금 더 안전하다는 차이
가 있을 뿐이고 그래서 입장료를 받는 겁니다. 여기에는 숙박을 해
결한 곳도 있고 동물을 구경할 수 있는 곳도 있죠. 가이드와 산책로
도 있고요. 하지만 그래도 아마존은 아마존이에요. 세뇨르가 조심
하지 않으면 금방 카이만악어나 아나콘다에게 잡아먹힐 수도 있단
말이죠. 개미, 열병, 늪지, 야라라 독사, 맹독성 식물, 땅거미…… 일
일이 다 말할 것도 없겠죠. 게다가……"

"됐습니다, 잘 알아들었어요."

"아닙니다, 세뇨르. 세뇨르가 정말로 알아들었다고 생각지 않아
요." 파블로는 다시 심각한 얼굴이 되어 쏘아붙였다. "저와 상관도
없는 얘기를 하는 것 같아서 대단히 죄송합니다만, 아마존 여행은
절대로 쉬운 일이 아닙니다. 여행의 목적지가 국립공원이라고 해도
마찬가지예요. 숲에는 풍요로운 생명이 있지만 죽음도 그에 못지않
게 도처에 널려 있죠. 깜박 정신을 놓았다가는 엄청난 봉변을 당할
수 있어요."

지노는 말없이 가만히 있었다. 파블로의 말은 옳았다. 걷잡을 수 없이 흘러가는 상황에 쫓겨 정신없이 달리다 보니 엘리오가 바로 이곳으로 오자고 했을 때도 군말 없이 따랐고 제대로 옷가지를 꾸리지도 못했다. 그들에게는 뚜렷한 계획도, 적당한 장비도 없었다. 가장 기본적인 준비조차 되어 있지 않았다.

만약 그들의 최종 목적지가 아마카야쿠 국립공원이 아니라 브라질 영토 내에 있는 고대 마야 도시라는 사실을 파블로가 안다면 뭐라고 하겠는가? 게다가 그 도시는 지구 상에서 가장 원시적이고 험한 곳에 자리 잡고 있다지 않는가?

"저는 아마카야쿠와 레티시아를 주기적으로 오갑니다. 돌아가시는 일정에 맞춰서 제가 데리러 올까요?"

"아뇨, 고맙습니다만 그러실 필요는 없을 겁니다."

"어려운 일도 아닙니다. 그냥 이곳에 얼마나 계실 예정인지 말씀만 해주시면 돼요."

지노는 난감한 표정으로 턱을 문질렀다.

"지금 당장은 모르겠습니다. 어쩌면 일주일, 아니면 이 주쯤……"

"장비도 없이요? 너무 길어요!"

파블로가 깜짝 놀라 물었다.

"여기서 필요한 장비를 구입할 생각입니다."

지노가 마을 입구에 야자 잎으로 지붕을 얹은 오두막을 가리키며 말했다. 그곳은 관광 사무소, 응급 구호소, 기념품 판매처를 겸하고 있었다.

"레티시아에서 미리 말씀하시지 그러셨어요. 똑같은 물건이 거기서는 반도 안 되는 가격에 팔린다고요."

파블로의 말에 지노는 어깨를 으쓱했다. 돈은 아무 문제가 되지 않는다는 의미였다.

"즐거운 여행 되십시오."

파블로는 지노와 악수를 나누며 말했다. 그리고 엘리오의 머리칼을 정겹게 쓰다듬어주었다.

"잘 가라, 꼬마야. 맨손으로 피라냐를 잡을 생각은 하지도 말고, 알았지?"

파블로는 자신의 카누까지 거의 다가갔으나 문득 생각났다는 듯이 뒤를 돌아보았다.

"아, 세뇨르?"

"네?"

"한 가지 충고해드리죠. 레티시아에 돌아가시거든 타바레즈를 조심하세요. 아주 위험한 놈이거든요."

"타바레즈? 그자가 누군데요?"

지노는 영문을 몰라 되물었다.

파블로는 지노가 정말로 몰라서 그러는지, 단지 연기를 하고 있는지 가늠하려고 시선을 떼지 않았다. 그러나 이내 고개를 절레절레 흔들며 돌아섰다.

"좋은 여행 되십시오, 세뇨르. 마음대로 하세요."

파블로의 카누가 강물을 타고 사라지자 엘리오와 지노는 관광 사무소를 향해 걸어갔다. 그들의 옷은 흠뻑 젖었지만 이미 비에 익숙해져 있어서 별로 신경이 쓰이지 않았다.

그들은 카운터에 앉아 있는 국립공원 직원에게 입장료를 지불했다. 직원 여자는 프랑스어를 할 줄 알았다. 지노는 몇 가지 필요한 물품을 구매하고 가이드를 구하고 싶은데 어떻게 하면 되는지 물었다. 여자는 잘됐다는 듯이 환하게 웃었다.

"제 동생이 이 국립공원에서 제일 유능한 가이드예요. 오늘 저녁에 여기 온답니다. 원하신다면 제 동생을 소개해드릴게요."

지노는 열려 있는 문을 통해 하늘을 한 번 쳐다보았다. 아직 한낮이었지만 아무리 그래도 엘리오와 단둘이서만 정글 속으로 들어가는 것은 망설여졌다. 당장 가고 싶은 마음은 굴뚝같았지만 참고 기다릴 줄도 알아야 했다.

여직원은 지노의 망설임을 다른 뜻으로 오해했는지 그를 설득하려고 했다.

"치체로네[10]는 국립공원을 자기 손바닥 보듯 훤히 알아요. 맥(貊), 해우(海牛), 재규어도 구경시켜드릴 수 있고요."

"마야 유적지는요?"

"뭐라고요?"

"고대 마야 도시의 유적 말이오. 여기서 멀지 않은 곳에 그런 유

---

10. 여기서는 사람 이름으로 쓰였으나 '가이드', '안내자'라는 뜻도 있다.

적이 있다고 들었거든요."

여직원은 반신반의하는 표정을 보였다.

"아마카야쿠에는 유적지가 없어요. 제 생각에 마야인들은 콜롬비아까지 내려오지 않았을 것 같은데요. 아마 잘못 아셨을 거예요."

지노와 엘리오는 불안한 눈으로 서로를 바라보았다. 젊은 여직원은 이미 다음 말을 이어가고 있었다.

"치체로네를 기다리세요. 만약 정말로 유적이 있고 누군가 그 위치를 안다면 그럴 만한 사람은 제 동생밖에 없어요."

그들에겐 선택의 여지가 없었다. 지노는 치체로네라는 이름의 가이드와 약속을 잡고 그곳에서 멀지 않은 공동 지붕 아래 해먹들이 걸려 있는 자리 두 개를 맡았다.

그 후에 엘리오와 지노는 이상하리만치 한적한 마을을 슬슬 돌아보고 숲 경계까지 가보았다. 별로 놀랄 일도 아니었지만 산책로를 따라가지 않는 이상 숲 속에서 이동한다는 것은 거의 불가능했다.

"그런데 좀 희한하네요."

줄곧 대화를 나누던 사람처럼 엘리오가 이 한 마디를 툭 던지자 지노는 놀라 바라보았다.

"뭐가 희한하다는 거냐?"

"우리는 지구 상에 마지막으로 남은 기드잖아요. 아저씨는 조상 대대로 기드였고 저는 자드의 능력을 물려받아서 기드가 되었죠."

"그게 왜 희한하다는 건지 모르겠구나. 희한하다기보다는 서글픈 얘기인데."

"희한하지 않나요, 최후의 두 기드가 다른 가이드를 만나는 일만

하고 있잖아요. 아벨 은가코, 은구마, 파블로 그리고 지금은 치체로 네라는 가이드를 만나려 하죠. 아저씨는 이상하지 않으세요?"

"이상하기는. 기드가 된다는 것은 굉장히 많은 의미를 지니고 있어. 넌 그냥 치체로네는 우리 앞길을 비추는 등불 같은 존재라고 생각하면 된단다. 그 정도로 보면 족해."

엘리오는 지노의 말이 미덥지 않은지 어깨를 으쓱해 보였다. 그렇지만 지노가 어떻게 생각하든, 등불이 던지는 빛 같은 존재라 해도 한 번쯤 곰곰이 생각해볼 만했기에 그냥 아무 말도 하지 않았다.

그들은 다시 강가로 돌아와 강둑 가까이에서 분홍돌고래 한 쌍이 노는 모습을 구경했다.

"이제 저 돌고래들이 거의 멸종됐다는 거 아세요? 이곳에서 저 돌고래들은 행복했어요. 여기가 그들의 집이었죠. 그런데 인간이 다 죽여버렸어요."

엘리오는 분홍돌고래들을 손가락으로 가리키며 말했다.

"알지. 왜 그러니?"

지노는 수심 가득한 엘리오의 얼굴을 보고 물었다.

"음…… 우리는 에크테르가 모든 것을 파괴하려 하기 때문에 그와 싸우려는 거잖아요?"

"그래, 요약 한번 잘했구나. 그런데 왜 그렇게 골똘한 표정이야?"

"그냥 우리 인간이 과연 에크테르보다 낫다고 할 수 있을지 궁금해졌어요."

열대지방에서는 늘 그렇지만, 하늘을 뒤덮은 구름 뒤에 가려져 있던 태양이 지평선을 부리나케 넘어가자 은빛 햇살이 순식간에 사라지고 짙은 어둠이 내려앉았다. 그와 동시에 이런저런 가전제품들이 털털 돌아가기 시작했고, 희미한 불빛의 알전구들이 여기저기서 켜졌다. 그러자 단단하게 다져진 땅바닥과 잎사귀나 슬레이트를 덮은 주변 오두막의 지붕들에 오렌지색 후광이 감돌았다.

밤이 오자 숲은 짹짹대고 으르렁대는 온갖 울음소리로 화답했다. 조용하던 마을에도 갑자기 활기가 돌기 시작했다.

지노와 엘리오는 얼마 안 되는 짐을 공동 숙소로 쓰이는 널따란 지붕 밑으로 옮겼다. 그들은 말뚝에 해먹을 걸어 잠자리를 준비했다. 효과도 없으면서 끈적대기만 하는 해충 방지 크림으로 손과 얼굴에 떡칠을 한 뒤 해먹에 벌렁 드러누웠다.

두 사람 모두 선잠이 들었다가 공원 직원이 다가오는 바람에 깨어났다. 여직원은 구릿빛 피부에 콧수염이 무성한 젊은이와 함께 왔다. 건장한 젊은이는 전투복을 입고 군용 모자를 쓰고 있었다.

"제 동생 치체로네예요. 우리 국립공원 최고의 가이드이자 이 일대 반경 1000킬로미터까지는 꽉 잡고 있는 아마조니아 지역 전문가지요!"

여직원은 자기 동생을 거의 우러르다시피 하는 말투로 소개했다.

치체로네는 거만한 표정으로 지노와 악수를 했다. 그의 눈길이 잠깐 엘리오에게 머물렀지만 관심을 기울일 필요가 없는 꼬맹이라고 판단했는지 이내 그쪽은 쳐다보지도 않았다.

"분부만 내리시지요. 재규어를 추적할 수도 있고 청황금강앵무를 수풀에서 내몰 수도 있습니다. 아마존 원주민을 만나서 진짜 보물을 좋은 가격에 거래할 수 있게 해드릴 수도 있고, 거대 땅거미나 야라라 독사의 맹독을 구해드릴 수도 있죠. 탐광자들이 아직 모르는 에메랄드 광산까지 안내해드릴 수도 있고, 해우 고기를 맛보게 해드릴 수도 있고……"

그는 지노의 귀에 입을 바짝 갖다 대고는 느끼하고 점잖지 못한 소리를 마저 뱉었다.

"……원주민 계집들과 잊을 수 없는 밤을 보내게 해드릴 수도 있습니다."

치체로네는 지노의 얼굴에 경악하는 표정이 떠오르는 것을 못 본 체하며 몸을 일으켰다.

"마누엘라 누나 말이 맞아요. 가이드 중에서 저보다 나은 사람은 없죠. 저는 털어서 먼지 한 점 나오지 않을 만큼 정직하니까 걱정 마세요. 다른 가이드들은 손님을 벗겨먹을 궁리밖에 안 하거든요. 원하는 게 있으면 뭐든지 말씀하세요. 합리적인 가격으로 모시겠습니다.”

지노는 마른 목을 가다듬느라 침을 삼켰다. 이 사내는 아무리 봐도 믿을 만하지 않았지만 그들에겐 지금 도움이 필요했다. 은구마, 그 메타모르프 노파가 엘리오에게 여덟 번째 문이 아마조니아에 있다는 정보를 주었다. 레티시아 북동부 어딘가의 마야 피라미드 꼭대기에 그 문이 있다지 않았는가. 은구마가 어디서 그런 정보를 얻었는지는 모르지만 그녀는 아마카야쿠 국립공원에서 사흘 동안 걸어가면 된다고, 그보다 더 정확하게 설명하기는 어렵다고 했다. 피라미드는 어딘가에 있을 것이고, 이 정글 천지에서 어딘가에 있다는 막연한 말은 아무데도 없다는 말과 다르지 않았다.

지노는 치체로네 같은 인간을 믿어야 한다는 이 얄궂은 운명을 저주하며 결단을 내렸다.

“아주 특별한 곳을 찾고 있습니다만.”

치체로네가 관심 어린 눈빛을 보였다.

“말씀해보세요, 세뇨르. 일단 들어보겠습니다.”

“여기서 사흘쯤 걸어가면 나온다는 고대 마야 문명의 도시입니다. 아무도 말은 하지 않습니다만 그런 곳이 있다는 걸 압니다. 우리는 그곳에 가야 합니다.”

치체로네가 이 말을 듣고 누나를 돌아보았다.

“마누엘라, 우리끼리 얘기 좀 하게 나가 있어.”

토를 달 수 없게 하는 명령이었다. 여직원은 찍소리 없이 동생이 시키는 대로 했다. 치체로네는 그녀가 멀찍이 물러날 때까지 기다렸다가 입을 열었다.

"거기는 위험합니다, 세뇨르. 굉장히 위험한 곳이에요."

"그곳을 아십니까?"

지노는 지금까지 불편했던 감정도 다 잊고 반색하며 물었다.

"아마존 이 일대는 제 손바닥이나 다름없습니다!"

"우리를 그곳까지 데려다주겠습니까?"

"그렇게 위험한 곳만 아니라면 데려다드릴 수 있죠. 하지만 너무 위험해요. 그곳의 위치를 아는 사람은 저밖에 없습니다만 괜히 그런 게 아니에요. 그 도시에 갔던 사람 중에서 아무도 살아서 돌아오지 못했으니까요."

"우리에겐 굉장히 중요한 일입니다."

"세뇨르, 이해는 합니다. 하지만 저도 처자식이 있는 몸인지라……저는 도저히……"

"합당한 사례를 하겠습니다."

"돈 문제가 아니라니까요."

"보수는 아주 넉넉하게 드릴게요."

치체로네는 생각에 골몰하듯이 고개를 푹 숙였다. 엘리오만이 그의 입가가 살짝 비틀리며 만족스러운 미소를 띠는 것을 엿볼 수 있었다. 치체로네가 다시 고개를 들었을 때 그 미소는 이미 자취를 감추고 없었다.

"좋습니다, 세뇨르. 당신은 약속을 반드시 지키는 분 같군요. 가고자 하시는 곳까지 모셔다드리겠습니다.”

엘리오는 해먹에서 내려와 지노의 팔을 붙잡았다.

“지노 아저씨?”

“왜 그러니, 엘리오?”

“우리는 그렇게 급하지 않잖아요. 좀 더 기다려보면 어떨까요?”

엘리오는 치체로네를 흘끗 쳐다보았다. 치체로네는 두 사람의 밀담에 아무 관심도 없어 보였다.

“다른 가이드 중에도 그곳을 아는 사람이 있지 않겠어요?”

엘리오는 대담하게도 이 말을 던졌다.

치체로네가 대번에 뒤를 돌아보았다. 과연 그들의 대화를 관심 없는 척하면서 귀담아듣고 있었던 것이다. 그는 엘리오를 멸시하듯 내려다보았다.

“나 외엔 그 누구도 여러분을 거기까지 안내할 수 없습니다. 여러분이 못 믿겠다면, 그래서 사기꾼에게 목숨을 맡기고 싶으시다면 마음대로 하십시오.”

그는 이렇게 내뱉고 자리를 뜨려는 시늉을 했다.

“잠시만요!”

지노가 외쳤다.

치체로네가 느릿느릿 돌아섰다.

“잠시만은 무슨 잠시만입니까, 세뇨르? 이 아이가 나를 모욕하는 꼴을 한 번 더 보라는 말씀이신가요?”

“엘리오는 당신을 모욕한 적이 없습니다. 그저 자기 생각을 말했을 뿐이지 당신 마음을 상하게 할 의도는 없었습니다. 그렇지, 엘리오?"

엘리오는 이글이글 타오르는 치체로네의 시선을 느끼며 고개를 끄덕거렸다.

"이제 아셨죠? 당신의 능력을 의심한 사람은 없습니다. 우리 얘기를 계속해볼까요?"

지노가 말했다.

치체로네는 내키지 않는 척하며 지노의 말에 수긍했고 엘리오는 화가 치밀었지만 표를 내지 않으려고 애를 썼다. 치체로네는 유능한 가이드이고 아마 그 마야 문명 도시의 위치도 알고 있을 것이다. 그렇지만 그는 다른 가이드들을 욕하면서 자기도 똑같이 손님을 등쳐먹으려 하고 있었다. 그 점에 있어서는 의심의 여지가 없었다. 지노 아저씨는 왜 깨닫지 못하는 걸까?

엘리오는 땅이 꺼져라 한숨을 쉬고 저만치 물러났다.

"어디 가니?"

지노가 물었다.

"한 바퀴 돌아보려고요. 자세한 원정 이야기는 두 분이서 하세요."

엘리오는 지노의 반응을 보지도 않고 성큼성큼 걸어갔다.

하지만 정글에 들어가 위험을 자초할 게 아니라면 딱히 갈 만한 곳도 없었다. 어둠에 물들어 검은 잉크처럼 변해버린 강물을 구경하다가 조명이 밝게 비추는 어느 오두막으로 걸어가 보았다. 그 집에서는 음이 잘 맞지 않는 피아노 소리가 가늘고 날카롭게 흘러나오고 있었다. 다양한 사람들이 거리를 활보하고 있었다. 수염을 아무렇게나 기른 거친 남자들, 벌거벗다시피 한 어린애들, 몸에 걸친 것이 별로 없기는 마찬가지인 원주민들, 짙고 야한 화장을 한 여자들, 정글 탐사용 복장을 지나치게 잘 갖춰 입은 관광객들, 그리고 제복 때문에 확연히 구분되는 경찰들이 거리에 한데 나와 있었다.

엘리오는 카메룬에서보다 더 낯선 기분이 들었다. 그는 불현듯 이 느낌이 주위에서 북적대는 인파와 가까운 정글에서 들리는 소리 때문만은 아니라는 것을 깨달았다. 이곳에는 어디를 둘러보아도 대형 전광판을 찾아볼 수 없었던 것이다.

위르자트 마을에서 도망친 그날 이후로 단 하루도 그 흉물스러운 스크린을 마주하지 않은 날이 없었다. 에크테르는 그러한 전광판들을 이용하여 인간을 지배하려는 계획에 박차를 가하고 있었다. 세상의 변방에 있는 이 작은 마을은 아마 지구 상에서 미디어를 통한 지배에서 자유로운 마지막 지대 중 하나일 것이었다.

갑자기 공기가 한결 가볍고 더 많은 산소를 머금은 듯 느껴졌다. 엘리오는 유쾌한 발걸음으로 조명이 비추는 오두막으로 다가갔다.

그곳은 술집이었다. 왁자지껄 웃음소리가 떠들썩하게 들리는 것을 보아 이미 손님들은 꽤 술이 들어간 모양이었다. 아홉 살짜리 꼬마가 발을 들일 곳이 아니었다. 엘리오가 막 발길을 돌리려는데 벽면에 뭔가 무너져 있는 것 같은 형체가 보였다. 가까이 가보았더니 만취한 남자가 알아들을 수 없는 소리를 지껄이며 스스로 몸을 일으키려다가 힘없이 주저앉기를 반복하고 있었다.

엘리오가 그냥 가려는데 주정뱅이가 잠깐 기적적으로 정신이 들었는지 분명히 알아들을 수 있는 말을 내뱉었다. 단 한 문장이었지만 뭐라고 하는지 똑똑히 들을 수 있었다. 엘리오는 스페인어를 거의 몰랐지만 그 뜻을 어림짐작하고는 그 자리에 돌처럼 굳어졌다.

"사파티 교수, 그놈의 돼지새끼, 왜 그 염병할 피라미드 탐사에 나섰던 거야?"

엘리오는 주정뱅이에게 다가가 무릎을 꿇었다.

6

술꾼이 자기가 옆에 와 있는 것을 알아차릴 때까지 엘리오는 무던히 기다리며 자꾸 말을 시켜야만 했다. 드디어 술통에 빠진 듯한 그자의 눈동자에 한 줄기 이성의 빛이 돌기 시작했고, 엘리오는 짧은 스페인어 실력을 총동원하여 이런저런 질문을 던졌다.

"이름이 뭐예요?"

"어떤 피라미드를 말하는 거예요?"

"사파티 교수가 누구예요?"

"그 사람이 언제 피라미드 탐사를 했는데요?"

남자는 알아들을 수 없는 꾸르륵, 딸꾹 소리로 대답을 대신했다. 술에 너무 취해 정신줄을 길게 붙잡고 있을 수 없었던 것이다.

술꾼은 최소한의 분별력을 되찾고 나자 피라미드라는 말만 들어도 극도의 공포를 느끼는 듯했다. 엘리오는 그 단어를 입에 올리지 않도록 주의했지만 술꾼은 이미 그를 경계하는 눈치였다.

엘리오는 갖은 수단을 동원하여 자신의 관심을 끄는 그 주제에서 멀어지지 않으려고 노력했지만 주정뱅이 남자는 차츰 그에게서 벗어나려 들었다.

"날 내버려둬! 말하면 안 된단 말이야! 난 입을 열지 않아! 당장 꺼지지 않으면 죽여버린다!"

남자는 끝내 스페인어로 고함을 쳤다.

그는 이제 몸을 추스를 수 있을 만큼 술이 깼다. 남자가 비틀거리며 두 발로 일어서자 엘리오는 이제 틀렸구나 싶었다. 엘리오는 치체로네가 그 도시 유적을 안다는 말도 거짓일 거라고 확신했다. 어쩌면 이 낯모르는 주정뱅이야말로 그 피라미드로 안내할 수 있는 유일한 인물일지도 몰랐다. 그러나 엘리오는 강제로 그의 입을 열 수도 없었고 자기 옆에 붙잡아놓을 수도 없었다.

술꾼은 쭈뼛쭈뼛 발걸음을 떼었다.

15년. 이제 15년이나 지난 옛일이었지만 그는 여전히 악몽에 시달리고 있었다. 어둠, 악, 죽음…… 그는 입을 다물고 모든 것을 잊기 위해 술을 마시며 살아왔다. 그런데 이 쥐방울 같은 녀석이 잠들어 있던 악마를 깨우려 하고 있었다. 도망쳐야 했다. 도망쳐야만, 기필코 그래야만……

"잠깐만."

투명한 목소리에 남자는 멈칫했다.

"제 말을 들어보셔야 해요."

술꾼은 느릿느릿 뒤돌아섰다. 누가 강요한 것도 아닌데 그러지 않을 수 없었다. 투명한 목소리가 지혜롭고 진실한 말을 담아 부탁했기 때문에.

소년은 어둠 속에서 빛나고 있었다.

등불처럼 확연히 드러나는 빛은 아니었지만 한결 따사롭고 깊이 와 닿는 빛이었다. 내면에서 우러나는 빛, 귀 기울이는 사람들을 환하게 밝혀주는 빛이었다.

"아저씨가 겁에 질려 계시다는 건 알아요. 아저씨의 감정을 충분히 존중하고요. 그렇지만 잠시 공포를 잊고 저에게 말해주셔야 해요. 아주 많은 이들의 목숨이 아저씨가 저에게 들려주실 이야기에 달려 있으니까요. 아저씨가 하는 말이 아저씨가 두려워하는 어둠의 기세를 멈추게 할 수도 있으니까요. 어둠과 싸우는 유일한 길은 용기와 진실의 길뿐이니까요."

꼬마는 더 이상 서툰 스페인어로 더듬대지 않고 다른 나라 말을 하고 있었다. 아마도 프랑스어 같았다. 주정뱅이 에두아르도는 프랑스어를 배운 적이 없었지만 꼬맹이가 하는 말 한 마디 한 마디는 맑은 물이 떨어지는 폭포처럼 그의 내면으로 흘러들어 왔다.

에두아르도는 놀라 자빠질 뻔했지만 15년 만에 처음으로 정신이 맑고 또렷해진 듯했다. 그는 어찌된 일인지 이해할 마음도 없이, 일단 앉아서 꼬마의 눈을 들여다보며 천천히 입을 열기 시작했다.

15년 전.

사파티 교수와 그의 조교 에밀리아노가 이끄는 답사 원정대가 아마카야쿠 국립공원에서 출발하여 아마조니아에서도 가장 원시적인 지역까지 들어갔다.

아무도 교수가 무엇을 찾는지 모르고 있었지만 금세 모두가 알게 되었다. 그리고 모두가 그를 조롱했다. 불평불만이 많고 잘난 척하기 좋아하는 이 인간은 자기를 천재 고고학자라고 착각하고 있었다. 원정대원을 노예 다루듯 혹사하는 불쾌하고 땅딸막한 교수, 이 웃기는 인간은 마야 도시를 찾고 있었던 것이다!

하지만 마야인들은 남아메리카 대륙에서 결코 이 아래쪽까지 내려오지 않았다……

에두아르도는 원정대의 일원이었다. 그는 주앙 부스카라는 덩치 좋은 브라질 사내의 휘하에서 인부로 일했다. 주앙 부스카라는 자신의 완력과 권위를 남용하기 좋아하는 작자였다. 교수 앞에서는 비굴하게 굽실대는 주제에 안 보이는 곳에서는 앞장서서 교수를 조롱했다. 마야 도시라니, 기가 막혀서!

하지만 마야의 도시는 있었다. 모두가 깜짝 놀랐지만 교수는 그곳을 찾아냈다. 그때부터 교수의 건방은 하늘을 찔렀다. 그는 인부들을 말도 안 되게 혹사하며 수풀에 뒤덮인 피라미드 꼭대기까지 길을 내게 했다. 그리고 마침내 정상에 도달해서도 원정대원들에게 수고했다는 말 한마디가 없었다.

에두아르도는 사파티 교수가 괴상한 기호들이 새겨진 통로로 들어갈 때 그 현장에 있었다. 마법처럼 바닥과 천장 사이에 두둥실 떠 있는 돌로 된 검은 큐브를 발견한 순간에도 현장에 있었다. 못돼먹은 주앙이 겁에 질려 새파래진 얼굴로 악마의 소행이라고 뒷걸음질을 칠 때도 그 자리에 있었다. 조교 에밀리아노가 벽면에 새겨진 기묘한 그림들을 살펴보며 그 피라미드는 마야인들의 것이 아니고 다른 어느 민족의 것도 아니라고 추론할 때도 그곳에 있었다. 에르네스토 사파티가 망치와 끌을 써서 큐브를 열려고 할 때도 그는 자리를 뜨지 않았다. 심지어 그 순간이 닥쳤을 때도……

정육면체의 돌덩이가 갈라지더니 검은 연기가 소용돌이치며 치솟았다. 자욱하고 끈적끈적한 연기가 삽시간에 방 안으로 퍼졌다.

그 순간, 프로젝터 조명들이 일제히 폭발했고 사방이 칠흑 같은 어둠에 휩싸였다.

고함 소리가 터져 나왔다.

처음에는 공포의 고함 소리였다가 이내 고통의 울부짖음이 되었다. 참혹했다. 그러나 그 소리마저 금세 끊어졌다.

에두아르도는 그때 비명을 지르지 않았다. 그저 죽음처럼 싸늘한 숨결이 와 닿는 것을 느끼고 그 자리에서 실신해버렸을 뿐이다. 몇분 후에야 의식을 되찾았다. 머릿속은 불타듯 아팠고 온몸이 욱신거렸지만 간신히 기어서 바깥으로 빠져나왔다. 참혹한 장면이 그를 기다리고 있었다. 참을 수 없었다.

그의 동료들은 배가 찢어지고 온몸이 토막 나고 두개골이 바스라진 채 피바다에 쓰러져 있었다.

사람으로 보이지 않는 세 개의 실루엣이 아직 숨이 붙어 있는 마지막 동료를 무참하게 살육하는 중이었다.

아니, 사람으로 보이지 않았던 것은 아니다.

에르네스토 사파티, 에밀리아노, 주앙 부스카. 세 개의 실루엣은 바로 그들이었지만 그들이 아니기도 했다. 그들에게서 사악하고 어두운 기운이 뿜어져 나왔다. 소리를 지르고 싶었다. 죽어서 잊을 수 있다면 차라리 죽고 싶었다.

에두아르도는 다시 정신을 잃었다. 그러나 이때 의식을 잃으면서 분별력 일부를 영영 잃고 말았다.

15년.

어둠. 악. 죽음.

엘리오는 에두아르도가 벽에 기대어 깊이 잠들도록 내버려두었다. 자기가 어떻게 이 옛 인부를 설득해서 전모를 털어놓게 했는지 스스로도 알지 못했다. 어쨌든 그가 태어나기도 전에 일어난 사건의 마지막 퍼즐 조각 중 하나가 제자리에 들어맞았다. 이제 엘리오는 피라미드가 어디에 있는지, 그곳에서 자신이 무엇을 해야 하는지 정확하게 깨달았다. 피라미드까지 가는 길이 녹록지 않겠지만 그들은 기어이 도달할 것이다. 치체로네의 도움을 받지 않더라도 충분히 갈 수 있을 것이다.

엘리오가 해먹이 걸린 말뚝에 도착했을 때 철통같은 손이 그의 어깨를 휘어잡았다. 엘리오는 아파서 소리를 질렀다.

"이리 와, 꼬맹이."

섬뜩한 목소리가 들렸다.

엘리오는 붉은 스카프의 혼혈인 사내를 알아볼 겨를밖에 없었다. 레티시아에서 엘리오 일행을 협박하고 아마존 강에서도 따라왔던 바로 그자였다.

갑자기 부대 자루가 엘리오의 머리 위로 덮쳤다. 도와달라고 소리 지를 수도 없었다.

7

억센 손아귀가 엘리오를 붙잡았다.

소년은 발버둥 쳤다. 남다른 완력과 민첩함을 가진 엘리오도 별수 없었다. 누군가가 그를 번쩍 들어 올려 안고 갔다. 건장한 어깨는 평범한 부대 자루 이듯 소년을 떠메고 들썩들썩 한참을 가더니 이윽고 거칠게 땅바닥에 패대기쳤다.

엘리오는 너무 아파서 숨이 턱 막혔다. 게다가 어떻게 손을 써보기도 전에 기둥에 꽁꽁 묶여버렸다. 누군가가 그의 머리에 뒤집어 쓴 부대 자루를 거칠게 벗겼다.

석유램프가 천장에 매달려 있는 빈 오두막 안이었다. 그의 앞에는 험상궂은 얼굴을 한 남자 네 명이 버티고 있었다. 엘리오는 붉은 스카프를 머리에 두른 사내를 금방 알아보았다. 레티시아에서 지노에게 돈을 뜯어내려 했던 자였다. 그는 쭈그리고 앉아 엘리오와 눈높이를 맞추고는 차가운 눈으로 노려보았다.

"그자에게 다이아몬드가 몇 개나 있지?"

붉은 스카프는 협박조로 사납게 물었다. 그렇지만 엘리오는 그렇게 순순히 대답할 마음이 없었다.

"무슨 말인지 모르겠는데요."

붉은 스카프의 혼혈인은 엘리오의 오른손을 잡고 갑자기 검지를 바깥쪽으로 비틀었다. 우두둑 소리와 함께 뼈가 부러졌다. 끔찍한 통증이 엘리오의 온몸으로 퍼졌다. 소년은 비명을 질렀고 뒤이어 터져 나오는 흐느낌을 끝내 참을 수 없었다.

"그자에게 다이아몬드가 몇 개나 있지?"

붉은 스카프는 웃고 있었다. 그 미소는 그의 눈동자에 타오르는 사악한 불꽃보다 훨씬 더 엘리오를 소름끼치게 했다. 그들은 마을에서 10분쯤 걸어 나왔기 때문에 엘리오가 소리를 지른대도 마을까지 들리지 않을 터였다. 그는 미치광이의 손아귀에 들어와 있었다. 그가 반항한다면 이 미치광이는 주저 없이 손가락을 하나하나 부러뜨리고 말 것이었다.

손가락.

엘리오는 문득 통증이 없어졌음을 깨달았다.

언제 아팠던가 싶을 정도로.

조금 전까지만 해도 도저히 참을 수 없었던 아픔이 흐릿한 기억으로밖에 남지 않았다.

마르세유에서 엘브륌을 피해 도망칠 때도 똑같은 일이 있었다. 그때 엘리오는 발목을 삐었다. 땅에 떨어지고 나서 미칠 듯이 아팠지만 순식간에 아픔이 물러났다. 라피는 말하지 않았던가. '게리쇠르의 능력이 네 안에 흐른단다. 그 능력이 너의 관절을 치료해준 게지. 파미유가 지닌 여러 가지 능력 가운데 게리쇠르의 능력이야말로 가장 마음대로 구사하기 어려운 것이지만 다행히도 그 능력은 주로 자동으로 발휘된단다. 그 능력을 믿어도 돼.'

"몇 개나 있지?"

붉은 스카프가 엘리오의 얼굴에 대고 윽박질렀다.

감쪽같이 나아버린 손가락에 집중한 나머지 엘리오는 조금 전까지 가늘 수 없던 두려움을 조금이나마 잊을 수 있었다. 소년은 재빨리 머리를 굴렸다.

붉은 스카프의 혼혈인 사내가 엘리오를 협박하는 이유는 지노의 다이아몬드를 몽땅 다 훔쳐내고 싶어서일 것이다. 그에게 사실대로 말한다 한들 상황이 달라질 것 같지는 않았다. 그리고 무엇보다 그가 분노로 미쳐 날뛰는 꼴까지는 보지 않아도 되었다.

"열두 개요!"

혼혈인 사내가 엄지를 잡아채는 순간, 엘리오가 다급하게 외쳤다.

일부러 겁에 질린 목소리를 낼 필요도 없었다. 불한당의 입가가 뒤틀리며 만족스러운 미소가 번졌다.

"좋았어, 가자."

붉은 스카프가 일어서면서 스페인어로 말했다.

그는 엘리오에게 조금도 신경 쓰지 않고 오두막을 나갔다. 세 명의 부하들도 그 뒤를 따라 나갔다.

엘리오는 혼자 남게 되자 곧바로 결박이 얼마나 튼튼한지 시험해보았다. 그는 몸부림을 치는 와중에도 계속 머리를 굴렸고 그러다 한 가지 사실을 깨닫고 몸서리쳤다. 지노는 엘리오의 목숨을 구하기 위해서라면 단 1초도 망설이지 않고 다이아몬드를 모두 내줄 것이다. 그렇게 생각하자 몇 가지 의문점이 떠올랐다. 붉은 스카프가 과연 엘리오를 풀어주기 위해 일부러 돌아올 위인인가? 두 번째 의문은 더욱더 불길했다. 만약 그가 돌아온다면 이 일을 영원히 묻어버리기 위해 자신을 없애러 오지 않을까?

너무 늦기 전에 이곳에서 도망쳐야 했다.

결박을 풀기 위해 열을 올리며 발버둥 쳤지만 아무 소용 없었다. 밧줄을 어찌나 단단하게 묶었는지 혼자 힘으로 풀고 나오기란 불가능했다.

그는 몸부림치는 것을 포기하고 밤의 소리에 귀를 기울였다. 가까운 정글에서 들려오는 소음 가운데 인기척은 찾을 수 없었다. 아프리카에서 최근 겪었던 모험을 떠올리게 하는 소음이었다. 엘리오는 문득 고양잇과 동물이 으르렁대는 소리를 듣고 불길한 예감에 빠졌다. 아마도 재규어의 울음소리일 것이다. 그는 결국 맹수의 먹잇감이 되고 말 운명인가?

오두막에는 따로 문이 달려 있지 않았고 덩그러니 입구만 뚫려 있었다. 그 틈새로 인근의 숲이 바스락거리는 시커먼 덩어리처럼 내다보였다. 언제고 무서운 짐승이 오두막으로 들이닥칠 수 있었다. 엘리오는 결박을 풀려고 다시 몸을 뒤틀었지만 손목과 발목에 더 깊은 상처만 입고 말았다.

미친 듯이 뛰는 심장을 다스리기 위해 잠시 심호흡을 해야만 했다. 석유 등불은 여전히 밝은 빛을 발했다. 엘리오는 그 불빛이 미약하나마 맹수를 쫓아주기를 바랐다. 그리고 불빛 덕분에 그리 멀지 않은 흙바닥에 뒹굴고 있던 나무토막도 발견할 수 있었다. 누군가가 그 나무토막을 사람의 얼굴 모양으로 깎아보려다가 완성하지 못하고 대팻밥 천지에 팽개치고 간 모양이었다.

엘리오는 흠칫 떨었다. 어쩌면…… 운이 좀 닿는다면……

하지만 칼이나 톱은 보이지 않았다. 행여 그런 연장이 있다 하더라도 엘리오가 잡을 수 있을 리 만무했다.

나무토막은 원주민의 얼굴 모양을 하고 있었다. 비스듬이 쓰러져 있는 그 나무토막은 겨우 모양만 파놓은 눈으로 엘리오를 비웃고 있는 것 같았다. 사람을 불안하게 하는 그 시선은 확실하게 임박한 죽음, 그리고 그 전에 닥칠 숱한 고통을 암시하는 듯했다.

"네깟 것에 겁낼 줄 알고!"

엘리오는 자기 안으로 파고드는 두려움을 몰아내려고 일부러 크게 소리 질렀다.

머리 위에 매달린 석유 등불의 불꽃이 흔들렸다. 불빛이 차츰 어두워지는가 싶더니 오두막 안이 불안하게 어슴푸레해졌다. 나무토막 얼굴은 어둠에 힘입어 생명을 얻은 것 같았다. 엘리오는 그 얼굴이 움직이는 것을 언뜻 본 것 같았다.

"너 따위 겁나지 않아. 그냥 조각상일 뿐인데, 뭐. 그딴 건 질리도록 봤다고!"

엘리오는 큰소리쳤지만 목소리가 덜덜 떨리는 것까지 막을 수는 없었다.

그건 거짓말이 아니었다.

엘리오도 자기가 말하는 순간에야 깨달았다.

질리도록 봤다는 말은 사실이 아니었지만 한 번은 본 적이 있었다.

그 생각이 들자 암흑 속에 한 줄기 빛이 비치는 듯했다.

엘리오는 분명 원주민 머리 모양의 그 조각상을 본 적이 있었다. 언제, 어디서 보았는지 기억해내기만 한다면 목숨을 구할 수 있을 것 같았다.

엘리오는 느낄 수 있었다.

어떻게 된 일인지 설명할 수는 없었지만 말이다.

엘리오는 결박을 풀려는 노력을 그만두고 그의 강한 정신력을 두 가지 물음에 집중했다.

언제, 어디서?

그는 두통으로 관자놀이가 지끈지끈해질 때까지 기억을 들쑤셨다. 두통에 신경 쓰지 않으려고 이를 악물고 정신을 모아 기억을 되살렸다.

언제, 어디서?

그는 의지력을 총동원하여 과거를 더듬었다. 자신의 행동 하나하나, 가까운 이들의 행동 하나하나를 떠올리며 그가 지나왔던 모든 장소, 잠깐 스쳐 지나갔을 뿐인 장소도 현재처럼 생생하게 기억해내려고 애썼다.

언제, 어디서?

그는 정확한 때를 기억해냈다. 마침내 놀라서 소스라치려는 찰나에, 등불이 훅 꺼지고 어둠이 오두막 안을 지배했다.

이제 그는 살았다.

"에린." 엘리오는 확신을 담아 속삭였다. "에린, 네가 날 도와줘야 해."

8

바깥에서 새된 울음소리가 어둠을 갈랐다. 소리는 현기증이 날 정도로 점점 날카로워지는가 싶더니 높고 분명한 한 음에 도달했다가 걸걸한 신음 소리들을 몰고 왔다.

엘리오는 몸을 떨었지만 절대적인 믿음으로 유지한 집중력은 흐트러지지 않았다. 그리고 스스로 다짐하듯 중얼거렸다.

"원숭이겠지. 원숭이가 에린이 오는 것을 막을 순 없어. 요정은 원숭이 따위 두려워하지 않아. 재규어도 무서워하지 않을 거야."

엘리오가 한 번 더 에린을 부르려는데 피리 소리처럼 맑은 목소리가 바로 옆에서 들렸다.

"어휴, 여긴 참 어둡다……"

바로 그 순간 천장에서 황갈색 빛살이 떨어지며 오두막 안을 밝혀주었다. 에린이 원뿔 모양으로 비치는 빛 한가운데 서 있었다. 머

리는 까치집이있고 눈에는 아직 졸음이 가득했다. 살짝 벌어진 잠
옷의 앞섶으로 엘리오가 선물한 목걸이가 보였다.

"안녕, 엘리오. 내가 갖다놓은 샌드위치는 봤어?"

"응, 사실은…… 한 번밖에 못 봤어."

엘리오는 에린을 보고서 느낀 안도감을 감추지 않았다.

"그 괴상하게 생긴 너희 집에 거의 매일 갔었는데 넌 안 보이더
라. 어디 있었던 거야?"

"마르세유에 갔었어, 그리고 그다음에는……"

"그런데 우린 어디 있는 거니?"

"응?"

"여기가 어디냐고."

"여긴 아마조니아야. 에린, 네가 날……"

"마르세유는 어디야?"

"프랑스에 있는 대도시야. 내가 있던 그 집과는 굉장히 먼 곳인데……"

"아빠 엄마는 찾았니?"

"에린, 그만!"

에린은 놀란 눈으로 엘리오를 쳐다보았다.

"뭘 그만하라고?"

엘리오는 한숨을 쉬었다.

"네가 내 대답을 다 새겨듣고 기억하는 줄은 알아. 그런데 문제는
네가 내 말을 끝까지 듣지 않는다는 거야."

"아니, 왜……"

"그리고 지금 당장은 날 좀 풀어줘. 그게 급하단 말이야. 날 여기

묶어놓은 사람들이 금방 돌아와서 날 죽일지도 몰라.”

엘리오는 에린이 꼼짝하지 않는 모습을 보고 입을 다물었다. 엘리오는 잠시 에린의 눈치를 살피다가 아까보다 사근사근한 태도로 다시 말을 걸었다.

“날 풀어주기 싫어?”

하지만 그 순간, 엘리오는 자신의 손발이 더 이상 말뚝에 묶여 있지 않다는 것을 알았다. 밧줄은 땅바닥에 나뒹굴고 있었다. 그는 이미 자유의 몸이었다.

“어떻게 이런……”

엘리오는 말을 하려다 말고 입을 다물었다. 자신이 얼마나 바보처럼 굴었는지 깨닫자 두 뺨이 달아올랐다. 그가 어리석었다. 에린은 요정이 아닌가. 요정이 밧줄을 풀어주면서 굳이 자기 손발을 써야 할 이유가 어디 있단 말인가.

“미안해. 너 화났어?”

엘리오가 사과했다.

가만히 앉아 있으면 에린에게 주었던 바보 같은 인상이 더 굳어질 것 같아 엘리오는 자리에서 일어났다.

그런데 에린은 화가 난 것이 아니었다.

나쁜 놈들이 그를 죽이려고 해서 결박을 풀어야 한다는 말을 듣고 놀란 것도 아니었다!

에린은 하품을 하고는 엘리오에게 매혹적으로 웃어 보였다.

“누군가가 날 불러도 가지 않는 방법을 엄마가 설명해줬어. 어떻게 나 혼자 쏘다닐 수 있었는지 나도 이해하게 된 거야. 굉장히 재미

있어. 이젠 잠이 들지 않아도 다른 세상으로 넘어갈 수 있게 됐어.”

“너희 엄마도 네가…… 다른 세상에 다녀오는 줄 알게 된 거야?”

엘리오는 이런 대화를 주고받기에는 너무 위태로운 상황이라는 것을 잘 알고 있었다. 빨간 스카프가 언제 들이닥칠지 모르지 않는가. 하지만 그는 에린에게 푹 빠진 나머지 아무 데도 가고 싶지 않았다. 어쨌거나 이제 요정이 함께 있으니 어떤 어려움도 걱정할 필요가 없었다.

에린이 코에 찡긋 주름을 잡으며 말했다.

“음…… 엄마는 모른다고 생각해. 어쨌든, 내가 말하지는 않았어. 엄마가 무척 걱정할 테니까. 너희 아빠 엄마도 그렇겠지. 너에게 무슨 일이 생기면 걱정하시잖아?”

처음으로 에린은 진심으로 엘리오의 대답을 기다리는 듯했다. 엘리오는 간략하게 자신이 처한 상황을 설명하고 아빠 엄마는 에크테르와 싸우는 데 매달려 있다고, 어쩌면 최악의 경우에 이미 그 괴물들에게 잡혀 탈출 계획을 세우고 있을지도 모른다고 했다.

에린은 엘리오가 하는 말에 귀 기울이며 끝까지 한 마디도 빼놓지 않고 들었다. 그러는 동안 엘리오의 마음속에 말도 안 되는 희망이 싹텄다. 에린은 요정이 아닌가. 에린이라면 손가락 한 번만 퉁겨도 에크테르를 묵사발로 만들고, 빨간 스카프 사내를 달팽이로 둔갑시키고, 위르자트를 되살려내 아빠 엄마를 데려올 수 있을 것이다.

소녀의 커다란 보랏빛 눈망울에 사로잡힌 엘리오는 희망이 자꾸 부풀어…… 확신으로 변해버렸다.

……그 확신은 이내 사라져버렸다.

"괜찮았어?"

"응?"

"내 샌드위치 말이야, 맛있었어?"

엘리오는 대답할 겨를이 없었다. 에린이 갑자기 눈살을 찌푸리더니 곧바로 걱정스러운 표정을 지었기 때문이다.

"나 간다. 우리 아빠가 내 방에 다가오고 있어."

"그, 그걸 어떻게 아는데?"

엘리오가 더듬대며 물었다.

"누가 내 방에 오면 알 수 있도록 손을 써놓았어. 엘리오, 또 봐."

"잠깐만 기다려, 넌……"

엘리오는 입을 다물었다.

에린은 이미 그 자리에 없었다. 그녀는 움직이지도 않았다. 아니, 미동조차 없었다. 그런데도 금세 자취를 감추어버렸다.

바로 그 순간, 에린과 함께 비치던 따사로운 빛은 그녀가 없으면 존재할 수 없다는 듯이 사라졌다. 오두막 안은 다시 어둠에 휩싸였다.

엘리오는 에린을 다시 부르고 싶은 간절한 충동을 억눌렀다. 에린은 아무도 강요하지 않았는데 엘리오의 부름에 바로 나타나 이미 우정을 보여주었다. 고맙다는 인사를 핑계로 에린을 다시 불러냈다가는 에린이 아빠와 골치 아픈 실랑이를 벌이게 될지도 몰랐다. 이제 자유의 몸이 된 이상, 엘리오는 혼자서 헤쳐나갈 수 있었다.

그는 숨을 크게 들이마시고 오두막 밖으로 나갔다.

9

밤은 엘리오가 걱정하던 것만큼 어둡지 않았다.

무성한 이타후바 수풀이 하늘을 가리고 있었지만 비가 그치고 구름이 물러난 덕분에 환한 보름달이 여린 빛살과 창백한 후광으로 대지를 감싸고 있었다.

나무 사이로 구불구불 이어지는 산책로가 있었다. 엘리오는 그 산책로가 마을로 향하는 길이기를 바랐다.

그는 촉각을 곤두세우고 산책로에 발을 들였다.

이제 두려움은 조금도 없었다. 그는 주저하지 않고 정글의 탐험가를 능가하는 민첩함과 유연함을 발휘하며 발길을 재촉했다.

사실 엘리오는 자신의 놀라운 신체적 능력을 자각하지 못했다. 사지의 근육은 언제나 그랬듯이 완벽했다. 밤의 소리에 익숙해진 청각은 오 아틀라스 산맥에서 지내던 시절과 다를 것 없이 기민했다. 엘리오는 자신이 보통 사람보다 훨씬 더 뛰어난 야간 시력을 지니고 있다는 것을 미처 깨닫지 못했다. 그저 컨디션이 괜찮다고 느낄 뿐이었다.

그는 사내들이 걸어오는 모습을 알아챘지만 그 사내들은 엘리오의 존재를 전혀 눈치채지 못했다. 그들은 모두 네 명이었고 엘리오가 방금 뛰쳐나온 오두막을 향해 걷고 있었다. 손전등을 들고 오지 않은 것으로 봐서 그 오두막을 원래 잘 아는 사람들이 분명했다.

엘리오는 전혀 망설이지 않았다. 그들의 정체와 그들에게 붙잡히면 어떻게 될 것인지는 불 보듯 뻔했으니까. 엘리오는 얼른 산책로 밖으로 몸을 피했다.

잎사귀가 넓적하고 물기를 잔뜩 머금은 수풀은 숨기에 적합했다. 엘리오는 그 뒤에 웅크린 채 꼼짝도 하지 않았다.

네 남자는 1미터도 채 떨어져 있지 않았지만 엘리오가 숨어 있는 것은 알아차리지 못했다. 엘리오는 붉은 스카프의 혼혈인 사내를 알아보았다. 그 사내가 위압적인 분위기를 풍기며 선두를 이끌었다. 에린이 때맞춰 엘리오를 풀어주었기에 망정이지!

소년은 잠시 생각해보았다. 오두막은 멀지 않았다. 그를 납치했던 놈들은 금세 엘리오가 도망친 사실을 알게 될 것이다. 그러면 당연히 산책로를 따라갔으리라 생각하고 왔던 길을 되돌아올 것이다. 엘리오가 과연 그들을 따돌릴 만큼 멀리 도망갈 수 있을까?

자신만만한 미소를 얼굴에 띠고 그는 냉큼 일어났다.

아니, 일어날 뻔했다.

바로 옆에서 숨소리가 들렸다. 귀에 들리지 않을 만큼 미세하면서도 힘찬 숨결이었다.

엘리오는 두려움에 떨며 천천히 뒤를 돌아보았다.

반짝이는 초록빛 눈동자가 소년을 노려보고 있었다. 무시무시한 아가리와 반듯한 대가리, 넓적한 몸집, 사람 눈 모양의 반점이 흩어져 있는 보드라운 털 밑의 강철 같은 근육…… 맹수의 우두머리답게 섬세하고도 완벽한 몸뚱이였다.

재규어. 엘리오는 움직이지도 못하고 무서운 소용돌이에 휩싸이듯 에메랄드빛 시선에 사로잡히고 말았다.

재규어도 엘리오도 꼼짝하지 않았다. 그럼에도 엘리오는 그들이 이미 서로에게 달려든 것 같은 기분이 들었다.

그들의 영혼은 이미 서로 들이받았다.

엘리오는 두려움을 초월한 감정에 사로잡혀 소리 없이 신음했다. 몸이 용암처럼 뜨거워지고 감정과 감각은 속에서 부글부글 끓어오르더니 놀라운 연금술이 일어났다. 고통스러운 연금술. 완전히 새로운 그 무엇.

'누구?'

이 말이 엘리오의 머릿속에 울려 퍼졌다. 그는 이 말을 하는 사람이 누구인지 확실히 알 수가 없었다. 재규어? 그래, 재규어다!

'누구?'

물음이라기보다는 명령이었다.

재규어. 그의 눈. 그에게 질문을 던지는 두 개의 거울과도 같은 눈. 그 눈이 엘리오에게 아주 오랜 옛날부터 정해져 있던 길을 열어 보였다.

"나…… 나는 엘리오야."

'너는 그 이상이야. 너는 누구지?'

"나, 나도 몰라."

'그렇다면 배우렴.'

호세 타바레즈는 화가 머리끝까지 났다. 그놈은 아이가 무사하다는 확실한 증거를 보여주기 전까지는 다이아몬드를 넘기지 않겠다고 했다. 당장에 달려들어 사단을 내고 청바지 앞주머니에 든 주머니를 빼앗을까 했지만 극도의 인내심을 발휘해서 참았다. 마을에는 사람이 너무 많았다. 여자와 아이는 물론, 정글을 누비고 다니는 데이골이 난 거친 사내들도 있었다. 그런 놈들은 주저 없이 싸움판에 뛰어들 것이다.

알아서 굴복하기를 바라기에는 타바레즈의 악명이 이 마을에 잘 알려지지 않았다. 그래서 타바레즈는 행동을 삼가기로 했다. 그는 부하들에게 명령을 내렸고 함께 꼬맹이를 묶어놓은 오두막으로 돌아갔다.

꼬맹이는 오두막에 없었다.

무슨 꾀를 부렸는지 모르지만 그 빌어먹을 녀석은 제 힘으로 결박을 풀고 도망쳤다. 타바레즈는 주변 일대를 샅샅이 뒤지고 나서 다시 마을로 향했다.

꼬맹이는 거기에도 없었다.

다시 한 번 오두막으로 가보았다. 그 쥐방울만한 놈이 산책로에도 없고 마을에도 없다면 정글로 숨어든 것이 분명했다. 타바레즈가 정글을 뒤져 놈의 흔적을 찾으라고 명령하자 평소에는 고분고분하기 짝이 없던 부하 놈들마저 들고 일어섰다. 게다가 지척에서 재규어 울음소리까지 들리자 모두들 나서지 않겠다고 버텼다.

타바레즈는 속이 부글부글 끓었지만 단념할 수밖에 없었다.

그래서 이제 결판을 지을 작정으로 마을을 향해 걸어가고 있었다. 계략을 써서 얻지 못한 것을 완력으로 갈취하겠다는 속셈이었다. 부하들은 대장이 자기들에게 분풀이를 할까 봐 전전긍긍하며 그의 뒤를 따라가고 있었다.

그들은 주변의 소리에 촉각을 곤두세우며 아무 말 없이 걸었다. 그렇지만 그들 중 아무도 미끈하게 잘 빠진 어린 재규어 한 마리가 소리 없이 그들을 앞질러 마을로 달려가는 모습을 보지 못했다.

마을에 도착해보니 다이아몬드를 가진 놈은 사라지고 없었다.

그자가 어디로 갔는지 아는 사람은 아무도 없었다.

10

"엘리오!"

지노의 목소리는 리아나덩굴 사이에 묻혀 메아리조차 돌아오지 않았다.

그들은 마을을 떠나 타바레즈 패거리가 따라오지 않는다는 것을 확인한 후에 몇 시간 휴식을 취했다가 다시 길을 떠났다. 그때부터 엘리오가 앞장서는 대로 걷고 또 걸었다. 엘리오는 주로 어린 재규어의 모습으로 정글을 누비고 다녔다.

재규어는 놀라울 정도로 여유만만하고 매혹적인 거동으로 일정한 간격을 두고 지노를 앞서나갔다. 그러다 갑자기 나타나서 어려운 길이나 위험을 피해갈 수 있도록 가장 좋은 코스를 지노에게 알려주었다. 그런데 이번에는 재규어가 너무 오랫동안 보이지 않았다.

"엘리오!"

지노는 손바닥으로 얼굴에 흐르는 땀을 닦고 옆에 있던 벌레 먹은 거목의 둥치 아래로 들어갔다. 흰개미가 파먹을 대로 파먹은 고령의 나무인지라 이미 쓰러지긴 했지만 수풀이 무성한 탓에 땅바닥까지 드러눕지는 않고 삐딱하니 다른 나무들에 걸쳐 있었다.

주변에는 수많은 벌레들이 왱왱대며 날아다녔다. 땅바닥에서 무리지어 기어 다니고, 나뭇가지 사이에서 바스락대고, 이파리 아래 숨어 있는 등 여기저기 벌레 천지였다. 그중에는 황홀한 색채의 나비나 무지갯빛이 아롱대는 날개의 잠자리도 있었지만 대부분은 괴상하게 생겨먹은 곤충들이었다. 그들은 얌전하지만 부정할 수 없는 정글의 진짜 주인 같았다.

지노는 긴소매 옷과 모자와 해충 방지 크림을 가져가라고 끈덕지게 권하던 국립공원 직원에게 새삼 고마운 마음마저 들었다.

지노는 몹시 불안했고 사지가 피로로 솜처럼 축 늘어졌다. 더는 정글을 헤치고 나아가기가 힘겨웠다. 그럼에도 그를 둘러싼 정글의 원시적인 아름다움에 매료되지 않을 수 없었다.

짙은 초록이 주조를 이루되 옥색에서 순전한 녹색에 이르기까지 다양한 분위기를 가진 숲은 초록 계열의 단색 판화 같았다.

육감적으로 피어난 꽃들은 그 초록을 수놓는 찬란한 반점들처럼 저마다 그 자태와 위용을 뽐내고 있었다. 다양하면서도 하나같이 완벽한 형태, 눈부신 색채의 향연은 보는 이의 눈을 즐겁게 했다. 그 생생하고 알록달록한 아름다움에 견줄 만한 것은 정글의 높은 곳을 누비는 새들의 오색 깃털밖에 없을 듯했다.

원시의 장엄하고 매혹적인 세계…… 그리고 치명적인 위험까지

도사리는 세계였다.

"엘리오!"

지노는 있는 힘을 다해 소리를 질렀다. 일곱 파미유의 피와 능력을 한 몸에 이어받았다지만 엘리오는 이제 겨우 아홉 살이었다.

아홉 살!

그의 앞길에 놓여 있는 힘겨운 시련들을 극복하기 위해 기드의 힘이 필요하다고 생각했지만 지노와 엘리오의 역할은 하루가 다르게 역전되고 있었다.

마르세유를 떠난 이후로 엘리오의 자신감과 자주적인 태도는 날로 성장했다. 반면에 지노는 보조적인 역할밖에 하지 못하고 있다는 불편한 기분이 자꾸만 엄습했다. 그 기분이 절정에 다다른 것은 바로 어제저녁이었다. 어제저녁에……

"그 나무에 기대면 안 돼요!"

지노는 퍼뜩 정신이 들었다.

엘리오가 다가오는 소리를 듣지 못했는데 어느새 바로 옆에 와 있었던 것이다.

"그루터기 속에 엄청나게 큰 말벌집이 있어요. 바로 여기요. 아저씨가 방해한다 싶으면 말벌들이 가만있지 않을걸요."

"엘리오, 너…… 어디 갔었니?"

지노는 목소리를 가다듬어 화난 표시를 내지는 않았다. 하지만 지노의 불안은 역력하게 드러났다. 엘리오도 분명히 알아챌 만큼.

"전 아무것도 두렵지 않아요. 마야의 도시로 가는 데 가장 좋은 길을 찾고 있어요."

엘리오는 지노를 안심시켰다. 그러나 지노는 완고한 표정으로 고개를 세차게 저었다.

"독사, 독거미, 맹독 식물, 재규어가 들끓는 정글에서 어떻게 아무것도 두렵지 않다는 말을 할 수가 있니?"

"독사와 독거미는 조심하고 있어요. 맹독 식물이 어떤 건지도 알아요. 그리고 재규어가 재규어를 잡아먹을 리는 없잖아요."

재규어가 재규어를 잡아먹을 리는 없다.

지노는 한숨을 쉬었다. 꼬마의 말은 분명히 옳다. 이 아이는 자신처럼 많은 위험에 노출되어 있지 않다.

재규어가 재규어를 잡아먹을 리는 없다……

……불안감으로 심장이 터질 것 같은 지노는 잎사귀를 이어 얹은 지붕 밑에서 원을 그리며 돌아다녔다.

엘리오가 사라졌다.

납치를 당하고 만 것이다.

레티시아에서부터 그들을 따라온 놈의 소행이었다. 호세 타바레즈. 법도 없고 신념도 없는 그 날강도 자식이 다이아몬드를 내놓으라고 덤벼들었다.

지노는 시키는 대로 해봤자 엘리오의 목숨만 위태로워진다는 확신이 없었더라면 그까짓 다이아몬드를 내주고 말았을 것이다. 그래서 협박에 굴하지 않고 일단 엘리오를 무사히 돌려보내야 한다는 조건을 걸었다. 하지만 타바레즈가 요구한 대로 경찰을 부르지는 않았다.

그는 피가 바짝바짝 마르는 심정으로 괜히 왔다 갔다 했다. 초조하게 손톱까지 물어뜯으며! 다이아몬드를 주지 않고 버틴 게 잘한 짓이었을까? 엘리오는 아직 살아 있을까? 타바레즈가 정정당당하게 거래 조건을 지킬까? 최악의 경우가 닥친다면 자기 도리를 다하지 못한 기드 주제에 과연 살아갈 의욕을 낼 수 있을까?

심장이 불안을 이기지 못해 터져버릴 것 같다고 생각한 순간, 엘리오가 돌아왔다. 그것도 혼자서, 새로운 힘을 얻은 듯 빛나는 눈으로.

한 가지 능력이 더 생긴 것이다.

엘리오는 지노의 물음에 대답하지도 않고, 어떻게 빠져나왔는지 설명해주지도 않았다. 그는 타바레즈가 금방 돌아올 거라는 말만 하고 지노를 데리고 나갔다. 일단 마을을 벗어나 정글로 들어갔다. 한밤중이었다.

지노는 따라갔다. 반발도 하지 않았다.

10분쯤 쉬지 않고 걸어간 후에야 엘리오가 잠시 멈추자고 했다. 바로 옆에 있는 작은 연못은 보름달에 비쳐 은빛이 되어 있었다. 그곳에서 엘리오는 이따금 감정을 억누를 때 취하는 차분하고 안정된 목소리로 자초지종을 설명했다.

납치, 정글 속의 오두막, 에린의 도움, 재규어와의 만남, 메타모르프로 산다는 것이 어떤 의미인지 마침내 깨닫는 순간 그의 혈관 속에서 뚜렷히 감지된 능력, 최초의 변신, 그리고 새로운 앎과 눈부신 확신이 그의 몸에서 뿜어 나온다는 이야기까지 다 털어놓았다.

지노는 엘리오의 말을 빨아들이듯 귀담아들었다. 다만 엘리오가 에린 이야기를 했을 때만 동의하지 않는 눈치를 보였다. 엘리오는 그 아이를 자신의 귀여운 요정이라고 생각했지만 지노는 에린이 음네지크의 목소리 유수라와 비슷한 존재, 어느 파미유의 능력을 이어받은 존재가 분명하다고 여겼다.

어쨌든 그게 중요한 문제는 아니었다. 엘리오가 말하는 동안 지노의 의혹과 미래에 대한 불안은 깨끗이 사라졌다. 그래서 엘리오가 마지막으로 한 말을 들으면서도 그리 놀라지는 않았다.

"어떤 나이 많은 아저씨가 고대 마야의 도시가 확실히 있다고 알려줬어요. 그리고 재규어는 그곳까지 가는 길을 가르쳐줬고요. 그 도시의 위치를 알아요. 제가 안내할게요."

11

지노는 눈을 떴다.

놀랍게도 잠이 들었던 것이다. 그것도 오랫동안 푹 잤다. 전날 밤
보다 훨씬 오랜 시간을 편안하게 잤다. 마을에서 나와 두 시간 내내
손전등 하나에 의지해서 걸었었다. 엘리오는 피곤을 몰랐지만 팔다
리를 가누지 못할 정도로 힘들어하는 지노를 생각해서 휴식을 취하
기로 했었다.

지노는 앉아서 주위를 둘러보았다.

멀지 않은 곳에 냇물이 이 바위에서 저 바위로 떨어지며 흐르고
있었다. 물 흐르는 소리는 들렸지만 눈에 보이지는 않았다. 어제저
녁, 해가 막 서산으로 넘어갔을 때 그 냇물을 건넌 적이 있었다. 지
노는 수풀에 가리지 않고 하늘이 탁 트여 보이는 장소에 혹해서 그
근처에서 잠을 청하자고 했었다. 하지만 엘리오는 좋은 생각이 아

니라고 했다.

"멧돼지가 있어요." 엘리오는 냇물 근처에 수두룩하게 찍힌 발자국들을 가리키며 말했다. "얌전하고 좋은 놈들이지만 이 야생 돼지들이 화가 나서 들입다 달리기 시작하면 깔려 죽기 십상이에요. 카이만악어를 납작하게 짓누르고 재규어도 깔아뭉갤 정도죠. 멧돼지는 사소한 일로도 곧잘 흥분해서 날뛰니까 우리는 숲 속에서 자는 편이 안전할 거예요."

지노는 왈가왈부하려 들지 않았다. 정글에서 기묘한 소리, 가끔은 간담을 서늘하게 하는 소리가 들렸지만 오랜 행군에 지치고 엘리오의 자신만만한 표정에 마음이 놓였기 때문에 머리가 땅에 닿자마자 잠이 들었다.

"오늘 해 저물 무렵에는 그 도시에 닿을 거예요."

지노 옆에 쭈그리고 앉아 있던 엘리오가 미소를 지으며 말했다. 그는 지노가 기지개를 켤 때까지 기다렸다가 야자 잎사귀로 둘둘 만 뭉치를 내밀었다. 잎사귀를 펴보니 탱글탱글한 자주색 열매가 열 개 남짓 나왔다.

"아사이베리[11]예요. 맛이 아주 끝내줘요. 딸기와 초콜릿을 섞은 것 같은 맛이죠."

"어떻게 이런 걸 다 아니? 오 아틀라스 산맥에도 있었어?"

지노는 열매 하나를 맛보며 물었다.

"아닌 걸로 알고 있어요."

"그런데 어떻게 알았어?"

---

11. 아마존 일대에서 자라는 야자과 식물의 열매.

"저는 재규어니까요. 재규어는 이런 걸 잘 알아요."

지노는 눈살을 찡그렸다. 마을에서 빠져나온 후부터 상황만 걷잡을 수 없는 것이 아니라 현실감각까지 달아난 것 같았다. 마치 꿈속에 들어온 것처럼 평범한 것과 범상치 않은 것, 사실과 거짓을 구분조차 할 수 없게 되어버렸다고 할까. 대책을 세워야 했다.

"엘리오?"

"네?"

"넌 정말로 네가 재규어라고 말할 수 있다고 생각하니?"

"네."

"하지만……"

"지노 아저씨, 저는 재규어가 맞아요. 재규어로 변신하지 않을 때도요. 말할 때도, 잠을 잘 때도, 숨을 쉴 때도 재규어라고요…… 제가 사람이 분명한 것처럼 재규어인 것도 분명하죠."

"엘리오, 난 네가 잘못 생각하고 있는 것 같구나. 넌 재규어가 아니라 작은 아이란다. 네가 변신을 하는 건 어디까지나 네 엄마로부터 메타모르프의 능력을 물려받았기 때문이야."

엘리오는 이 말을 듣고 잠시 가만히 있다가 입을 열었다. 그 잠시 동안에 엘리오는 열심히 생각했다. 지노가 한 말에 대해서가 아니라—지노가 착각하고 있다는 것을 알았으므로—상대를 설득할 방법에 대해 골몰했던 것이다.

"어젯밤에요, 저는 숲 속으로 들어갔죠. 그래요, 아저씨를 두고 숲 속에 갔었어요. 아저씨가 안전하게 주무실 수 있다는 걸 알고 있었기 때문에 그랬던 거예요. 여기가 제 집이에요. 정글에 도사린 수

많은 함정, 무수히 많은 냄새, 다양한 짐승을 저는 다 꿰고 있어요.
저는……”

“그런다고 네가 재규어가 되는 건 아니야. 메타모르프가 지닌 능
력의 특성일 뿐이지.”

지노는 딱 잘라 말했다. 엘리오는 그 말에 개의치 않고 이야기를
계속했다.

“……저의 본성을 일깨워준 재규어를 만났어요. 지금까지 보았던
모든 나무보다 한결 큰, 울창한 나무가 서 있는 곳까지 함께 걸어갔
지요. 그 나무 아래 맑고 깊은 샘이 있더라고요. 샘에서 함께 수영
을 하고 나서 그 재규어가 하는 말을 들었어요.”

“짐승은 말을 할 수 없어, 엘리오.”

엘리오는 초록빛 눈동자에 인정할 수 없다는 의미를 담아 지노를
빤히 바라보았다.

“자기가 모르는 것에 대해 섣불리 판단해선 안 돼요.”

부정할 수 없는 경험에 근거한 확신이었다. 엘리오의 말에 잘난
척하는 기색은 조금도 없었다. 지노는 얼굴을 붉혔다. 엘리오는 이
미 말을 잇고 있었다.

“재규어는 제가 변신할 수 있는 능력 때문에 착각해서는 안 된다
고, 저는 인간이 아니라 재규어가 맞다고 했어요. 저는 아저씨에게
대답했던 그대로 그 재규어에게도 말해주었죠. 제 마음 깊은 곳에
서부터 아는 사실이에요. 저는 재규어이자 인간이에요. 사람이기
도 하고 재규어이기도 하죠.”

이 말을 듣고 지노는 마지막으로 한 번 더 말해보았다.

"너는 한 마리 재규어와 마주치고 재규어가 되었지. 그런데 왜 군다나족의 마을에서 표범을 만났을 때는 표범으로 변하지 못했을까?"

"카메룬에서 나무에 꽁꽁 묶여 있을 때 나를 풀어준 것은 평범한 표범이 아니었으니까요. 저와 함께 밤을 보내며 보호해주고, 저를 구하기 위해 은구마에게 달려들기도 했던 그 표범은 평범한 표범이 아니었어요."

"하지만……"

"우리 엄마였단 말이에요, 아저씨."

"샤에였다고?"

"네. 그 표범을 보았을 때부터 엄마라고 생각했어요. 그러다 나중에는 있을 수 없는 일이라고 마음을 고쳐먹었고요. 조금 더 시간이 지나서 다시 엄마라고 믿었다가 또 그 생각을 바꾸었고요. 이제 전 알아요. 엄마가 맞아요, 아저씨. 왜 엄마가 본래 모습으로 돌아오지 않는지, 왜 그냥 떠나가버렸는지는 모르지만…… 그런 이야기는 하고 싶지 않네요."

엘리오는 벌떡 일어났다.

"갈까요?"

소년은 다시 모습을 바꾸었다. 방금 전까지 지혜로우면서도 슬픔이 묻어나는 말을 하더니 이제 또 아홉 살짜리 장난꾸러기 얼굴이 되어 바보 같은 장난을 칠 기세였다.

"그러자꾸나."

지노는 다소 얼이 빠졌지만 자기도 몸을 일으키며 말했다.

그는 카메룬에 정말로 샤에가 나타났던 것인지 꼬치꼬치 캐묻고 싶었시반 정말 그 표범이 샤에였다고 해도 지금은 엘리오를 닦달할 때가 아닌 것 같았다.

"그래. 그래도 솔직히 말하자면 네 입가가 삐죽거릴 때마다 난 좀 불안하단다."

지노가 말했다.

엘리오는 시원하게 웃었다. 그러고는 북동쪽을 가리켰다. 마야의 도시가 있는 방향이었다.

"저기에 강이 있어요. 바위를 징검다리 삼아 건너가야 해요. 아저씨가 얼굴을 돌멩이에 부딪친다는 데 내기를 걸죠. 제가 지면 아저씨가 원하는 대로 뭐든지 들어드릴게요!"

해가 떨어질 무렵, 그들은 리아나가 우거진 잡목림과 유난히 빽빽한 수풀을 돌아나오면서 드디어 원하던 목적지에 다다랐음을 알았다. 완고한 표정의 거대석상이 보이지 않는 눈으로 남쪽을 바라보고 있었던 것이다.

그다음에는 종교적 기념비, 사원, 탑, 성벽 따위가 나타났다. 거칠 것 없이 뻗어가는 정글도 너무나 훌륭한 그 문명을 완전히 파괴하지는 못했다. 잘 자란 잎사귀와 우직하니 제자리를 지키는 돌덩이는 그 몰락한 장엄함을 더욱 돋보이게 할 뿐이었다.

사람들이 그곳에 살았었다. 세력으로 보나 힘으로 보나, 가장 위대한 고대 문명들과 견주어도 손색이 없는 문명을 누리며 살았던

것이다. 그들은 수백 년 동안 그곳에 살다가 사라졌고 끝내 잊히고
말았다.

원시림에 묻혀 있던 고대 도시의 웅장함에 지노와 엘리오는 넋이
나갔다. 그들은 수풀을 헤치고 나아가 오만한 인상을 풍기는 피라
미드의 사면과 이어진 거대한 계단 아래에까지 이르렀다.

"다 왔네요. 저 위에 여덟 번째 문이 있어요."

엘리오가 중얼거렸다.

12

"기다려!"

지노가 엘리오의 팔을 세게 붙잡았다.

"기다려라."

그는 다시 한 번 말했다.

지노는 수풀에 묻힌 피라미드 꼭대기를 불안한 눈으로 쳐다보았다. 갑자기 수십 마리의 새들이 지노의 불안을 감지하고 위험을 알아차린 듯 일제히 푸드득 날아올랐다.

"저 위에 뭐가 있을지 모르잖느냐."

지노가 엘리오의 암묵적인 물음에 대답하듯 말했다.

"여덟 번째 문이 있겠죠."

"하지만 그래서? 그 문이 어떻게 생겼는데? 문을 지키는 사람은 없을까? 만약 있다면 누굴까? 그 문에 다가가면 위험하지 않을까?

뭔가 특별한 주의를 기울여야 할지도 모르잖니? 그리고…… 넌 내 말이 웃기니?"

지노는 어안이 벙벙하다는 표정이었다.

"전 그냥 이제 와서 그런 의문을 품기엔 너무 늦지 않았나 생각한 것뿐이에요."

"그거야 엘리오라는 아이가 최대한 빨리 이곳으로 와야 한다고 고집을 부렸기 때문이잖니. 그래서 곰곰이 생각해보지도 않고 아주 기본적인 조심성도 상실한 것 아니냐."

"그럼 계속 그 아이를 믿고 앞으로 나아가는 게 어때요? 진짜로 위험한 건 에크테르의 존재잖아요. 그리고 에크테르가 여기에 없다는 사실은 아저씨도 저만큼 분명하게 알고 계시죠."

지노는 숨을 깊이 들이마셨다.

"그래, 좋다."

그들은 피라미드를 옭아매듯 사방으로 우거진 덩굴을 붙잡고 가파른 계단을 하나씩 올라가기 시작했다. 지노는 코지스트 같은 신체적 능력이 없었고 엘리오에 비하면 운동신경도 한참 모자랐지만 레위니옹 섬에 오래 살았던 만큼 암벽등반에는 익숙해 있었다.

10분 후에 그들은 숲을 발아래로 굽어볼 만한 높이에 도달했다. 몽환적인 초록의 바다처럼 끝없이 펼쳐진 정글의 풍광이 시원스럽게 한눈에 들어왔다.

목표 지점에 도달한 지금, 긴장감이 팽팽하기는 했지만 두 사람은 잠시 그 기막힌 전망에 감탄한 뒤 다시 발걸음을 옮겼다.

피라미드 꼭대기에는 수풀에 반쯤 가려진 어두운 통로가 나 있었다. 지노는 그 어두운 우물 같은 입구에서 용의 아가리를 떠올렸다. 하지만 애써 그런 생각을 떨치며 가방에서 이틀 전 국립공원 마을에서 구입한 손전등을 꺼내 스위치를 눌렀다.

그들 앞에 깔린 이끼, 고사리, 리아나는 빛이 잘 들지 않는 지점에서 얽히고설킨 채 옆으로 뻗은 뿌리들에게 자리를 내주었다. 조금 더 가니 그 뿌리들도 사라지고 통로는 돌과 먼지밖에 찾아볼 수 없었다.

지노와 엘리오는 조용히 안으로 들어갔다.

암벽에는 고고학자라면 누구나 펄쩍 뛰며 달려들 만한 복잡한 기하학적 문양들이 새겨져 있었다. 하지만 두 사람은 벽에 시선조차 주지 않았다. 그들의 주의는 온통 통로 끄트머리의 공간에 쏠려 있었다.

지노는 그 공간에 들어서는 순간 발밑에서 우지끈 부러지는 소리에 화들짝 놀라 손전등을 아래쪽으로 비추었다. 지노가 혐오감에 내뱉은 외마디 비명이 엘리오의 귀에 들어갔다. 땅바닥에 인골(人骨)이 널려 있었던 것이다.

방 안 도처에 뼈가 흩어진 모양새와 그 상태―해골과 대퇴골이 따로 떨어져 있고 갈비뼈들은 박살 나 있었다―를 보아하니 이곳에서 일어난 비극의 참상이 백 마디 말보다 더 분명하게 실감났다. 엘리오와 지노는 그 음산한 광경을 단 1초도 더 보고 싶지 않았다.

방 한가운데에는 곡선을 따라 두 조각으로 쫙 갈라진 정육면체의 돌덩이가 바닥에 놓여 있었다. 정확한 비율로 각각의 모서리가 1미터쯤 되는 몹시 짙은 검정색의 그 돌은 충분히 시선을 끌 만했다.

그러나 그 큐브에서 뿜어 나오는 사악한 오라는 손에 잡힐 듯 뚜렷한 불안감을 자아냈다.

"여덟 번째 문이에요."

엘리오가 속삭였다.

그들은 조심스럽게 큐브에 다가갔다.

갈라져 있는 큐브의 두 조각은 각기 속이 비어 있었고 사람 한 명이 들어갈 정도의 공간이 있었다. 사람이 아니면 다른 생명을 지닌 존재가 들어가 있었을 것이다. 로트르가 봉인되었던 문이니까.

로트르는 이 안에서 3000년이 넘는 세월을 보냈다!

엘리오는 검은 돌에 손을 얹어보고 흠칫 떨었다. 돌이 얼음덩어리처럼 차가웠기 때문이다.

"이제는?"

지노의 물음은 불안을 못 이겨 목 쉰 소리로 나왔다. 그 물음에 엘리오는 경직되었다.

"저도…… 저도 모르겠어요."

그렇게 대답한 엘리오는 그 말이 거짓임을 깨달았기에 피식 웃어버렸다.

"사실은 알아요. 제가 이 안에 들어가야 해요."

"이 큐브 안으로? 너 미쳤니! 넌……"

지노는 펄펄 뛰었다.

"이 안에 들어가 갇혀야 하죠."

엘리오는 좀 더 정확하게 덧붙였다.

"세상에, 도대체 왜? 어째서?"

"우리는 로트르를 알고 그의 세 번째 부분이자 마지막인 에크테르를 무찌르기 위해 여기 왔어요. 그는 이 감옥에 3000년이 넘도록 갇혀 있었죠. 그의 본질과 생각과 두려움과 의혹이 다 여기에 배어 있어요……"

"나는 찬성할 수 없어!"

"지노 아저씨, 저는 그렇게 해야만 해요. 에크테르가 저를 아는 것보다 제가 그를 더 잘 알아야 하니까요. 그가 가진 힘과 약점을 모두 파악하고 온전히 제압할 방법을 찾아야 한다고요. 아저씨는 기드잖아요? 대답해보세요, 지노 아저씨, 아저씨는 기드가 아닌가요?"

"그래, 나는 기드다."

지노는 내키지 않는 마음으로 대꾸했다.

"그러면 미래가 어떻게 보이나요? 우리를 승리로 인도하는 길은 어디를 거쳐 가나요? 만약 그런 길이 존재한다면……"

지노는 고개를 숙였다.

그가 다시 고개를 들었을 때는 두 눈에 모진 결심의 빛이 어려 있었다.

"해보자꾸나."

두 사람은 15년 전에 이 방을 환히 밝혀주었던 프로젝터 조명의 망가진 부품 중에서 금속 막대를 떼어내 큐브의 양쪽 조각을 거의 서로 맞닿을 만큼 가깝게 옮기는 데까지 성공했다. 여기까지 진행

을 시켜놓고 나서 엘리오는 감히 큐브 안으로 들어갈 엄두가 나지 않는지 벌벌 떨기 시작했다.

"지노?"

"왜 그러니, 애야?"

"제가 에린을 부른다면 저 대신 여기에 들어가줄까요?"

지노는 엘리오를 짓누르는 그 무거운 짐을 자신이 덜어줄 수만 있다면 목숨을 내놓아도 아깝지 않았다. 하지만 엘리오에게 거짓말을 할 수는 없었다.

"아니, 엘리오. 너의 귀여운 요정도 이번에는 아무 도움을 줄 수 없단다. 하지만……"

"하지만?"

가누기 힘든 희망을 담은 엘리오의 목소리가 떨렸다.

"아무도, 그 무엇도 너에게 이렇게 하라고 강요하지 않아. 우리는 다 포기하고 돌아갈 수도 있단다."

이 말을 들은 엘리오는 고개를 저었다.

"미래의 길들이 어떻게 보이나요?"

지노는 자기 안에 꿈틀대는 기드의 능력이 밉살스럽게 느껴졌다. 그 능력은 앞으로 일어날 수 있는 미래의 길들을 보여주었다. 엘리오를 기다리는 수많은 가능성의 길들을.

"지노 아저씨, 미래의 길들이 어떻게 보여요?"

"우리가 이 피라미드에 도착한 순간부터 대부분의 길은 지워졌단다. 이제는 네가 내리는 결정에 따라 단 두 가지 길이 있을 뿐이야. 그중 어느 한 길을 택하면 그 길이 다시 무한대로 갈라지겠지."

“제가 이 큐브에 들어가시 않는다면 어떻게 되나요?”

“에크테르. 죽음. 빠져나갈 구멍은 없지.”

“제가 이 큐브에 들어가면요? 여덟 번째 문을 통과하면요?”

거짓말은 안 된다. 기드는 거짓을 말하지 않는다. 어린아이의 불안을 달래기 위해서라고 해도 그럴 수는 없었다.

“엘리오, 나도 모른단다. 에크테르는 보이지만 그 나머지는 가능성으로만 남아 있어. 아니…… 뭐 하는 거냐?”

엘리오는 푸념 섞인 탄식을 뱉으며 갈라진 큐브 사이로 들어갔다. 공간은 엘리오가 웅크리고 앉기에 다소 넉넉할 정도였다.

“문을 닫아주세요.”

엘리오가 청했다.

“엘리오, 너는……”

“추워요. 무섭다고요. 부탁이에요, 지노 아저씨. 얼른 문을 닫아주세요.”

창백해진 기드는 금속 막대를 지렛대 삼아 힘을 주었다. 큐브의 한쪽 조각이 움찔하더니 자석끼리 맞붙듯 다른 한쪽에 끌려가 요란한 굉음을 내며 맞물렸다.

그 순간, 근처에 놓아두었던 손전등의 불이 나가버리고 방 안은 완전한 어둠에 휩싸였다. 지노는 더듬거리는 손길로 손전등을 찾아 스위치를 미친 듯이 눌렀다. 빛이 다시 들어온 순간, 그는 공포의 비명을 지르지 않을 수 없었다.

완전한 제 모습을 되찾은 큐브는 바닥과 천장 사이에 떠 있었다.

지노의 심장이 두방망이질했다. 그는 큐브에 손을 얹고 아까 맞붙인 틈새의 흔적을 찾아보았다.

소름끼치는 냉기밖에 느껴지지 않았다.

죽음의 냉기.

"엘리오……"

그는 중얼거렸다.

그에게 돌아온 대답은 침묵뿐이었다.

"엘리오!"

지노의 외침은 암벽에 부딪쳐 수많은 메아리가 되어 돌아왔다.

그러고는 메아리마저 사라져버렸다.

13

차츰 약해지는 손전등의 불빛이 지노를 낙담에서 끌어냈다. 이제 전등의 불빛은 희미한 오렌지색 빛에 지나지 않았고 그나마도 머지않아 꺼지고 말 것 같았다. 지노는 어렵사리 몸을 일으켜 여덟 번째 문에 다가갔다. 큐브는 이미 한 시간 전에 닫혔고 그 후로 줄곧 바닥에서 1미터 높이를 지키며 불길한 기운을 발산하고 있었다.

지노는 원망이 가득 담긴 눈길로 큐브를 쏘아보았다.

그는 엘리오가 어디에 있는지 몰랐다. 엘리오가 금방 돌아올 것인지, 아니 살아 있기나 한 것인지도 몰랐다. 여덟 번째 문이 어디로 통하는지, 이 문을 열 수 있는 사람이 지구 상에 있기나 한 것인지. 지노는 진정한 기드가 몰라서는 안 될 것을 죄다 모르고 있었지만 한 가지만큼은 알았다. 엘리오가 돌아오지 않는 한, 지노 역시 이 피라미드를 떠나지 않을 것이다.

그는 얼마 남지 않은 전기를 아끼기 위해 손전등을 껐다. 무겁고 짙은 어둠이 방 안에 내려앉자 지노는 힘이 빠졌다. 엘리오는 더 깊은 어둠 속에서 발버둥 치고 있을 거라는 확신만이 희끄무레한 점으로밖에 보이지 않는 통로 입구로 달려 나가고픈 충동을 막아주었다.

여덟 번째 문.

그 문은 다른 세상의 집에 있는 철문들처럼 다른 세상으로 통하는 것일까, 아니면 그 안에 갇힌 죄수를 옥죄는 감방 역할만 하는 것일까? 엘리오는 여전히 1미터 거리에 있는 저 컴컴한 큐브 안에 웅크리고 있을까, 아니면 미지의 공간에서 위태위태한 길을 걸어가고 있을까?

엘리오에게 그 위험한 선택을 허용한 지노의 결정은 과연 옳았을까? 라피가 같은 상황이었어도 그렇게 했을까, 아니면 라피는 지노가 발꿈치에도 미치지 못할 훌륭한 기드이니 다른 돌파구를 찾아냈을까?

늙은 베르베르인 기드가 보고 싶었다. 사무치게 그리웠다.

지노는 큐브를 어루만졌다. 오싹한 냉기가 손가락을 타고 올라와 팔까지 미쳤지만 그는 손을 떼지 않았다.

'추워요, 지노 아저씨, 문을 닫아주세요.'

그것이 엘리오의 마지막 말이었다. 이런 말을 듣고 나서 어떻게 지노가 춥다고 불평할 수 있겠는가.

그럼에도 지노는 결국 큐브에서 손을 놓았다. 싸늘한 냉기를 참을 수 없어서가 아니라 흐르는 눈물을 닦아야 했기 때문이다. 그는 책상다리를 하고 앉아 정신을 가다듬고 호흡에 집중했다.

진정하자. 이 벅찬 감정을 비워내자. 죄책감의 독을 몰아내고 제대로 된 생각을 하자. 라피가 가르쳐준 곧고 바른 길을 따라가야지, 음산하고 출구 없는 미궁에서 헤매서는 안 된다.

심장박동이 가라앉았다.

규칙적인 리듬으로 돌아왔다.

엘리오가 여덟 번째 문을 넘은 것은 잘한 일이었다. 그 길을 선택하지 않고서는 에크테르를 완전히 꺾을 방법이 없었으니까. 그러나 지금 상황은 도저히 안심할 수가 없었다. 그 길에서 수많은 미래들이 갈라져 나왔고 그중 상당수는 엘리오가 큐브에서 영영 나오지 못하는 미래를 보여주었다.

지노는 애써 그 미래의 길들을 무시하고 다른 길들에 주목했다. 길은 대부분 짧고 암울했다. 엘리오의 죽음은 세상의 종말과 어둠의 시초를 의미했다. 어둠에 저항하는 단 하나의 빛은 너무나 희미하고 미약해서 이제라도 곧 스러질 듯 보였다. 너무나 미세하고 불확실해서 자꾸만 깜박깜박 보이지 않았다.

그 길, 그 좁은 길에 매달리며 지노는 눈을 감고 잠에 가까운 무기력 상태로 빠져들었다.

깨어나 보니 한층 더 짙은 어둠이 깔려 있어 그사이 밤이 되었음을 짐작할 수 있었다.

그는 손전등을 켜서 큐브가 여전히 허공에 떠 있는지 확인했다.
전등을 끄고 다시 눈을 감았다.
잠은 오지 않았다.

아침 햇살이 대담하게 피라미드 통로 안까지 파고들었다. 하지만 햇살은 큐브가 있는 방까지 도달하기에 어림없었고 마치 그곳의 어둠에 기가 눌리기라도 한 듯 물러났다. 박쥐 한 마리가 햇살 대신 그곳으로 들어왔다. 박쥐는 잠시 맴돌며 날아다니다가 바위 틈새에 숨어 날개를 접고 꼼짝하지 않았다.

지노는 정글에서 들리는 소리로 미루어 날이 밝았음을 알았다. 그는 자리에서 일어나 큐브의 한 면에 손바닥을 얹어보았다.

이제 큐브는 차갑지 않았다.

그 사실은 지노를 쉴 새 없이 괴롭히던 불안을 잠재워주었다. 그는 다시 희망을 품기 시작했다.

큐브는 차갑지 않았지만 여전히 허공에 떠 있었다. 변함없이, 흔들림 없이, 무너짐 없이.

정말 그럴까?

15년 전에 로트르는 이 큐브에서 나왔다. 그럴 만한 힘이 있어서가 아니라 누군가가, 아마도 엘리오가 말한 고고학 박사가 이 큐브를 열었을 것이다.

그와 함께 여덟 번째 문도 열렸을 터였다.

지노는 꺼져가는 손전등 불빛으로 방 안을 꼼꼼히 살펴보았다. 피라미드를 발견한 원정대원들의 유골과 엘리오와 지노가 큐브를 옮길 때 사용했던 금속 막대 외에도 다양한 물건들이 바닥에 널려 있었다. 15년 전의 비극이 있었을 때 땅바닥에 떨어진 물건들이 그대로 남아 있었던 것이다. 하지만 정글 어디에나 있는 개미들이 자기들에게 필요한 것은 다 가져가버렸고 쇠붙이나 금속성 잔해만 남아 있었다. 지노는 금세 제법 큼지막한 망치와 끌을 발견했다.

여덟 번째 문을 여는 일은 어렵지 않았을 것이다.

지노는 연장을 잡았다. 큐브를 깨뜨려야 하나? 행여 그랬다가 엘리오가 위험해진다면? 차라리 아무것도 안 하니만 못한 결과가 되지 않을까?

그는 불확신으로 갈팡질팡하며 거무튀튀한 돌을 어루만졌다. 이제 큐브는 미지근했다. 이게 어떤 조짐인가?

확실한 것은 아무것도 없었다.

엘리오에게 말하지 않았지만 지노에게 보였던 미래의 길들을 모두 통틀어 그 어느 것에서도 지노 자신은 보이지 않았다.

그래서 지노는 기드라기보다는 작은 불빛 하나에 지나지 않았던 자신의 역할이 이제 끝났다고, 혹은 자신의 생명이 이제 곧 다할 것이라고 짐작하고 있었다. 사실 지노는 그러한 가능성에 별로 연연하지도 않았지만 한 가지 마음에 걸리는 점은 만약 그 짐작대로라면 지노는 엘리오의 선택에 아무 힘도 쓰지 못한다는 것이었다.

라피가 했던 말이 새삼 머릿속에서 맴돌았다.

'의심이 들거든 힘 있는 자를 믿기보다 오직 네 마음을 믿어라.'

그리고 지노의 마음은 저 저주받은 큐브를 부숴버리라고 부르짖고 있었다!

그는 분할선이 있었던 자리를 어림짐작으로 찾아 뾰족한 끝을 대고 온 힘을 다해 망치로 내리쳤다.

딱 한 번 내리쳤을 뿐인데 큐브는 두 쪽으로 쫙 갈라지며 땅에 떨어졌다. 지노는 하마터면 큐브에 깔릴 뻔했지만 얼른 몸을 뒤로 던져 피했다. 그 바람에 손전등이 날아가 암벽에 부딪쳐 불이 나가버렸다. 지노는 손전등을 찾을 생각을 버리고 손을 뻗어 어둠 속을 더듬었다.

"엘리오?"

목청껏 부르고 싶었지만 목구멍에서 웅얼대는 쉰 소리밖에 나오지 않았다.

그 소리에 화답하는 작은 신음 소리가 아주 가까운 곳에서 들렸다.

"엘리오, 너냐?"

희망이 너무 큰 탓에 사람이 죽을 수도 있을까? 그럴 수도 있을 것 같았다.

지노의 심장은 이제 터지기 일보 직전이었다.

"엘리오?"

그의 손에 옷깃이 스쳤다. 지노의 손가락이 소매를 붙잡고 더듬더듬 팔을 타고 올라가 목덜미와 얼굴에 이르렀다. 그 얼굴에서 숨결을 느낀 순간, 엘리오의 목소리가 들렸다. 희미한 목소리, 거의 들리지도 않는 소리였다.

"지노 아저씨?"

"그래, 애야, 아저씨가 여기 있다. 괜찮은 거냐? 어디 다치지는 않
았어?"

"아니에요, 전……"

영원 같은 침묵, 그리고 그다음에 이어진 말.

"배가 너무 고파요."

14

지노는 엘리오를 품에 안고 넘어지지 않도록 조심해서 바깥으로 데리고 나왔다.

탁 트인 곳으로 나오자마자 두 사람은 따가운 햇살에 제대로 눈을 뜨지 못했다. 그렇게 한참을 있다가 엘리오가 먼저 다리를 흔들며 말했다.

"이제 절 내려놓으셔도 돼요. 저기요, 죽도록 배가 고픈 건 맞지만 그래도 제 발로 설 수 없을 정도는 아니에요."

지노는 엘리오를 품에서 놓지 않았다. 엘리오가 그에게 안겨 있었다. 지노의 허파는 산소를 가득 들이마셨고, 그의 가슴은 잃어버렸다고 생각했던 사람을 되찾았을 때만 느낄 수 있는 행복으로 가득했다.

감정을 추스르고 난 후에야 엘리오를 풀어줄 수 있었다.

"얘기 좀 해보련?"

"먼저 뭐 좀 먹고요."

지노는 재촉하지 않았다. 엘리오의 얼굴에는 극도의 긴장과 엄청난 피로의 흔적이 역력했다. 우선 쉬게 한 다음 정신을 차린 후에 입을 열게 해도 늦지 않았다.

"여기서? 아니면 내려갈까?"

"피라미드 정상에서 보는 경치가 일품이잖아요. 게다가 여긴 모기도 없고요."

엘리오가 대답했다.

지노는 그 말에 수긍하며 가방에서 먹을거리를 꺼냈다. 엘리오가 육포 조각을 덥석 잡자 지노가 일렀다.

"그래도 알아두려무나. 먹을 거라고는 이것뿐이니 우리는 마을로 돌아가야 해. 간단하게 말해서 이틀은 쫄쫄 굶고 걸어야 한다는 뜻이지."

"꼭 그렇진 않죠."

"꼭 그렇진 않다니, 무슨 말이냐?"

엘리오는 큼지막한 육포 조각을 씹지도 않고 꿀꺽 삼키다가 목에 잘 넘어가지 않아서 인상을 썼다. 그러고는 비로소 지노에게 설명하기 시작했다.

"음…… 저는 분명하다고 생각되는데요. 여덟 번째 문은 감옥이에요, 그렇잖아요? 그러니 일곱 파미유는 당연히 이 감옥을 멀리 떨어진 곳에 세우되 그곳에 접근할 방법 또한 미리 마련해두었을 거예요."

“문이 있을 거라는 말이냐?”

“다른 세상의 집으로 통하는 문이 이 근처에 있지 않을까요?”

지노는 잠시 생각에 잠겼다.

“네 말이 맞을 것 같구나. 그렇지만 그 문을 찾기가 쉽진 않겠지.”

“아니에요, 꼭 그렇진 않아요. 3000년 전의 고대 도시는 광대했지만 그중에서 가장 크고 튼튼한 석재 건축물만이 수 세기 동안 살아남을 수 있었죠. 살펴봐야 할 것들이 그렇게 많지도 않다고요.”

엘리오는 입 안 가득 음식물을 우적거리며 말했다.

“그럴싸하구나. 네가 준비가 되는 대로 살펴보자꾸나.”

지노는 엘리오의 의견에 수긍했다.

“한입만 더 먹으면 돼요, 그다음에 바로 찾으러 가요. 음…… 지노 아저씨?”

“응?”

“큐브를 열어주셔서 고마워요. 저 혼자 힘으로는…… 절대 못 열었을 거예요.”

“애야, 고맙기는. 내가 얼마나…… 걱정했는데, 알잖아.”

엘리오는 방금 집어 들었던 과일을 도로 내려놓고 무릎을 굽혀 두 팔로 감싸 안은 채 머나먼 허공을 바라보았다.

“여덟 번째 문은 문이 아니에요. 그러니까 제 말은, 그 문은 어떤 곳으로도 통하지 않는다고요.”

엘리오가 아주 작은 소리로 중얼거렸기 때문에 지노는 귀를 가까이 가져가야만 했다.

“큐브 안은 그냥 텅 빈 구멍인가?”

"아뇨. 그 이상이에요. 그 이하이기도 하고요."

"무슨 말인지 모르겠구나, 엘리오."

"그 안에는 아무것도 없어요. 정말로 아무것도요. 입구도, 출구도, 경계도, 빛도, 소리도, 냄새도, 맛도 없죠. 무한히 크지만 그와 동시에 한없이 작기도 해요. 고독이죠, 절대적인 고독."

지노는 수없이 많은 질문을 쏟아놓고 싶었지만 아무 말도 하지 않았다. 엘리오는 자신이 겪은 일을 설명하기 위해 적당한 단어를 찾고 있었다. 지노가 재촉해봤자 소용없었다. 그런 재촉은 위험했다. 엘리오는 눈을 반쯤 감고 다시 입을 열었다.

"감각이 사라지는 순간, 사람은 자신의 기원이자 종말, 자기만의 세계가 되지요. 생각은 위축되고 광기는 조용히 숨어 있다가 손쓸 여지를 주지 않고 사람을 덮쳐요. 왜냐하면 저 큐브 안에는 자기 외의 다른 사람이 없거든요. 여덟 번째 문을 넘어가면 사람은 철저히 혼자가 되죠. 완전히 혼자예요. 다만……"

"다만?"

"로트르는 3000년이 넘도록 여덟 번째 문 너머에 갇혀 있었어요. 그래서 여덟 번째 문의 허무에는 로트르의 본질, 생각, 욕망, 두려움에 배어 있어요. 저도 그 허무와 몇 시간을 보내며 고독에 시달려보니 덧없이 사라져버리는 로트르의 흔적을 잽싸게 감지하고 스펀지처럼 빨아들일 수 있게 되었어요. 이제 저에게는 가까이 지내며 잘 아는 사람보다 로트르가 더 훤히 들여다보여요."

엘리오는 지노에게 고개를 돌리고 초록빛 눈동자로 의미심장하게 바라보았다.

“그를 물리칠 방법을 알아요.”

그들은 일곱 파미유의 일원들만이 알아볼 수 있는 파르스름한 후광을 보고 다른 세상의 집으로 통하는 문을 찾아냈다. 문은 포복식물로 뒤덮인 마당 구석에 있었다. 마당은 장엄한 느낌을 주는 포석들로 되어 있었지만 가까이 있는 나무들의 뿌리 때문에 죄다 들떠 있었다.

지노가 그 문을 열려는 찰나 엘리오는 그의 팔을 붙잡았다.

“잠깐만 기다릴 수 있죠?”

“그럼, 당연하지. 왜 그러니?”

“아마조니아를 떠나기 전에 친구에게 인사하고 갈래요.”

지노는 그 말뜻을 단번에 이해했다.

“다녀와라, 기다리고 있으마.”

지노가 미소를 지으며 말했다.

엘리오의 모습이 순간 흔들리는가 싶더니 어린 재규어 한 마리가 지노의 눈앞에 서 있었다. 어린 재규어의 에메랄드색 눈동자가 놀랍도록 빛났다.

재규어는 소리 없이 마당을 빠져나가 정글 속으로 사라졌다.

지노는 문에 등을 기댄 채 엘리오의 마지막 말을 떠올렸다.

‘저는 열쇠가 오로지 메타모르프에게만 있다고 생각했는데 사실 그 열쇠는 일곱 파미유 모두에게서 찾아야 하는 것이었어요. 로트

르는 파미유 전체와 똑같은 힘을 갖고 있어요, 지노 아저씨! 그는
바티쇠르처럼 다른 세상들을 알고, 코지스트와 같은 힘을 갖고 있
으며, 스콜리아스트처럼 학습 능력이 뛰어나죠. 음네지크와 같은
기억의 혜택까지 가지고 있는지는 모르겠으나 만약 그렇더라도 놀
랄 일은 아니에요. 로트르가 거느리는 괴물들은 메타모르프처럼 변
신을 하고 게리쇠르처럼 치유력을 지니고 있죠. 그리고 에크테르는
일종의 가이드로서 인간들을 몰락으로 끌어가고 있는 중이에요. 바
로 거기에 에크테르의 약점이 있죠.'

에크테르를 무너뜨리기 위한 엘리오의 계획은 단순했다. 아주 단
순하기 때문에 얼마든지 현실적으로 실현될 수 있었다.

아주 오랜만에 지노는 희망을 품기 시작했다.

파리

1

　다른 세상의 집에서 조금 쉬었다 가고 싶은 마음은 지노나 엘리오나 마찬가지였다.

　그러나 그 바람의 이유는 제각기 달랐다.

　지노는 휴식을 취하며 엘리오가 세운 계획에 대해 좀 더 이야기를 나누며 다듬을 부분을 찾고 싶었다. 계획의 약점을 찾아내고, 피할 수 없는 문제들을 대비하고, 우회로와 지름길과 비상구를 낱낱이 검토하고 싶었다.

　한편, 엘리오는 에린을 다시 만나고 싶었다.

　"아세요? 제가 에린을 처음 만난 곳은 다른 세상의 집에 있는 테라스였어요. 제가 부르는 소리를 에린이 가장 잘 들을 수 있는 곳이 그 테라스라고 생각해요."

　엘리오가 복도를 따라가면서 말했다.

지노는 마른침을 꿀꺽 삼켰다. 한 번쯤 에린은 엘리오의 머릿속에서 나온 존재라고 설명하고픈 마음도 있었고 자신이 요정의 존재를 인정해서 엘리오의 동심을 지켜주고픈 바람도 있었으므로 어느 한쪽으로 갈피를 잡을 수 없었다. 어쨌든 지노에겐 선택할 시간이 없었다.

"아직도 제 말을 안 믿으시는 거예요?"

그렇게 말하는 엘리오는 화가 나거나 슬퍼 보이지 않았다. 그냥 좀 놀라는 것 같았다.

지노는 쪼그려 앉아 엘리오와 눈높이를 맞추었다.

"얘야, 그게 문제가 아니야. 에린은 진짜 여자아이가 아니라 너의 선조들과 관련된 어떤 힘의 발현일 게다."

지노는 부드러운 음성으로 말문을 열었다.

"에린은 그냥 여자아이가 아니라 요정이에요."

"아니다, 엘리오. 에린은 유수라와 같은 형태로만 존재하는 거야."

엘리오가 안타깝다는 표정을 지었다.

"지노 아저씨가 너무 안타까워요. 유수라와 에린은 아무 상관도 없어요. 유수라는 제 머릿속에서 뭐라고 말을 하지만 절 구하러 나타나진 않아요. 유수라는 저에게 샌드위치를 가져다줄 수 없다고요…… 그때 그 샌드위치야말로 에린이 정말로 존재한다는 증거잖아요. 아저씨도 그 샌드위치를 보셨잖아요!"

"그래, 봤지. 그렇지만 그 샌드위치를 갖다놓은 사람은 에린이 아닐 게야."

"세상에, 그럼 누가 그랬겠어요?"

지노는 머리를 긁적거렸다. 이 입씨름에 뛰어든 것 자체가 후회되었지만 이제 칼을 뽑았으니 끝까지 가는 수밖에 없었다.

"엘리오, 내 말을 잘 들어봐. 아주 오랜 옛날부터 일곱 파미유의 피를 모두 다 물려받은 사람은 한 명도, 분명히 말하지만 단 한 명도 없었어. 아무도 일곱 가지 능력을 겸비하진 못했다고. 그런 사람은 네가 처음이야."

"그게 무슨……"

"잠깐, 엘리오. 내 말을 끝까지 들어. 네 안에 들끓는 그 능력들은 한데 섞이고 굳어져 한 덩어리가 되어 있어. 바로 그 덩어리에서 지금까지 알려지지 않았던 능력들이 나오는 거야. 엘리오, 넌 아홉 살이지. 그렇지만 어른처럼 생각하고 말할 수 있어. 게다가 사람을 설득하는 아주 특별한 힘까지 갖고 있잖아. 매사를 놀라울 만큼 정확하게 감지하고 앞으로 일어날 사건의 판도까지 바꾸어놓지. 너 아닌 다른 기드들은 앞으로 일어날 일을 제대로 예견하기만 해도 다행인데 말이야. 네가 말한 그 샌드위치는 바로 너 자신이 만들어낸 거야. 네가 한 일이지, 절대로…… 왜 그런 얼굴로 나를 보는 게냐? 내 말을 못 믿겠니?"

"참 씁쓸하네요, 그렇죠?"

"뭐?"

"자신이 확신하는 것을 다른 사람에게 납득시키지 못하는 거요. 아저씨 말이 옳아요. 자드가 제 안에 들어온 후부터 아저씨가 말한 대로 제 속이 끓어오르고 새로운 능력들이 나타나는 걸 느끼니까요. 에크테르를 제압하는 계획도 그 능력들에 달려 있고요. 그래요,

아저씨가 옳아요. 하루가 다르게 저 자신이 달라지는 걸 느껴요. 하루가 다르게 사물의 본질과 만물의 관계를 깨달아가죠. 어제의 저와 오늘의 제가 달라요.”

“그거야! 바로 그거라고!”

“그래요, 하지만 에린은 그와 무관해요.”

“엘리오!”

“아저씨는 제가 상상으로 에린을 만들어냈다고 생각하시지만 저는 에린이 분명히 있다는 걸 알아요. 운이 따른다면 더 이상 지체할 것 없이 합의를 볼 수도 있겠죠. 갈까요?”

엘리오는 지노의 손을 덥석 잡더니 거부할 틈도 주지 않고 주실로 끌고 갔다.

그는 최대한 빨리 에린을 부를 생각이었지만 산들바람에 일렁이는 프라툼 보락스를 보자마자 몇 달 전 이 집에 처음 머물렀을 때 언뜻 보았던 그 충격적인 장면이 떠올랐다. 그동안은 그 장면에 대해 곰곰이 생각해볼 시간이나 기회가 없었다.

“저 풀이 정말 뭐든지 먹어 치워요?”

“그래, 뭐든지 먹지. 나무, 고기, 강철을 가리지 않고 전부 다! 프라툼 보락스를 연구했던 최후의 기드들은 저 풀이 에너지와 감정까지 빨아들일지도 모른다고 했었단다.”

“그런 게 가능해요?”

“나도 몰라.”

“그런데 저는 저 풀이 뭔가를 먹어 치우지 않는 걸 봤어요.”

“뭐라고? 그게 뭐였는데?”

“의자요. 등받이 없는 간이의자였어요. 아저씨가 절 데리러 오기 직전에 제가 프라툼 보락스로 의자를 집어던졌었거든요. 그 의자는 잡아먹히지 않았다고요.”

지노는 엘리오가 가리키는 방향으로 시선을 돌렸다. 프라툼 보락스는 매끈하니 죽 이어진 초록빛이었고…… 아무것도 없었다.

“난 아무것도 안 보이는데.”

“하지만……”

지노는 엘리오가 얼굴을 붉히는 것을 보고 소년의 머리칼을 다정한 손길로 헝클어뜨렸다.

“너한테는 참으로 많은 재주가 있지만 가장 놀라운 재주는 상상력이라고 생각하게 될 것 같구나.”

이 말을 듣고 엘리오는 지노의 손을 확 뿌리쳤다.

“저는 분명히 그 의자를 던졌었어요. 정확하게 바로 저기에요. 두 시간이 넘도록 의자는 저 풀밭에서 아무렇지도 않았다고요.”

“씁쓸하지, 안 그래?”

“네?”

“자신이 확신하는 것을 다른 사람에게 납득시키지 못하는 것.”

엘리오는 자기가 뱉은 말에 자기가 걸려든 셈이었으므로 일순간 멈칫했지만 결국 웃음을 터뜨렸다. 지노도 배꼽을 잡고 껄껄댔다. 두 사람은 테라스에 주저앉아 배를 잡고 헐떡거렸다.

겨우 진정하고 나서 엘리오는 지노에게 손가락을 들어 보였다.

“이번엔 아저씨가 한 점 땄어요! 하지만 저도 이대로 물러나진 않을 거예요.”

“무슨 소리야……”

“에린!”

엘리오는 하늘을 쳐다보며 목청껏 외쳤다. 소년의 얼굴이 워낙 자신만만했기 때문에 지노는 순간 소심해졌다.

“엘리오, 너……”

“에린, 네가 필요해. 제발 이리로 와줘.”

“엘리오, 그만둬. 내가……”

지노가 엘리오에게 청했다.

하지만 이내 입을 다물었다. 힘겹게 침을 삼키는 동안, 오른쪽 눈꺼풀이 의지와는 상관없이 파르르 떨렸다.

“……바보였구나. 나를 용서하려무나.”

지노는 순순히 자신의 잘못된 판단을 인정했다.

커다란 보랏빛 눈망울의 소녀가 조금 전에 나타났던 것이다.

마법처럼.

맨발에 길게 늘어지는 초록색 반짝이 비단 잠옷을 입은 여자아이는 두 손을 허리에 대고 고개를 살짝 갸우뚱한 채 서 있었다. 살짝 그을린 피부색을 더욱 돋보이게 하는 금발 머리카락에는 알록달록한 수십 개의 깃털들이 꽂혀 있었다.

요정이었다.

$$2$$

지노는 태연하게 굴려고 했지만 자꾸만 귀를 기울이게 되었다.

책상다리를 하고 마주 앉아 있는 두 아이는 불과 몇 미터밖에 떨어져 있지 않았지만 지노에겐 눈곱만큼도 신경을 쓰지 않았다. 세상에 자기 둘뿐인 양, 아주 오래된 친구처럼 자연스럽게 이야기꽃을 피우고 있었다.

에린. 그 소녀는 정말로 있었다!

지노는 에린이 나타나자 한순간 돌처럼 굳어졌지만 이내 더듬대면서 뭔가를 물었다. 딱 한 가지 질문을 던졌는데, 그게 뭐였는지 이제 생각도 나지 않았다.

에린은 지노의 물음에 대답도 하지 않고 자기가 나서서 질문을 퍼부었다.

이름은 뭐예요? 어디서 왔어요? 왜 아저씨 피부색은 우리 아빠 피부색보다 더 까만가요? 레위니옹 섬 근처에도 해적선이 있어요? 비행기가 뭐예요? 왜 땅바닥에 계속 그렇게 앉아 있어요? 해적을 무서워해요? 비행기는 용보다 더 잘 날아요? 니암 갈레트[12]가 좋아요, 딸기가 좋아요? 섬에 살았는데 왜 해적이 되지 않았어요? 해적선에도 딸기가 있어요?

처음에는 지노도 대답해주려고 했지만 곧바로 포기해버렸다. 이렇게 정신을 쏙 빼놓는 아이는 처음이었다. 엘리오가 지노를 구하러 왔기에 망정이지, 에린의 관심이 엘리오에게로 넘어가자 지노는 안도의 한숨을 내쉬지 않을 수 없었다.

안도감은 잠깐이었고 그다음은 말도 안 되는 당혹감에 휩싸였다.

에린은 누굴까? 이 아이는 어디서 왔을까? 어떻게 지노 앞에 갑자기 짠, 하고 나타날 수 있었을까?

정말로 이 소녀는…… 요정인가?

지노는 따발총처럼 질문을 퍼붓고 싶었지만 에린은 엘리오와 이야기꽃을 피우느라 여념이 없었다. 게다가 이 아이를 잠깐이나마 겪어보니 질문을 던진대도 고분고분 답해줄 것 같지 않았다.

그는 무례한 짓이라고 스스로를 타이르면서도 두 아이의 대화를 엿들으며 믿을 수 없는 현실을 조금이나마 이해하려고 노력했다.

그게 쉽지가 않았다. 일단은 이 믿기지 않는 상황을 분석할 수가 없기 때문에, 그다음으로는 두 아이가 대화를 한다고는 하나 각자 독백을 하듯 주구장창 자기 하고 싶은 말만 지껄이고 있었기 때문에. 엘리오와 에린은 각자 딴소리를 하면서도 다 알아듣는 것처럼

---

12. 작가의 또 다른 작품 『에윌란의 모험』에 나오는 음식.

보였지만 지노는 신통하게 알아들은 것이 없었다.

아니, 도대체 무슨 소리인지 알 수가 없었다.

"어떡해! 잠옷은 밤에 입는 건데 여긴 낮이네. 너 초록색 좋아해?"

"재규어가 나에게 변신하는 방법을 가르쳐줬어. 응, 되게 좋아해."

"재규어가 뭔데? 나도 좋아하는데. 게다가 초록색을 보면 네 눈이 생각나."

"우리는 도시까지 걸어갔는데 거기서 여덟 번째 문을 발견했다? 네 눈도 참 예뻐. 약간 표범하고 비슷해."

"지금 날 부린 거는 운이 참 좋았어. 집에 나 혼자밖에 없었거든. 그런데 표범은 또 뭐야? 넌 뭘 알고 날 부린 거였어?"

"표범은 호랑이하고 비슷하게 생겼는데 덩치가 좀 작아. 그리고 '부린' 게 아니라 '부른' 거겠지. 음, 난 몰랐어. 맞아, 내가 운이 좋았다. 왜냐하면 네가 앞으로도 나한테는 필요하거든."

"여덟 번째 문에 네가 말하는 괴물이 갇혀 있었던 거야? 어쨌든 호랑이는 나도 알아. 나는 네가 깜짝 놀랄 만한 일을 준비하는 중이었어."

"깜짝 놀랄 일이라니?"

"그걸 미리 말해주면 놀랄 일이 아니잖아. 그런데 왜 내가 필요하다는 거야? 네가 날 부릴 때 난 거의 준비가 끝나가던 참이었지. 미리 말해두는데 그렇고 그런 시시한 게 아니라고."

"그 괴물 이름은 에크테르인데 지금은 여덟 번째 문에 갇혀 있지 않아. '부린' 게 아니라 '부른' 거라고 해야 한다니까. 넌 샌드위치밖에 못 만들어, 아님 다른 것들도 만들 수 있어?"

“너, 자꾸 짜증 나게 하지 마. 네가 뭘 원하는지부터 알아야지. 그런데 네가 착한 호랑이로 변신했다 이거지? 내가 만들 수 있는 건 엄청나게 많아.”

“호랑이가 아니라 재규어거든. 음, 물론 착한 동물로 변하는 건 맞아. 너 물도 만들 수 있어? 그리고 미안해.”

“물쯤이야! 우리 엄마도 만날 내가 잘못 말하면 일일이 고쳐줘. 너 목마르니?”

“난 우리 아빠가 그랬는데. 아니, 목이 마른 건 아닌데 앞으로 필요할 것 같아서 그래.”

“호랑이는 착하게 굴지 않을 때도 많잖아. 쉿, 어쨌든 내가 준비한 깜짝 선물을 좋아했으면 좋겠다. 앞으로 필요하다는 게 뭔지 말해줄래?”

엘리오는 지노에게 미심쩍은 눈길을 던졌다. 그는 아저씨의 아무렇지도 않은 척하는 얼굴에 속지 않고 에린에게 다가가 귓속말로 소곤댔다. 소녀의 얼굴에 함박웃음이 피어났다.

“근사하다! 연습해볼까?”

에린이 감탄했다.

“고맙지만 괜찮아. 그럴 필요는 없을 거야.”

“그래, 그럼 난 간다. 가서 깜짝 선물 준비를 끝내야지. 아직 할 일이 좀 남았거든.”

에린은 벌떡 일어났다. 엘리오도 갑자기 불안한 표정이 되어 자리를 털고 일어났다.

“에린?”

“응?”

“아주 중요한 일이야. 내 말 잊어버리면 안 돼, 알았지?”

에린은 대답 대신 잠옷 속에 걸고 있었던 목걸이를 꺼내 보였다. 엘리오가 준 사자 발톱 펜던트가 달려 있었다. 에린은 펜던트를 엘리오의 눈앞에 들이밀고는 눈 깜짝할 사이에 사라져버렸다.

지노는 소리를 죽여 투덜거렸다.

엘리오가 지노를 돌아보았다.

“쟤가 에린이에요. 이제 믿으시겠죠?”

해가 저물 무렵에야 지노는 엘리오와 마지막 남은 식량을 나누어 먹으면서 겨우 마음이 쓰였던 문제를 거론할 용기를 냈다.

“엘리오…… 음…… 네가 에린하고 하는 말을 조금 들었는데 말이야, 에린에게 무슨 도움을 청할 생각이니?”

“아저씨가 모르시는 편이 좋을 것 같은데요.”

“왜?”

“아저씨는 너무 위험하다고 말리실 테니까요. 아니면 어리석은 짓이라고 하실 거예요. 위험하고 어리석은 짓 맞아요. 한사코 만류하려 하시겠지만 그래봤자 제 뜻은 꺾이지 않아요. 그럼 결국 둘 다 불안하고 마음만 상하지 않겠어요?”

“이해가 안 되는구나. 너는 이미 에크테르를 물리칠 계획을 나에게 설명했고 나도 그 계획이 훌륭하다고 하지 않았니. 확실히 위험하기는 하다만 아주 그럴싸한 계획이었어."

"대체로 그렇죠. 하지만 사실은 사소한 한 가지 사항이 빠져 있었어요. 사소하지만 없어서는 안 될 것이죠."

"그게 뭔데?"

엘리오는 지노에게 환한 미소로 답했다.

"그것의 이름이 바로 에린이에요."

3

"파리는 지금 자정 맞아요?"

"틀림없단다, 엘리오."

"아저씨가 말한 그 문은 스튜디오 L 근처에 있고요?"

"그래, 엘리오. 그래도 내일까지 기다렸다가 작전을 개시해야지."

"아저씨는…… 그 편이 더 나을 거라고 보세요?"

"더 나을 것도 없고 더 못할 것도 없다만, 그래서 좀 더 안심이 된다면 기다리자꾸나."

엘리오는 그 말에 고개를 저었다.

"아뇨, 당장 가요!"

"그러고 싶다면 그러자."

엘리오는 마지막으로 테라스와 프라툼 보락스로 뻗어나간 난간을 바라보았다. 엘리오가 다른 세상의 집에서 지낸 나날을 다 합쳐봤자 고작 며칠뿐이었지만 그럼에도 소년은 이곳을 자기 집처럼 생각했다. 위르자트 고향 집만큼은 아니어도 그에 못지않게 편안하게 느끼곤 했다. 언제 또 이 집에 돌아올 수 있을까?

소년은 이 대답 없는 의문을 떠올리고는 얼른 뒤돌아서서 지노를 따라갔다.

기묘한 우연의 장난인지, 그들이 통과해야 할 문은 일전에 카메룬으로 가면서 이용했던 문과 나란히 붙어 있었다.

그 문을 보자 엘리오는 그리 오래지 않은 옛날, 오 아틀라스 산맥에 있었던 자기만의 은신처에서 임을 만났던 그날 이후로 숨 가쁘게 이어진 모험의 나날이 주마등처럼 스쳐 지나갔다.

그는 아직도 그때와 똑같은 소년 엘리오일까?

엘리오는 그렇지 않다고 생각했고 애달픈 향수에 가슴이 답답해졌다. 이런 게 어른이 되어간다는 것일까? 아무 걱정 없이 확신으로 살아가던 시절을 잃고 무거운 근심, 또 그 근심만큼이나 묵직한 책임감에 억눌려 사는 것이?

"준비됐니?"

지노가 걱정스러운 얼굴로 그를 유심히 보고 있었다. 엘리오는 다시 어깨를 펴고 근심의 흔적을 얼굴에서 지워버렸다.

"됐어요."

그들은 문을 통과하며 낮에서 밤으로 넘어갔지만 이미 예상하고 있었기 때문에 어둠에 놀라지는 않았다. 반면 에크테르가 거대도시에 끼치는 압력에 대해서는 그동안 까맣게 잊고 있었기 때문에 파리로 들어오자마자 숨이 막힐 듯한 불안에 사로잡혔다.

　그들은 센 강가에 있었다. 바로 앞에서 센 강이 음울하고 인상적인 모습으로 흐르고 있었다. 그러나 두 사람의 시선을 사로잡은 것은 건너편 강둑에서 그들을 바라보고 있는 질서와 안녕의 가디언의 확대된 얼굴이었다. 엘리오와 지노는 둘 다 IC 팔찌를 차고 있지 않았으므로 가디언이 뭐라고 말하는지 들을 수 없었다. 그러나 가디언의 시선만으로도 그들의 몸이 움츠러들 만큼 충분히 위압적이었다.

　노트르담 대성당 전면에 대형 전광판이 설치되어 있었다. 엘리오와 지노가 고개를 돌렸는데도 그러한 대형 전광판 세 개를 더 발견했다. 시야를 어디로 돌리든지 눈에 화면이 들어오게끔 배치되어 있었던 것이다.

　그들은 강변을 나와 한산한 거리로 들어갔다. 차량과 행인은 거의 없었다. 간혹 지나가는 사람들도 겁에 질린 그림자를 드리우며 건물 벽 쪽으로 딱 붙어 다녔다.

　엘리오와 지노는 센 강을 건너 성당 앞 광장으로 갔다. 그곳에서 끔찍한 광경이 그들을 기다리고 있었다.

　인간이 타인이 느끼는 공포로 제 배를 불리던 어두운 과거가 재현되고 있었던 것이다. 강력 프로젝터 조명으로 환히 밝혀진 거대한 연단, 그 위에 열두 개의 교수대가 설치되어 있었다.

　교수대마다 목 매달린 시체가 덜렁덜렁 흔들리고 있었다. 시체의 뒤틀린 얼굴은 끔찍한 단말마의 고통을 고스란히 보여주었다.

　엘리오는 지노의 손을 잡고 매달렸다.

　"도대체…… 왜 저렇게……"

엘리오는 말도 제대로 하지 못하고 더듬댔다.

지노가 억지로 엘리오의 고개를 돌려 그 끔찍한 광경을 보지 못하게 했다.

"본보기랍시고 사형수를 공개 처형한 게지. 마르세유를 떠날 때 그런 소문을 들었다. 불과 얼마 전 일인데 그새 벌써 교수대를 세웠구나. 비열함은 항상 공포를 낳게 마련이지."

"이 사람들이 무슨 죄를 지었는데요?"

"이런 야만을 정당화할 만한 죄는 아무것도 짓지 않았단다. 그저 에크테르의 법에 복종하지 않았을 뿐이지."

"하지만…… 어째서 사람들은 이런 상황을 받아들이는 거죠?"

"하고많은 이유가 있겠지. 약해서, 편한 길을 원해서, 무관심해서, 습관이 되어서, 무서워서…… 저걸 좀 봐라."

지노는 교수대 아래쪽에 세워진 전광판을 가리켰다. 전광판에는 스무 명 남짓한 사람들의 이름이 번호와 함께 나열되어 있었다. 그 중 열두 명의 이름에는 깜빡깜빡 불이 들어왔다. 그 이름들 앞에 매겨진 번호는 다른 번호보다 숫자가 컸다.

"투표 결과를 보여주는 거야. 대형 전광판에는 매일 저녁 새로운 피고인들에 대한 판례가 올라오지. 그러면 시청자들이 사형을 당해 마땅하다고 생각되는 피고들을 지목해서 투표하는 거란다."

지노가 설명을 했다.

"모든 인간이 사악하고 비겁하고 무관심하지는 않잖아요."

엘리오는 분개했다.

"그래, 물론 그렇지는 않지. 하지만 그런 감정이 모든 이의 마음속에 작은 씨앗과 같은 형태로 숨어 있단다. 에크테르는 그 씨앗을 싹 틔워 여타의 다른 감정을 모두 억누를 만큼 튼튼한 악으로 키워낸 거야."

이 말을 듣고 엘리오는 이를 악물었다.

"계속 가요."

소년은 단호한 목소리로 말했다.

스튜디오 L은 18세기에는 음침한 요새였지만 이후 역대 여러 군주들에 의해 궁으로 쓰였다가 프랑스에서 왕권이 사라진 후에는 세계에서 가장 유명한 박물관 중 하나가 되었다.

지난 15년 사이에 그 영광스러운 과거는 잊혔다.

스튜디오 L을 이루는 미로 같은 수많은 방들 사이에서 거장의 그림이나 고대의 조각상을 찾아보려 한들 소용없었다. 소장품을 몽땅 빼앗긴 옛 박물관은 이제 유럽 동맹 대통령의 언론 홍보를 위한 공간으로만 활용되고 있었기 때문이다. 지붕에는 대형 안테나가 수십 개나 설치되어 전 세계의 질서와 안녕의 가디언 방송 중계소로 쉴 새 없이 전파를 송신하고 있었다. 스튜디오 내부에는 발전기와 갖가지 시청각 장비들이 갖춰져 있었고 창문은 모두 벽을 덧대어 막아놓았다. 다만, 정문에만 밤낮을 가리지 않고 환하게 조명을 밝히고 대통령 직속부대가 삼엄하게 보초를 섰다.

지노와 엘리오는 어느 집 현관 밑에 웅크리고 그 정문을 눈여겨보고 있었다.

"절대로 통과 못할걸."

지노는 군인들의 수를 헤아려보고 그들의 무장 상태를 확인하면서 중얼거렸다.

"아저씨는 못 가지만 전 갈 수 있어요."

"무슨 소리야?"

"예정대로 저 혼자 계속 밀고 나가겠다는 말이에요. 전 제가 뭘 해야 하는지 정확하게 알고 있고 아저씨는 절 도울 수 없어요."

엘리오는 더 이상 왈가왈부할 수 없을 만큼 단호한 목소리로 말했다. 지노가 좀 더 생각을 수습하려고 하는데 엘리오의 모습이 흐릿하게 흔들렸다.

소년은 재규어로 둔갑하여 거리로 나섰다.

지노는 어안이 벙벙한 나머지 그 자리에서 꼼짝도 못했다. 그는 엘리오의 계획에서 어떤 역할도 하지 못한다는 것을 알고 있었다. 하지만 이렇게까지 급작스럽게 배제될 줄은 상상도 하지 못했다.

지노가 겨우 정신을 차리고 보니 엘리오는 이미 조명이 비치는 곳까지 다가가 있었다. 그 근처에는 숨을 곳도 별로 없고 경비도 삼엄했다. 눈에 띄지 않고 지나갈 수는 없었다. 제아무리 날고 기는 엘리오라 해도 그럴 수는 없었다.

'내가 시선을 딴 데로 모을 수 있을 거야. 저들의 주목을 끌어야 해. 내가…… 아니, 안 돼!'

지노는 생각했다.

경비병 한 사람이 가까이에서 뭔가 움직이는 기미를 느끼고 고개를 돌렸다. 그의 시선이 재규어에 꽂혔다. 당황한 경비병은 순간 멈 칫하다가 동료들에게 소리쳐 알리려고 했다.

그 순간, 한 발의 총성이 밤의 침묵을 깨뜨렸다. 경비병은 이마에 정통으로 총을 맞고 뒤로 풀썩 쓰러졌다.

다른 경비병들이 공격을 당하고 있다는 사실을 미처 깨닫기도 전 에 세 발의 총성이 더 울렸다. 세 명의 경비병이 쓰러졌고 다시는 일어나지 못했다.

살아남은 경비병들은 우왕좌왕했다. 어떤 이들은 땅바닥에 납작 하게 엎드려 아무 데나 총질을 했고 또 어떤 이들은 무전기를 서둘 러 꺼내거나 자동차 안으로 뛰어 들어갔다. 모두 분노와 공포로 고 함을 질러대고 알아들을 수 없는 명령을 내리거나 허둥지둥 무전을 보내는 등 난리 법석이었다. 그 사이에 날렵한 실루엣이 그들 뒤로 빠져나가 스튜디어 L의 내부에 잠입하는 것을 알아챈 사람은 아무 도 없었다.

지노는 첫 번째 총성이 울리자마자 조금 전 숨어 있던 현관 그늘 로 돌아갔다. 경비병들의 시선을 교란시킬 필요가 있었던 바로 그 순간에 의문의 총잡이가 끼어든 것은 절대로 우연이 아니었다. 그 총잡이는 분명히 마르세유에서 엘브룀을 물리쳐주었던 사람, 그리 고 그 후에는 리칸트로프와 그룅을 처치해주었던 사람과 동일인물 일 것이다. 수호신이나 다름없는 존재지만 도대체 정체가 무엇일 까?

지노는 그 자리에 얼음처럼 굳어졌다. 또 다른 실루엣이 경비병 들에게 들키지 않고 스튜디어 L로 들어가는 장면을 목격했기 때문이다. 엘리오보다 몸집이 크고 거무스름하며 아주 민첩한 그 실루엣은 아무리 보아도 고양잇과의 맹수가 틀림없었다.

지노는 어깨를 짓누르던 무거운 짐을 내려놓은 기분이었다.

생각지도 못했던 우리 편이 둘이나 있다니.

엘리오는 혼자가 아니었다. 전에도 결코 혼자는 아니었지만.

4

엘리오는 재규어의 모습을 취하지 않기로 했다.

어둠에 잠겨 있는 스튜디어 L에는 아무도 없었다. 자질구레한 세간이나 그림 한 점도 남지 않은 거대한 방들만 연달아 나왔다. 소년의 모습을 취하든 재규어의 모습을 취하든 간에, 숨을 만한 사각지대는 전혀 없었다. 게다가 문을 밀고 드나들려면 사람 모습이 되어 손을 쓰는 편이 더 나아 보였다.

엘리오는 바닥에 구불구불 연결된 굵은 전선을 따라 살금살금 걸어갔다. 이 전선을 따라가면 아마 목표에 도달하게 될 것이다.

그의 목표에!

엘리오는 정신을 집중하고 싶었지만 할 수가 없었다. 머릿속 한 구석은 조금 전에 있었던 일을 되돌아보느라 바쁘게 돌아가고 있었다. 만약 그 의문의 총잡이가 경비병 무리를 처리해주지 않았다면 절대 쉽게 스튜디오 L에 잠입할 수 없었을 것이다. 나머지 계획들도 이처럼 착착 돌아가야 할 텐데!

뒤에서 뭔가 부스럭대는 소리가 난 것 같아서 엘리오는 그 자리에 멈춰 섰다. 귀를 곤두세우고 몇 초간 기다려보았지만 아무 소리도 나지 않았다. 그는 다시 전선을 따라가기 시작했다.

전선은 지하로 꺾여 내려갔다.

엘리오는 두근대는 가슴으로 계단을 따라 내려갔다. 보통 사람과는 견줄 수 없는 시력을 지닌 엘리오였지만 그곳은 정말로 어두웠다. 그가 재규어로 변신하려고 마음먹은 찰나, 어느 문 아래서 새어 나온 가느다란 빛살이 시선을 끌어당겼다. 엘리오는 느릿느릿 그 문으로 다가가 문짝에 가만히 귀를 갖다 댔다.

여러 대의 기계가 털털대며 돌아가고 있을 뿐, 그 밖의 다른 소리는 들리지 않았다. 엘리오는 문고리를 잡으려다가 통로에서 조금 더 들어간 곳에서 새어 나오는 또 다른 빛을 보았다. 많고 많은 빛 중에서도 틀림없이 알아볼 수 있는 파르스름한 빛. 문이었다. 다른 세상의 집으로 통하는 문이었다!

아주 잠깐이지만 엘리오는 문득 다 포기하고 싶은 강렬한 충동에 사로잡혔다. 에크테르가 세상을 주무르든 말든, 자신은 다른 세상의 집에 숨어서 에린을 부르고 나머지는 다 잊어버릴 수도……

도망치려는 그를 잡아준 것은 자드와의 추억이었다.

자드.

"나는 네가 자랑스럽구나." 자드는 그렇게 말했었다. 어떻게 감히 엘리오가 늙은 베르베르인의 믿음을 저버리는 짓을 할 수 있단 말인가?

엘리오는 숨을 길게 내쉬고 첫 번째 문을 살짝 열어보았다. 조심스럽게 안을 살짝 들여다볼 정도로만 빠끔 열었다.

아주 널찍한 방, 천장에는 프로젝터 조명이 잔뜩 달려 있었고 위압적인 전자 설비가 갖추어져 있었다. 맞은편 벽에는 커다란 통유리로 만들어진 부스가 있었다. 세 남자가 그 부스 근처에 설치된 복잡한 장비를 다루며 열심히 일하는 중이었고, 부스 안에서는 한 여자가 열변을 토하는 중이었다.

방송실 부스는 두터운 벽으로 둘러싸여 있어서 여자가 뭐라고 말하는지 들리지 않았지만 엘리오는 굳이 듣지 않아도 그 내용이 무엇인지 알 것 같았다.

그녀는 질서와 안녕의 가디언이었으니까!

천사 같은 얼굴, 윤기가 흐르는 머리칼, 반짝반짝 빛나는 눈동자의 그녀에게서 카리스마와 매력이 넘쳤다. 처음으로 그녀가 풍기는 매력이 엘리오의 마음에 와 닿았다. 저렇게 예쁜 여자도 에크테르에게 매수당할 수 있을까?

'오흐몰크.'

유수라가 머릿속에서 말했다.

유수라는 그 말만 남기고 입을 다물었지만 엘리오는 속으로 더 이야기해달라고 재촉했다. 유수라는 음네지크의 힘이 작용한 결과가 아닌가. 그렇다면 음네지크인 엘리오의 명령에 따라야 마땅했다!

'오흐몰크. 오흐몰크는 엘브림처럼 모방하고 흉내 내는 능력이 뛰어나지만 엘브림보다 더 강해. 포스 아르카디아에서 오흐몰크는 로

트르의 목소리로 알려져 있고 크락스를 제외하면 그들보다 더 강한 존재는 없어.'

기계를 조작하는 세 남자는 문을 등지고 있었다. 오흐몰크는 방송 연설에 정신이 팔려 있었다. 엘리오는 더 이상 오흐몰크에게 마음이 흔들리지 않았다. 소년은 그 방 안으로 몰래 들어갔다.

그는 몸을 바짝 수그리고 이쪽에서 저쪽으로 잽싸게 움직여 발전기 뒤에 숨었다. 상대에게는 들키지 않고 사태를 관망하기에 좋은 자리였다. 엘리오는 잠깐 긴장을 풀었다가 이내 자신의 계획을 어떻게 추진할 것인가에 골몰했다.

모든 것이 그의 예상대로 굴러갔다.

엘리오는 에크테르가 인류를 장악하는 데 써먹는 수단에 대해 오랫동안 생각해보았다. 그리고 아마조니아를 떠날 즈음에 그는 무엇부터 시작해야 할지 결론을 얻었다. 그가 동시에 여러 곳에서 손을 쓸 수는 없었고, 에크테르의 메시지는 어디에서 퍼지든 언제나 동일한 것이었기 때문이다. 엘리오는 카메룬을 거쳐 콜롬비아로 넘어가면서 그 증거를 보았다. 하지만 작전을 개시할 그 한 지점을 찾아야만 했다. 여덟 번째 문에 들어가보고 나서 드디어 그 지점을 찾았다. 이제는 작전을 실행에 옮길 때였다.

그는 불과 3미터도 되지 않는 거리에서 전자기기에 달라붙어 정신없이 일하는 세 남자를 주시했다.

한 사람은 거대한 믹싱 테이블에서 버튼을 조작하는 중이었고, 다른 사람이 첨단 음향 조절기를 두드리는 동안 세 번째 사람은 화면에 나타나는 알록달록한 곡선 그래프를 조율했다.

엘리오는 그들이 기계를 어떻게 다루는지 알 수가 없었다.

그는 아무것도 알 수 없었지만 자신의 계획을 위해서는 그 작업을 반드시 파악해야만 했다.

그것도 완벽하게.

'너는 아빠 쪽으로는 코지스트이자 음네지크이자 스콜리아스트지.'

라피는 그렇게 말했었다.

스콜리아스트. 눈여겨보기만 해도 뭐든지 배워버리는 능력의 소유자. 즉각적이고도 완벽한 학습 능력. 하지만 그는 한 번도 그 능력을……

앎의 물결은 순식간에 그를 덮쳤다. 숨이 멎을 만큼 놀라 소리를 지를 뻔했다.

세 남자의 손놀림이 명확하게 이해되었다. 마치 엘리오가 태어났을 때부터 쭉 해왔던 일처럼. 그는 세 사람이 어떤 작업을 하고 있는지, 왜 그런 일을 하고 있는지, 무엇보다도 그들처럼 그 기계를 다루려면 어떻게 해야 하는지 정확히 알 수 있었다.

엘리오는 이제 에크테르가 전 세계 곳곳에 설치한 수백만 개의 화면을 통해 어떤 메시지나 이미지 혹은 동영상까지도 내보낼 수 있었다. 에크테르가 인간들에게 자신의 독을 살포했던 바로 그 대형 전광판들을 통해서 말이다.

엘리오는 발전기 뒤에 웅크렸다. 이제 저 기술자들이 자리를 뜰 때까지 기다려야 했다.

그는 한참을 기다렸다.

아주 오랫동안.

기다리는 시간이 길어지자 근육이 뻣뻣하게 저렸다.

오래 기다리다 보니 한 점 의혹이 싹텄다. 만약 저들이 스튜디오에서 밤샘 작업을 할 작정이라면?

엘리오가 계획을 변경할까 고민하는 찰나 통유리 부스의 문이 열렸다. 여자 가디언이 나왔다. 그녀는 세 명의 기술자들에게 시선 한 번 주지 않고 곧장 방에서 나갔다. 기술자들은 그녀가 옆으로 지나가는 동안 눈으로 집어삼킬 듯 넋을 놓고 바라보았다. 세 남자는 잠시 나지막한 소리로 몇 마디를 주고받더니 다시 각자의 일에 잠시 몰두했다. 그 후에는 그들도 방에서 철수했다.

엘리오는 방에서 나간 자들이 다시 들어오지 않을 거라는 확신이 들자 자리에서 일어나 방송 기기 쪽으로 다가갔다. 스콜리아스트의 능력 덕분에 이제 그는 그 기계를 어떻게 조작하는지 훤히 꿰고 있었다. 그는 자신이 생각하고 있는 작업을 진행하려면 조작 기사가 여러 명 동시에 매달려야 하는 것은 아닌지 걱정했지만 그건 노파심이었다. 오히려 기본 기능만 써먹어도 될 단순한 일이어서 눈 깜짝할 사이에 파라미터 조정을 마칠 수 있었다.

그다음 엘리오는 통유리 부스 안으로 들어갔다.

시간이 많지 않았다. 방송을 내보내자마자 비상등이 울려 퍼지고 경비병들이 들이닥칠 테니까……

1분. 엘리오는 1분으로 책정했다.

1분 안에 잘못된 길로 빠진 60억 인구를 설득해야 했다.

1분은 아주 짧은 시간이지만 엘리오는 신기하게도 그렇게 생각되지 않았다. 일곱 가문의 피가 그의 몸속에 흐르고 있었다. 각기 다

른 능력을 지닌 일곱 혈통이지만 정말로 중요한 것은 그 일곱 혈통
이 한데 모여 내뿜는 힘이었다.

엘리오는 할 수 있었다.

소년이 부스에 손을 댄 순간, 그의 등 뒤에서 문이 벌컥 열렸다.
엘리오는 재빨리 숨고 싶었지만…… 꼼짝도 하지 않았다.

너무 늦었다.

이미 들켰다. 아마 아까부터 누군가가 보고 있었던 모양이다.

"저 아이를 잡아!"

여자 가디언이 자신이 거느린 다섯 명의 경비병들에게 명령했다.

5

경비병들은 부스 주위를 포위했다. 엘리오는 막막한 심정으로 주위를 돌아보았다. 그가 걱정한 대로 아까 들어왔던 문을 제외하면 방에서 빠져나갈 수 있는 다른 출구가 전혀 없었다.

여자 가디언은 그 자리에 멈춰 선 채 엘리오를 쏘아보고 있었다. 매혹적인 얼굴에는 아무런 감정도 드러내지 않았지만 그녀의 두 눈 속에는 이상한 불꽃이 넘실거리고 있었다. 소름 끼치는 불꽃이. 엘리오는 잠시 저 여자의 본모습은 어떻게 생겼을까, 하는 의문이 들었지만 이내 경비병들에게로 시선을 돌렸다.

체격이 건장하고 싸움에 이골 난 병사들일 테니 어린아이를 체포하는 데에는 익숙지 않을 터였다. 엘리오가 마음속에 뭉게뭉게 일어나는 두려움을 다스린다면 저들의 눈을 속이고 아무 저항 없이 순순히 끌려가는 척할 수도 있을 것이다. 그러면 저들의 경계심을 늦출 수도 있을 것이고, 그렇게만 된다면……

엘리오는 문으로 쏜살같이 도망치고 싶은 충동이 들었지만 두려움으로 뻣뻣해진 사지에 힘을 빼고 그 자리에 버티고 있으려고 안간힘을 썼다. 반대로, 얼빠진 표정을 지으며 벌벌 떠는 시늉을 하기는 어렵지 않았다.

엘리오는 최후의 순간이 오면 변신을 하려고 마음먹었다. 재규어가 되면 더 빨리 달릴 수 있는 데다 경비병들이 그의 변신에 놀라 당황하는 그 순간을 잘 이용해서 상황을 빠져나갈 심사였다.

경비병들은 이미 코앞에 와 있었다. 엘리오가 미동조차 하지 않았기 때문에 짐작대로 그들은 더 이상 이 꼬마 소년을 경계하지 않는 듯했다. 이미 그들의 움직임에서 아까와 같은 일사불란한 기민함은 찾아볼 수 없었다. 엘리오라면 그들을 따돌리는 데 아무 문제도 없을 것이다. 여자 가디언을 제치고 나갈 수 있을지는 모르겠지만 그래도 그 여자는 혼자였다.

한 남자가 검은 가죽 장갑을 낀 손을 뻗는 순간, 엘리오는 변신했다.

"저놈을 죽여!" 오흐몰크는 엘리오가 변신을 마치기도 전에, 아니 거의 동시에 소리쳤다. 경비병들도 잽싸게 총을 잡고 방아쇠를 당겼다.

엘리오는 그들을 향해 달려가지 않았다.

그는 죽기 아니면 살기로 도망칠 방향을 바꾸었다. 재규어의 몸뚱이로 공중제비를 돌아 되레 방 안쪽으로 들어갔던 것이다. 그곳에 있는 가구를 붙잡는 순간 그는……

다섯 발의 총성이 울렸다. 고막이 터질 것 같은 총성.

엘리오는 탁자 아래로 굴러 들어갔고 자신의 의지와 상관없이 인간의 모습으로 돌아와버렸다. 다시 일어나려고 했지만 그대로 주저앉아 쓰러진 그는 손끝 하나 까딱하지 못한 채 숨을 헐떡였다.

그는 죽었다. 죽은 것이다. 엘리오는……

……살아 있었다.

엘리오는 곧 주변이 고요하다는 것을 알아차렸다. 게다가 희한하기 짝이 없었다. 그의 몸은 한 군데도 아프지 않았다. 살아 있을 뿐 아니라 부상조차 입지 않았던 것이다. 엘리오는 서서히 고개를 돌렸다. 그러고는 인상을 찌푸렸다.

경비병들은 바로 옆 바닥에 널브러져 있었다. 엘리오는 살아 있었지만 그들은 모두 이마를 깨끗하고 완벽하게 관통당한 채 다시는 일어서지 못했다.

엘리오는 시신들 주위로 점점 더 넓게 퍼져 나가는 피 웅덩이를 외면한 채 자리에서 일어섰다.

여자 가디언은 꿈쩍도 하지 않았다.

그녀는 두 팔을 벌리고 다리를 굽힌 채 엘리오를 등지고 문간에 서 있는 남자를 노려보고 있었다. 그 남자 역시 권총을 손에 쥐고 꼼짝도 하지 않았다.

혼란스러운 감정에 사로잡혀 있던 엘리오는 그 남자가 누구인지 알아보기까지 다소 시간이 걸렸다. 키가 크고 운동선수처럼 건장한 체격, 아주 짧게 친 회색 머리칼, 유약한 구석을 조금도 찾아볼 수 없는 완강한 표정.

힘, 절제, 강인함의 화신.

바르텔레미였다.

'라피에게 전해다오, 이제 나는 일곱 혈통의 총알이자 그림자가 되겠다고.'

엘리오에게는 종조할아버지나 다름없는 바르텔레미, 그는 처음 만난 엘리오에게 마지막으로 그런 말을 했었다. 엘리오는 불현듯 그 말의 의미를 깨달았다.

엘리오야말로 일곱 혈통의 계승자였고 바르텔레미는 그가 매번 위험에 처할 때마다 자신의 뛰어난 능력으로 도움을 주었던 것이다. 엘브륌, 리칸트로프, 죽음의 개들까지…… 그의 목숨을 구해주었던 의문의 총잡이는 다름 아닌 바르텔레미였다.

엘리오는 스튜디어 L에 잠입한 이유도 잊고 바르텔레미에게 달려갔다. 그러나 그럴 겨를이 없었다.

아저씨는 믿을 수 없을 만큼 빠르고 유연하게 총을 몸 쪽으로 잡아당기는가 싶더니 발사했다. 오흐몰크가 그 정도 거리에서 쏘는 총알을 피할 확률은 전혀 없었다.

오흐몰크는 머리에 정통으로 총알을 맞았다. 포스 아르카디아의 다른 괴물들처럼 뒤로 나가떨어지며 흔적도 없이 사라지지는 않았다. 그저 그 자리에서 비틀거리기만 했다.

엘리오는 쉭 소리와 함께 날아간 총알이 그대로 맞은편 벽에 꽂힌 것을 알았다. 총알은 오흐몰크를 관통하고 지나갔지만 아무런 해도 입히지 않았던 것이다.

처음으로 바르텔레미의 시선이 엘리오를 향했다.

"우리에겐 시간이 없다, 애야. 네가 해야 할 일을 해라. 이 더러운 놈들은 내가 상대하겠다."

바로 그 순간, 오흐몰크는 섬뜩한 괴성을 지르며 앞으로 달려들었다. 그 괴물의 본성을 짐작하기에는 백 마디 말보다 더욱더 확실한 괴성이었다.

오흐몰크의 손은 무시무시한 발톱이 번득이는 흉측한 짐승의 발로 변했고 얼굴은 사람의 형상을 찾을 수 없이 일그러지고 날카로운 송곳니가 삐죽 튀어나왔다.

속에서 부글부글 끓어오르는 증오의 힘을 빌려 앞으로 튀어나간 오흐몰크는 삽시간에 바르텔레미의 코앞에 와 있었다.

스피드라면 바르텔레미가 한 수 위였다.

그는 쓸모없어진 총을 버리고 어깨에 차고 있던 검을 손이 눈에 보이지 않을 정도로 빠르게 뽑아 들었다.

오흐몰크가 달려든 순간, 그 검이 간결한 곡선을 그렸다. 바르텔레미는 옆으로 빠졌고 괴물은 잘려나간 오른쪽 팔을 붙잡고 무시무시한 비명을 질렀다.

"서둘러라!"

바르텔레미가 다시 일격에 들어가며 소리쳤다.

엘리오는 그 말을 듣고 움찔했다. 그는 뒤돌아 방송 기기가 있는 곳까지 뛰어가 세팅을 확인하고 유리 부스로 들어가 문을 쾅 닫았다.

부스 내부는 단출했다. 여러 대의 카메라, 배경으로 사용하는 회색 막, 하나뿐인 좌석, 그리고 그 좌석 팔걸이에 달린 붉은색 버튼. 엘리오는 그 버튼을 누르면 방송이 나간다는 것을 알고 있었다.

그는 자리에 앉아 눈을 감았다.

마음을 비웠다.

공포와 의심을 잊었다. 지금도 밖에서 오흐몰크와 싸우고 있는 바르텔레미도 잊었다. 자신의 확신, 이기고자 하는 바람에만 집중했다.

두근대는 심장이 진정되었을 때 눈을 뜨고 카메라를 똑바로 바라보았다.

엘리오는 붉은색 버튼을 눌렀다.

6

할아버지는 돌아가시기 전에 놀라운 선물을 나에게 주셨습니다. 가장 귀한 보물보다 더 귀한 선물, 마법의 선물이었지요.

할아버지는 돌아가시기 직전에 나에게 이런 말씀을 하셨습니다.

아주 간단한 말씀이었는데요.

"잊지 마라, 엘리오, 사랑과 진실만이 유일한 힘이라는 것을."

7

  지노는 마음을 잡을 수가 없었다. 가장 기본적인 조심성을 고려하자면 최대한 빨리 그 자리를 떠야 했겠지만 엘리오를 버리고 간다는 것은 있을 수 없는 일이었다.

  어두컴컴한 현관 그늘에서 그는 피할 수 없는 순간이 오기를 기다렸다. 지원군이 도착하고, 수십 명의 군인들이 거리로 출동을 하고, 체포당하지 않으려면 도망칠 수밖에 없는 그때가 오기를 기다렸다.

  실제로 지원군이 오기는 했다. 기다란 검정색 자동차가 스튜디오 L 정문 앞에 멈춰 섰다. 그 차에서 두 남자가 내리더니 그때까지도 숨어 있던 경비병들에게 다가갔다.

  기운이 넘치는 탄탄한 걸음걸이, 목까지 단추를 채운 검정색 외투의 두 남자는 어딘가에 숨어서 지켜보고 있는 총잡이의 표적이 될지도 모른다는 걱정을 조금도 하지 않는 듯했다.

지노는 첫눈에 그들을 알아보고 숨이 막혔다. 질서와 안녕의 가디언이었다! 저들이 상황을 장악하고 스튜디오를 지키며 군인들을 지휘할 것이다.

그러나 가디언들은 짤막한 지시를 몇 가지 남길 뿐이었다. 즉각적인 복종에 길든 경비병들은 저마다 흩어져 몇 대의 차에 나누어 탔다. 시동을 걸고 차들이 빠져나가자 스튜디오 정문에는 두 명의 가디언밖에 남지 않았다. 그들은 주위를 둘러보지도 않고 정문을 무방비로 활짝 열어놓은 채 스튜디오 내부로 들어갔다.

'함정이구나. 이건 필시 함정이야.'

지노는 생각했다.

그는 자신이 무슨 짓을 하려는 중인지 깨닫기도 전에 일단 도로를 건너갔다.

옛 박물관은 미로를 방불케 했다. 모퉁이를 돌아 나올 때마다 아무도 쓰지 않는 널찍한 방, 계단, 복도가 한없이 이어졌다. 지노는 금세 길을 잃고 말았다.

엘리오는 무슨 수로 여기를 지나갔을까?

지노는 어둠 속에서 미처 파악하지 못한 장애물에 부딪혀 넘어지고 나서야 바닥에 두툼한 전선이 이어져 있다는 것을 알았다. 곧바로 엘리오가 무엇을 길잡이 삼아 스튜디오를 돌아다녔는지 이해가 되있다.

아래로 내려가는 마지막 계단을 디디는 순간, 자신의 짐작이 맞았음을 알았다. 가까운 곳에서 싸움이 벌어지는 소리를 들었기 때문이다. 가디언들이 엘리오를 찾아낸 것이 분명했다. 지노가 빨리 나서지 않는다면 엘리오는 위험해질 것이다.

그는 주저 없이 앞으로 나섰다. 문을 지나 유난히 크고 환한 방 안에 들어서며…… 그 자리에서 얼음이 되고 말았다.

과연 그의 눈앞에서는 무참한 대결이 펼쳐지고 있었으나 가디언들의 상대는 엘리오가 아니라 바르텔레미였다. 관록의 코지스트는 믿기지 않는 솜씨로 검을 휘두르고 있었고 가디언들은……

지노는 몸서리쳤다. 발톱, 송곳니, 무성한 털…… 바르텔레미가 상대하는 놈들은 인간이 아니었다. 그는 눈을 감았다가 다시 떠보았다. 수수께끼의 총잡이는 바르텔레미였고 에크테르의 졸개들은 사람이 아니라 괴물에 가까웠다. 만약 그가 곰곰이 생각해보았더라면 진즉에 그 정도는 추측할 수도 있었을 것이다.

바르텔레미는 무지막지한 공격을 받고 있었지만 실제로 어려움에 봉착해 있는 것 같지는 않았다. 코지스트로서의 능력과 타고난 냉정함, 뛰어난 검술을 겸비한 그는 가공할 만한 상대였다. 그는 가디언들이 짐작했던 것 이상으로 무서운 상대였다. 바르텔레미는 시종 검을 휘두르며 철통같은 방어선을 구축하고 있었다. 그 방어선을 중심으로 피할 수 없는 일격이 주기적으로 이루어졌다.

훌륭한 검술 교습이 어떤 것인가를 지노가 목격하는 동안 날카로운 검 끝이 가디언 한 놈의 턱 아래로 슈욱 소리와 함께 스쳐 지나갔

다. 상처에서 대번에 피가 콸콸 솟더니 괴물은 뒤로 벌러덩 넘어졌
다. 그는 완전히 땅에 나가떨어지기도 전에 허공에서 사라져버렸다.

지노는 바르텔레미가 분명히 우세해 보이는 대결에서 시선을 떼
고 엘리오를 찾아 방 안을 두리번거렸다. 이윽고 유리로 된 부스 안
에서 카메라를 바라보며 말하는 데 열중해 있는 엘리오를 찾아냈
다. 엘리오는 성공했던 것이다!

지노는 서둘렀다.

꼬마를 영영 잃어버렸다고 생각했지만 그 꼬마는 당당하게 해냈다!

지노가 바닥에 쓰러져 있는 사내 다섯 명을 피해 부스에 막 다다
른 순간, 등 뒤에서 바르텔레미가 큰 소리로 외쳤다.

"거기 멈춰!"

가차 없는 명령이었다. 지노는 그 말대로 멈춰 서서 뒤를 돌아보
았다.

바르텔레미는 두 번째 가디언도 해치우고 지노를 향해 성큼성큼
다가오고 있었다.

"바보 같으니, 무슨 짓을 하려는 거야?"

바르텔레미는 지노 앞에 우뚝 서서 매섭게 내뱉었다.

"나, 나는……"

바르텔레미는 정말로 실망스럽다는 표정으로 고개를 절레절레
흔들었다.

"엘리오는 저 단말기를 통해 전 세계에 퍼져 있는 스크린들과 접
속해 있어. 당신도 그 정도는 알고 있을 줄 알았는데? 바로 지금 이
순간, 엘리오는 50억인지 60억인지 하는 시청자들에게 에크테르를

물리치자고 호소하는 중이라고. 지금 굳이 엘리오를 방해할 필요가 있겠어?”

지노는 얼굴이 새빨개졌다.

“엘리오를 방해할 생각은 조금도 없었어요! 하지만 어떻게 당신이 엘리오의 계획을 알고 있는 겁니까?”

“당신과 엘리오가 다른 세상의 집에서 하는 말을 들었지.”

“그곳에 계셨어요? 우리를 따라왔습니까?”

지노는 당황한 기색을 감추지 못했다.

“줄곧 그럴 수야 없었지. 자네가 사용하는 문 중에는 내가 알지도 못하고 통과할 수도 없는 것들이 있으니까. 자네와 엘리오가 마르세유를 떠나면서부터는 쫓아갈 방법이 없었어. 어제 두 사람이 다른 세상의 집으로 돌아왔을 때부터 겨우 다시 따라다니기 시작했다네.”

바르텔레미는 대답하면서도 시선은 시종일관 유리 부스에 고정되어 있었다. 지노도 바르텔레미가 바라보는 곳으로 시선을 옮겼다. 엘리오는 팔걸이를 꽉 붙잡고 보이지 않은 청중에게 열심히 말을 하고 있었다. 워낙 깊게 몰두해 있었기 때문에 부스 밖에서 벌어지는 일은 안중에도 없는 듯했다.

“엘리오가 해낼 거라고 생각하십니까?”

지노가 중얼거리듯 물었다.

“내가 아는 단 한 가지는 엘리오가 마지막 희망이라는 것뿐이지. 우리의 유일한 희망. 저 아이는 시간이 필요하고 우리는 여기에 그 시간을 벌어주기 위해 있는 게지. 싸움은 좀 할 줄 아나?”

“어…… 아니오. 왜요?”

바르텔레미의 얼굴에 경멸의 그림자가 스쳐 지나갔다.

“에크테르가 설마 별 볼일 없는 오흐몰크 셋만 보내고 끝내리라고 생각하진 않겠지?”

이 말이 나오기를 기다리고 있었다는 듯이 사나운 개 울음소리가 복도에서 울려 퍼졌다.

지노는 화들짝 놀랐다.

바르텔레미는 방어 자세를 취했다.

그뢩들이 무리 지어 방 안으로 들이닥쳤다.

8

여러분에게 복수, 전쟁, 투쟁, 피에 대해 이야기하려는 것이 아닙니다.

불의나 권리에 대한 이야기를 하려는 것도 아니에요.

명령과 공포, 법과 거짓, 도덕과 타락을 늘 한 쌍으로 묶어 떠들어대는 사람들에 대해서도 아니죠.

나는 우리 한 사람, 한 사람 안에서 빛나는 이 빛에 대해 이야기하고 싶습니다.

바로 이 작은 빛이 우리를 사람답게 지탱해주고 있어요.

그런데 이 빛이 꺼져가고 있어요.

9

바르텔레미는 엄청난 거리를 풀쩍 도약하여 그륑들을 막아섰다.

컹컹 짖어대는 개 떼 사이를 칼을 휘두르며 죽음의 소용돌이처럼 헤치고 나아가더니 그 끝에서 휙 돌아서서 다시 한 번 그륑들과 맞붙을 태세를 취했다.

지노는 잠시 공황 상태에 가까운 혼란에 휩싸였지만 이내 자신의 운명을 받아들였다. 여기서, 이 방에서, 악몽에나 나올 법한 괴물들의 송곳니에 찢겨 죽는 것이 그의 운명일 터였다. 그렇게 인정하니 되레 마음이 차분해졌다. 그를 기다리는 운명을 피할 방법은 아무것도 없지만 자신의 죽음이 엘리오에게 도움이 될 수 있도록 손을 써볼 만한 도리는 있었다.

확실히 그륑들은 지노를 위험한 상대로 여기지 않는 듯 아직 그에게는 관심조차 보이지 않고 있었다. 지노는 그 틈을 이용하여 유리 부스의 문 앞에 묵직한 금속 궤짝을 밀어다 놓았다. 궤짝으로 문을 막은 후에 그 앞에 온몸으로 떡 버티고 섰다. 자신이 그룅들을 막아낼 수 있으리라는 착각 따위는 하지 않았다. 하지만 적어도 놈들이 엘리오에게 달려드는 순간을 늦출 수는 있을 터였다.

엘리오는 자신에게 주어진 사명을 수행하느라 통유리 저편에서 무슨 일이 일어나고 있는지도 몰랐다. 소년은 카메라에서 한 시도 눈을 떼지 않았다.

아니다. 지노는 방금 한 생각을 바로잡았다. 엘리오가 바라보고 말을 거는 상대는 카메라가 아니라 지구 상의 60억 인구였다. 그는 지금 60억 인류를 잠에서 깨우는 중이었다.

"애야, 너는 해내고 말 거야. 나는 알아."

지노가 속삭였다.

가슴이 메었다.

통유리에 비친 그림자를 통해 그는 자신의 등 뒤로 다가오는 거대한 그룅의 실루엣을 감지했다.

지노는 천천히 뒤돌아섰다.

지노는 라피와 마찬가지로 신념에 찬 평화주의자, 비폭력주의를 신념으로 여기는 사람이었다. 그러나 할 수만 있다면 기꺼이 저 미쳐 날뛰는 죽음의 개를 죽이고 엘리오를 위협하는 괴물들을 모조리 해치우고 싶었다.

그러나 이제 목숨을 내놓는 것으로 만족해야 할 것이다.

지노는 주위를 두리번거리며 무기가 될 만한 것을 찾았지만 마땅한 물건이 없었다. 그래서 그저 그룅과의 거리를 눈으로 어림짐작하며 주먹을 불끈 쥐었다.

순간적으로 눈앞이 시커메졌다.

그렝이 제대로 얻어맞고 땅바닥에 나뒹굴었다. 놈은 깽깽대며 죽어가는 소리를 내더니 자취도 없이 증발해버렸다.

표범은 벌써 저만치에 가 있었다.

우아하고 박력 넘치는 검은 표범이 수세에 몰리기 시작하는 바르텔레미를 도우러 갔다. 표범이 다가가자마자 그렝들은 겁을 먹고 우왕좌왕하기 시작했고 덕분에 바르텔레미는 숨을 돌릴 수 있었다.

표범과 바르텔레미는 한편이 되어 싸우기 시작했다.

샤에, 샤에가 틀림없었다.

엘리오는 샤에가 살아 있다고 지노에게 말했었다. 지노도 검은 표범이 스튜디오 L로 들어가는 모습을 본 순간부터 어렴풋이 그렇게 믿었다. 하지만 그 어렴풋한 믿음과 지금 그렝들과 싸우는 표범을 보는 것과는 엄청난 차이가 있었다. 그 차이의 이름은 희망이었다. 지노는 샤에가 그 긴 시간 동안 어디에 있었는지 알 수 없었지만 그런 것은 하나도 중요하지 않았다. 샤에가 여기에 있으니 그것만으로 충분했다.

지노는 엘리오를 흘끗 바라보았다. 엄마가 왔다는 것을 저 아이가 알고 있는지……

아니었다. 엘리오는 계속 카메라를 뚫어져라 보고 있었고 이 방에서 벌어지는 영웅들의 한판 승부에 대해 아무것도 몰랐다.

싸움은 막바지에 접어들었다.

이제 그렝들은 몇 마리 남지 않았다.

바르텔레미는 힘든 줄도 모르고 주위에 죽음을 흩뿌리고 있었다. 비록 몇 군데나 물리고 옷이 피로 물들어 있었지만 그의 검사위를 뒤흔들 만큼 치명적인 부상은 입지 않았던 것이다.

샤에는 그 옆에서 그뢩의 흉포함이 빛을 잃을 정도로 잔인한 야수성을 떨치고 있었다. 표범은 날아오르고, 치고, 할퀴고, 찢고, 부수며 적들에게 일말의 틈도 주지 않았다.

마지막 그뢩까지 나가떨어졌다. 놈은 홀연히 사라졌다.

바르텔레미는 숨을 헐떡이며 탁자를 짚었다. 그러면서도 천천히 공을 들여 칼날에 묻은 피를 닦아내고 나서야 겨우 이마의 땀을 훔쳤다.

지노가 서둘러 달려갔다.

"샤에! 굉장했어, 정말……"

그는 그 자리에 흠칫 멈춰 섰다. 검은 표범이 홱 돌아서더니 지노에게도 달려들 태세를 취하지 않겠는가. 귀를 바짝 붙이고 번쩍이는 송곳니를 드러낸 표범은 가슴속에서부터 사나운 울음을 토하고 있었다.

"샤에? 왜 그렇게……"

지노는 움찔 물러나며 말했다.

사나운 짐승의 울음소리가 이번에는 복도에서 울려 퍼졌다. 바르텔레미는 외마디 욕설을 뱉으며 다시 검을 움켜쥐었지만…… 그 자리에서 굳어졌다.

믿을 수 없다는 뜻의 휘파람이 그의 입에서 새어 나왔다.

바르텔레미는 웬만하면 놀라지 않는 사람이었지만 방금 방 안으로 들어온 그것은 그륑의 무리 따위가 비교될 수도 없는 수준이었다.

죽음을 부르기 위해 태어난 역겨운 괴물 떼거지. 새롭게 합류한 그륑들, 찍찍대며 자기들끼리 부대끼고 동에 번쩍 서에 번쩍하는 임들, 탄탄한 몸뚱이의 리칸트로프 세 놈, 엄청난 크기의 벌레 떼와 거대도마뱀, 사람의 모습을 버리고 본색을 드러낸 오흐몰크들……

괴물들의 총공격이었다.

10

“누가 우리를 도와줄 수 있는지 정말로 가르쳐줄 수 없나요?”

웅성거림이 퍼진다.

자꾸만 부풀어 오른다.

현기증 날 정도의 속도로 확산된다.

지금 화면에 나오는 방송을 들어야 해. 그 방송 봐봐. 잘 들어봐.

세계 곳곳에서 사람들이 자동차를 세우고, 일손을 멈추고, 침대에서 뛰어나오고, 서로 전화를 걸기 바쁘다.

그들은 본다.

가장 먼저 그들의 눈에 비치는 것은 빛을 발산하는 한 소년이다.

조명도 아니고 그 밖의 어떤 트릭을 써서 비추는 빛도 아니다.

사랑의 빛, 진실의 빛이다.

여러분에게 가르쳐드릴 것도, 거창하게 할 말도 없어요. 그냥 어떤 메시지를, 간단한 생각을 속삭이고 싶을 뿐이죠.

우리 모두가 가식을 버리고 진정한 자신의 모습을 찾는다면 어떨까요?

우리 모두가 자신만의 빛을 계속 지킨다면 어떨까요?

우리의 빛을 북돋우는 데 필요한 것은 결국 다 같다는 사실을 알게 되지 않을까요? 행복, 존중, 정의, 그런 게 필요한 거죠. 이것들이 말라버린다면 그것은 누군가가 다 써버렸기 때문이 아니라 그저 우리 안에 그것들이 충분하다고 생각하지 않기 때문이 아닐까요?

어려운 이론이 아니라 어떤 여행에 대해 여러분에게 이야기하고 싶어요. 모두가 자유롭고 자신의 책임을 알기 때문에 다 같이 행복을 누리는 나라로 떠나는 여행, 우리가 함께할 수 있는 여행이죠. 그리고 아무리 길고 험난한 여행도 결국은 한 걸음을 떼는 것부터 시작된답니다.

50억, 어쩌면 60억 이상의 인구가 빛을 발산하는 소년이 카메라를 향해 팔목을 들어 올리는 장면을 보았다.

50억, 어쩌면 60억 이상의 인구가 그들 자신의 팔목을 내려다보았다. IC 팔찌에 갇혀 있는 자신들의 팔목을.

11

괴물 떼거지가 방 안으로 밀려들어 왔다.

바르텔레미는 전사다운 포효를 내지르며 앞으로 달려 나갔다.

그것은 절망의 몸짓이었다. 바르텔레미에게는 승산이 없었다. 어차피 죽을 목숨, 최대한 많은 괴물을 저승길에 함께 데려가겠다는 필사적인 희망뿐이었다.

그는 자기 옆에서 발톱을 있는 대로 곤두세우고 뛰어가는 표범을 보았다. 샤에. 한때 바르텔레미와 샤에는 절대 함께할 수 없는 원수 지간이었다. 안타까운 일이었다. 사실 그 둘은 참 많이 닮았으니까.

괴물의 무리가 그들을 에워싸자 더 이상 다른 생각을 할 여유가 없었다. 일단 죽여야 한다. 저쪽에서 나를 죽이기 전에 내가 먼저 죽여야 한다.

지노의 심장은 터질 것처럼 주체할 수 없이 뛰었다. 아무것도 하지 않고 그 자리에 가만히 있을 수만은 없었다. 같은 편이 갈가리 찢겨 죽을 판국인데 어찌 그럴 수 있겠는가. 그는 부서진 탁자 다리를 집어 올렸다. 쓴웃음이 그의 입가에 떠올랐다. 이 금속 막대가 나탕의 검 마사무네는 아니었지만 그래도 지노에게 잘 어울리는 무기였다.

난생처음으로 싸움꾼처럼 고함을 지르며 앞으로 뛰어나가려는 순간, 그의 옆에 홀연히 한 소녀가 나타났다. 지노가 애써 품은 전사의 마음가짐은 온데간데없이 사라졌다.

"에린! 네가 어떻게……"

"우와, 여기 굉장한 싸움이 났네요. 엘리오는 어디 있어요?"

에린은 지노의 말을 가로막고 다짜고짜 물었다.

지노가 손짓으로 가르쳐주기 전에 에린은 알아서 엘리오를 발견하고 유리 부스로 다가갔다. 에린이 손가락을 한 번 퉁기자 지노가 문을 막기 위해 애써 밀어다 놓은 금속 궤짝이 저만치 스르르 물러났다. 엘리오가 카메라에서 막 시선을 돌리려는 순간, 에린은 부스 안으로 들이닥쳤다.

"엘리오! 깜짝 선물을 가져왔어!"

엘리오는 깊은 혼수상태에서 갑자기 깨어난 사람처럼 몸을 부르르 떨었다.

"에린? 너 여기서 뭐 해?"

그 말을 뱉고 나서 엘리오는 방 안이 아수라장이 되어 있음을 깨달았다. 검을 빼어 든 바르텔레미가 수십 마리의 무시무시한 괴물들에 둘러싸여 정신없이 싸우는 모습이 눈에 들어왔다. 그리고 검은 표범 한 마리가—엄마?—오흐몰크에 달려들어 얼굴을 할퀴고 리칸트로프의 공격을 간발의 차이로 피해서는 다시 공격 자세를 취하는 모습도 보았다. 지노까지 한 번도 본 적 없는 모습으로 탁자 다리를 휘두르며 임들을 쫓고 있었다. 무엇보다도 점점 더 많은 괴물들이 떼거지로 방 안에 밀려드는 광경이 눈에 들어왔다.

엘리오는 가슴이 답답해졌다. 그는 실패한 것일까? 눈물 한 방울이 눈가에서 뺨으로 똑 하고 굴러 떨어졌다.

"왜 그래? 깜짝 선물을 받기 싫어?"

"무슨 선물인데, 에린?"

에린은 엘리오의 손을 잡고 부스 밖으로 이끌었다.

"자…… 바로 이거야."

에린은 엘리오 눈앞의 허공을 손가락으로 가리켰다.

아니, 허공이 아니었다.

조금 전까지만 해도 아무것도 없었지만 지금은 1미터쯤 앞에 한 남자가 서 있었다.

텁수룩한 수염과 장발을 하고 누더기를 걸친 그 남자는 얼굴이 수척했다. 그의 얼굴에는 혹독한 시련을 겪고 간발의 차이로 목숨을 구한 사람들만이 지을 수 있는 표정이 떠올라 있었다.

알아보기 힘든 얼굴.

하지만 엘리오는 그 얼굴을 단번에 알아보았다.

"이놈의 괴물들 때문에 얼마나 찾기가 힘들었는지 몰라. 그래서 깨끗하게 씻을 시간도 드리지 못했어. 어때, 내 선물 마음에 들어?"

에린이 말했다.

엘리오의 눈앞에는 다시는 보지 못할 줄 알았던 아빠가 서 있었다. 엘리오와 아빠는 서로를 바라보았다.

"왜 말이 없는 거야?"

에린이 물었다.

부자는 쭈뼛쭈뼛 서로에게 손을 내밀었다.

"말은 없지만 행복해 보이는구나."

에린이 또 한마디했다.

두 사람의 손가락이 서로 스쳤다.

"어머, 이상해라. 아저씨도 눈물을 흘리시네."

두 손이 하나가 되었다.

"그래. 내 선물이 마음에 들었다면 다음에 얘기해줘, 알았지?"

엘리오는 에린을 돌아보았다.

"에린, 난……"

하지만 소녀는 이미 사라지고 없었다.

나탕은 몸을 떨었다. 그의 눈이 방 안을 헤매다가 급박한 상황에 처한 바르텔레미, 지노, 그리고……

"샤에!"

나탕이 외쳤다.

표범은 소스라치게 놀랐다. 리칸트로프 한 마리가 그 틈을 놓치지 않고 발톱으로 표범의 옆구리를 찢었다. 피가 콸콸 흘러나왔다.

"여기 꼼짝 말아라."

나탕이 엘리오에게 일렀다.

그러고는 앞으로 튀어 나갔다.

샤에는 리칸트로프의 두 번째 공격을 가까스로 피했다. 게리쇠르의 힘이 작용하자 상처의 가장자리가 저절로 붙고 아물기 시작했다. 나탕이 괴물 떼거지 한복판에 뛰어들어 적들을 내치며 샤에 옆까지 나아갔을 때는 이미 표범의 공격력이 회복되어 있었다.

믿을 수 없는 일이 벌어지려는 모양이었다. 수세에 몰렸던 네 친구들은 불과 몇 분 사이에 적들을 압도할 태세였다. 나탕은 이보다 더 기력이 넘칠 수는 없다는 듯이 주먹과 발차기를 휘둘렀다. 나탕의 합류에 힘을 얻은 바르텔레미는 자신의 한계를 넘어섰고, 샤에는 아까보다 더 맹위를 떨쳤다. 심지어 지노까지도 탁자 다리를 맹렬하게 휘둘러대며 분투했다.

하지만 갈수록 그들은 힘이 차츰 빠졌고 끊임없이 쏟아져 들어오는 괴물들의 수에 밀렸다. 결국 그들은 유리 부스까지 뒷걸음질 쳐야 했다. 네 사람에게 둘러싸인 엘리오는 최후의 공격을 감행하려는 괴물들을 바라보며 몸서리쳤다.

무엇인가가 예상대로 진행되지 않았다. 그렇지만 엘리오는 카메라 앞에서 분명히 말했다. 일곱 파미유가 하나 되어 낳은 설득의 힘을 담은 자신의 목소리가 스크린에서 스크린으로 퍼지는 것을 확실히 느꼈다……

그러나 그것만으로는 충분치 않았다. 괴물 떼거지가 여전히 이곳에서 날뛰고 있지 않은가.

흉포한 울음소리가 방 안에 진동했다. 경악할 만한 괴물이 문간에 나타났다. 뿔과 발톱과 송곳니가 달린 근육덩어리 괴물이.

'크락스!'

엘리오의 머릿속에서 유수라가 말했다.

"나도 알거든."

엘리오는 이를 악물고 대꾸했다.

크락스는 다시 한 번 포효하며 앞으로 달리기 시작했다. 세상 그 무엇으로도 막을 수 없는 파괴의 신이 달려오고 있었다.

엘리오를 향해서.

다른 괴물들은 그 자리에 얼어붙었다. 놈들은 크락스의 위엄에 머리를 조아리며 얼른 뒤로 물러났다. 크락스가 적을 상대하기 전에 거치적거리는 놈들은 자기편이라도 모조리 다 밟아버린다는 것을 진즉에 알고 있었던 것이다.

샤에는 아무도 알아차리지 못할 만큼 잠깐 주저하는가 싶더니 인간의 모습으로 돌아왔다. 그녀는 나탕의 팔을 잡고는 함께 뛰어가 아들의 앞을 막았다.

바르텔레미는 검을, 지노는 탁자 다리를 치켜들었다. 이제 그들 중 누구도 희망은 품지 않았다.

크락스는 믿기지 않는 속도로 달려왔다.

소름 끼치는 모습으로.

하지만 그 모습은 완전히 선명하지 않았다.

전혀 그렇지 못했다.

반쯤은 투명한 실루엣.

완전히 투명해졌다.

나탕과 샤에는 엘리오를 보호하기 위해 몸으로 막아섰다. 그들은 크락스와의 충돌이 얼마나 끔찍한가를 잘 알고 있었다. 하지만 크

락스와 부딪히는가 싶었던 순간, 나탕과 샤에는 산들바람이 슬쩍
불어왔다가 물러나는 느낌밖에 받지 않았다.

크락스가 사라졌다.

동시에 가장 가까이에 있던 리칸트로프도 증발해버렸다.

보이지 않는 돌풍이 이어서 방 안을 휩쓸고 지나갔다. 그룅과 임
이 가장 먼저 사라졌고 이어서 다른 괴물들도 속속들이 자취를 감
추었다.

눈 깜짝할 사이에 괴물의 떼거지는 눈앞에서 깨끗이 사라졌다.

네 사람은 잠시 어리둥절해서 아무 말도 못하다가 일제히 엘리오
를 바라보았다. 소년은 어깨를 으쓱해 보였다.

"어…… 결국은 통했나 봐요."

12

"어디에 계셨어요?"

스튜디오 L의 한쪽 구석에서 아빠 엄마 사이에 매달려 볼을 비비던 엘리오가 마침내 질문을 던졌다. 그에게 이 질문의 대답은 정말로 중요했다.

"어디에 계셨던 거예요?"

이 말을 되풀이하면서 엘리오는 보이지 않는 둑이 무너지기라도 한 듯 감정이 북받쳤다. 감정의 파도는 이성과 절제를 압도하고 결국 참을 수 없는 흐느낌으로 터져 나왔다. 엘리오는 아빠의 두 손을 맞잡은 채 엄마의 목덜미에 얼굴을 묻고 흑흑대고 울었다.

나탕과 샤에는 오래오래 서로를 바라보았다.

그들에겐 할 말이 너무 많았다. 하지만 시간이 필요했다.

그들은 엘리오가 울음을 그치기까지 기다렸다. 말보다는 조용히 옆에 있어주는 것이 필요했으니까. 잠시 후 나탕이 차분하게 입을 열었다.

"나는 어딘지 모를 곳에 갇혀 있었단다. 그곳이 지구 상에 있는 장소인지조차도 모르겠구나. 위르자트에서 공격을 당했을 때는 이대로 죽는구나 생각했지. 괴물들이 워낙 많았고 무기조차 없었으니까. 그렇지만 그놈들은 나를 생포하라는 지시를 받았던 모양이야. 아마 나를 인질 삼아 너에게 압박을 가하려는 속셈이 아니었을까. 괴물들은 나를 죽이지 않고 기절만 시킨 뒤에 끌고 갔지. 몇 주가 흘렀는지, 몇 달이 흘렀는지도 모르지만 나는 어떤 더러운 감방에 감금되었고 엘브륌과 그룅의 감시를 받았지. 아주 많은 것들이 궁금했지만 어느 것 하나 답을 얻을 수 없었어. 대부분은 너와 네 엄마가 어떻게 되었을까에 대한 궁금증이었지. 슬픔과 불안에 시달리다가 내가 돌아버리는 게 아닐까 생각도 했단다. 그런데 그 여자아이, 그래, 에린이 나타났던 거야. 금발에 오색 깃털을 꽂고 가무잡잡한 얼굴에 커다란 보랏빛 눈망울을 한 그 아이가 나타난 순간, 난 헛것을 보는 줄 알았지. 게다가 그 애가 그렇게 홀연히 나타났는데도 아무런 두려움이 들지 않는 거야. 그 애는…… 감방을 지키는 괴물들을 물리치고……"

"어떻게요? 아니, 어떻게 에린이 혼자서 괴물들을 물리쳤다는 거예요?"

엘리오가 아빠의 말을 끊고 물었다.

"그…… 글쎄, 나도 모르겠구나. 괴물들이 그 애에게 달려들었고 그 애는 놈들을 막으려는 몸짓도 하지 않았는데 죄다 머리와 다리가 한데 꽁꽁 묶여 꼼짝도 못하게 됐단다. 괴물들 전부. 그중에서 제일 덩치가 큰 놈 머리통에는 산타할아버지가 쓰는 모자까지 씌어 있지 않겠어. 엘리오, 도대체 그 에린이란 여자애의 정체가 뭐냐?"

"요정이에요."

"뭐?"

"에린은 요정이라고요. 제가 부르면 나타나는 요정인데요, 저를 무척 좋아해서 여러 번 도움도 줬어요."

"요정이라고?"

"네."

나탕과 샤에는 다시 한 번 눈길을 교환했다. 불안한 마음을 담은 그 눈길을 엘리오는 놓치지 않았다. 그는 턱으로 지노와 바르텔레미를 가리켰다. 그 두 사람은 가족들끼리 대화를 나눌 수 있도록 배려하는 뜻에서 저만치 물러나 있었다.

"지노 아저씨도 처음엔 제 말을 믿으려 하지 않았어요."

"알았다. 어쨌든 에린은 요정 소리를 들어도 놀랍지 않은 아이니까. 그 애가 감방을 지키는 괴물들을 꼼짝 못하게 하고 나에게 질문 공세를 퍼붓더니 내가 어떻게 된 일인지도 모르게 여기까지 데려왔단다."

"아빠가 갇혀 있을 거라고 생각했어요."

"내가 있던 감방의 창살이…… 갑자기 사라졌단다."

엘리오는 알겠다는 듯이 고개를 끄덕였다.

"에린에겐 별로 힘든 일도 아니었을 거예요."

그렇게 말한 엘리오는 엄마에게로 고개를 돌렸다.

"엄마는요?"

샤에는 힘겹게 침을 삼켰다.

"나에게 일어난 일은 그보다 단순하면서도…… 좀 복잡하기도 한데. 너를 다른 세상의 집에 들여보내고 나는 네 아빠를 도우러 갔단다. 그런데 그곳엔 네 아빠가 이미 없었어. 난…… 나탕, 난 당신이 죽은 줄 알았어. 그래서 다른 세상의 집으로 돌아가려 했지만 군인들이 폭탄을 터뜨려 문을 날려버렸기 때문에 들어갈 수도 없는 신세가 됐지 뭐야. 그래서……"

"그래서요?"

엘리오와 나탕이 동시에 물었다. 그들 두 사람은 샤에가 최근에 겪은 과거에서 아주 중요한 대목에 이르렀음을 감지했다.

"나는…… 표범이 되었지. 변신을 한 것이 아니라 정말로 표범이 된 거야. 처음에는 위르자트 마을 주위를 방황하며 내가 미처 찾지 못한 단서들이 있지 않을까 살펴보았지. 그다음에는 계속 표범의 모습으로 알제리의 오랑으로 갔어. 오랑에는 내가 다른 세상의 집으로 갈 수 있는 문이 있다는 사실을 알고 있었거든."

"엄마는 본 모습으로 돌아올 수 없었던 거예요?"

엘리오는 눈살을 찡그리며 물었다.

"아니, 가끔은 그럴 수 있었어. 하지만 그러고 싶지 않았단다. 게다가 인간의 모습이 되어서도 내 마음 깊은 곳의 본성은 표범의 그것이었어. 엄마는 오로지 너를 다시 만나겠다는 그 한 가지 목표만 바라보고 살았단다. 오랑의 문을 넘으면서 너와 지노의 흔적을 감지했지. 너희는 라피를 만나러 마르세유로 막 떠난 참이었어. 라피와 함께 있으면 네가 안전할 거라고 생각했지. 나와 함께 있는 것보다 더 안전할 거라고. 엄마는…… 엄마는……”

샤에는 잠시 말을 그치고 기억의 상처를 에둘러가기에 적당한 단어를 골랐다.

“엄마의 모습을 드러내지 않기로 결심했지. 그늘에 숨어서…… 널 지켜보겠다고 마음먹었던 거야. 라피는 아마 내가 네 주위에서 맴돌고 있는 걸 알았을 거야. 틀림없이 짐작하고 있었겠지. 하지만 그는 아무 말도 하지 않았어.”

“날 잡으려는 소탕 여단의 개를 처치해준 것도 엄마였어요?”

“그래. 그보다 더한 일도 기꺼이 했을 거야. 널 내 품에 안을 수만 있다면, 너를 안전하게 보호할 수만 있다면…… 하지만 그럴 수 없었지. 네가 지노와 카메룬으로 떠나면서부터 나는 너희 뒤를 밟았어. 네가 아벨을 만날 때도, 군다나족의 땅에 들어갈 때도 엄마는 옆에 있었단다. 엄마가 네 손을 묶은 밧줄을 끊어주고, 하이에나를 쫓아주고, 은구마가 너를 죽이려 할 때 나서주었지. 엄마는 항상 네 곁에 있었지만…… 엄마는 표범이었어.”

엘리오가 샤에의 손을 잡아 자신의 입술로 가져갔다.

“엄마, 엄마 마음 다 알아요. 저는 재규어가 됐어요. 그게 어떤 건지 알아요.”

그렇게 말하고 난 엘리오의 얼굴에 갑자기 불안한 기미가 떠올랐다.

“그런데 지금은 표범이 아니잖아요? 다시 우리 엄마로 돌아온 거예요?”

샤에는 눈망울에 반짝이는 눈물을 머금고 미소를 지었다.

"항상 네 엄마였고 앞으로도 그럴 거야. 조금 전에 널 다시 만나고 나서, 너와 네 아빠가 바로 내 옆에 있던 그 순간에 흡사 창문이 활짝 열린 듯 마음속이 뻥 뚫렸단다. 엄마는 다시 엄마 마음대로 변신할 수 있게 되었어. 이제 엄마는……"

"엄마는요?"

엘리오가 깜짝 놀라 엄마를 쳐다보았다. 샤에는 고개를 갸우뚱하게 기울이고 갑자기 깊은 상념에 빠진 사람처럼 꼼짝도 하지 않았다. 하던 말을 마저 맺지도 못하고 움직이지도 못하는 것 같았다.

"엄마?"

샤에는 대답이 없었다. 미동조차 하지 않았다.

엘리오는 아빠를 돌아보았다.

"아빠, 엄마가 왜……"

나탕도 말이 없었다.

나탕은 움직이지 않고 허공을 하염없이 바라보며 엘리오의 말에는 귀를 기울이지 않았다. 규칙적으로 오르락내리락하는 가슴팍이 숨이 붙어 있다는 것을 알려줄 뿐, 그 외에는 완전히 죽은 사람 같았다.

엘리오가 나탕의 팔을 흔들었다.

"아빠, 일어나세요!"

나탕은 샤에 쪽으로 픽 쓰러졌다.

엘리오가 벌떡 일어났다.

"지노 아저씨! 빨리요! 우리 아빠 엄마가……"

지노와 바르텔레미도 의식을 잃고 바닥에 쓰러졌다.

엘리오 혼자만 아직도 움직일 수 있었다.

생각할 수도, 행동할 수도.

엘리오, 그리고 문간에서 빈정대는 표정으로 그를 바라보고 있는 회색 양복 차림의 키 작은 남자만이 가능했다.

13

"우리 둘이 굉장히 닮았다는 거 알아?"

회색 양복의 키 작은 남자는 방 안으로 두 발짝 더 들어왔다. 에른 스트 파사, 유럽 동맹의 대통령이었다.

겉모습에 신경을 쓰는 공인(公人) 특유의 인상이 강했다. 간결하 지만 우아한 양복, 가늘고 섬세한 콧수염, 부분 탈모를 감추기 위해 공들여 빗은 머리, 매니큐어를 바른 손톱, 얼굴이 비칠 정도로 완벽 하게 광을 낸 구두에 이르기까지 흠잡을 데 없는 차림이었다.

두 눈만이 그렇지 않았다. 암흑처럼 새까만 두 개의 안구에 비치 는 것은 허무, 그 외에는 아무것도 없었다.

에크테르. 로트르의 소울.

"조금 전에 네가 보여준 그 놀라운 재능은 오랜 세월 공들여 쌓은 탑을 불과 몇 분 만에 무너뜨렸어. 자기 말에 귀 기울이는 사람의 마음속으로 파고드는 네 재주 때문에…… 일곱 파미유의 피가 한데 모이면 무서운 줄은 알고 있었지만 이렇게 내 능력과 비슷한 능력일 거라고는 상상도 못 했지 뭐야.”

엘리오는 에크테르에게 다가갔다. 그러나 지금까지 경험했던 그 어떤 공포보다 차원이 다른 공포가 엄습했다.

그는 에크테르에게 다가갔다. 아빠 엄마를 버릴 수 없었기 때문에. 목표를 눈앞에 두고 포기할 수는 없었기 때문에. 이 만남을 준비해왔기 때문에.

지노와 고심해서 준비한 계획에는 한 가지가 부족했다.

“에크테르, 당신이 가진 건 기만뿐이지. 우리에겐 아무런 공통점도 없어.”

엘리오는 목소리가 떨리지 않는 것을 다행이라고 생각했다.

사람의 모습을 취하고 있으면서도 크락스보다 더 소름 끼치는 에크테르가 갑자기 폭소를 터뜨렸다.

“없긴 왜 없어, 엘리오. 우리는 같은 족속이야. 우리는 사람들에게 말을 걸고 그들의 확신과 신념에 파고들지. 우리는 사람들의 영혼을 보이지 않는 실로 에워싼다고. 그들의 생각을 우리가 원하는 방향으로 유혹하고, 그들을 꼭두각시로 전락시키잖아.”

“난 절대로 그러지 않았어!”

엘리오가 분개하며 외쳤다.

“아, 그래? 그럼 조금 전에 사람들에게 떠들면서 뭘 했다고 생각해? 나의 백성들을 너의 뜻대로 길들이려 하지 않았어?”

“나는 사람들을 해방시켰을 뿐이야.”

"인간은 자유롭게 살도록 내버려주면 안 돼, 엘리오. 인간은 비겁하고 약해빠졌지. 그들에게 인도자가 필요하다고."

"말이면 다인 줄 알아!"

"왜 그들이 내 말을 따랐다고 생각해? 그들이 절망적으로 인도자를 갈구하고 있었기 때문 아니겠어? 왜 그들이 그토록 쉽사리 나를 부정했을까? 그들은 옛 인도자를 버리고 새로운 인도자를 택한 거야. 바로 너를."

"거짓말!"

"거짓말이라고? 정말 그럴까? 너는 수십억 인구에게 말을 걸었지. 그들이 악에 받쳐 부르는 소리를 듣지 못했단 말이야? 네 모습이 스크린에서, 그래 나의 스크린에서 사라진 이후로 그들은 몸에서 빛이 나는 소년 이야기만 떠들어대고 있어. 그 소년의 연설에 대해, 그 소년이 다음에는 또 어떤 메시지를 전할까에 대해."

엘리오는 흠칫했다.

"메시지? 나…… 나는 이제 할 말이 없어."

"오호, 없기는 왜 없어. 그들에게 말씀하셔야지."

"무슨 말을…… 내가 왜?"

"네 안에 메시지가 기록되어 있으니까. 이미 너는 진정한 권력의 맛을 보았고 머지않아 그 맛 없이는 살 수도 없을 테니까. 이제부터 우리 둘이 함께 일을 벌일 테니까."

"아, 그래, 별 소릴 다 듣겠군!"

엘리오는 에크테르의 말을 듣고 흔들렸던 평정심을 되찾았다. 그는 사람들을 인도할 마음도 없었고 에크테르와 손을 잡는다는 것을 생각하니 기가 막혀 웃음을 참을 수 없었다.

에크테르는 부르르 떨었다. 깊은 우물 같은 눈에서 붉은 빛이 타올랐다.

"엘리오, 너는 나의 백성들에게 말하게 될 거야. 내가 그들을 위해 선택한 길로 인도하게 될 거야. 왜냐, 만약 네가 그렇게 하지 않으면……"

에크테르가 손가락을 딱 소리 나게 튕겼다. 샤에의 몸뚱이가 갑자기 활처럼 홱 구부러졌다. 샤에는 여전히 의식이 없었지만 그 와중에도 아픔을 느끼는지 신음 소리를 냈다. 진홍색 핏방울이 입가에 맺혔다. 엘리오는 눈을 감아버렸다.

계획에 부족한 한 가지는 엘리오가 예상했던 것보다 한층 더 고약했다. 그러나 그에게는 선택의 여지가 없었다.

소년은 눈을 반짝 뜨고 빙그레 웃었다.

"당신은 그런 짓을 하기에 너무 약아빠졌지."

에크테르는 허를 찔린 듯 눈살을 찌푸렸다. 엘리오는 그 틈을 놓치지 않고 에크테르에게 손만 내밀면 닿을 만큼 가까이 다가갔다. 그러나 그와 몸이 닿지는 않도록 조심스럽게 움직였다.

"당신은 조직을 짜는 데 15년이 걸렸잖아. 나는 고작 몇 분 만에 그 조직을 허물어버렸지. 내가 사랑하는 사람들의 머리칼 한 올이라도 건드리기만 해봐. 세계를 정복하겠다는 당신의 희망은 영영 끝장나고 말 테니까."

엘리오는 스스로도 놀랄 만큼 자신감 넘치는 목소리로 말했다.

분노를 담은 휘파람 소리가 에크테르의 목구멍에서 새어 나왔다.

"나의 조직이라, 그거 참 그럴싸하군. 그럼 내가 원할 때 조직을 짠다는 건 알고 있나? 나에게 시간은 중요하지 않거든."

"정말 그럴까? 여덟 번째 문에 갇힌 채 악몽에 사로잡혀 신음할 때도 시간 따위는 상관없었을까?"

엘리오가 맞받아쳤다.

일순간 에크테르의 표정이 뒤틀리며 인간의 것이 아닌 흉측한 표정을 드러냈다. 그러나 그는 이내 자신을 다스렸고 세련된 정치가의 모습으로 되돌아왔다.

"나에게 시간은 중요하지 않아. 나의 백성을 다시 장악하고 말 테니까."

에크테르는 차분하게 반박했지만 타오르는 분노를 감추지는 못했다.

"아니."

"아니라고?"

"내가 방해할 거야."

"내가 널 죽일 텐데."

에크테르가 그 말을 뱉었다.

엘리오의 계획에 부족했던 한 가지가 채워졌다. 이르지는 않았다. 이제 엘리오도 다른 수는 없었다.

"잘난 척하지 말고."

소년은 미소를 지으며 말했다.

엘리오는 놀라운 속도로 몸을 굽혀 그의 목을 향해 뻗어오던 가증스러운 발톱을 가까스로 피했다. 그는 자신의 몸뚱이를 두 동강

낼 수도 있었던 일격을 피해 땅바닥에 굴렀다가 몸을 일으켰다. 그
때 무서운 포효가 방 안을 뒤흔들었다.

'크락스.'

유수라가 머릿속에서 말했다.

"나도 알아."

소년은 도깨비불처럼 잽싸게 뒤돌아서서 복도를 향해 달렸다.

14

아홉 살짜리 꼬마가 크락스로 변신한 사악한 존재보다 빨리 달릴 수 있을까?

그랬다. 그 문제의 꼬마가 일곱 파미유의 혈통을 물려받았고 자신을 앞으로 박차고 나아가게 하는 묘한 힘을 굳게 믿는다면 말이다.

엘리오는 인간의 모습을 유지하기로 마음먹었다. 탄탄한 재규어의 몸뚱이라면 더 빨리 달릴 수 있었지만 그는 문을 열어야 했고 무엇보다 요정을 불러와야 했다.

소년은 쏜살처럼 방에서 튀어 나가 복도의 모퉁이를 돌았다. 미끄러져 넘어질 뻔했지만 가까스로 중심을 잡고 속도에 박차를 가했다.

그의 뒤에서 크락스가 비대한 몸집으로 문틀을 들이받았다. 문틀은 벽면의 일부와 함께 산산조각이 났다.

에크테르는 자신이 취할 수 있는 여러 가지 형상 가운데 포스 아르카디아의 최고 포식자 크락스를 선택했다. 폭력, 완력, 죽음을 부리기에 가장 적합한 몸뚱이었다. 뾰족뾰족한 돌기, 뿔, 날이 돋은 두터운 갑피를 두르고 있으면서도 믿을 수 없을 만큼 날렵한 것이 바로 크락스였다. 엘리오가 파르스름한 빛을 뿜는 문에 다다랐을 때는 크락스도 바로 그의 꽁무니까지 따라와 있었다.

엘리오는 다른 세상의 집 안으로 몸을 던졌다. 그는 통로로 이어지는 문을 향해 들입다 뛰었다.

뛰었다. 더 이상 빠르게 뛸 수 없을 만큼.

그 와중에도 절박한 의문들이 머릿속에서 뒤엉켰다.

다른 세상의 집 안에서 제대로 길을 찾아갈 수 있을까? 크락스에게 잡히기 전에 테라스에 도착할 수 있을까? 에린은 준비가 되어 있을까?

무엇보다……

그 문제의 간이의자 일을 제대로 이해한 게 맞을까?

크락스는 덩치가 워낙 컸기 때문에 옆구리의 갑피를 온통 벽에 긁고 있었다. 어깨쪽에 삐죽삐죽 칼날처럼 솟은 돌기가 문틀에 자꾸 끼었다. 발에 잔뜩 돋친 가시들은 마룻바닥을 갈라놓았다.

그렇다고 크락스를 멈추게 할 수는 없었다. 그 무엇으로도 놈을 막을 수는 없었다. 하지만 엘리오는 그 덕분에 시간을 벌어 조금이나마 간격을 벌릴 수 있었다.

간이의자.

엘리오가 꿈을 꾼 것이 아니었다. 의자를 프라툼 보락스에 내던지고 몇 시간이 지났을 무렵, 그 의자는 틀림없이 풀밭 한복판에 멀쩡한 모양으로 나동그라져 있었다.

세상에서 가장 튼튼한 강철도 집어삼키는 그놈의 풀을, 무슨 힘으로 그 빈약한 간이의자가 감당할 수 있었단 말인가?

엘리오는 다른 방보다 유난히 크고 널찍한 방에 이르렀다. 아름다운 스테인드글라스 창문이 10여 개나 있는 일전에도 감탄을 자아냈던 그 방이었다.

그는 제대로 왔다.

이제 아무것도 에크테르의 질주를 막지 못했다. 에크테르는 널찍한 공간으로 나오자 무섭게 포효하며 앞으로 내달렸다. 엘리오가 다른 통로로 빠지는 문을 막 통과했을 때 끝이 보이지 않을 만큼 길고 날카로운 발톱이 그의 등을 길게 가르며 불에 덴 듯 화끈거리는 상처를 남겼다.

엘리오는 비틀거리며 넘어질 뻔했지만……

'아냐, 지금은 안 돼, 이제 거의 다 왔는데!'

……온 힘을 다해 균형을 잡고 계속 달렸다. 에크테르의 숨결이 목덜미에 와 닿을 만큼 가깝게 느껴졌다. 엘리오는 모퉁이를 돌아 둥근 천장 아래를 지났고 계단 세 칸을 한달음에 뛰어내려 오른쪽으로 방향을 꺾었다.

등의 상처가 지독하게 욱신거렸다. 아니, 이제 욱신거리지도 않았다.

엘리오는 마침내 다른 세상의 집에서 가장 큰 방, 주실로 들어섰다. 테라스로 통하는 공간은 이곳뿐이었다. 그는 해냈다. 단 몇 초간 놈을 앞서야 한다는 어려운 과제가 아직 남아 있기는 했지만 말이다. 그다음에는 가장 골치 아픈…… 아니, 말도 안 되는 짓을 성공해야 한다!

엘리오는 나무와 가죽으로 만든 널찍한 소파 위로 뛰어 올라갔다. 에크테르는 그 소파를 고무공처럼 가볍게 들어 올려 방 저편으로 내동댕이쳤다.

엘리오는 의자와 탁자 사이로 요리조리 피했다. 에크테르는 의자와 탁자도 단숨에 쓸어버렸다.

엘리오는 살짝 열려 있던 통유리 문틈으로 나갔다. 바로 그 다음 순간, 에크테르는 통유리를 몸으로 들이받아 박살 내버렸다.

에크테르.

놈은 거기에, 엘리오의 바로 뒤에 딱 붙어 있었다. 그리고 엘리오는 아직도 20미터를 더 달려야 했다. 나아가서는 안 될 20미터를 가야만 했다.

엘리오는 죽기 살기로 왼쪽으로 방향을 트는 척 눈속임 동작을 취했다. 그러면서 에크테르의 발톱을 머리카락 한 올 차이로 피했다. 덕분에 엘리오는 1미터 정도 앞서 나갈 수 있었다.

"에린! 지금이야!"

엘리오는 온 힘을 쥐어짜서 목이 터져라 외쳤다.

기다리고 있을 수는 없었다. 에린이 그의 외침을 들었는지, 그의 생각이 옳았는지 확인할 겨를 따위는 없었다.

비. 엘리오가 프라툼 보락스에 의자를 내던졌을 때, 그 전에 비가 왔었다.

빌어먹을 의자!

엘리오는 젖 먹던 힘까지 끌어내 달렸고 상대를 좀 더 앞질렀다. 그는 믿을 수 없는 속도로 테라스 가장자리에 이르러서는 엄청난 박력으로 하늘 높이 뛰어올랐다.

엘리오의 몸이 완벽한 곡선을 그리며 솟아올랐다. 얼마나 높이 솟아올랐는지 최고점에서 중얼거릴 틈이 있었다.

"에린, 지금이야, 제발."

어디서 불어왔는지 모를 엄청난 파도가 엘리오를 세차게 후려쳤다. 그는 바닥에 세게 곤두박질한 나머지 잠시 숨이 멎었다.

소년은 풀밭에 엎드려 있었다. 정신을 차리기까지 잠시 시간이 필요했다.

프라툼 보락스에 배를 깔고 엎드려 있는 게 아닌가. 엘리오는 물에 흠뻑 젖은 채…… 멀쩡하게 살아 있었다.

작전은 통했다.

추악한 울음소리가 바로 옆에서 일어나는 바람에, 엘리오는 벌떡 일어났다.

크락스였다.

에크테르였다.

엘리오는 얼른 달아나려고 했지만 눈앞에서 벌어지는 끔찍한 광경에 몸이 굳어버렸다.

에크테르는 그를 바짝 따라왔었다. 바짝 붙어서. 엘리오가 풀밭으로 몸을 던지는 순간, 에크테르도 똑같이 행동했다. 하지만 그의 몸은 바싹 말라 있었다. 프라툼 보락스의 왕성한 식욕을 꺾을 힘을 지닌 것은 물뿐이었다.

철갑을 두른 괴물의 다리를 살진 덩굴손이 칭칭 감았고, 원래 가시투성이였던 몸뚱이에 강철보다 더 단단한 가시들이 콕콕 박혔다. 그와 동시에 프라툼 보락스의 부식성 분비액이 작용하면서 무시무시한 소화 과정이 이루어졌다.

에크테르는 다시 한 번 포효했다. 그 풀은 그보다 더 강했다. 수백 배는 더 강했다. 풀 한 포기를 뽑아내면 더욱더 극성스럽고 포악한 열 포기 풀의 공격을 받았다. 그럼에도 에크테르는 간신히 테라스 쪽으로 한 발짝을 내딛었다. 하지만 그뿐이었다. 뼈 부러지는 소리가 간담을 서늘케 하더니, 어느새 에크테르는 무릎을 꿇고 주저앉아 있었다. 바닥을 박차고 솟아나는 덩굴이 거인과도 같은 크락스의 상체를 옭아매고 목덜미까지 기세 좋게 뻗어나갔다.

에크테르는 최후의 생존 본능을 발휘하듯 모습을 바꾸려고 했다. 그의 모습을 이루는 윤곽선이 마구 흔들렸다. 그는 회색 양복의 키 작은 남자가 되었다가, 오흐몰크가 되었다가, 안개처럼 흐릿하고 이빨만 보이는 괴물이 되었다가, 다시 크락스의 모습으로 돌아왔다. 에크테르가 둔갑을 한 번 할 때마다 프라툼 보락스도 그에 맞춰 덩굴을 바짝 옥죄며 생명의 수액과 에크테르의 본질을 이루는 성분을 쪽쪽 빨아먹었다.

'프라툼 보락스를 연구했던 최후의 기드들은 저 풀이 에너지와 감정까지 빨아들일지도 모른다고 했었단다.'

지노가 그런 말을 한 적이 있었다.

과연 그 기드들의 짐작대로였다.

이제 에크테르는 살아 있는 풀밭에 처박힌 형태 없는 덩어리에 지나지 않았다. 마지막 울음소리가 터져 나왔다. 흉측하고도 가련한 울음소리였다. 소름이 끼치지만 절절한 고통이 짐작되는 소리. 그 소리는 사라지고 식물이 먹이를 삼키며 꿀꺽대는 역겨운 소리가 이어졌다.

풀밭은 더 이상 요동치지 않았다.

서서히 차분해졌다.

프라툼 보락스는 온화한 초록빛 들판의 모습, 그럴싸하지만 기만한 모습을 되찾았다.

엘리오는 놀랍기도 하고 무섭기도 해서 그 자리에 돌처럼 굳어진 채 꼼짝도 하지 않았다.

"이봐, 나라면 거기 그러고 있지 않을 거야. 안 그럼 내가 또 물을 뿌려줘야 하잖아."

15

지노가 의식을 되찾았을 때 그는 스튜디오 L에 쓰러져 있었다.

무던히 애를 썼지만 몸을 일으킬 수가 없었다. 사지는 물먹은 솜처럼 축 늘어져 있었고 관자놀이를 쪼개는 듯 머리가 아프고 구역질이 치밀어 올라 이제 정말 죽는구나 싶은 기분이 들었다.

지노는 곁눈으로 바르텔레미를 보았다. 바르텔레미는 이를 악물고 이마에 구슬땀을 흘리며 옆에 있는 탁자를 붙잡고 비틀비틀 일어나고 있었다. 저쪽에 조금 더 멀리 떨어진 곳을 보니 나탕과 샤에는 이미 일어서 있었다. 그 둘은 얼빠진 눈으로 엘리오가 어디 있는지 찾고 있었다.

바로 그 순간, 엘리오가 방으로 들어섰다. 엘리오의 옷이 걸레처럼 너덜너덜했다. 물에 빠진 생쥐 꼴을 한 채로 엘리오는 눈부시게 환한 미소를 짓고 있었다.

“여기를 뜨는 게 좋겠어요! 군인들이 와요!”

나탕과 샤에가 황급히 엘리오에게 달려갔다.

“무슨 일이 있었니? 어디에 있었어? 왜 이렇게……”

나탕이 엘리오를 재촉하며 물었다.

“빨리 여기를 떠야 한다니까요.”

엘리오는 자기 주장을 굽히지 않았다.

“어째서……”

“그래요, 군인들은 이제 대장을 잃었죠. 그렇다고 해서 그들이 같은 편이 되는 건 아니잖아요. 에크테르가 있든 없든, 군인들은 우리를 보면 일단 총질부터 할 거예요. 따지는 건 나중 일이라고요.”

“에크테르가 있든 없든?”

샤에가 되물었다.

엘리오는 엄마에게 윙크를 보냈다.

“이제 끝났어요. 프라툼 보락스가 에크테르를 먹어 치웠어요!”

그 말을 듣는 순간, 지노는 머리가 쪼개질 것 같던 두통이 가시는 것을 느꼈다.

“나에게 기대게, 친구.”

지노가 눈을 들었다. 바르텔레미가 그에게 손을 내밀고 있었다.

지노는 빙그레 웃으며 그 손을 잡았다.

“자, 이제 말해보련?”

"아뇨, 일단 뭐 좀 먹어요."

"엘리오, 우리는 다른 세상의 집에 와 있잖니. 여기엔 먹을 것이 없어."

"하지만 전 배가 고파요!"

지노가 샤에의 어깨에 손을 얹었다.

"내가 우리 동네에 가서 먹을 것을 좀 마련해 오면 되겠지. 레위니옹 섬 말이야."

"먹을 것을 구하러 거기까지?"

"레위니옹 섬과 다른 세상의 집과 통하는 문이 있잖아. 그 문에서 아주 가까운 곳에 내가 아는 이모님이 한 분 사셔. 아마 지금쯤 불에 뭘 얹고 푹 끓이고 계시지 않을까. 새끼 재규어의 허기를 달래주기에 충분한, 아주 맛있고 푸짐한 뭔가를 만들고 계실 거야."

엘리오의 눈이 반짝반짝 빛났다.

"루가이?"

"그래, 얘야. 루가이를 가져올 수도 있겠지."

엘리오는 바르텔레미와 지노를 마주보고 아빠 엄마 사이에 앉았다. 지노는 생각보다 시간이 오래 걸리기는 했지만 약속을 지켰다. 배불리 먹고 남은 이모님의 루가이가 탁자 위에서 서서히 식어가고 있었다.

엘리오는 일단 배를 채우고 나서 그의 마지막 모험을 천천히 털어놓았다. 질문을 받으면 짧은 대답을 의기양양하게 내놓았다. 그러나 아무도 엘리오의 의기양양한 태도를 지적할 수 없었다. 엄마가 엘리오에게 너무 위험한 시도였다고 나무라자 소년은 어쩔 수 없었다는 듯이 그저 어깨만 으쓱해 보였다.

'아빠 엄마를 위해서였어요.'

나탕과 샤에는 엘리오의 속마음을 그렇게 헤아렸다.

'그게 가족이죠.'

지노는 그렇게 해석했다.

'이제 와서 걱정하시기엔 너무 늦은 거 아니에요.'

바르텔레미는 엘리오의 몸짓을 그렇게 받아들였다.

모두 나름대로 진실의 일면을 보았던 셈이다.

"끝났다는 게 믿기지가 않아. 정말로 모든 게 끝났다니."

지노가 내뱉었다.

"하지만 끝났어. 로트르는 세 부분으로 이루어져 있는데 마지막 남은 부분이 프라툼 보락스에 잡아먹혔잖아. 이제 끝났다고 믿어도 돼."

나탕이 웃으며 말했다.

머리를 깎고 면도를 한 나탕은 스튜디오 L에 처음 나타났을 때보다 훨씬 좋아 보였지만 아직도 목소리가 확 쉬어 있었고 얼굴과 눈빛에 지친 기색이 역력했다. 에크테르에게 감금되었던 시간이 남긴 상처가 지워지려면 앞으로도 꽤 시간이 걸릴 것 같았다.

'나탕이 많이 변했구나.'

샤에는 눈을 빛내며 남편을 주시하고는 속으로 생각했다. 하지만 샤에 자신이 얼마나 많이 변했는가에 대해서는 깨닫지 못하고 있었다.

"사람들이 지난 15년간 겪은 일에서 어떻게 회복될 수 있을까?"

지노가 물었다.

"자네가 생각하는 것보다 훨씬 빨리 회복될걸. 에크테르와 더불어 세계를 지배하던 4대 지도자와 그들의 가장 열성적인 심복들이 함께 사라지지 않았나. 그들의 흔적조차 남지 않았어. 갖가지 의문과 추측, 사건을 파헤치려는 조사가 난무하겠지만 어쨌든 삶은 다시 제 흐름을 되찾을 걸세."

바르텔레미가 말했다.

"아저씨는 무척 낙관적이시군요. 비겁함, 이기주의, 타협, 무관심, 노예근성에 찌들어 지낸 세월이 15년이에요…… 모욕과 증오의 15년이었죠. 그 세월이 인류의 정신에 끼친 해악은 어마어마해요. 인간은 자유의지를 포기했지요. 이제 인간이 다시 자유를 자기 것으로 삼는 동안, 어느 독재자가 등장해서 에크테르가 하던 짓을 그대로 따라할지 몰라요. 세상이 앞으로도 계속 혼란에서 벗어나지 못하는 것은 아닐지 걱정스러워요."

샤에가 말했다.

"어쩌면 그게 바로 우리가 해야 할 일이겠지."

바르텔레미는 수수께끼 같은 말을 던졌다.

"우리가 해야 할 일?"

샤에가 놀라 반문했다.

"우리가?"

나탕도 의아해했다.

바르텔레미는 미소를 지으며 말했다.

"혼란을 몰아내는 일. 인간이 과거의 오류를 거듭하지 않도록 도와야지. 여기서 인간이라고 하는 말에는 물론 나 자신도 포함되어 있어."

"무슨 말인지 모르겠어요."

"간단한 얘기야, 샤에. 파미유, 아니 지금까지 남아 있는 파미유의 일원들은 다시 뭉쳐야 해. 이들이 각 국가기관이 다시 일어서도록 도와야겠지. 권력을 남용하는 일이 없는지 감시하는 보호자 역할도 해야 할 테고."

나탕이 고개를 절레절레 흔들었다.

"바르트 아저씨, 코지스트는 제가 속한 파미유죠. 하지만 코지스트들이 아저씨가 말씀하신 것 같은 역할을 할 수 있을 거라고는 상상이 안 되는데요."

"코지스트도 로트르에게 당한 파미유였어." 바르텔레미가 쏘아붙였다. "그러니 코지스트라고 해서 변하지 못할 이유는 없지. 그렇지만 나는 코지스트만 두고 하는 말이 아니야. 모든 파미유들이 힘을 합쳐야 한다는 얘기지."

"그렇다면 더욱더 이해가 안 되는데요. 파미유들은 대개 핏줄이 끊어지지 않았나요? 설마 몇 명 남지도 않은 군다나족을 동원해서 인류의 재건이라는 거창한 목표에 도전하시겠다는 뜻은 아니죠?"

"안 될 건 또 뭔가?" 바르텔레미는 웃으며 대꾸했다. "그렇지만 내가 염두에 두고 있는 동맹은 그런 것과는 달라."

그는 형제를 대하듯 친근하게 지노와 어깨동무를 했다.

"코지스트와 기드의 동맹이지. 에크테르에게 너무 많은 이들이 희생당하긴 했지만 아직도 코지스트에게는 어엿한 조직이 있어. 그리고 기드는 코지스트들이 어리석은 짓을 저지르지 않게 도와줄 수 있겠지. 지노, 어떻게 생각해?"

지노는 열성적으로 고개를 끄덕이기까지 그리 오래 망설이지 않았다.

"그래요, 바르텔레미. 난 당신을 따르겠습니다!"

나탕과 샤에는 다른 세상의 집에서 밤을 보내기로 했다. 바르텔레미와 지노는 이미 몇 시간 전에 그곳을 떠났지만 엘리오는 프라툼 보락스에 비치는 석양을 보고 싶다고 했다.

소년은 아빠 엄마 사이에 꼭 붙어 풀밭에서 에크테르가 사라진 지점을 오래오래 바라보다가 이윽고 고개를 돌렸다. 그 일은 끝났다. 이제 새로운 이야기가 시작될 차례다.

"우리는 어떻게 할 거예요? 이제부터 뭘 하느냐고요. 지노 아저씨와 바르텔레미 할아버지에게 합류해서 사람들을 돕나요?"

엘리오가 물었다.

"그 일에 관심이 있니?"

아빠가 아들에게 물었다.

"아뇨."

"자신 있게 대답하는구나."

"그건 제가 정말로 자신이 있기 때문이에요. 사람을 돕는 것과 통제하는 것은 종이 한 장 차이죠. 에크테르가 그 점을 저에게 가르쳐 줬어요."

"그런 이유로 사람을 돕는 일을 외면할 수는 없지. 곤경에 빠진 사람들을 순수하고 정직하게 돕는 사람들도 있잖니? 못된 속셈을 품은 자들이 손을 쓰지 못하도록 막아야 하지 않겠어?"

"지노 아저씨와 바르텔레미 할아버지는 정직하고 떳떳한 분들이니까 우리가 없어도 잘해내실 거예요. 저는 그동안 굉장히 많은 안내자들을 만났어요. 너무 많이 만나봤기 때문에 제가 나서서 안내자 역할을 할 마음은 없어요. 그리고 전 이제 겨우 아홉 살이라는 점을 잊지 말아주세요."

나탕과 샤에가 웃음을 터뜨렸다.

"그럼 네 머릿속에 맴도는 생각을 한번 말해보겠니?"

샤에가 말했다.

"음…… 그렇게 엄청난 모험을 겪었고 우리는 석 달, 아니 넉 달 가까이 헤어져 지냈잖아요. 그러니까 우리 식구끼리…… 휴가를 누릴 자격이 있다고 생각해요."

"난 네가 위르자트로 빨리 돌아가자고 할 줄 알았는데."

엘리오의 얼굴이 굳어졌다.

"자드가 없는 위르자트는…… 예전의 위르자트가 아니에요."

다른 세상의 공기가 엘리오의 말에 맞장구치기라도 하듯, 갑자기 온화한 바람이 그들의 얼굴을 때렸다.

“라피가 보고 싶으니?”

나탕이 엘리오에게 넌지시 물었다.

엘리오는 잠시 생각해보고 대답했다.

“네, 물론이죠. 하지만 제가 생각했던 것보다는 견딜 만해요. 있잖아요, 자드는 정말로 떠난 게 아니에요. 여기에 계시니까요.”

엘리오는 자신의 가슴을 가리켰다.

“자드 말이 맞아요. 아무 소리도 들리지 않을 때, 제가 아주 조심스레 귀를 기울이면 자드의 음성을 들을 수 있거든요.”

소년은 꿈꾸는 듯한 표정을 지었다가 금세 장난기 가득한 얼굴로 돌변했다.

“제가 말한 휴가, 어때요?”

“너, 뭔가 꾸미는 게 있구나.”

샤에가 엘리오의 얼굴을 보고 짐작해보았다.

“음…… 그동안 이런저런 일을 겪으면서 굉장히…… 호감 가는 친구를 만났어요. 그 친구가 자기 집에 하루 이틀 지내다 가면 어떻겠느냐고 했거든요. 물론 아빠 엄마도 함께요. 그래서 저는 정말 가고 싶은데…… 정말 재미있을 거예요.”

나탕과 샤에는 놀란 눈으로 서로를 빤히 바라보았다. 엘리오의 모험 이야기를 줄곧 들었지만 엘리오가 아주 특별한 친구를 사귀었다는 말은 처음 들었기 때문이다.

“글쎄, 네가 쉬고 싶다는데 어쩌겠니. 네가 말한 그 친구가 우리를 초대할 마음이 있다면……”

나탕이 마침내 말했다.

"그건 문제없어요! 제가 확실히 아는데, 그 친구는 좋다고 할 거예요. 아빠 엄마, 나중에 딴소리하기 없기에요. 알았죠?"

"딴소리하지 않으마, 엘리오."

"약속?"

"약속."

"좋아요, 그럼 부를게요."

"누굴 불러?"

엘리오는 이미 튀어 나갔다.

소년은 테라스 한복판에 서서 고개를 쳐들었다.

하늘을 향해, 미래를 향해.

"에린!"

다음의 문서는 파미유의 기원과 역사적 흐름에 대해 중요한 자료를 제공한다.

이 문서는 다른 세상의 집에 있는 어떤 벽장 구석에서 세월과 습기를 잔뜩 머금은 채 발견되었다. 전문이 그대로 남아 있는 문서라면 우리 역사의 전면이 마침내 합리적인 설명을 얻게 된 셈이지만 그렇지는 않은 것으로 보인다. 우리는 영원히 수수께끼를 풀 수 없을 것이다.

이 문서의 저자인 둠 필바티스라는 사람 역시 수수께끼로 남아 있다.

파미유

파미유들은 기원전 4000년경에 고대 수메르에서 탄생했다. 범상
치 않은 능력을 지닌 파미유들로는 일곱을 꼽을 수 있으니……

코지스트

보다 높이 뛰고, 보다 빨리 달리고, 보다 멀리 던질 수 있는 동시
에 보다 깊게 사유하고, 보다 정확하게 분석하며, 보다 예리하게 이
해하는…… 코지스트의 능력은 하나가 아니라 다양하며 바로 그 다
양한 재주에서 그들의 힘이 나온다. 역설적이지만 코지스트들은 그
놀라운 능력에도—어쩌면 그 능력 때문에—자신들의 차이를 인정
하고 적대적인 시선들을 직시하며 영속해나가기에는 부적절한 감
이 있었다.

실제로 바티쇠르와 게리쇠르는 그들이 지닌 능력 자체가 외향적
인 성격을 띠고 있기 때문에 대단한 특권을 누릴 수 있었고, 기드와
메타모르프는 그 반대로 원래부터, 혹은 조심성을 기하기 때문에
보통 사람들과 그 생활공간에 완벽하게 파고들어 좀체 눈에 띄지
않는 경향이 있었다. 또한 음네지크와 스콜리아스트는 타고난 능력
덕분에 행여 적과 맞부딪치더라도 항상 결정적인 우위를 확보할 수
있었다. 그런데 코지스트는 차이가 흔히 불러오는 질투와 미움—그
러한 차이가 실제든 착각이든 우월감과 결부되어 있다면 필연적으
로 따라오게 되는 감정—을 다른 파미유들에게 쏟았던 것이다.

앞에서 역설적이라고 말한 이유는 코지스트는 몇 번이나 대가 끊
길 위험을 다른 파미유, 특히 기드와 바티쇠르 파미유의 도움으로

보면했기 때문이다. 그들은 살아남았고, 힘을 강화했으며, 널리 퍼져나갔다. 남다른 신체적, 지적 능력은 적들과 싸워 이기고 권력과 부를 쟁취할 기회를 마련해주었다. 코지스트들은 수메르의 지도계층으로, 나중에는 바빌론의 지도계층으로 확대되었고 차츰 중요한 권력을 쥐고 세계 정복에 나서기에 이르렀다.

코지스트가 권력을 쥐기까지의 과정은 결코 순탄치 않았다. 그 결과 코지스트 파미유의 일원들은 까다로운 태도를 취하게 되었다. 그들은 권력을 독식해야만 자신들이 안전할 수 있다고 굳게 믿었다. 로트르와의 첫 대전에서 승리한 후에 코지스트는 다른 파미유가 그들을 전혀 도발하지 않았는데도 전쟁에 돌입했다. 기드와 바티쇠르는 본래 호전적인 족속이 아니었으므로 가장 먼저 코지스트에게 당하고 말았다. 기드나 바티쇠르와 비슷한 성향의 스콜리아스트도 열심히 싸웠다. 하지만 무엇보다 코지스트에게 위협적으로 저항한 파미유는 메타모르프였다. 그러나 메타모르프들은 본래 뼛속까지 개인주의적인 성향이 깊고 그 때문에 파미유의 결속력이 부족했다. 결국 그 점이 메타모르프가 코지스트에게 패한 원인이 되었다.

21세기로 접어들 무렵에 코지스트의 세력은 압도적이었다.

그럼에도 코지스트를 권력을 얻기 위해서라면 무슨 일이든 불사하는 종족처럼 생각한다면 큰 오산이다. 역사의 흐름 속에 등장한 수많은 황제들과 정복자들이 코지스트였던 것은 사실이나 이 파미유는 학자, 철학자, 그 밖의 예외적인 인물들도 배출했으며 지금도—대개 그 사실을 몰라서 그렇지—배출하고 있다.

그 증거로 수메르의 신화적인 전사이자 왕이었던 길가메시와 그의 벗 엔키두는 코지스트가 분명하다. 또한 클레오파트라, 아나킨 스카이워커, 알렉산더 대왕, 아킬레우스, 보로미르, 네페르티티, 칭기즈칸도 코지스트임에 틀림없으며 알베르트 아인슈타인, 마리 퀴리는 물론이요, 아마 리하르트 바그너와 제임스 본드의 몸에도 같은 피가 흐를 것이다.

음네지크

음네지크의 능력은 기묘하다. 파미유들이 처음 출현하던 시대로 거슬러 올라가면 당시에 이 능력은 겨우 싹트기 시작한 수준이었고 그다지 효용도 없었다. 따라서 수메르인들은 이 능력을 탐내기보다는 되레 조롱거리로 삼았다. 모두가 아는 것을 머릿속에서 속삭이는 목소리가 무슨 쓸모가 있단 말인가?

바티쇠르는 딱하게 여겼고 게리쇠르는 의문을 품었으며 그 밖의 파미유들은 조롱했지만 기드들만은 현실을 제대로 파악하고 있었다. 기드들은 음네지크 파미유야말로 일곱 파미유의 우두머리가 될 것이라고 내다보았던 것이다.

기드들이 옳았다. 세월이 흐르면서 음네지크의 능력은 자꾸만 불어났다. 능력 자체가 확장된 것이 아니라 그 안에 담긴 내용, 즉 지식이 자꾸만 쌓였기 때문이다. 처음에는 별 차이 없이 그만그만하게 살아가던 일족 몇 명의 기억이 대물림되는 수준이었으나 그 후 여러 세대의 경험과 지식이 점점 더 방대하고 다양하게 축적되어갔다.

로마제국의 전성기에 이르자 음네지크들은 인류가 그 태동기부터 발견해왔던 모든 것을 집중적으로, 나아가 전적으로 누리게 되었나.

그러나 그 정도는 시작에 불과했다.

음네지크에게 남다른 지적 능력이나 초인적인 사고력은 없었지만 단 한 명만 어떤 앎이나 깨달음을 얻어도 그것은 곧 음네지크 일족 전체의 것이 되었다. 이리하여 음네지크 한 사람, 한 사람은 수만 명의 조상들과 동시대 사람들이 획득한 지식을 모조리 사용할 수 있었다. 어떠한 지성도 이 신묘한 능력에는 견줄 것이 못 되었다.

그랬다. 기드들이 음네지크가 일곱 파미유의 선두가 될 것이라고 예견한 것은 타당했다. 그와 동시에 그들이 잘못 생각했던 것도 사실이다.

유럽의 중세가 시작될 무렵, 코지스트들이 그들의 지배 헤게모니를 본격적으로 드러내지 않고 생각만 하고 있을 때 음네지크들은 사라졌다.

음네지크들은 완력이나 어떤 전염병에 쓰러진 것이 아니었다. 오히려 조상에게 물려받은 기억의 유산 덕분에 부와 권력은 날로 강성해지기만 했지만 그들은 서서히 쇠퇴하기 시작했다. 음네지크들은 마치 유산의 무게를 감당할 수 없었던 양 당대의 현실을 제대로 보지 못했고 출구 없는 집단적 몽상에 빠져 헤어나지 못했다.

불과 1세기도 안 되는 기간 동안 음네지크의 99퍼센트가 사라졌다고 말할 수 있을 것이다.

기억이 그들을 삼켜버렸기 때문이다.

고대 역사에 나타난 음네지크의 흔적이나 나중에 몇몇 생존자에 대해 이루어진 역사적 기술을 파악하기는 쉽지 않다. 호메로스는 물론이고, 피티아, 카산드라, 트리비어드[13]는 음네지크의 피를 물려받았다. 반면에 프리모 레비, 파블로 네루다, 아르튀르 랭보, 시팅 불[14] 같은 위대한 인물들에 대해서는 그들이 음네지크였을 것이라는 추측만 무성하다. 음네지크에 대한 수수께끼는 아마도 영원히 우리의 기억 속에 묻혀 있어야만 하는 것일까.

게리쇠르

게리쇠르의 능력은 본래 한 가지였으나 일곱 파미유가 전 세계로 퍼져나가면서 차츰 서로 구분되는 두 가지 능력으로 갈라졌으니, 하나는 자기치료 능력이요, 다른 하나는 다른 사람들을 치료하는 재주다.

이 두 능력을 겸비하는 게리쇠르는 아주 특별한 경우에 해당하지만 애당초 그 능력들은 하나였다. 이는 생명의 신비와 너무나 긴밀하게 이어져 있는 능력이기에 게리쇠르들은 금세 그들과 더불어 사는 보통의 인간들에게 추앙을 받았다.

어떻게 그러지 않을 수 있겠는가? 게리쇠르는 가장 강건한 인간이 입힌 부상에도 크게 고통받지 않고 거뜬히 살아남았고 보기 드물게 장수를 누렸다. 게다가 놀랄 만큼 이타적인 족속이므로 누구나 청하는 사람이 있으면 기꺼이 치료하고 보살펴주었다.

그들 자신의 회복 능력에 비하면 보잘것없었다고 하지만 그러한 치료 솜씨가 게리쇠르 특유의 관대하고 너그러운 마음과 결합하여

---

13. 『반지의 제왕』에 등장하는 살아 있는 나무.
14. 아메리카 인디언 수족의 추장.

그들은 곧 고대 세계에서 가장 존경받는 파미유로 부상했다. 그러나 게리쇠르를 떠받들고 숭배하는 풍조가 어떤 종교적 기반이 되거나 게리쇠르 파미유의 번영으로 연결되지는 않았다. 그 이유는 단하나, 게리쇠르의 능력은 본질적으로 영생과 별개였기 때문이다.

게리쇠르의 능력이 두 가지로 갈라지면서 경이로운 자기치료 능력을 지닌 이들은 그 능력을 숨겼다. 그러한 능력을 과시해봤자 미움과 탐욕을 불러일으킬 뿐이었다. 게다가 그러한 게리쇠르들은 코지스트의 추적 대상이 되었다.

그리하여 기원후 5세기부터는 그들의 흔적을 찾아보기 어렵다.

남들을 치료할 줄 아는 자들은 점차 늘어났다. 그들의 능력은 미약한 수준이었으나 인류의 발전에는 중요한 역할을 했다.

엘론드는 초기 게리쇠르 가운데 지금까지 그 이름이 전해지는 소수의 인물 중 하나다. 스스로 재생될 수 있는 능력을 지닌 자들로는 코너 맥클라우드[15], 아하스베루스[16], 그 밖의 몇 안 되는 이들을 꼽을 수 있다.

반면에 타인에게 게리쇠르의 능력을 쏟아부은 자들은 고대로부터 현대에 이르기까지 역사 속에 넘쳐난다. 많고 많은 이름 가운데 히포크라테스, 아부 알카심, 파라켈수스, 이반 파블로프, 마리아 몬테소리, 알렉산더 플레밍, 루이 파스퇴르, 아르티 발피에르[17], 지그문트 프로이트 등을 꼽을 수 있겠다. 이들은 의학의 길을 선택한 게리쇠르들이었다.

---

15. 『하이랜더』에 등장하는 스코틀랜드의 불사신 기사.
16. 영원히 죽지 않고 방랑한다는 전설 속의 유대인.
17. 저자의 다른 소설에 등장하는 인물.

그 밖에도 전혀 다른 형태로 게리쇠르의 능력을 발휘한 이들이 있다. 폴 엘뤼아르, 존 캐피, 가브리엘 가르시아 마르케스, 메리 포핀스, 안토니오 비발디, 피터팬, 글렌 굴드, 니콜라 드 스탈 그리고 루이 암스트롱과 엘라 피츠제럴드의 전설적인 듀엣을 언급하지 않고 게리쇠르에 대해 말할 수 없다.

게리쇠르가 없다면 인간의 영혼은 맥없이 말라비틀어지고 말 것이다.

스콜리아스트

스콜리아스트는 천재 중의 천재들이다.

이들은 순간 기억력과 모방 능력이 압도적으로 뛰어나기 때문에, 게다가 이들의 능력은 다른 파미유들의 상상을 초월하기 때문에, 스콜리아스트는 주위의 열광과 찬탄을 불러일으키는 능력마저 지녔다고 할 수 있겠다.

스콜리아스트는 눈으로 지켜보기만 해도 뭐든지 즉각적으로 완벽하게 익혀버린다. 따라서 악기 연주, 그림, 공예를 막론하고 무엇이든지 아주 잠깐만 배우면 스승을 단숨에 뛰어넘는다. 이 믿을 수 없는 학습 능력은 미움과 질투를 사기 충분하지만 아무도 스콜리아스트에게는 원한을 품지 않았다. 제자에게 실력으로 밀린 스승도, 몇 년을 고생하고도 그만큼 뛰어난 향상을 보이지 못한 다른 제자들도 스콜리아스트에게 앙심을 품지는 않았다.

스콜리아스트 파미유는 일곱 파미유 가운데 가장 발전이 더뎠다. 완전히 개인적인 탐구나 예술에 심취하기 쉬운 성향 때문에 스콜리아스트는 가족을 이루고 자손을 두어야 한다는 욕구나 필요성을 잘 느끼지 못한다. 따라서 그들은 황홀한 회화 작품을 남기거나 눈물 나도록 아름다운 교향악을 남겼지만 정작 가문의 대는 끊어지기 일쑤였다.

스콜리아스트들이 호전적인 성향을 보이고 코지스트의 지배 의지에 강력하게 저항할 수도 있었다. 그러나 그 저항에는 실패가 예견되어 있었다. 스콜리아스트는 코지스트의 지배를 꺾기에 너무 현실적이지 못했다.

역사적으로 수많은 스콜리아스트들이 족적을 남겼으나 그들이 어떤 신화적인 파미유에 속해 있을 거라는 의심은 사지 않았다.

여기서 가장 유명한 자들의 이름을 열거하자면 구텐베르크, 샹폴리옹, 갈릴레이, 오귀스트 로댕, 파블로 피카소, 찰리 채플린, 빈센트 반 고흐, 제임스 딘, 브루스 리, 루돌프 누레예프를 꼽을 수 있다.

바티쇠르

자코모 벤베누토라는 이름의 이탈리아 박사가 풍부한 자료를 활용하여 작성한 14세기 문서가 있다. 이 문서는 일곱 파미유를 특정한 역사적 맥락에서 바라본 유일한 글이자 파미유들이 인류의 약진에 중대한 역할을 했다는 결정적 증거다. 별로 놀랄 일도 아니지만 이 문서는 교회에 이단시되어 금서가 되었다.

자코모 벤베누토는 자신이 쓴 글의 내용을 부인했기 때문에 목숨을 부지할 수 있었다. 그는 그 글이 평생을 바친 연구의 집대성이 아니라 자신이 증거를 날조해서 쓴 것이라고 거짓말을 했다. 조심하는 뜻에서 이탈리아를 떠난 그는 사르데냐 난바다에서 난파 사고를 당해 익사하고 말았다.

그의 저서는 150년 후에야 다시 부각되었다. 단 한 권뿐인 판본을 전설과 신화 연구에 조예가 깊은 한 영국인이 나폴리의 헌책방에서 입수했던 것이다. 그는 탁월한 식견에도 그 책을 라틴계 민족의 풍부한 상상력을 보여주는 흥밋거리 정도로밖에 생각지 않았다. 만약 그 영국인이 충분한 시간을 들여 좀 더 주의 깊게 그 책을 살펴보았다면 최초의 일곱 파미유들이 이루었던 세력 균형과 여러 고대 문명들의 약진이 바티쇠르의 능력에 힘입은 것임을 알 수 있었을 것이다.

바티쇠르.

그보다 더 어울리는 이름도 없었다.

자코모 벤베누토의 혜안은 바티쇠르의 파미유가 다른 파미유들보다 수 세기, 아니 수십 세기 앞서서 출현했다고 보았다는 점에 있다. 또한 바퀴를 발명한 것도, 안정된 사회 집단을 구성할 생각을 처음 한 것도 바로 그들이라고 제대로 지적했다. 그는 일반적으로 넓은 의미의 호모사피엔스가 감당한 역할을 바티쇠르들이 수행했다고까지 주장했다. 요컨대, 바티쇠르가 없었다면 인간은 수많은 동물 가운데 한 종으로 남았을 것이라는 뜻이다.

이 마지막 주장에 대해서까지 자코모 벤베누토의 손을 들어주기는 어렵지만 어쨌든 바티쇠르가 최초의 도시를 건설한 자들이라는 점은 분명하다. 바로 그들이 우르, 에레크, 사마라, 에리두 그리고 나중에는 바빌론과 예리코를 세웠다.

세월이 흐르면서 바티쇠르들은 오늘날의 현대 문명이 무색할 만큼 건축학적인 걸작들을 만들어냈다. 바벨탑, 바빌론의 공중 정원, 가자의 피라미드, 할리카르나스 고분, 알렉산드리아의 등대, 아테네의 아크로폴리스, 미나스 티리스[18], 로마의 판테온, 북경의 자금성은 바티쇠르의 천재성이 낳은 작품들이다. 또한 파리의 노트르담 대성당, 에페소스 도서관, 마추픽추, 헬름 협곡처럼 좀 더 단순한 구조물도 그들이 만들었다.

바티쇠르의 길에는 눈여겨볼 만한 작품들이 굉장히 많지만 그들의 재주는 사원과 궁을 짓는 데만 국한되지 않는다. 바티쇠르 파미유는 보편적으로 인정받고 존경받고 떠받들어졌지만 그들은 또 다른 차원에서 범상치 않은 자신들의 능력을 탐색하기 시작했던 것이다. 그들은 인간에게 아름다움과 위대함을 접할 수 있는 가교를 좀 더 많이 제공하고 싶다는 동기에서 '문'의 개념을 그 극한까지 밀고 나가 마침내 또 다른 세계, '다른 세상'으로 건너갈 수 있는 방법을 발견했다.

이 발견은 인간 세상을 뒤흔들 만한 일대 혁명이 되어야 마땅했으나 그 다른 세상은 끝없이 펼쳐진 풀밭, 일명 '프라툼 보락스'로 뒤덮여 있는 것으로 드러났다. 프라툼 보락스는 몹시 위험해서 그곳에서의 이동은 불가능하다. 바티쇠르들은 뛰어난 천재성에도 불구하고 다른 세상에 단 한 채의 집밖에 짓지 못했다. 그 집을 제외한 다른 세상의 나머지 공간은 바티쇠르들도 접근할 수 없었던 것이다.

---

18. 『반지의 제왕』에 나오는 곤도르 왕국의 수도.

그러나 그 점이 문제가 되지는 않았다. 바티쇠르들은 다른 세상의 집을 기점으로 삼아 그들의 원래 세계로 통하는 문들을 수백 개나 만들었고 새로운 세계로 나아가는 통로들도 만들고자 시도했다. 그 때문에 그들은 포스 아르카디아로 들어가 로트르를 만나게 되었다.

이 만남은 무시무시한 전쟁을 불러왔고 덕분에 일곱 파미유들은 공동의 목표로 하나가 되었지만 바티쇠르 파미유의 멸족으로 이어지기도 했다. 그들의 재주는 끝없는 탐색을 요구했으나 그들의 이성은 무모한 위험을 무릅쓰지 않도록 삼갈 것을 명했다. 바티쇠르들은 이 조화될 수 없는 두 갈래 길에서 갈팡질팡하느라 크게 쇠퇴했다. 그럼에도 근본적으로 긍정적인 성향을 지닌 바티쇠르들은 재기를 노리며 행동에 나섰지만 그때부터는 코지스트들이 그들에게 기회를 허락하지 않았다.

바티쇠르들은 항상 만인의 이익을 위해, 특히 모든 파미유들의 번영을 위해 일했다. 인류는 나름의 질서를 지닌 한 집단이요, 각 사람은 그 집단 안에 자기 자리가 있다고 믿었던 그들이기에 파미유들의 배신이라는 현실을 받아들이기가 쉽지 않았다. 하여, 바티쇠르는 코지스트의 공격에 가장 먼저 몰락한 파미유가 되었다.

파미유로서의 바티쇠르는 매우 일찍 사라졌지만 개인으로서의 바티쇠르들은 계속해서 인간을 아름다움과 위대함으로 이끄는 역할을 했다. 따라서 우리는 과거와 오늘날의 다양한 주요 문명에서 그들의 흔적을 찾아볼 수 있다.

바티쇠르가 담당한 역할은 임호텝[19], 피디아스, 히람 1세, 다이달

---

19. 고대의 레오나르도 다빈치라는 별칭을 갖고 있는 피라미드 설계자.

로스, 비트루비우스와 같은 것이었음에 분명하나 톨킨, 양사성(梁思成), 보방, 헤르모제네스, 필립 호세 파메르, 바흐, 르 코르뷔지에, 빅토르 위고도 같은 피가 흐르는 사람들이었다.

메타모르프

메타모르프는 일곱 파미유 가운데 가장 마지막에 파미유로 인정받았다. 그들의 능력은 사람들에게 이해받기 어려운 데다가 두려움을 불러일으키기 쉽기 때문에 메타모르프들은 자신의 능력을 감추거나 사회생활을 포기하는 경우가 많았다. 또한 메타모르프들은 골수 개인주의자들이기 때문에 파미유라는 개념보다는 단순한 씨족 수준에 머물기를 더 좋아한다는 것도 한 가지 이유가 되었다.

처음에 메타모르프들의 비밀 성향은 그들에 대한 경계심을 유지시키는 데 한몫을 했고 인간의 이성이 세상을 지배하게 된 후부터는 그들을 신화적 존재로 만들었다. 논리와 실용주의가 만민을 이끄는 시대에 짐승으로 둔갑할 수 있는 인간의 존재를 그 누가 받아들일 수 있겠는가?

그렇지만 메타모르프들은 인간사에 넘쳐난다. 어떤 이들의 능력은 몹시 쇠퇴하여 보통 사람 축에 들 수 있을 정도가 되었으나 선입견 없는 세심한 관찰자라면 오늘날에도 능히 주위에서 수많은 메타모르프들을 발견할 것이다.

어느 정도 유명해진 소수의 메타모르프들을 꼽아보자면 지킬 박사, 칼리반, 도리언 그레이, 체렉의 바락[20], 타잔, 아르투로 브라케

---

20. 데이비드 에딩스의 판타지소설에 등장하는 인물.

티[21], 해리 후디니[22], 드라큘라 백작, 마돈나, 자크 마이욜[23], 모글리가 있다.

자코모 벤베누토의 논문에서 한 문장을 인용하지 않고 이 글을 끝낼 수는 없다. "메타모르프의 특수성은 물론 그들이 지닌 능력의 성격을 들 수 있으나 우리가 생각하는 것보다 훨씬 더 많은 사람들에게 그 혈통이 이어졌다는 사실에도 있다. 사실 그 수는 매우 많아서 누구나 받아들일 수 있는 이 사실을 단언한다고 해도 잘못이 되지는 않을 것이다. '우리 모두의 내면에는 메타모르프가 있다.'"

기드

기드들은 다른 파미유들과 달리 그들이 실제로 갖고 있는 능력, 곧 미래를 해석하는 능력보다는 우리 모두가 공통적으로 지니는 자질, 즉 타인의 감정에 대한 공감을 하나의 능력으로 발전시킴으로써 그들만의 전설을 만들었다.

예언자들처럼 인간의 마음과 영혼에 통달해 있으며 복잡한 감정선과 미래의 길들을 파악하는 데 뛰어난 재주를 지닌 기드들은 고대부터 두 가지 목표를 추구해왔다. 인간을 보다 아름다운 내일로 인도하는 동시에 인간의 성장을 돕는다는 것이 그들의 목표였다. 만약 기드들은 자신의 야망이나 허영심을 버리지 못한다면 이 목표는 아무도 받아들일 수 없는 허울 좋은 궤변에 지나지 않았을 것이다.

　게리쇠르들은 관대하고 바티쇠르들이 이타적이었다면 기드들은 그보다 한 걸음 더 나아갔으며 오로지 정의를 실현하고 타인과 나누는 삶을 위해서만 살았다. 그들은 수백 년을 내다보고 장기적인 계획을 세우며 마침내 혼돈에서 벗어난 자유로운 인류의 출현을 이끌었다.

　그들은 선견지명이 있었기 때문에 코지스트의 오만이 파미유들을 망하게 할 것이라고 매우 일찍부터 예견했다. 기드는 아주 오랜 고대부터 바티쇠르들의 작업에 합류하여 그들이 만든 문으로 가는 길, 현실을 초월하는 문으로 통하는 영적인 길을 탐구해왔다. 그러나 바티쇠르들은 사라지고 말 운명이었다.

　기드들은 바티쇠르들의 이 서글픈 운명에 아무런 영향도 미칠 수 없었으나 그들의 뜻을 포기하지는 않았다. 기드들의 파미유는 멸시를 당하고 해코지를 당했으나 그들은 꿋꿋이 존속하며 정의를 위해 싸웠고 인간들을 위해 길을 열어주었다.

　그들은 일곱 파미유의 운명이 끝내 한 덩어리가 되어서 제8의 파미유가 불의의 시대가 끝날 즈음에 나타날 것이라고 보았다. 또한 파미유들이 각자 나름대로 어떤 역할을 해야만 하는 이 융합에 반대할 것도 미리 알고 있었다. 길고, 힘들고, 아무 대가도 주어지지 않을 과업이 그들에게 남아 있었다. 그 과업이 성공할지 어떨지는 알 수 없는 미래의 안개 속에 가려 보이지 않았다.

　제8의 파미유, 그것은 기드들의 궁극적 비전이었다.

　다른 파미유들은 기드를 남을 조종해서 살아가고 조종하기 위해 살아가는 보잘것없고 시시한 존재로밖에 여기지 않았지만 역사적으로 살펴본 기드의 이미지는 완전히 딴판이다. 크리스토퍼 콜럼버스, 아메리고 베스푸치, 바스코 다 가마 같은 기드들의 역할은 물론 해석과 논란의 여지가 있다. 그러나 모한다스 카람찬드 간디, 라피하디 맘눈 압둘 살람, 마틴 루터 킹, 오스카 쉰들러, 장 조레스, 오비완 캐노비, 넬슨 만델라, 뤼시 오브락, 회색의 간달프 등이 열어준 길을 그 누가 비판할 수 있으랴?

제8의 파미유

그러므로 여덟 번째 파미유에 대한 생각은 기원전 4000년 즈음에 기드들의 머릿속에서부터 싹텄다고 하겠다.

이 야심 찬 생각은 즉시 코지스트, 메타모르프, 스콜리아스트의 불같은 반대에 부딪쳤다. 게리쇠르, 음네지크, 바티쇠르도 정도가 덜했을 뿐이지 결코 호의적으로 보아주지 않았다. 파미유들의 융합을 끝이 아닌 시작으로 받아들일 준비가 되어 있는 일족은 여섯 파미유 중에서 하나도 없었던 것이다.

바티쇠르들이 포스 아르카디아의 문을 열어 우리 세계로 로트르가 침입하려 했을 때 기드들은 그들이 학수고대하던 기회, 곧 파미유들이 동맹을 맺을 수 있는 기회가 생겼다고 믿었다. 파미유 하나하나와는 비교할 수 없을 만큼 무한히 강한 적이 등장했기 때문에 실제로 파미유들은 생존을 위해 서로 뭉쳐야만 했다.

파미유들은 서로 손을 잡고 로트르를 제압하는 데 성공했으나 이 승리 후에 찾아온 평화의 시대는 그리 오래가지 않았다. 파미유들은 의견 충돌을 일으키고 서로 점점 멀어졌다. 전쟁을 함께 치르며 맺은 관계는 느슨해지기 시작했다. 크고 작은 다툼이 빈번했고 코지스트들은 지배권을 쟁취하기 위한 계획을 밀어붙였다.

기드들은 포기하지 않았다.

그들은 뛰어난 공감 능력과 자기들의 영향력을 발휘하여 일곱 파미유들의 피를 합치고자 다양한 시도를 했다. 기드들은 이것이 장기간에 걸쳐 이루어져야 하는 일이라는 것을 자각하고 있었다. 그러나 수백 년이 흐르자 그들의 작전은 나름대로 주목할 만한 몇몇 성과를 거두기에 이르렀다. 또한 그 후에 이어지는 성과가 없을 때도 그들은 옳은 길로 가고 있다는 확신을 굳게 다졌다.

이리하여 우리의 역사에는 대단한 능력과 믿을 수 없는 오라로 자신의 시대를 뒤흔들어놓은 인간들이 출현하게 되었다.

혼혈족.

레오나르도 다 빈치도 그러한 혼혈족이었다. 천재 중의 천재라고 칭송받는 그가 바티쇠르, 스콜리아스트, 코지스트였다는 점은 명명백백하다.

볼프강 아마데우스 모차르트의 이름을 빼놓을 수 없다. 미켈란젤로가 그랬던 것처럼 모차르트는 스콜리아스트이자 게리쇠르였고 아마 코지스트이기도 했을 것이다.

멀린은 기드, 음네지크, 메타모르프의 피를 물려받았고 잔다르크는 음네지크, 코지스트, 기드의 피를 물려받았다.

요다 스승, 볼테르, 폴 아트레이드[24] 같은 예외적인 혼혈의 예는 얼마든지 찾아볼 수 있다. 그들은 인간적인 차원에서 굉장한 업적

---

24. 『듄』 시리즈의 주인공.

을 일궈냈지만 그들 중 누구도 기드가 꿈꾸었던 여덟 번째 파미유를 탄생시키지는 못했다.

기드들의 인내심이 마침내 보상을 받기까지는 21세기 초까지 기다려야만 했다.

음네지크는 그들만의 기억에 매몰되었고 코지스트는 그들의 세계 지배를 이룩했다. 바티쇠르와 스콜리아스트는 거의 멸족되다시피 했고 메타모르프와 게리쇠르의 후예들은 아주 소수밖에 남지 않았다. 그러나 기드들은 이제 곧 어려운 때가 닥칠 것을 알고 있었다. 다만 그 어려움이 어떤 형태로 나타날지에 대해서 모르고 있었을 뿐이다.

로트르, 그 과거의 적이 다시 나타났다. 복수에 이를 갈며 지배에 목마른 모습으로. 이번에는 파미유들이 그에게 대항하여 연합하지 않았다. 따라서 로트르는 수천 년 전부터 꿈꾸어왔던 세계 정복을 향하여 달려나갔다.

기드들이 없었다면 로트르의 정복은 단지 시간문제였다.

같은 시기에 제8의 파미유가 마침내 엘리오라는 아이의 모습으로 탄생했다. 엘리오는 일곱 파미유의 혈통 가운데 여섯을 물려받았고 라피 하디 맘눈 압둘 살람의 희생으로 제7의 능력, 즉 기드의 능력까지 완전히 갖추게 되었다.

피를 부르는 괴물들이 따르는 사악한 존재와 아홉 살 소년의 대결이 시작되었다. 공평한 조건에서 펼쳐진 대결은 아니었지만 이 대결은 엘리오의 승리로 끝났다. 로트르는 무릎을 꿇고 영원히 사라졌다.

　제8의 파미유는 이제 거칠 것이 없었고 드디어 기드들이 꿈꾸던
정의의 시대가 열릴 수 있는 토대가 마련되었다. 그러나 기드들이
예상했던 바로 그대로 일이 풀리지만은 않았다.

　어린 엘리오는 모험을 겪으며 다른 세상의 집으로 통하는 문을
넘을 기회가 몇 번이나 있었다. 그러나 엘리오 이전의 바티쇠르들
이 프라툼 보락스를 끝없는 죽음의 풀밭으로밖에 보지 않았던 데
반하여 그는……

에필로그

엘리오는 숨을 한껏 들이마셨다. 비현실적일 만큼 순수한 공기, 해 저물 무렵의 선선한 공기가 매콤하면서도 부드러운 박하 향내를 머금고 있었다. 마법의 공기였다.

엘리오의 손을 잡고 있는 조그마한 손만큼이나 마법의 힘을 담고 있는 공기.

그들은 10여 분을 꾸준히 걸었다. 에린과 엘리오가 앞장을 섰고 나탕과 샤에는 세 발짝 뒤에서 눈이 휘둥그레져서 믿을 수 없다는 표정으로 따라갔다.

향기로운 풀숲 사이로 굽이치는 오솔길은 둥그런 구릉의 정상까지 이어졌다. 보이지 않는 땅강아지들이 새된 소리를 내며 밤을 부르고 있었다. 그 소리에 화답하는 새들의 지저귐이 핏빛과 금빛으로 물들어가는 하늘을 갈랐다.

그들은 지금까지 한 마디도 하지 않았다.

"이제 곧 도착할 거야. 힘내."

에린이 말했다.

"우리를 네가 사는 곳까지…… 곧장 데려갔어야 하는 거 아냐?"

"생각이 바뀌었거든."

"넌……"

"먼저 너에게 보여주고 싶었어……"

그들은 구릉의 꼭대기에 다다랐다.

엘리오는 그 자리에서 굳어졌다. 엘리오의 아빠 엄마도 멈추었다. 세 사람의 심장은 그들이 손쓸 겨를도 없이 똑같은 리듬으로 뛰기 시작했다.

그들의 눈 아래 넘실대는 풀밭에는 바다라고 해도 믿을 만큼 널따란 강이 흐르고 있었다. 아마존 강도 일개 하천으로 여겨질 정도로 힘이 넘치는 강, 교향악으로만 표현할 수 있을 법한 풍부한 아름다움을 담은 강이었다.

하지만 강은 아무것도 아니었다.

그 장엄한 물 위에 꿈결처럼 둥실 떠 있는 아치 하나로 이루어진 다이아몬드 다리는 그곳에서 몇 킬로미터 떨어진 지점에서 강 건너편을 향해 홀가분하고 찬란하게 날아오르고 있었다. 담대하고 절묘한 균형과 조화가 중력과 무게를 기적처럼 초월한 작품이었다.

"저 아치를 보여주고 싶었어."

에린이 다정하게 말했다.

바로 그 순간, 해가 지평선을 넘어갔다. 마지막 햇살이 아치에 부딪혀 사방으로 흩어졌다. 아치를 이루고 있는 듯한 결정들 하나하나가 머금은 석양의 다채로운 빛들은 한없이 에돌았다가 수많은 절대의 약속처럼 수천 갈래로 떨어졌다. 아치는 빛과 우주의 중심이 되었다.

엘리오의 뺨에 자기도 모르게 눈물 한 방울이 똑 떨어졌다.

에린이 그 눈물을 자신의 손가락 끝으로 받았다.

"우리 집에 온 것을 환영해."

소녀는 소년의 귀에 대고 속삭였다.

끝